Die Autorin

Kate Lynn Mason ist bekennende Romantikerin und schreibt sexy, prickelnde Liebesromane fürs Herz. Die Autorin hat eine Schwäche für das Meer, Stubentiger und heiße Buchhelden mit Tattoos.

Irgendwann will sie sich den Traum vom rosenumrankten Cottage am Meer erfüllen. Bis es so weit ist, lebt sie mit ihrem Mann und ihren beiden Kindern in einem kleinen Ort an der Bergstraße. Kate ist Mitglied bei Delia, der Vereinigung deutschsprachiger Liebesromanautoren.

KATE LYNN MASON

SEVENTH Heaven

HIMMLISCHER MISTKERL

Contemporary Romance

ROMANCE EDITION

SEVENTH *Heaven* — HIMMLISCHER MISTKERL

Kate Lynn Mason

8712 Niklasdorf, Austria

1. Auflage
Covergestaltung: © Sturmmöwen
Titelabbildung: © 4pmphoto@gmail.com
Korrektorat: Melanie Reichert

Printed in Germany

ISBN-Taschenbuch: 978-3-903130-68-5
ISBN-EPUB: 978-3-903130-69-2

www.romance-edition.com

1. KAPITEL

Brooke

»Oh mein Gott, Lauren, ich glaube, ich bin gestorben und im Himmel gelandet«, verkündete ich. Das Leben war perfekt. Nun ja, fast. Wenn man die eine oder andere Sache ausblendete. Und das tat ich an diesem beinah perfekten Frühsommertag.

Meine beste Freundin Lauren und ich trieben lässig ausgestreckt auf zwei Liegesesseln im Privatpool des *Harbor Suites,* dem Hotel meiner Familie, auf dem aquamarinblauen Wasser dahin. Es duftete nach Sonnenmilch, exotischen Blüten und frisch gemähtem Gras. Ich nahm den Strohhalm, der aus meiner Virgin Colada ragte, zwischen meine Zähne und rückte meine *Versace*-Sonnenbrille zurecht, um ungehindert sowie schamlos unseren neuen Poolboy Alessandro durch die dunklen Gläser zu mustern. Von mir aus könnte das Leben immer so weitergehen wie in diesem Augenblick. Zumindest für eine Weile. Lauren und ich hatten vor Kurzem unsere jeweiligen Studiengänge in den Fächern Wirtschafts- und Hotelmanagement sowie Business erfolgreich abgeschlossen und gönnten uns nun eine kleine Auszeit, bevor wir uns in die Arbeitswelt stürzen würden. Lauren plante, irgendwann das Maklerbüro ihrer Eltern zu übernehmen, und ich freute mich darauf, endlich Seite an Seite mit Dad in unserem Hotel zu arbeiten.

»Definitiv im Paradies«, pflichtete sie mir bei, wobei sie Lauren-typisch eine Strähne ihrer langen blonden Haare zwischen die Zähne steckte und eine Kopfbewegung in Alessandros Richtung machte. Der junge Mann, der am anderen Ende des l-förmigen Schwimmbeckens mit einem Kescher das Wasser von Blättern und Insekten befreite, war mit seinem nackten Oberkörper, dessen Muskeln von harter, körperlicher Arbeit zeugten, und diesen verboten tief sitzenden Boardshorts der Inbegriff des südländischen Hotties. Vor dem Hintergrund der üppig an der Hauswand unseres Privattrakts emporkletternden, blühenden, pinken Bougainvillea wirkte er wie einem Werbeclip für einen Urlaub an weißen, mit Palmen bewachsenen Stränden entsprungen. Im Geist fächelte ich mir kühle Luft zu, denn irgendwie schien bei Alessandros Anblick die Temperatur um etliche Grad gestiegen zu sein. Aber im Ernst, ich konnte Lauren gut verstehen. Vom ersten Moment an, da sie ihn gesehen hatte, hatte sie ein Auge auf Alessandro geworfen, was sie jedoch vor ihren Eltern, die zu den Top-Maklern unserer Gegend, den East Hamptons, zählten, geheim hielt. Laurens alte Herrschaften waren Snobs, wie sie im Buche standen. Im Prinzip genau wie meine, nur dass meine viel zu sehr damit beschäftigt waren, unseren Familienbetrieb auf Trab zu halten, um Zeit für meine Belange aufbringen zu können. Wobei diese Aussage nicht ganz der Wahrheit entsprach. Es war lediglich Dads Aufmerksamkeit, die unserem alt eingesessenen Familienbetrieb galt. Mom war derzeit mit ganz anderen Dingen beschäftigt – und diese waren leider alles andere als erfreulich. Energisch schob ich ihr Bild beiseite. Ich hatte keine Lust, mir diesen herrlichen Tag – oder diesen sexy Anblick – durch trübe Gedanken verderben zu lassen. Jedenfalls hoffte Lauren, die sich anders als ich nicht auf der Suche nach ihrem Traumprinzen – inklusive Hund, Füßchengetrappel und obligatorischem weißem Gartenzaun – befand, auf einen heißen, unverbindlichen One-Night-Stand mit unserem Poolboy.

Lauren und ich diskutierten gerade Alessandros offensichtliche und nicht übersehbare optische Vorzüge, als die Schiebetür am Haus zur Seite glitt. Kurz darauf erklang das hektische Geklapper von Absätzen auf den polierten Granitplatten, die den Poolbereich umgaben.

Ich musste mich erst gar nicht umdrehen, um zu wissen, dass es Dads persönliche Assistentin Tiffany war, die es in unseren Garten verschlagen hatte und nun unser interessantes Gespräch unterbrechen würde. Ihren typischen Trippelschritt à la *Sprich-mich-nicht-an-denn-ich-bin-ultrawichtig-und-unheimlich-beschäftigt* würde ich sogar auf zehn Meilen Entfernung erkennen. Ich liebte diese Frau ungefähr so sehr wie Haferschleim. Allerdings war es ungewöhnlich, dass sie hier am Pool auftauchte, dazu noch samstags.

»Shit«, murmelte ich in Laurens Richtung mit einem Augenrollen, bevor ich mich umdrehte und mir ein gequältes Lächeln abrang. Immerhin hatte ich eine gute Erziehung genossen. »Tiffany, hey. Was führt dich zu uns?«

Tiffany, wie immer top gestylt mit ihrer kurzärmeligen hellblauen Bluse und dem grauen Minirock, der ihre langen dunkelbraunen Beine bestens zur Geltung brachte, erwiderte mein Lächeln nicht. Ich wusste, dass mein Vater eine Schwäche für sie hegte, denn leider war sie nicht nur übereifrig, sondern auch ziemlich hübsch. Ich mochte die Assistentin meines Dads trotzdem oder vielleicht gerade deswegen nicht, weil sie stets alles tat, um seine Aufmerksamkeit zu erhaschen. Sie las ihm förmlich jeden Wunsch von den Lippen ab, bevor er den Mund überhaupt aufgemacht hatte. Angefangen hatte der ganze Zirkus, als Mom krank geworden war, was ich Tiffany besonders übel nahm. Sie hatte die Gunst der Stunde genutzt, um sich zwischen meine Eltern zu drängen.

Sie klemmte sich den Hefter, den sie in den Händen hielt, unter den Arm und schob sich ihre ebenholzfarbenen Locken aus der Stirn. »Dein Dad möchte dich in seinem Büro sprechen, Brooke. Umgehend.« Ihre Miene ließ keine Regung erkennen, als sie ihren Blick abschätzig über meinen winzigen Bikini wandern ließ.

Ich hätte schwören können, dass die Temperatur gerade um mehrere Grad gesunken war, denn trotz der wärmenden Sonnenstrahlen fühlte ich den Hauch eines Fröstelns über meine Haut streifen. Was für eine Bitch Tiffany doch war. Das Einzige, was einer Affäre zwischen ihr und Dad im Weg stand, war ich, und das wusste Tiffany nur allzu gut. Betont gleichmütig tauchte ich meine freie Hand ins Wasser und dirigierte meine Liege Richtung Beckenrand.

»Um was geht es denn?« Typisch, dass Dad auch am Samstagnachmittag bei strahlendem Sonnenschein arbeitete. Aber so war er eben. Unser Familienbetrieb, den er von seinen Eltern übernommen hatte, ging ihm über alles. Und Tiffany war anscheinend willens genug, ihm auch am Wochenende zur Hand zu gehen. Aber man musste ihm zugestehen, dass er mit seiner Arbeitsmoral das *Harbor Suites* nach der Hochzeit mit Mom als Geschäftsführer zur unangefochtenen Nummer eins auf der Insel gemacht hatte.

»Das soll dir Mark selbst sagen«, erwiderte Tiffany überheblich und verfolgte, wie ich meinen Drink am Beckenrand abstellte, bevor ich ins Wasser glitt und mich an der Ausstiegsleiter hochzog. Erwähnte ich schon, dass ich sie für eine Bitch hielt?

»Danke, Tiffany«, entgegnete ich und legte einen winzig kleinen, aber unverkennbaren Hauch Sarkasmus in meine Stimme, bevor ich nach meinem bunten Handtuch auf der Sonnenliege griff, um mich abzutrocknen. Ich war sonst nicht so eine Zicke, aber wenn jemand drohte, in die Ehe meiner Eltern einzubrechen, mochte sie auch gerade unter einem noch so ungünstigen Stern stehen, wurde ich fuchsteufelswild. »Sonst noch etwas? Wenn nicht, richte doch bitte meinem Vater aus, dass ich mich kurz umziehe, bevor ich zu ihm ins Büro komme.« Ich bedachte sie mit einem zuckersüßen Lächeln, das in krassem Gegensatz zu meinem eisigen Blick stand und prompt die gewünschte Wirkung zeigte.

Mit säuerlicher Miene wandte sich Tiffany ab und stöckelte durch die offen stehende Schiebetür ins Gebäude zurück.

»Was in aller Welt war das denn?« Lauren betrachtete mich stirnrunzelnd vom Pool aus, während ich mich weiter abtrocknete. »Die tut ja gerade so, als sei sie die Hotelchefin höchstpersönlich.«

Ich stieß einen Seufzer aus und warf das nasse Handtuch auf die Sonnenliege zurück, bevor ich anschließend in meinen weißen Frotteebademantel schlüpfte und den Gürtel auf Höhe der Taille verknotete.

»Davon träumt sie wohl. Diese Ziege baggert Dad an, als sei er der letzte Mann auf dem gesamten Planeten.« Und das Schlimme war, dass es ihm zu schmeicheln schien. Klar, welcher Mann Ende vierzig fand es nicht toll, wenn eine halb so alte, dazu noch hübsche Frau ihn so offensichtlich anhimmelte? Wobei ich vermutete, dass Tiffany plante, sich ins gemachte Nest zu setzen. Dad war ein attraktiver Fang für junge Frauen wie sie, insbesondere für ein Mädchen wie Tiffany, die ihre Wurzeln in Brooklyn Hights, New York, hatte. »Tut mir leid, Süße«, sagte ich bedauernd zu Lauren. »Ich muss dich dann mal allein lassen. Kommst du klar?«

Laurens Blick schweifte kurz hinüber zu Alessandro. »Ich komme so was von klar, Baby«, meinte sie breit grinsend. »Lass dir ruhig Zeit.« Sie legte sich auf ihrem Wassersessel zurück und drückte das Kreuz durch, damit Alessandro auch nicht ihre beeindruckende Oberweite übersehen konnte, falls er einen Blick riskieren sollte. Was er nicht selten tat, denn so, wie ich die Sache interpretierte, hatte er ebenfalls Feuer gefangen. Aber warum auch nicht? Lauren mit ihren Wahnsinnskurven, dem langen Haar und ihrem strahlenden Lächeln war die Art von Blondine, der die Kerle gern hinterherschmachteten.

»Viel Erfolg, Lauren.« Grinsend schob ich meine *Versace*-Sonnenbrille hoch auf mein Haar und schlüpfte in meine pinken Flip-Flops. »Bis später dann. Wenn du irgendwas brauchst ...«

»... finde ich es in deinem Apartment. Danke, Süße!« Lauren warf mir ein Luftküsschen zu und hielt dabei ihren Blick auf Alessandro geheftet, als wollte sie ihn mit ihrer Gedankenkraft beschwören, endlich mal etwas länger hinzusehen.

Durch die Schiebetür ging ich zurück in den Privattrakt unseres Hotels, in dem sich mein eigenes ebenerdiges Apartment sowie eine Reihe von Gästesuiten für Familienangehörige und enge Freunde befanden. Dad hatte mir die schicke Dreizimmerwohnung zum Uniabschluss eingerichtet und sie fungierte als eine Art zweites Zuhause für Lauren. Während ich mit meinen Flip-Flops über den marmorierten Steinboden lief, drückte ich ihr im Geist die Daumen, dass Alessandro seine Schüchternheit endlich überwand und einen Schritt auf sie zu machte. Lauren war die Schwester, die ich nie gehabt und mir immer gewünscht hatte. Wir hatten uns als *Sophomores* während der Highschool kennengelernt, wo wir uns beide für das Cheerleaderteam beworben und kläglich versagt hatten. Irgendwie hatte uns dieses traumatische Ereignis zusammengeschweißt und seitdem waren wir unzertrennlich, auch wenn ich meinen Collegeabschluss an der *Columbia* und sie ihren an der *NYU* gemacht hatte. Meine Freundin war nicht nur superklug – sie bestand mit Auszeichnung –, sondern auch witzig und warmherzig. Sie war die Sanftere und Verspieltere von uns beiden, während ich rationaler veranlagt war. Obwohl ich natürlich auch meine kleinen, geheimen, romantischen Träume besaß – zumindest was das *Happily-Ever-After* betraf.

Ich steuerte die zweiflügelige, aus hellem Holz bestehende Tür an und legte meinen Zeigefinger auf den Scanner, um sie zu öffnen. Mit einem leisen Surren glitt sie auf und ich trat in den quadratischen Eingangsbereich. Stille Freude und ein gewisser Stolz erfüllten mich, als ich meine Wohnung betrat, die mit Möbeln im skandinavischen Stil und dunkelgrauem Echtholzparkett ausgestattet war. Ich liebte meinen Rückzugsort und konnte mir keinen schöneren Platz auf der Welt vorstellen. Ich hatte mir schon immer gewünscht, mein eigenes Apartment auf dem Gelände des *Harbor Suites* zu haben. Früher hatte ich eine kleine Suite in meinem Elternhaus, dem *van Deeks Manor,* bewohnt. Da sich das Haus in nur fünf Gehminuten Entfernung ebenfalls auf dem Hotelgelände befand, konnte ich jederzeit unkompliziert bei Mom und Dad vorbeischauen, wann immer mir der Sinn danach stand.

Gut gelaunt suchte ich mein Schlafzimmer auf, das von einem mit unzähligen Patchwork-Kissen geschmückten Queensize-Bett dominiert wurde, und stöberte im begehbaren Wandschrank nach einem Outfit. Ich entschied mich für einen eher legeren Look, nämlich einen kurzen weißen Jeansmini, ein hellrosafarbenes Trägertop und flache Ballerinas. Schließlich hatten wir Wochenende, da konnte mein Kostüm getrost im Schrank hängen bleiben, zumal ich noch nicht offiziell für die Firma arbeitete. Im Bad kämmte ich mir schnell mein schulterlanges, leicht gelocktes Haar, von dem Dad immer behauptete, es erinnerte ihn an dunklen Honig. Für mich war es einfach nur ein unscheinbares Braun, das ich regelmäßig mit blonden Highlights aufpeppte. Ich rückte ein wenig näher an den Spiegel heran, um zu prüfen, ob sich zu den fünf Sommersprossen auf meiner Nase welche hinzugesellt hatten, und atmete auf, als ich keine weiteren Pünktchen entdecken konnte. Einigermaßen zufrieden mit mir, verließ ich mein Apartment, um Dad aufzusuchen.

Dads Arbeitszimmer befand sich im Hauptgebäude unseres Hotels im ersten Stock neben dem Konferenzraum. Da das Vorzimmer nicht besetzt war, klopfte ich an die schwere Nussbaumtür, die zum Büro führte. Auf mein Klopfen erhielt ich keine Antwort, deshalb öffnete ich, um hineinzuspähen, und trat ein. Dad bemerkte mich nicht. Mit dem Rücken zur Tür und dem Smartphone am Ohr stand er an einem der Sprossenfenster, das sich zu dem begrünten Innenhof hin öffnete. Ich blieb im Eingang stehen und während ich den vertrauten Zigarrengeruch einatmete, ließ ich meinen Blick durch den beeindruckenden Raum schweifen, ein Inbegriff männlicher Eleganz und Macht. Die Bankerlampe aus Messing warf ein behaglich goldenes Licht in den Raum, der wegen der dunklen Wandvertäfelung und wuchtigen Möbel stets etwas düster wirkte.

Dad drehte sich zu mir um und die Andeutung eines Lächelns huschte über sein Gesicht. Er gab mir ein Zeichen, näher zu kommen, bevor er sich mit zusammengezogenen Brauen wieder seinem Gesprächspartner widmete. »Sicher, Tom. Ich werde mich darum kümmern. Machen Sie sich keine Gedanken, ich gehe der Sache nach.«

Dicke Orientteppiche dämpften meine Schritte auf dem Echtholzparkett, als ich zum Mahagonischreibtisch ging, um mich in einem der beiden Besuchersessel niederzulassen. Ich schlug die Beine übereinander und betrachtete meinen Vater. Selbst als seine Tochter musste ich zugeben, dass er mit seiner schlanken, hohen Statur und den grau melierten Haaren ein äußerst gut aussehender Mann war. Freunde und Verwandte behaupteten, ich hätte sein energisches Kinn geerbt und seinen trockenen Sinn für Humor. *Aber im Ernst, kein Wunder, dass die Frauen auf Mark van Deeks fliegen*, überlegte ich, als er das Gespräch beendete und das Smartphone sorgfältig auf dem Schreibtisch ablegte. Er machte eine wirklich gute Figur in seinem maßgeschneiderten grauen Einreiher von *Hugo Boss*, und das entging leider auch Frauen wie Tiffany nicht. Wo war sie eigentlich? Üblicherweise klebte sie an Dad wie ein Stück Kaugummi, stets darauf bedacht, ihm jedes Steinchen aus dem Weg zu räumen.

»Honey.« Dads Stimme riss mich aus meinen Überlegungen. Er neigte sich zu mir hinab, um mir zur Begrüßung einen Kuss auf die Wange zu geben, und ich stellte zufrieden fest, dass er wie immer nach seinem herben, leicht holzigen Aftershave duftete. Ein Geruch, den ich über alles liebte. Genau wie ihn selbst.

»Tiffany sagte mir, dass du mich sprechen wolltest?«

»Richtig.« Dads Lächeln verschwand, als er sich mir gegenüber in seinem ausladenden kaffeebraunen Ledersessel niederließ. Vielleicht irrte ich mich, aber mir kam es vor, als hätten sich neben seinen Mundwinkeln zwei Linien eingegraben.

In meiner Mitte formte sich ein Knoten, ein vertrautes Gefühl. »Geht es um Mom?« In den letzten Wochen hatte es ein paar unschöne Situationen gegeben, aus denen wir meine Mutter hatten herausholen müssen.

Dad schüttelte den Kopf, legte die Fingerspitzen aneinander und lehnte sich in seinem Sessel zurück, der daraufhin schwingend nachgab. »Nein. Deine Mutter befindet sich – soweit mir bekannt ist – gerade im *van Deeks Manor* und schläft.«

... *ihren Rausch aus*, ergänzte ich stumm und konnte am Flackern in Dads grauen Augen ablesen, dass er ähnliche Gedanken hegte.

»Nein, Honey, es geht um Folgendes. Ich habe dich rufen lassen, weil das *Harbor Suites* ein Problem hat. Weil *wir* ein Problem haben. Da du ja in Kürze ins Geschäft einsteigen wirst, halte ich es für wichtig, dich darüber zu informieren. Auch möchte ich dich um deine Hilfe bitten.«

Ein kalter Schauer lief über meine Wirbelsäule. Das hörte

sich nicht gut an. Erneut überkreuzte ich meine Beine. »Okay, Dad«, erwiderte ich zögernd. »Natürlich werde ich helfen, wenn ich kann.« In den letzten Monaten war unsere Familie mehr als genug mit Negativschlagzeilen in der Presse vertreten gewesen. Wenn es so weiterging, würden Moms Eskapaden uns irgendwann das Genick brechen. Ich hoffte sehr, dass sie sich Dr. Hershbergers Worte zu Herzen nahm und endlich über eine Therapie nachdenken würde.

»Die Sache ist die.« Dad hielt kurz inne und ich sah, wie seine Kiefermuskeln arbeiteten. »Seit es dieses neue Wellnessresort an der Nordküste gibt, sind unsere Umsätze massiv eingebrochen.«

»Oh.« Zuerst fühlte ich gar nichts. Die Erleichterung, die ich empfunden hatte, weil unser Problem diesmal nicht mit Mom zu tun hatte, wandelte sich angesichts Dads tiefer Sorgenfalten in Anspannung. »Du meinst das *Seventh Heaven*?« Mir war in den Clubs schon so einiges über das neue, angeblich so tolle Luxusresort zu Ohren gekommen, das seit einem knappen halben Jahr auf der anderen Seite der Inselspitze für Furore sorgte.

»Genau. Ich habe den Verdacht, dass unsere sinkenden Umsätze etwas mit der Eröffnung des *Seventh Heaven* zu tun haben. Und wir sprechen hier nicht von einem zu verschmerzenden Rückgang, sondern von einem erheblichen Verlust. Unsere Investoren sowie Aktionäre werden langsam unruhig und ich möchte wissen, was dort drüben vor sich geht, Brooke.«

Solang ich denken konnte, war unser Hotel stets die unangefochtene Nummer eins vor Ort gewesen. Es war mir nicht bewusst gewesen, dass sich dies geändert hatte. Interessiert lehnte ich mich vor. »Okay, Dad. Was hast du vor?«

»Ich weiß, dass wir geplant haben, dass du erst nach dem Sommer ins Geschäft einsteigst, Honey. Aber jetzt möchte ich dich trotzdem um einen Gefallen bitten.«

»Alles, was du willst, Dad.« Ich drehte mich um, weil sich die Tür in meinem Rücken öffnete, und erspähte Tiffany, die mit einem Tablett voller Kaffeegeschirr ins Zimmer trat.

Dad erhob sich, um es ihr abzunehmen. »Ich habe Tiffany gebeten, uns einen Kaffee und etwas Gebäck zu bringen. Danke, Tiffany, Sie sind ein Schatz.«

Ich verdrehte innerlich die Augen, als ich sah, wie diese ihm lächelnd einen verführerischen Blick unter ihren getuschten Fake-Wimpern hervor schenkte. »Das mache ich doch gern, Mark.« Sie wandte sich ab und schritt mit wiegenden Hüften zurück zum Ausgang, als würde sie den Laufsteg von *America's Next Topmodel* entlangschreiten. Wobei sie mich mit Nichtachtung strafte. Natürlich.

Diese Frau war unmöglich. Vielleicht sollte ich mit Dad über sie sprechen. Offen meine Gedanken äußern. Denn wenn ich bald Seite an Seite mit ihm arbeiten sollte, mussten wir eine Alternative zu Tiffany Myers finden. Ich würde definitiv nicht in der Lage sein, jeden Tag ihr falsches Lächeln zu ertragen. Ich traute dieser Frau keinen Millimeter über den Weg, seitdem ich sie mal dabei ertappt hatte, während Dads Abwesenheit in dessen Unterlagen herumzuschnüffeln. Es würde mich nicht wundern, wenn sie unseren Konkurrenten brisante Informationen zuspielen würde. Gegen eine entsprechende Entlohnung natürlich. Aber vielleicht sah ich auch einfach zu viele Soaps.

»Also, Dad«, begann ich, nachdem er uns Kaffee eingeschenkt und mir den Plätzchenteller hingehalten hatte, bei dem ich beherzt zugriff, weil ich zu meiner Schande süßen Leckereien einfach nicht widerstehen konnte. Dabei musste ich höllisch aufpassen, um kein Hüftgold anzusetzen. Diese ungünstige Veranlagung hatte ich Mom zu verdanken, die sich seit Jahren mit strengen Diäten in Form hielt. Ich hatte ihre Kurven geerbt, zusammen mit dem brünetten, leicht gewellten Haar und den Augen, die sich irgendwie nicht zwischen Hellbraun und Grün entscheiden konnten. »Was kann ich für dich tun?«

Dad nahm rasch einen Schluck von seinem Kaffee, bevor er ihn abstellte und mir einen bunten Hotelprospekt aus seiner Ablage reichte. »Brooke, Honey, ich möchte, dass du inkognito ins *Seventh Heaven* eincheckst und dem Inhaber mal auf den Zahn fühlst. Finde für mich heraus, was an diesem Hotel so einzigartig ist, dass uns unsere langjährigen Gäste untreu werden.«

Neugierig blätterte ich durch die Hochglanzseiten und blieb an einem Bild hängen, das die imposante Vorderfront des *Seventh Heaven* zeigte. Die hölzerne Fassade im Ostküsten-Beach-Look mit den verzierten Holzbalkonen, den umlaufenden Veranden und dem grauen verwinkelten Schindeldach besaß einen besonderen Charme. Rechts vom Eingang, der von zwei Säulen flankiert wurde, plätscherte Wasser in einem Springbrunnen. Die geteilten Fenster waren in lindgrüner Farbe abgesetzt, die sich an den Ecken und Fensterläden wiederholte. Ein wirklich hübsches Haus, stellte ich fest, mit dem aber unser Hotel, ein gemauertes, großzügiges Gebäude mit Fachwerk im oberen Drittel, optisch durchaus mithalten konnte. Ich ließ meine Finger weiter durch die Seiten fliegen, bis ich das Ende der Broschüre erreicht hatte. Ich hielt Dad die letzte Seite entgegen, um ihm das Foto eines dunkelhaarigen Mannes, der gegen ein nachtblaues *Jaguar*-Cabrio gelehnt dastand, zu zeigen. »Ist das der Hotelbesitzer?«

»Jepp.« Dad stellte seine Tasse, an der er gerade genippt hatte, auf den Unterteller zurück. »Das ist Zachary Moore, der älteste von insgesamt drei Brüdern. Er ist der CEO des Hotels, siebenundzwanzig, Single und hat einen Abschluss von der *Yale*. Mit ihm zusammen im Betrieb arbeiten seine jüngeren Brüder Kyle und Nash. Es wird erzählt, dass Zachary Moore das Geschäft eisern führt und die Zügel gern selbst in der Hand hält, obwohl er es eigentlich nicht nötig hätte. Die Moores sind unverschämt reich.«

Ich blickte kurz vom Prospekt auf. »Ein stinkreicher Single also.«

Dad nickte. »Laut der Klatschpresse gilt Zachary Moore als der begehrteste Junggeselle der Insel. Und man munkelt, dass er diesen Status durchaus genießt. Der Mann lässt anscheinend nichts anbrennen.«

Ich betrachtete das Bild ein wenig genauer. Dieser Mr Moore war ein ziemlich attraktiver Kerl. Wie er so mit vor der Brust verschränkten Armen lässig gegen seinen Wagen lehnte, wirkte er in seinem auf Figur geschnittenen Anzug elegant und sportlich zugleich. Breite Schultern, ein muskulöser Oberkörper, schmale Hüften und lange Beine. Das perfekte V, das den Frauen weiche Knie bescherte. Die Sonnenbrille verbarg die Augen in einem kantigen Gesicht und sein um einen Tick zu langes Haar lockte sich leicht, dort, wo es an den Hemdskragen stieß. Um seinen linken Mundwinkel, der zu einem Paar sinnlicher Lippen gehörte, tanzte die Andeutung eines Lächelns. Er sah aus wie ein Player.

Oh ja, Mr Moore-ich-weiß-wie-man-einen-Anzug-ausfüllt, ich werde dein Geheimnis ergründen. Mach dich darauf gefasst.

2. KAPITEL

Zachary

Wie jeden Morgen, bevor ich meine Suite verließ, blieb ich vor dem Wandspiegel gegenüber meines Kingsize-Betts stehen, um mein Aussehen noch mal zu überprüfen. Die maßgeschneiderte anthrazitfarbene Anzughose von *Armani* saß wie angegossen, stellte ich zufrieden fest, als ich mit nacktem Oberkörper in das kurzärmelige schneeweiße Hemd schlüpfte, das sich wie eine zweite Haut an mich schmiegte, die Knöpfe schloss und es in die Hose steckte. Ich sollte Allison, meiner persönlichen Assistentin, bei Gelegenheit mal wieder eine kleine Anerkennung zukommen lassen. Sie sorgte dafür, dass ich stets frisch gewaschene sowie gebügelte Wäsche in meinem Schrank vorfand, und sie wusste genau, welche Art Kleidung ich bevorzugte, weshalb ich sie mit der Auswahl meiner Garderobe betraut hatte. Angesichts der schweißtreibenden Temperaturen draußen verzichtete ich auf das Jackett, auch wenn im Gebäude dank der Klimaanlage angenehm temperierte zwanzig Grad herrschten, hatte ich doch nicht nur innerhalb des Hotelkomplexes zu tun, sondern auch im Außenbereich. Ich nahm die nachtblaue Satinkrawatte mit dem goldfarbenen Emblem des *Seventh Heaven* vom Kleiderständer und band sie mir um. Anschließend ließ ich das *Blackberry* in meine Brusttasche gleiten und fuhr mir noch mal mit der rechten Hand durch die dunklen Haare, um diese eine widerspenstige Locke zu bändigen, die mir sogleich wieder in die Stirn fiel. Vergebene Liebesmühe. Es störte mich dennoch nicht. Abgesehen von einem leichten Druck in meiner Schläfengegend, der vermutlich den paar Drinks zu viel gestern Abend bei einer Privatparty geschuldet war, fühlte ich mich gut, energiegeladen und ausgeruht.

Meine Schritte hallten auf dem schwarzen Marmor wider, als ich den Aufzug im obersten Stock des Hotels ansteuerte. Zu dieser Etage hatten Gäste keinen Zutritt. Ich bewohnte die insgesamt zweihundertfünfzig Quadratmeter zusammen mit meinen beiden Brüdern, wobei jeder von uns eine Suite mit Loggia und Ausblick auf den hoteleigenen Strand sowie den Atlantik besaß.

Der Lift kam, ich trat in die verspiegelte Kabine und schmunzelte, als ich die Musik hörte, die gespielt wurde. *I love my life.* Der Song passte wie die Faust aufs Auge. Ich musste zugeben, mein Leben war in der Tat nahezu perfekt, seitdem Nash, Kyle und ich vor einem halben Jahr das *Seventh Heaven* eröffnet hatten, auch wenn ich niemals geglaubt hätte, dass mich diese neue Aufgabe mit derart tiefer Befriedigung erfüllen würde. In Wahrheit vermisste ich es nicht, für zwei der angesagtesten und exklusivsten Tanzclubs in New Haven verantwortlich zu sein. Die Geschäfte hatte ich Jace, meinem langjährigen Freund und Studienkollegen, zu treuen Händen übergeben und den Bilanzen nach zu urteilen, machte er seine Sache ausgesprochen gut. Davon abgesehen, war ich ebenfalls Teilhaber vom *Icecube*, einem Promi-Nachtclub in Montauk, das ich zusammen mit Joshua Montana, einem Einheimischen, führte. Dort konnte ich mich nach Lust und Laune einbringen, wenn mir der Sinn danach stand. Josh hatte ich bei einem meiner Besuche im Nachtclub kennengelernt. Wir hatten uns auf Anhieb verstanden, schienen Brüder im Geiste zu sein, und da Josh gerade einen Investor gesucht hatte und ich mir eine Teilhaberschaft sehr gut hatte vorstellen können, hatte er mir spontan angeboten, bei ihm einzusteigen. Alles in allem war ich mit meinem Leben mehr als zufrieden. Ich war Single, besaß genug Vermögen, um mir so manches Vergnügen zu finanzieren. Meine Brüder und ich konnten sorgenfrei leben und ich wusste, dass Mom es sich genau so für uns erhofft hatte. Dennoch wünschte ich mir jeden Tag, sie wäre noch da.

In wenigen Sekunden war ich im Erdgeschoss angekommen. Die Lifttüren öffneten sich mit einem kaum hörbaren Surren, als ich in die lichtdurchflutete Lobby trat, eine exquisite Kombination aus weißem Holz, Naturstein und Glas, gestaltet nach einem Entwurf eines auf der Insel ansässigen Top-Architekten.

»Guten Morgen, Sandra. Wie geht es Ihnen heute?« Ich schenkte der langbeinigen Blondine hinter dem Empfangstresen, die ihre knapp sitzende nachtblaue Bluse, ebenfalls mit dem goldfarbenen Hotelemblem verziert, ganz nach meinem Geschmack ausfüllte, ein strahlendes Lächeln. »Sie sehen wieder umwerfend aus.«

»Guten Morgen, Mr Moore«, erwiderte sie und errötete sanft, wobei sie sich verlegen auf die Unterlippe biss. Irgendwie niedlich, dass meine Komplimente sie nach fünf Monaten noch immer verunsicherten. Mir war klar, dass sie eine Schwäche für mich hatte. Das Credo der Moore-Brüder, an das wir drei uns strikt hielten, lautete jedoch, uns niemals auf Affären mit Angestellten einzulassen. Professionalität stand bei uns an allererster Stelle. Nun, was mich betraf zumindest. Bei Kyle und Nash war ich mir in dieser Beziehung nicht so sicher. Besonders bei meinem Bruder Kyle nicht.

»Zachary bitte«, erinnerte ich Sandra. Nicht zum ersten Mal. »Irgendwas Wichtiges?«, wollte ich von ihr wissen, als ich durch die Mappe mit Unterlagen blätterte, die sie mir über die Theke gereicht hatte.

»Wir haben eine Buchung für die Honeymoon-Suite für das übernächste Wochenende hereinbekommen. Die Clarks aus Huntington. Trent Clark junior heiratet am Samstag.«

»Senator Clarks Jüngster?«

Sandra nickte.

Wow. Ja, man könnte sagen, die Reputation unseres Hotels stieg stündlich. Die Geschäfte liefen in der Tat hervorragend. Wenn die Presse Wind davon bekam, dass Trent Clark seine Flitterwochen hier bei uns im *Seventh Heaven* auf Long Island verbringen würde, würde es in Kürze Anfragen von Stars und Sternchen hageln. Ich hatte nichts dagegen. Es war mein erklärtes Ziel, das *Seventh Heaven* zur Nummer eins der Insel zu machen. »Sehr schön, Sandra. Geben Sie Maria Bescheid, dass sie sich darum kümmert, dass diese Suite zum entsprechenden Termin blitzt und funkelt wie das Diadem der Queen höchstpersönlich.«

Wieder nickte sie und ihre Wangenröte vertiefte sich. Scheiße, diese Kleine musste dringend an ihrem Selbstbewusstsein arbeiten. Ich wollte hier am Empfang nur Leute stehen haben, die Selbstsicherheit und Kompetenz ausstrahlten. Kein schüchternes, verlegenes Mäuschen, mochte sie noch so sexy und effizient sein. Vielleicht sollte ich Sandra doch einen anderen Arbeitsplatz zuteilen, an dem sie nicht so sehr in der Öffentlichkeit stand. Ich machte mir eine mentale Notiz, später darüber zu entscheiden. »Was gibt es sonst noch, Sandra?«

Sie senkte den Kopf und durchstöberte den Papierstapel auf dem Tresen vor sich. »Mal sehen, der Raumausstatter für die Zimmer im Südtrakt hat sich für heute Nachmittag angekündigt. Emilio würde gern mit Ihnen die Vorschläge für die veganen Menüs durchgehen und um zehn Uhr haben Sie einen Termin mit einem neuen Bewerber für den Poolservice. Ach ja, und Mr Molino hat um Rückruf gebeten. Es sei dringend.« Ich fing ihren Blick auf und sie verstummte. »Oh Gott, es tut mir leid, Sie gleich am Morgen so zu überfallen, Mr Moore.«

»Zachary«, wiederholte ich gebetsmühlenartig. »Und es muss Ihnen nicht leidtun.« Das meinte ich ernst. Es bereitete mir Vergnügen, immer und überall erreichbar und in alle Angelegenheiten des Hotelbetriebs involviert zu sein, denn das gab mir das Gefühl, dass ich die Kontrolle behielt. Unter den Angestellten genoss ich den Ruf eines Workaholics, denn ich hatte deutlich gemacht, dass ich es für meine Aufgabe hielt, Ansprechpartner für alle Belange zu sein. Niemand kam an mir vorbei, und das wussten sowohl meine jüngeren Brüder als auch die Belegschaft. Doch ich wollte erfahren, was in meinem Betrieb passierte und stets informiert sein. Nur so war ich in der Lage, auf etwaige Probleme zeitnah zu reagieren. Wobei ich Probleme vielmehr als Herausforderung betrachtete. Meine Vergangenheit hatte mich gelehrt, mich den Stürmen des Lebens zu stellen und die Wellen zu reiten, anstatt dagegen anzukämpfen. Wenn ich mir unsere kleine Familie, die seit Moms Tod vor acht Monaten leider nur noch aus uns drei Moore-Brüdern bestand (meinen Vater hatten wir schon lang von der Liste gestrichen, er existierte für uns nicht), so ansah, hatte ich keinen allzu schlechten Job gemacht.

Ich neigte mich meiner Empfangsdame entgegen und senkte meine Stimme zu einem leisen Murmeln. »Sie sollten sich unbedingt etwas selbstbewusster geben, Sandra. Das würde Ihnen gut zu Gesicht stehen, glauben Sie mir.« Ich zwinkerte ihr zu und wandte mich ab, um ihr die Gelegenheit zu geben, meine Worte zu verdauen. Vielleicht fielen sie auf fruchtbaren Boden. Ich würde Sandra ungern vom Empfang abziehen, denn sie machte rein optisch eine fantastische Figur.

Im Wartebereich der Lobby ließ ich mich in einen der mit weißem Leder bezogenen Sessel sinken und zog das *Blackberry* aus meiner Brusttasche, um Mr Molino, den Stadtrat unseres Bezirks, anzurufen, als mich etwas dazu veranlasste, meinen Blick zum Eingang zu lenken, wo just in diesem Moment eine junge Frau mit einem dunkelblauen *Louis-Vuitton*-Trolley durch die Tür trat. Was an sich nichts Besonderes war, denn solche Damen gingen im *Seventh Heaven* täglich ein und aus. An manchen Tagen glich das verdammte Hotel regelrecht einem Bienenstock. Aber irgendwas an dieser Brünetten fesselte meine Aufmerksamkeit. Irgendwas hatte sie an sich, das tief in meiner Magengrube ein seltsames Flattern hervorrief. Dabei war sie nicht mal umwerfend schön, jedenfalls nicht auf den ersten Blick. Ich verfolgte, wie sie mit wiegenden Hüften den Tresen anstrebte und mit einem freundlichen Lächeln von Sandra begrüßt wurde. Unwillkürlich glitt mein Blick an ihrer zierlichen Figur hinab, als sie mir den Rücken zuwandte. Zur Hölle, was für ein verflucht netter Arsch!

Wow.

Dieser Hintern war einfach perfekt. Andere Frauen würden für eine solche Rückansicht töten. Durch meinen Unterleib fuhr ein verlangender Schauer. Sehr hübsch. Geradezu fantastisch. Ich hatte eine Schwäche für sexy Pos. Und dieser hier war definitiv einer, bei dem sich ein näheres Hinsehen lohnte. Scheiße. Wie sich ihre Kurven in dem engen Rock bewegten, als sie jetzt ihr Gewicht verlagerte. Sie trug mörderisch hohe High Heels und ihre leicht gelockten Haare offen. Sie berührten gerade mal so ihre Schultern, als würden sie sie bei jeder Bewegung streicheln. Vor meinem inneren Auge startete ein nicht ganz jugendfreies Filmchen und ich fühlte, wie sich etwas in meiner Hose zu regen begann. *Falscher Zeitpunkt, sich solchen Fantasien hinzugeben, Kumpel.* Ich hatte zu tun. Ein Gespräch zu erledigen. Ich bewegte meinen Kopf hin und her, um meine Nackenmuskeln zu lockern, und wählte Mr Molinos Nummer. Dabei behielt ich jedoch die Unbekannte fest im Blick.

»Mr Molino? Zachary Moore hier, vom *Seventh Heaven.* Richtig. Guten Morgen. Sie hatten um Rückruf gebeten?«

Ich ließ Molinos umständliche Erklärungen über mich ergehen. Es ging um eine erweiterte Baulizenz, die uns die Stadt für die Eröffnung eines zweiten Hotelrestaurants bewilligen sollte, eigentlich eine reine Formsache. Leider bestand Molino darauf, dass wir die Einzelheiten beim Lunch besprachen. Zähneknirschend stimmte ich zu. Ein Geschäftsessen mit dem stämmigen, ständig schwitzenden Vito Molino war nicht unbedingt eine Sache, der ich erwartungsvoll entgegenblickte. Meiner Meinung nach hätte man die Details auch telefonisch klären können. Aber was tat man nicht alles, um seinen Stadtrat bei Laune zu halten.

»Prima«, erwiderte ich innerlich augenrollend. »Wir treffen uns am kommenden Donnerstag im *Blue Delphin* in Bridgehampton, Mr Molino. Elf Uhr. Genau. Bis dann.« Den Blick noch immer auf den verlängerten Rücken der attraktiven Brünetten geheftet, beendete ich das Gespräch und ließ das Smartphone zurück in meine Brusttasche gleiten.

Mit einem Nicken händigte Sandra am Tresen Miss Knackarsch gerade die Schlüsselkarte aus, bevor diese sich umdrehte und mit ihrem Trolley den Lift ansteuerte. Jetzt hatte ich noch mal Gelegenheit, sie ausführlich zu studieren. Und musste meinen ersten Eindruck korrigieren. Die Kleine *war* umwerfend. Vielleicht nicht auf Anhieb, aber bei näherer Betrachtung definitiv ein Hingucker. Sie hatte etwas sehr Anziehendes an sich. Etwas, das meine männlichen Hormone in Aufruhr versetzte und meine Gedanken in eine ziemlich verdorbene Richtung leitete. Ihre Kurven kamen sexy rüber, obwohl sie mit ihrer kleinen Oberweite eigentlich nicht meinem üblichen Beuteschema entsprach. Vielleicht lag es an der Art, wie sie ihre Hüften beim Gehen schwang, oder an der Weise, wie sie sich generell bewegte. Vielleicht auch daran, wie sich ihre eine Spur zu breiten Lippen kräuselten, als sie mich mit einem Blick aus hellbraunen, grauen oder grünen Augen streifte. Ihre Augenfarbe war auf die Schnelle nicht auszumachen, was mein Interesse an ihr weiter anfachte. Mein Schwanz zuckte erwartungsvoll. Zur Hölle, diese sexy Frau hatte es geschafft, nicht nur mein Interesse zu wecken, sondern auch den drängenden Wunsch, sie flachzulegen. Irgendwas an dieser Lady kam mir verflucht bekannt vor, doch ich konnte meinen Finger nicht darauflegen. Ich wartete, bis sie den Lift betreten hatte und sich die Türen hinter ihr sowie einem weiteren Hotelgast geschlossen hatten, bevor ich an den Empfang zurückkehrte.

Sandra bedachte mich mit einem selbstsicheren Lächeln, als sie mich bemerkte, was ich mit Befriedigung feststellte. »Zachary. Was kann ich für Sie tun?«

Beiläufig lehnte ich mich gegen den Tresen. »Sagen Sie, Sandra, die brünette Dame, die hier soeben eingecheckt hat, wie lautet ihr Name?«

»Das war eine Miss Porter, Zachary.« Sandra scrollte sich mit der Maus durch eine Liste, während sie ihren Blick auf den Bildschirm gerichtet hielt. »Miss Brooke Porter. Ich habe ihr ein Einzelzimmer auf der zweiten Etage gegeben. Mit Sicht auf den Pool im Innenhof.« Sie sah mich fragend an. »Ist etwas nicht in Ordnung?«

Ich klopfte mit den Fingerknöcheln auf die weiß schimmernde Marmoroberfläche des Empfangstresens. »Alles bestens, Sandra, machen Sie sich keine Sorgen. Ich hatte nur das Gefühl, die Dame zu kennen ... Ich habe mich wohl geirrt. Danke Ihnen.« Ich schenkte ihr noch ein Zwinkern, bevor ich mich abwandte. *Brooke Porter.* Der Name sagte mir absolut nichts. Dennoch wurde ich das nagende Gefühl nicht los, die Kleine schon mal irgendwo gesehen zu haben. Ja, ich war mir sicher.

Wenn ich sie nur einordnen könnte. Sie gefiel mir. Ich hatte eine gewisse Herausforderung in ihren Augen funkeln sehen und die energische Linie ihres Kinns registriert, als sie die Lobby durchquert hatte. Sie schien jemand zu sein, der genau wusste, was er wollte. Und auf welche Art er es wollte. Grinsend machte ich mich auf den Weg zur Küche, um mit Emilio, meinem Chefkoch, die vegane Menüplanung durchzugehen.

Etwa zweieinhalb Stunden später, nach einem konstruktiven Austausch mit Emilio und einem zähen Gespräch mit dem hoffnungsvollen, aber leider nicht geeigneten Bewerber für den Poolservice, donnerte ein Güterzug mit vollem Karacho durch meinen Schädel. Ich hasste es, Menschen zu enttäuschen, besonders wenn ich wusste, dass sie den Job eigentlich dringend brauchten. Doch ich stellte nur jemanden ein, wenn ich davon überzeugt war, dass er ins Konzept des *Seventh Heaven* passte und ich mir diese Person als Teil der inzwischen perfekt funktionierenden Belegschaft vorstellen konnte, wo jeder Einzelne ein unverzichtbares Rädchen im System darstellte. Wenn mir ein Bewerber nicht hundertprozentig geeignet erschien, lehnte ich ihn ab, mochte er mir noch so sympathisch sein. In der Regel blieb ich meinen Prinzipien treu und machte so gut wie nie eine Ausnahme. Nur so hatte ich das Gefühl, alles unter Kontrolle zu behalten.

Jetzt brauchte ich unbedingt eine Pause. Musste abschalten. Und wenn es nur für ein paar Minuten war. Kurz entschlossen suchte ich unsere Bar in der Lounge auf. Das gedämpfte Licht und die relaxte Klaviermusik, die in angenehmer Lautstärke aus den im Raum verteilten Lautsprechern drang, empfand ich als herrlich wohltuend.

Ich schob meinen Hintern auf einen der Barhocker an der Theke in etwas Abstand zu einer Rothaarigen, die mich beim Hereinkommen interessiert gemustert hatte. Mit diesen akut hämmernden Schmerzen hinter meinen Schläfen war mir jedoch gewiss nicht nach Geplänkel und schon gar nicht nach einem

Flirt, deshalb wandte ich der Fremden demonstrativ den Rücken zu, lockerte meine Krawatte und winkte unsere Bardame zu mir.

»Karen, Schatz, machst du mir bitte einen doppelten Espresso?«

Die üppige Dunkelhaarige legte ihren Lockenkopf schief. »Harten Vormittag gehabt, Boss?«

»Eigentlich nicht, aber mein Schädel ist da wohl anderer Meinung.« Ich erwähnte nicht, dass ich ganz sicher ein paar Drinks zu viel erwischt hatte und jetzt dringend eine ordentliche Portion Koffein benötigte, um meinen Restalkoholpegel auf unter null zu senken.

»Alles klar, der Doppelte kommt sofort.« Mit geübten Handgriffen machte sich Karen an dem schwarz glänzenden Kaffeevollautomaten zu schaffen. Sie gehörte von Anfang an zur Belegschaft und war die perfekte Bardame. Sie hatte stets ein offenes Ohr für Angestellte und Gäste, dazu war sie verschwiegen und diskret – unschätzbare Fähigkeiten für diesen Job. Ich würde Karen nur ungern wieder hergeben, daher zahlte ich ihr ein gutes Gehalt und sie dankte es mir mit ungebrochener Loyalität. »Brandy dazu?«, wollte sie nun mit einem Blick über ihre Schulter wissen.

»Eher nicht«, wehrte ich grinsend ab. Karen kannte meine kleinen Eigenheiten mittlerweile und wusste so ziemlich genau, wie sie mich zu nehmen hatte. Eine Eigenschaft, die Sandra noch zu lernen hatte. Ich schätzte Karen sehr als fähige und fixe Mitarbeiterin. Sicher würde sie sich über einen dicken Bonus freuen, überlegte ich, als ich verfolgte, wie sie geschickt meinen Kaffee zubereitete. Karen lebte als Single mit ihrer an MS erkrankten Schwester zusammen und ich unterstützte sie hin und wieder ein wenig, weil ich wusste, dass die beiden Frauen astronomisch hohe Arztkosten zu bewältigen hatten. Natürlich äußerst diskret. »Danke, Karen, du bist ein Schatz.« Ich nahm das Getränk entgegen und riss das beiliegende Zuckertütchen mit den Zähnen auf.

»Keinen Zucker, Boss.«

»Schon gut, ich weiß. Aber heute brauche ich meinen Espresso ausnahmsweise mal heiß und süß«, sagte ich mit einem Zwinkern, legte den Silberlöffel beiseite und setzte die kleine Tasse an meine Lippen.

Karen erwiderte mein Lächeln, bevor sie sich einen Schwung Getränkekarten unter den Arm klemmte, um ein paar neu eingetroffene Gäste anzusteuern.

Ich nippte an meinem Espresso und verfolgte beiläufig irgendeine auf stumm geschaltete VIP-Sendung auf dem Flatscreen an der Wand, die mit mehr oder weniger pikanten Bildern der Stars und Sternchen Long Islands aufwartete. Gott, wie langweilig. Wer sah sich so einen Scheiß bitte schön an? Vielleicht sollte ich mich doch der Rothaarigen widmen, deren Blick ich noch immer in meinem Rücken spürte. Im Prinzip hatte ich nie etwas gegen ein unverfängliches Gespräch mit unseren Gästen zwischendurch einzuwenden, denn das diente der Kundenbindung und lockerte die Atmosphäre auf. Ich wollte mich gerade dezente umdrehen, als die Großaufnahme eines Gesichts auf dem Bildschirm erschien. Eines Gesichts, das mir irgendwie ... ja, zur Hölle! Langsam setzte ich meine Tasse ab. Das war sie! Brooke Porter, die junge Dame, die vorhin ins *Seventh Heaven* eingecheckt und mir im Vorbeigehen einen herausfordernden Blick zugeworfen hatte. Allerdings lautete der Name, der gerade im Bild eingeblendet wurde, nicht Brooke Porter, sondern Brooke van Deeks. *Brooke von Deeks.* Die Rädchen in meinem Hirn ratterten laut und vernehmlich. Ich wartete, bis Karen wieder in Reichweite kam, um ihr zu verstehen zu geben, dass ich sie noch mal sprechen wollte.

Karen ließ die Flasche *Martini* stehen, die sie gerade von einem Regal organisieren wollte und kam zu mir. »Boss?«

»Sei doch so nett und stell das da mal eben lauter, ja?« Ich machte eine Kopfbewegung zum Fernseher hin.

Karen tat mir den Gefallen und ich fixierte den jungen, bärtigen Reporter, der sich vor dem imposanten Gebäude des *Harbor Suites* positioniert hatte.

»Wie wir aus zuverlässigen Quellen erfahren haben, soll Brooke van Deeks, die einzige Tochter und Erbin des Hotelmagnaten Mark van Deeks, ein Auge auf ihren neuen und zugegebenermaßen ziemlich heißen Poolboy geworfen haben. Bahnt sich da etwa eine Liebelei an? Seit Jahren hat man die schöne Brünette nicht mehr in Begleitung eines Mannes gesehen. Und was wird Mark van Deeks dazu sagen, dass seine Tochter mit einem seiner Angestellten anbandelt? Sicherlich dürfte Mark wenig erfreut über diese Neuigkeit sein, zumal ja seine Frau schon seit einiger Zeit für Negativschlagzeilen sorgt.«

Ich schüttelte leicht den Kopf, als die Nahaufnahme eines gewissen Alessandro beim Arbeiten an einem Außenpool eingeblendet wurde. Schrecklich, diese hohlen Fernsehformate, die das Privatleben von in der Öffentlichkeit stehenden Menschen ausschlachteten. Und mal abgesehen davon, wen interessierte es, für welchen Kerl das Herz von Brooke van Deeks schlug?

»So, liebe Leute, das war's mal wieder mit dem Klatsch und Tratsch über die Stars und Sternchen unseres wunderschönen Long Islands. Passt auf euch auf, wir sehen uns nächste Woche wieder!« Der Bärtige lachte in die Kamera und tippte sich zum Abschied an eine imaginäre Kappe.

Ich rieb mir mit der Faust übers Kinn. Die Kleine war also die Tochter unseres größten Konkurrenten hier am Ort. Jeder auf der Insel kannte Mark van Deeks alteingesessenes Hotel, das *Harbor Suites*, und natürlich ebenso sein Gesicht sowie das seiner Tochter. Interessant war jedoch, dass Brooke bei uns im Hotel aufgetaucht war. Warum hatte sie im *Seventh Heaven* eingecheckt? Dazu noch inkognito? Dafür gab es eigentlich nur einen Grund. Und der gefiel mir ganz und gar nicht. Ich leerte meinen Espresso und entschied, dass ich alles daransetzen würde, um Brooke davon abzuhalten. Denn eins war sicher. Für einen Kurzurlaub hatte die hübsche Brünette hier sicher kein Zimmer gebucht.

3. KAPITEL

Brooke

Das Zimmer, zu dem Sandra vom Empfang mir die Schlüsselkarte ausgehändigt hatte, war hübsch und hell, eingerichtet mit modernen Möbeln, einem sandfarbenen Hochflorteppich auf edlem Holzboden, dazu Bettwäsche, Kissen und Vorhänge in mediterranen Farben und einem steinernen Kamin gegenüber dem breiten Messingbett. Komplettiert wurde der Raum von einem Sekretär, einer Minibar sowie einem großzügigen Flatscreen an der Wand. Ein ansprechendes, luxuriöses Zimmer, aber nichts, was mich die Luft anhalten ließe oder nicht mit unseren eigenen Gästezimmern mithalten könnte.

Ich stellte meinen Trolley an der Garderobe ab und ging zum Fenster, um die zweiflügelige Balkontür zu öffnen. Wow. Okay. Der Ausblick auf den mit Palmen und tropisch blühenden Pflanzen begrünten Innenhof, dessen Mitte ein quadratischer Pool mit leuchtend blauem Wasser schmückte, war wirklich umwerfend. Allerdings immer noch keine Erklärung, weshalb Gäste diese Unterkunft unserer vorziehen sollten. Ich würde mich später bei einem Spaziergang am Meer einmal am hoteleigenen Strand umsehen. Jedenfalls besaß das *Harbor Suites* ebenfalls Räumlichkeiten mit Blick auf den Atlantik. Und auch wenn mir das *Seventh Heaven* mit seiner lichtdurchfluteten, modern gestalteten Lobby bisher gut gefiel, konnte ich nicht erkennen, was an diesem Hotel so einzigartig sein sollte.

Ich trat ans Geländer und stützte mich mit den Armen ab, um hinunter in den Innenhof zu spähen. Die je mit einem Sonnenschirm und einer dicken Polsterauflage versehenen Sonnenliegen rund um das Wasser wirkten so verlockend, dass ich spontan beschloss, es mir erst mal unten gemütlich zu machen. Ich packte die paar Habseligkeiten aus, die ich mitgebracht hatte, testete bei der Gelegenheit die Matratze auf dem breiten Messingbett und schickte Dad eine kurze Sprachnachricht, um ihn wissen zu lassen, dass ich eingecheckt hatte.

Wenig später lag ich in meinem brandneuen apfelgrünen Bikini, den ich kürzlich bei einem Shoppingtrip mit Lauren in der Mall erstanden hatte, am Pool, nippte an einer eisgekühlten Coke und sonnte mich. Nach einer Weile wurde mir langweilig und ich fischte mein Smartphone aus meiner Tasche, um meiner Freundin zu schreiben.

Ich: *Hey. Hab im* Seventh Heaven *eingecheckt. Was machst du?*

Laurens Antwort kam prompt. Als hätte sie auf eine Nachricht von mir gewartet.

Lauren: *Mich ohne dich zu Hause langweilen.*

Ihr Geständnis entlockte mir ein Grinsen. Nach dem Gespräch mit Dad hatte ich ihr von meiner Mission erzählt und sie beim Leben ihres Hamsters Fox Mulder (unschwer zu erkennen, dass Lauren ein eingefleischter *Akte*-X-Fan war) schwören lassen, dichtzuhalten. Doch eigentlich musste ich mir keine Sorgen machen, dass meine beste Freundin etwas ausplaudern könnte. Ich vertraute ihr blind. Lauren war also zu sich nach Hause gefahren, ein paar Meilen landeinwärts, wo ihre Eltern ein Anwesen besaßen. Sie hätte bei uns bleiben können, denn Lauren war bei meiner Familie ein gern gesehener Gast, aber ich vermutete, dass sie zu schüchtern war, ohne mich im Schlepptau mit Alessandro zu flirten. Sie war heiß auf ihn und er auf sie, aber offensichtlich konnte sich keiner von beiden überwinden, die Initiative zu ergreifen.

Ich: *Wir treffen uns bald wieder. Versprochen. Und dann tüfteln wir einen Plan aus, wie du Alessandro endlich dazu bringst, mit dir auszugehen.*

Lauren: *Ha, ha! Okay :-P Wie ist es so dort drüben im Feindesland?!*

Ich: *Nicht übel bis jetzt.*

Ich ließ kurz meinen Blick über die jungen Männer schweifen, die hier am Pool bedienten. Mit ihren durchtrainierten Bodys und den knapp sitzenden dunkelblauen Shorts, die an der Seite das Emblem des *Seventh Heaven* trugen, waren sie allesamt ein Augenschmaus und ihr überaus sexy Anblick verursachte leichtes Bauchkribbeln bei mir.

Ich: *Jede Menge Eye-Candy, Lauren. Es hätte mich schlimmer treffen können.*

Okay. Das war definitiv ein Punkt für den Konkurrenten. Mit so vielen attraktiven Männern konnte unser Hotel nicht aufwarten. Andererseits war der Anteil an leicht bekleideten Frauen jeglichen Alters hier am Pool ebenfalls auffällig.

Lauren: *Kerle???*

Ich: *Jepp.*

Lauren: *Oh, ich beneide dich.*

Ich: *Musst du nicht. Ich bin ja nicht zum Spaß hier, wie du weißt.*

Lauren: *Klar. Komm schnell zurück, okay? Und mach mal heimlich ein paar Bilder von den heißen Typen ;-)*

Ich: *Hey, hey, ganz ruhig, Brauner. Du hast doch deinen Alessandro. Bis später, Süße. XOXO*

Grinsend ließ ich mein Handy in meine Tasche zurückgleiten, stellte mein Getränk, das der nette Kellner mit einem süßen Schirmchen versehen hatte, auf den Beistelltisch und erhob mich, um mich unter einer der Duschen abzubrausen. Das Wasser im Becken fühlte sich perfekt temperiert an, nicht zu kalt, aber auch nicht brühwarm, wie es in vielen anderen Pools der Fall war. Wirklich schade, dass Lauren nicht an meiner Seite war, denn mit ihr zusammen wäre das hier sicherlich ein Spaß gewesen. Aber wie ich meiner Freundin schon geschrieben hatte, war ich schließlich nicht zum Vergnügen hier, sondern hatte eine Mission zu erfüllen. Ich tauchte unter und zog anschließend ein paar Bahnen durch das kristallklare Wasser.

Als ich genug hatte, lehnte ich mich mit dem Rücken gegen den Poolrand und stützte mich mit den Armen ab. Die Wassertropfen auf meiner Haut prickelten angenehm in der Sonne, während ich den Blick schweifen ließ. Er blieb an einem der diensteifrigen jungen Männer hängen, der sich mit einem Tablett voller Gläser durch die Reihe der Liegen manövrierte, und unwillkürlich wanderten meine Gedanken zu Alessandro und Lauren. Verdammt. Okay, ja. Wenn ich ehrlich war, war ich ganz schön eifersüchtig auf die beiden, sobald ich die heimlichen, begehrlichen Blicke sah, die sie miteinander tauschten. Insgeheim wünschte ich mir auch jemanden, dessen Anblick mein Herz zum Stolpern brachte. So wie Dylan MacKenzie es einst getan hatte. Dylan und ich waren während des Colleges für kurze Zeit ein Paar gewesen. Bis er auf einer Semesterfete dem sexy Knackarsch seines Philosophieprofessors verfallen war und mir freimütig erklärt hatte, dass er eigentlich auf Kerle stand. Ungefähr ein halbes Jahr lang hatte ich mich danach von *Cheerios* und Eiscreme ernährt und nachts mein Kopfkissen nass geweint. Danach hatte ich erst mal die Nase voll gehabt von Männern.

Doch dieses Drama lag in der Vergangenheit und nach einigen belanglosen Affären war ich dafür offen, einen neuen Mann in mein Leben zu lassen. Den Einen. Ja, es mochte nach einem Klischee klingen, aber ich träumte von meinem Ritter in glänzender Rüstung. Kind und Hund im Gepäck inklusive. Mit dreiundzwanzig fühlte ich mich mehr als bereit, auf seinen weißen Schimmel zu springen und mit ihm in den Sonnenuntergang zu reiten. Dank eines unverschämten Paparazzo – der sich kürzlich in unseren privaten Hotelbereich geschlichen, im Gebüsch versteckt und dabei Alessandro und mich ins Gespräch vertieft abgelichtet hatte – ging die sensationsgeile Presse davon aus, dass Alessandro Rivera dieser Mann sein könnte. Lauren und ich konnten darüber nur lachen. Ich hatte kein Interesse daran gehabt, die Sache zu berichtigen, denn die Boulevardblätter zerrissen sich ohnehin die Mäuler und stellten am Ende doch alles ganz anders dar, als es der Wirklichkeit entsprach. Deshalb hasste ich die Klatschpresse und vermied ein Zusammentreffen, wann immer es möglich war.

Leise aufseufzend schloss ich die Augen, hob das Gesicht der Sonne entgegen und versuchte, das Stimmengewirr um mich herum auszublenden. Was sich als nicht ganz einfach gestaltete, denn neben mir am Beckenrand hatten es sich zwei junge Frauen zum Plaudern gemütlich gemacht.

»Im Ernst, Katy, jetzt sag schon, hattest du oder hattest du nicht?«

»Hey, eine Lady schweigt und genießt.«

»Also hattest du.« Vieldeutiges Gekicher. »Oh mein Gott. Sag, dass das nicht wahr ist, Katy. Du hast es getan?«

Blinzelnd öffnete ich ein Auge. Jetzt wurde es interessant. Ich versuchte ja, nicht hinzuhören, aber irgendwie war ich neugierig geworden und wollte nun auch wissen, ob die Schwarzhaarige namens Katy in dem sonnengelben Bikini es nun getan hatte oder nicht. Was auch immer *es* war.

»Du hast ernsthaft mit Happy End gebucht?« Wieder kicherte die Schwarzhaarige. Und es hörte sich verdammt dreckig an. »Ich fasse es nicht!«

»Na, hör mal, Cynthia. Wenn schon, denn schon. Ich bin Single und genieße mein Leben.«

»Oh mein Gott!« Ihrer Freundin, ein Vollweib in einem geblümten Badeanzug, klappte die Kinnlade herunter.

»Nicht so laut, Cyn. Muss doch nicht ganz Long Island wissen.« Die Schwarzhaarige streifte mich mit einem flüchtigen Blick, bevor sie ihre Stimme zu einem Raunen senkte. »Du musst *Paris-Style* buchen, Süße. Dann kommst du auch in den

Genuss.«

Oha. Von was zum Teufel redeten die beiden da? Ich war versucht, nachzufragen, aber erstens wollte ich nicht aufdringlich sein und zweitens hatte ich das Gefühl, Katy würde mir, einer völlig Fremden, sicher nicht verraten, worum es hier eigentlich ging.

»Soll ich das wirklich machen?« Das Vollweib klang zweifelnd.

»Es ist total diskret und der Typ, der mich massiert hat, echt, Cyn, er ist ein Sexgott. Wenn du dir das nicht gönnst, solang wir hier Urlaub machen, dann entgeht dir wirklich was.«

Ich erstarrte. Die beiden sprachen von einer Massage. Hier im Hotel. Mit Happy End. Wenn es das war, was ich dachte ...

Oh.

Mein.

Gott.

Hatte ich das eben richtig verstanden? Ich musste mich verhört haben! Ich spürte, wie meine Wangen zu brennen anfingen.

»Okay, ich denke, einen Versuch ist es wert.« Cyn strich sich nachdenklich über das ausladende Dekolleté. Ganz so, als wollte sie schon mal ausprobieren, wie es sich anfühlen würde ...

Brooke van Deeks, hör sofort mit deinen schmutzigen Fantasien auf!, wies ich mich zurecht und bemühte mich redlich, eine möglichst unbeteiligte Miene aufzusetzen. Zumal mir Katy erneut einen misstrauischen Blick zuwarf.

»Mach es, Cyn«, raunte sie ihrer Freundin zu. »Glaub mir, ich hatte den besten O meines Lebens. Ernsthaft.«

Den besten O meines Lebens? Was zur Hölle ...? War ich hier etwa in einer verdammten Soap gelandet? Betont beiläufig scannte ich die Umgebung nach versteckten Kameras ab, konnte allerdings keine entdecken. Ich schnappte nach Luft und war mir sicher, dass ich knallrot angelaufen war, während ich mich so unauffällig wie möglich von den beiden Frauen entfernte, um aus dem Wasser zu steigen. Mein Herz hämmerte und zwischen meinen Beinen prickelte unverkennbar Lust. Ich war schon lang nicht mehr flachgelegt worden. Genau genommen fünf Monate nicht mehr. Und das letzte Mal war ein Desaster gewesen. Ausgerechnet Laurens nerdigem Cousin hatte ich auf ihrer Geburtstagsfeier in einem Anfall von Verzweiflung und dank etlicher Pina Coladas, nicht im Vollbesitz meiner geistigen Kräfte, erlaubt, mein Höschen auszuziehen. Insofern war es eigentlich höchste Zeit, diese peinliche Erinnerung mit einer neuen Erfahrung auszulöschen.

Mit zitternden Fingern griff ich nach meinem Handtuch auf der Sonnenliege, um mich darin einzuwickeln. Tausend Gedanken wirbelten, begleitet von ziemlich unanständigen Bildern, durch meinen Kopf, als ich mich auf meine Liege sinken ließ und über diese Massage nachdachte, von der Katy im Pool soeben geschwärmt hatte.

Zachary

Dem doppelten Espresso sei Dank, waren meine Kopfschmerzen gänzlich verschwunden, als ich meine tägliche Runde durch den Innenhof machte. An der Poolbar traf ich auf Kyle, der sich am Tresen an einer Coke festhielt. Er hatte die Leitung über den Außenbereich inne und trug das gleiche Outfit wie die Crew: dunkelblaue Shorts, dazu ein weißes Poloshirt, nur dass ihn die Vielzahl an Tribals auf seinen durchtrainierten Armen von den anderen Angestellten unterschied. Selbst wenn man bei uns Moore-Brüdern keine Ähnlichkeiten hätte feststellen können, die gemeinsame Liebe zu keltischen Tattoos, ein Statement unserer Verbundenheit zu Mom, verriet unsere enge Verbindung.

»Hey, Kyle.« Ich klopfte meinem zwei Jahre jüngeren Bruder zur Begrüßung auf die Schulter und nickte Mike, dem Mann hinter der Bar, freundlich zu. »Guten Morgen. Alles im grünen Bereich?«

Kyle, der genau wie ich die schwarzen Haare und die goldbraunen Augen unserer irischstämmigen Mutter geerbt hatte, schob seine Flasche auf den Tresen, wobei er eine Kopfbewegung hin zum Schwimmbecken machte. »Wie kann in Gesellschaft so vieler bezaubernder Ladys etwas nicht im grünen Bereich sein?«

Ich erwiderte sein Grinsen. Dennoch vertrat ich die Meinung, dass, auch wenn wir das Privileg hatten, verlockende Ansichten an unserem Arbeitsplatz genießen zu dürfen, wir uns darauf konzentrieren sollten, weiterhin daran zu arbeiten, das *Seventh Heaven* zur Nummer eins am Ort zu machen. »Spaß beiseite, Bruder, ich hatte vorhin ein Gespräch mit Robert Taylor, dem Bewerber für den Poolservice, den du mir ans Herz gelegt hattest.«

»Und? Wie hat er sich geschlagen?« Erwartungsvoll trommelte Kyle mit seinen Fingern auf die Theke. Er und Taylor hatten zusammen in Kyles Band gespielt, bevor sich Kyle schweren Herzens sowie dem letzten Wunsch unserer Mutter entsprechend entschlossen hatte, seine Brötchen künftig mit seinen beiden Brüdern im *Seventh Heaven* zu verdienen. Offensichtlich war die Band nach Kyles Weggang, dessen Stimme den besonderen Sound ausgemacht hatte, auseinandergebrochen. Genau genommen waren die Geschäfte der Gruppe schon länger nicht mehr gut gelaufen, doch Kyles Austritt hatte der Band letztendlich den Todesstoß versetzt. Und so hatte Taylor bei ihm um einen Job gebeten.

Ich legte meinem Bruder eine Hand an den Ellenbogen, um ihn ein paar Schritte von der Bar wegzulotsen.

»Na, komm schon, sag es einfach, Zach. Hat er den Job nun bekommen oder nicht?«

Ich massierte mir die Nasenwurzel. »Um ehrlich zu sein, gestaltete sich das Gespräch etwas spröde. Ich bin mir nicht sicher, ob er der Richtige für die Stelle ist.« Nein. Kyle verdiente es, ungeschminkt die Wahrheit zu erfahren. »Sorry, Bro, aber dein Freund eignet sich nicht für den Posten.«

»Du willst Rob nicht einstellen?«

»Nope.«

»Kannst du nicht mal ein Auge zudrücken, Zach?«

»Du kannst gern dein Veto einlegen und wir Brüder werden

dann alle drei gemeinsam diesen Fall diskutieren. Aber du weißt, dass Nash in dieser Beziehung genauso denkt wie ich, und ...«

»... du hast als CEO dieser Firma ohnehin das letzte Wort. Ich weiß, ich weiß. Mach dich mal locker.«

Ich mahlte mit den Kieferknochen. Genau das war das Problem. Kyle brannte für die Musik, er war Künstler durch und durch. Konnte ich es ihm zum Vorwurf machen, dass er nicht den nötigen Enthusiasmus für dieses Geschäft besaß? Andererseits hatte er sich zur Mitarbeit entschieden, wenn auch der Grund dafür der sein mochte, dass er Mom auf dem Sterbebett ein Versprechen gegeben hatte.

Zwar hatte uns Mom nach ihrem Tod ihren Anteil von Gregory Preston Tyler Moores riesigem Vermögen hinterlassen, denn auch wenn mein Dad ein miserabler Ehemann und Vater gewesen war, hatte er es verstanden, aus jedem Cent pures Gold zu machen. Und ich hatte es als eine Art Entschädigung für Mom, für unsere miese Kindheit und Jugend angesehen, sein Geld für unsere Interessen auszugeben, um das Imperium der Moore-Brüder weiter auszubauen. Dennoch war ich ehrgeizig genug, unseren Reichtum aus eigenen Kräften zu vermehren, was mir dank meiner Disziplin bisher auch hervorragend gelungen war. Ich war bestrebt, dass unsere Geschäfte dauerhaft erfolgreich waren. Mein Bruder dagegen war aus anderem Holz geschnitzt, wusste die Vorzüge unseres Erfolgs allerdings durchaus zu genießen. Und diese Eigenschaft brachte mich immer wieder auf die Palme.

»Lass und das Thema hier und jetzt beenden, Kyle. Dein Freund eignet sich leider nicht als Mitarbeiter für unseren Betrieb.«

»Komm schon, Zach. Mir ist klar, dass Rob nicht der Redegewandteste ist, aber ...«

Und das war noch positiv ausgedrückt. »Wir stellen nur die Besten ein, Kyle. Und für die offene Stelle brauchen wir jemand Aufgeschlossenes. Einen coolen und eloquenten jungen Mann, der hier draußen genauso scheint wie die Sonne. Niemanden, der händeringend nach der richtigen Antwort sucht, wenn er nach etwas gefragt wird, auch wenn Rob ohne Zweifel in Ordnung zu sein scheint.«

Kyles Silberringe blitzten im Sonnenlicht auf, als er sich mit der Rechten aufgebracht durch seine schwarzen Haare fuhr. »Ich denke, du siehst das Ganze zu eng, Zach. Im Ernst ...«

»Mom hat mir als Ältesten von uns dreien die Leitung des *Seventh Heaven* übertragen«, unterbrach ich Kyle kühl. »Was bedeutet, dass ich hier das Sagen habe. Auch wenn es dir nicht in den Kram passt.« Ich hatte derartige Diskussionen mit meinem lax denkenden Bruder satt.

»Fuck, Bruderherz, dir sollte dringend mal jemand deinen Stock aus dem Hintern ziehen«, zischte Kyle.

»Und du solltest dringend mal deine Arschbacken zusammenkneifen und dafür sorgen, dass das hier draußen am Pool weiterhin gut läuft.«

Kyle zuckte gleichgültig mit einer Schulter, bevor er sich wieder seiner Coke zuwandte. »Wie du meinst. Dein Wort ist ja ohnehin Gesetz.«

Ich hörte die Spitze in seiner letzten Bemerkung nur allzu deutlich. Ich ärgerte mich darüber, dass er sich in der Gegenwart von Mitarbeitern mir gegenüber so verhielt. Es geschah immer wieder, dass Kyle und ich aneinanderrasselten. So sehr wir uns auch äußerlich ähnelten, so grundverschieden waren wir von unserem Wesen her. »Halt dich zurück, Kyle«, sagte ich gefährlich leise. »Ich glaube kaum, dass du dein Talent wieder in halb leeren Bars verschwenden möchtest.«

Kyle presste seine Lippen zusammen, enthielt sich aber eines weiteren Kommentars.

Wir verabschiedeten uns und innerlich kopfschüttelnd über meinen jüngeren Bruder setzte ich meinen Rundgang fort. Am Pool herrschte wie jeden Tag seit Saisonbeginn geschäftiges Treiben. Ich nickte einigen Gästen zu, blieb hier und da für ein paar freundliche Worte stehen. Ich liebte es, mit den Leuten ins Gespräch zu kommen, denn einer unserer Leitsätze war, dass sich jeder Gast willkommen und wie zu Hause fühlen sollte. Wir versuchten, auf fast alle Wünsche einzugehen und sämtlichen

Bedürfnissen gerecht zu werden. Ich war überzeugt davon, dass dies einen Teil unseres Erfolgs ausmachte.

Eine dralle Mittfünfzigerin, Gast des *Seventh Heaven* seit der ersten Stunde, klagte mir gerade ihr Leid, dass sie wegen ihres empfindlichen Rückens auf kaum einer Matratze liegen könne, als mein Blick an einem ziemlich auffälligen und knappen apfelgrünen Bikini hängen blieb. Es war jedoch nicht dieses verführerische Stückchen Stoff, das meine Aufmerksamkeit fesselte, sondern die junge Dame, die darin steckte. Brooke Porter alias Brooke van Deeks. Sie hatte es sich auf einer der Sonnenliegen gemütlich gemacht und scrollte dabei durch ihr Handy, während sie hin und wieder am Strohhalm ihres Drinks saugte. Dabei schien sie sich überhaupt nicht bewusst zu sein, wie verflucht hinreißend und sexy sie so halb nackt wirkte. Heilige Scheiße! Ich wurde auf der Stelle hart.

»Wissen Sie, Zachary, Ihre Matratzen sind wirklich die Einzigen, auf denen ich halbwegs vernünftig liegen kann«, jammerte meine Gesprächspartnerin herzerweichend.

Ich nickte ihr beipflichtend zu und murmelte etwas, das wie ein *Danke schön, freut mich sehr* klang, und fuhr fort, Brooke zu beobachten, die jetzt das Handy in einer großen, schreiend bunten Leinentasche unter ihrer Liege verstaute. Anschließend schob sie ihr Getränk auf den Beistelltisch und erhob sich. Ich verlagerte mein Gewicht und versuchte, dem Geplapper der Frau neben mir halbwegs zu folgen, als Brooke eine der Duschen ansteuerte und ... *Fuck*. Was zur Hölle machte sie da? Sie legte den Kopf zurück, um ihre schlanke Kehle zu präsentieren, hob das Gesicht dem Wasser entgegen und ließ sich mit kleinen verführerischen Drehungen ihres Körpers berieseln. Dieser Anblick löste den dringenden Wunsch in mir aus, sie flachzulegen. Wie auch nicht? Der winzige Bikini schmiegte sich an jede ihrer delikaten Kurven und ihre aufgerichteten, dunklen Brustwarzen zeichneten sich deutlich unter dem dünnen Stoff ab. Heilige Scheiße. Die Frau sah einfach umwerfend aus! Umwerfend und unfassbar sexy. Wie das Wasser an ihrer zart gebräunten Haut entlangperlte. Ich schluckte hart und wünschte mir auf der Stelle, einer dieser Wassertropfen zu sein, die das Privileg hatten, über ihre Haut rieseln zu dürfen. Wie sie wohl schmeckte? Gott, was würde ich dafür geben, mit meiner Zunge an diesem Wahnsinnskörper auf Erkundungstour gehen zu dürfen. Hatte ich das soeben wirklich gedacht? Was zur Hölle war mit mir los? Ich war es gewohnt, von gut aussehenden, leicht bekleideten Frauen umgeben zu sein. Ich wurde nicht hart, wenn ich ein Mädchen in einem knappen Bikini erblickte. Das war nicht professionell. Wenn ich jedes Mal einen Ständer kriegen würde, sobald ich es mit halb nackten, weiblichen Gästen zu tun hatte, sollte ich besser meinen Job aufgeben.

Ich war sicher, dass mir Schweißperlen auf der Stirn standen, als ich meinen Blick von Brooke und diesem verdammten Stückchen Stoff losriss und die dralle Dame neben mir fixierte, die nicht aufhören wollte, mir die Vorzüge unserer Matratzen aufzuzählen. Oh Mann, ich wollte nichts von der Weichheit und Belastbarkeit unserer Betten hören, wenn sich wenige Meter von mir entfernt das Objekt meiner Begierde unter der Dusche rekelte, was meiner männlichen Fantasie schon genügend Zündstoff gab.

»Hören Sie, Mrs Fisher, ich freue mich wirklich, dass Sie so zufrieden mit uns sind. Wenn Sie etwas brauchen, egal, was, wenden Sie sich bitte an unsere Hausdame Clarissa.« *Zur Hölle, Schwanz, beruhige dich.* »Entschuldigen Sie mich, ich habe etwas zu erledigen.«

Kräftige, klauenartige Finger schlossen sich blitzschnell um meinen Unterarm. »Mein lieber Junge, ich danke Ihnen. Sie sind so ein Schatz.«

»Genießen Sie weiterhin Ihren Aufenthalt.« Ich rang mir ein Lächeln ab, mir der Tatsache schmerzhaft bewusst, dass mein Schwanz dabei war, ein reges Eigenleben zu entwickeln, das, wenn ich mich nicht schleunigst und sehr diskret aus dem Staub machte, für alle hier am Pool deutlich sichtbar sein würde. Peinlicher könnte es für den CEO des *Seventh Heaven* wohl kaum werden.

Nach dem Lunch, den ich wie üblich in einem Separee mit meinen Brüdern eingenommen hatte, und nachdem sich gewisse Teile meiner Anatomie wieder beruhigt hatten, bat ich Kyle um ein kurzes Gespräch. Ich erklärte ihm nochmals meine Beweggründe, seinen alten Highschool-Freund nicht eingestellt zu haben, und forderte ihn auf, meine Autorität vor Gästen oder Mitarbeitern nicht mehr infrage zu stellen. In etwas unterkühlter Atmosphäre trennten wir uns, aber ich wusste, dass Kyle sich früher oder später wieder einkriegen würde. Er war schon immer ein impulsiver Hitzkopf gewesen, ich kannte ihn gut. Und trotz der gelegentlichen Reibereien liebte ich Kyle nicht weniger als meinen jüngsten Bruder Nash, der gerade dreiundzwanzig geworden war und sich um alles kümmerte, was im Entferntesten mit Marketing zu tun hatte. Nicht erst seit Moms Tod hielten wir zusammen wie Pech und Schwefel, wenn es darauf ankam, konnte uns nichts und niemand trennen. Das war möglicherweise eins der Geheimnisse, weshalb die Zusammenarbeit im Hotelbetrieb so gut klappte und was einen Teil unseres Erfolgs ausmachte.

Eine Weile später klopfte ich an Miss van Deeks' – oder von mir aus auch *Porters*, wenn sie das bevorzugte – Zimmertür. Ich wollte endlich herausfinden, was die Tochter des alteingesessenen Hoteliers hier in meinem Hause zu suchen hatte. Natürlich hatte ich nicht vor, ihr unverblümt diese Frage zu stellen. Vielmehr plante ich, mich bei ihr zu erkundigen, ob alles im Zimmer zu ihrer Zufriedenheit sei. Nebenbei gedachte ich, mich zu versichern, dass es sich bei meiner Reaktion auf ihren leicht bekleideten Anblick vorhin lediglich um einen Defekt meiner Schaltkreise gehandelt hatte. Irgendeine Fehlfunktion meiner Neuronen. Der ganze Vorfall am Pool war lächerlich gewesen und sicher würde ich Miss Porter gleich als die junge Frau sehen, die sie war. Hübsch ohne Zweifel, aber nicht so besonders, dass ich auf der Stelle den dringenden Wunsch zum Beischlaf verspürte.

»Miss Porter?« Wieder klopfte ich, erhielt aber keine Reaktion. Ich wandte mich ab, ging ein paar Schritte über den Flur und fuhr mir durch die Haare, als mir ein Gedanke kam. Mit einem kleinen, boshaften Lächeln auf den Lippen steuerte ich den Aufzug an, der mich nach unten in die Lobby bringen würde.

Sandra war an der Empfangstheke mit einem jungen Paar im Gespräch, das gerade dabei war, einzuchecken. Ich hielt mich diskret im Hintergrund und wartete, bis die beiden mit ihrem Gepäck den Lift in Beschlag genommen hatten. »Zachary.« Sie strahlte mich an und wirkte auch jetzt viel selbstsicherer als bisher. »Kann ich Ihnen helfen?«

Ich erwiderte ihr Lächeln. Offensichtlich waren meine offenen Worte tatsächlich auf fruchtbaren Boden gefallen, worüber ich froh war, denn Sandra war mit ihrer eleganten Erscheinung das perfekte Aushängeschild für den Empfangsbereich der Lobby. Ich stützte mich mit den Händen auf dem Tresen ab und neigte mich in ihre Richtung. »Sandra, ich hoffe, ich kann mich auf Ihre Diskretion verlassen?«

»Natürlich, Mr Moore. Selbstverständlich.«

»Zachary«, erinnerte ich sie sanft. »Hören Sie zu, können Sie mir zufälligerweise sagen, wo sich unser Hotelgast Brooke Porter gerade aufhält? Die junge Dame, die heute Früh eingecheckt hat?«

Ihre hellen Augen hinter der randlosen Brille weiteten sich. Vermutlich fragte sie sich, warum ich an Miss Porter so großes Interesse zeigte. Aber Sandra war tatsächlich diskret genug, um nicht nachzuhaken. Sie fing sich rasch wieder. »Das weiß ich zufälligerweise wirklich, Zachary. Miss Porter war vor ein paar Minuten hier und hat gefragt, ob es möglich sei, eine Massage zu buchen. Ich habe sie an den Wellnessbereich verwiesen.«

Sieh an. Die Lady war hier, um eine Massage zu genießen? Mein Instinkt hatte mich nicht getrogen. Allerdings wurde die Sache immer mysteriöser. Was für ein Spiel trieb die Kleine? Sie hatte gewiss nicht nur wegen einer Massage im *Seventh Heaven* eingecheckt. Oder hatte sie das doch und ich lag mit meiner ersten Vermutung falsch? Möglich wäre es. Wir hatten jede

Menge Damen, die der Verschwiegenheit wegen bei uns ein sogenanntes *Wellnesspaket* buchten. Ein Grinsen zuckte um meine Mundwinkel. »Danke, Sandra. Sie haben mir sehr geholfen«, sagte ich und steuerte den Wellnessbereich an, um weitere Informationen einzuholen.

Es kam nicht oft vor, aber hin und wieder kümmerte ich mich höchstpersönlich um einen weiblichen Gast. Und Brooke van Deeks würde definitiv in den seltenen Genuss meiner Betreuung kommen.

4. KAPITEL

Brooke

Zurück auf meinem Zimmer setzte ich mich mit meinem Smartphone auf mein Bett und textete noch mal Lauren. Leider war sie diesmal nicht online, also versuchte ich, Dad telefonisch zu erwischen, erreichte jedoch nur die Mailbox. Ich bat ihn, mich so bald wie möglich anzurufen, denn ich wollte ihm unbedingt erzählen, was ich soeben Ungeheuerliches am Pool aufgeschnappt hatte.

Anschließend suchte ich das komplett in schimmerndem Weiß geflieste Bad auf, um mir das Chlor aus meinem Haar zu waschen. Ich stand unter der ebenerdigen Dusche, seifte mich mit einer vom Hotel spendierten Duschcreme, die nach Kokos und Sommerblumen duftete, ein und dachte gründlich nach. Wenn das zutraf, was ich vermutete, dann verbarg sich hinter der Fassade des luxuriösen Resorts ein verdammter Puff – ein Bordell für Frauen! Unfassbar. Wenn das wirklich wahr wäre, was für ein Skandal! Das Gespräch zwischen dieser Katy und ihrer Freundin hatte mich hellhörig werden lassen. Andererseits, vielleicht hatte Katy übertrieben und sich da etwas zusammenfantasiert, um damit angeben zu können. Manchmal kam frau ja auf die absurdesten Ideen. Genau, vielleicht war ihre merkwürdige Massage mit dem Happy End reines Wunschdenken gewesen. Ich würde es herausfinden, überlegte ich, als ich mir das Haar föhnte und eine nach Rosenblüten riechende Körperlotion, selbstverständlich ebenso eine Aufmerksamkeit des Hauses, auftrug. Hätte ich geahnt, dass mein Hotelbad eine Rundumausstattung an Körperpflege- und Haarwaschmitteln bot, hätte ich gut und gern die Hälfte meiner Pflegeprodukte zu Hause lassen können. Eins musste man dem *Seventh Heaven* lassen: Das Haus schien spendabel zu sein.

Ich wählte einen Spitzen-BH und ein passendes Höschen aus, schlüpfte in Jeansshorts und ein weißes T-Shirt. Vom Bett schnappte ich mir meine Handtasche, inklusive der winzigen, in einem Schlüsselanhänger versteckten Überwachungskamera. Dad hatte mir eine Spycam besorgt, um bei meiner Recherche belastendes Material sammeln zu können, wie er sich ausgedrückt hatte. Und irgendein Instinkt sagte mir, dass ich die Kamera möglicherweise in Kürze sehr gut gebrauchen könnte. Himmel, war das Ganze aufregend! Derart ausgestattet, kam ich mir fast wie Jennifer Lawrence in *Red Sparrow* vor, als ich in Sneakers den mit einem dicken Teppich ausgelegten Flur entlangging, um den Lift zu rufen.

Ich durchquerte die Lobby und winkte im Vorbeigehen Sandra zu, bevor ich die zweiflügelige Glastür, von der mir die Blondine vorhin erklärt hatte, dass sie mich in den Wellnesstrakt führen würde, öffnete. Verträumte Klaviermusik empfing mich, als ich über einen weißen Steinboden mit eingelassenen Goldsplittern lief und einen Bereich mit einem halbmondförmigen Tresen, Barhockern und kleinen Tischen, auf denen Zeitschriften lagen, ansteuerte. *Wow, wow, wow!* Hier stand man offensichtlich auf Luxus pur. Die Wände waren aus glänzendem schiefergrauem Granit, ebenso die Anmeldung, hinter der ein adretter, blonder junger Mann am PC saß und nebenbei in einer Zeitung blätterte. Genau wie die anderen Angestellten draußen am Pool trug er ein weißes Poloshirt mit dem Logo des *Seventh Heaven* darauf. Und genau wie all die anderen Männer war er ziemlich attraktiv. Verflucht, gab es hier vielleicht irgendwo ein Nest? So viele nett aussehende Kerle an einem Ort versammelt, hatte ich noch nie zuvor irgendwo gesehen. Vielleicht war das das Geheimnis des *Seventh Heaven*? Kamen die Frauen der umwerfend gut gebauten Männer wegen hierher? Ich könnte es durchaus nachvollziehen.

Der Blondschopf empfing mich mit einem charmanten Lächeln und legte seine Lektüre beiseite. »Guten Tag, Miss. Willkommen im Spa- und Wellnessbereich des *Seventh Heaven*. Ich bin Ridge. Was kann ich für Sie tun?« Seine weißen Zähne blitzten im Licht der vielen kleinen, eingelassenen Lämpchen an der Decke auf.

Ich schenkte ihm ebenso ein Lächeln. »Hallo, Ridge. Ich ... Also Sandra vom Empfang sagte mir, ich könne bei Ihnen eine Massage buchen?« Himmel, ich klang wie ein verunsichertes Schulmädchen. Ich streckte meinen Rücken durch und erwiderte den interessierten Blick des blonden Hünen scheinbar gelassen, obwohl ich in diesem Augenblick am liebsten auf dem Absatz kehrtgemacht gemacht hätte. Die Idee war einfach absurd. Andererseits sah ich keine Alternative, wenn ich herausfinden wollte, was es mit diesem mysteriösen Massageangebot auf sich hatte, von dem Katy geschwärmt hatte.

»Aber ja, sehr gern.« Ridges Lächeln vertiefte sich. »Wir bieten unterschiedliche Massagen an als auch diverse Wellnessprogramme wie Schlammpackungen, Körperpeelings, Saunieren, Beauty-Anwendungen, Bäder. Moment, ich gebe Ihnen mal unsere Broschüre, dann können Sie in Ruhe stöbern.« Aus einem Fach zog er einen Prospekt hervor und drückte ihn mir in die Hand.

»Danke, ich werde es mir ansehen, aber jetzt würde ich gern eine Massage buchen.« Oh Gott. Ich fühlte, wie sich meine Wangen erhitzten.

Der blonde Schönling nickte, noch immer lächelnd. »An was hatten sie denn gedacht?«

»An was ich ...« *Ach du Scheiße.* Ich konnte ja wohl schlecht sagen, dass ich draußen im Pool ein pikantes Gespräch *überhört* hatte, in dem es um Massagen mit Happy Ends ging. Betont lässig zuckte ich mit einer Schulter, während sich die Finger meiner rechten Hand um meine Handtasche verkrampften. »Eine Ganzkörpermassage. Irgendwas zur Entspannung.« Ich räusperte mich.

»Zur Entspannung.« Ridges blaue Augen funkelten warm. »Unsere Massagen dienen alle der Entspannung. Von Körper, Geist und Seele.«

»Ähm, ja. Eine ... äh ... Bekannte ...« Wieder räusperte ich mich. Ich war mir sicher, dass ich inzwischen glühte wie ein verdammter Feuermelder. »Eine Bekannte erwähnte so was wie eine Massage *Pariser Art*?« Die beiden letzten Worte sagte ich sehr leise und ziemlich schnell, obwohl sich außer ihm und mir niemand in Hörweite befand. Unwillkürlich hielt ich die Luft an. Möglicherweise erklärte mich Ridge für total verrückt, aber das Risiko musste ich eingehen.

Zu meiner Überraschung war seiner Miene keine Regung abzulesen. Er nickte, richtete den Blick auf seinen Bildschirm und tippte etwas ein. »Eine Massage *Paris-Style*, mal sehen, wann ich den nächsten ... Oh!« Er zwinkerte mir erfreut zu. »Sie haben Glück, wir haben direkt einen Termin frei, Miss ...«

»Porter«, krächzte ich und hob automatisch meine Mundwinkel.

Lässig elegant rutschte er von seinem Hocker und umrundete den Tresen, um auf mich zuzukommen. »Wenn Sie mir bitte folgen würden, Miss Porter.« Mit einer Handbewegung deutete er mir an, mich an seine Fersen zu hängen. Da er keinerlei verdächtige Reaktion auf meinen Wunsch zu erkennen gegeben hatte, erhärtete sich mein Verdacht. Anscheinend hatte diese Katy nicht übertrieben.

Ridge und ich liefen über einen breiten Gang, der durch Tageslicht aus an der Decke angebrachten Glaskuppeln erhellt wurde, während mein Herz in meiner Brust erwartungsvoll wummerte. Anschließend führte er mich an einem Bereich vorbei, dessen helle Steinwände teilweise die Farbe der in verschiedenen Brauntönen gehaltenen Bodenfliesen wiedergaben. In der Mitte funkelte türkisblaues Wasser in einem länglichen Schwimmbecken, umgeben von mit dicken Frotteetüchern bedeckten Massageliegen, dekoriert mit cremefarbenen hohen Kerzen auf Beistelltischen. Edel, geschmackvoll und sehr romantisch. Wer würde sich hier nicht gern verwöhnen lassen?

»Normalerweise herrscht in diesem Bereich weitaus mehr Betrieb«, bemerkte Ridge mit einem Blick über die Schulter zu mir und vollführt eine erklärende Geste. »Vor allem in den Wintermonaten. Aber jetzt, im Frühsommer, und vor allem bei diesem herrlichen Wetter, lockt der Pool draußen mehr.«

»Verstehe.« Deshalb hatte ich vermutlich auch Glück gehabt und sofort einen Termin bekommen.

Ridge öffnete eine Milchglastür, die in eine Art Lobby mit dunklen Ledersofas sowie kleinen Tischen und einer Minibar führte. Er bat mich, Platz zu nehmen.

»Machen Sie es sich bequem, Miss Porter. Sie dürfen sich gern an der Minibar bedienen. Ihr persönlicher Masseur wird Sie gleich abholen.« Er nickte mir noch mal zu und ließ mich dann allein.

Ich sank auf das weiche Leder und trommelte mit den Fingern ungeduldig auf meinen Oberschenkeln. *Oh Dad, auf was lasse ich mich hier ein?* Hoffentlich würde ich schnell meine Beweise sammeln – sofern sich mein Verdacht bestätigte – und dann wieder von hier verschwinden können. Mir war äußerst unwohl zumute. Seufzend lehnte ich mich zurück, aber dann setzte ich mich mit einem Ruck wieder aufrecht hin. Du liebe Güte, warum machte ich mich denn überhaupt so verrückt? Vielleicht war ja alles ganz harmlos. Und wenn nicht, konnte ich jederzeit aufstehen und gehen – kein Grund also, so schrecklich nervös zu sein. Das Wichtigste war, an belastendes Material zu gelangen, falls hier irgendwas nicht in Ordnung war. Deshalb war ich hier. Ich schloss meine Augen und mit einem kleinen Zischen stieß ich die Luft aus. Es fehlte nicht viel und ich hätte ein laut vernehmbares *Ommm* von mir gegeben, um mich zu beruhigen.

»Miss Porter?«

Die männliche Stimme ließ mich zusammenzucken. Ich blickte auf und sah mich einem Mann gegenüber, der ebenfalls mit dunkelblauen Shorts und einem weißen Poloshirt bekleidet war. »Ja, die bin ich.« Ich klemmte mir meine Handtasche unter den Arm und erhob mich, um seine mir entgegengestreckte Hand zu schütteln.

»Ich bin Brent und heute für Sie da.« Der Mann besaß sanfte haselnussbraune Augen und war mir auf Anhieb sympathisch.

Vielleicht konnte ich der bevorstehenden Massage ja durchaus etwas Positives abgewinnen, überlegte ich, als ich ihm durch eine der Türen in einen kleinen schmalen Raum folgte. Irgendwie war ich doch ziemlich verspannt. Das Deckenlicht war zu einem sanften Schimmer gedimmt worden und auf einem runden Tischchen brannten ein paar hohe Kerzen. Es duftete verführerisch nach Sommerblumen, frischem Gras sowie Moschus und aus an der Decke angebrachten Lautsprechern drang leise, verträumte Musik.

»Hinter dem hellblauen Paravent können Sie Ihre Kleidung ablegen, Miss, und sich dann hier platzieren.« Brent deutete mit einem Lächeln zu der breiten, mit einem flauschigen schneeweißen Handtuch bedeckten Liege.

Hitze wallte in mir hoch. »Ganz ausziehen?«

Brents Lächeln vertiefte sich. »Wie es für Sie angenehm ist. Sie dürfen aber auch gern Ihren Slip anbehalten, Miss. Das bleibt Ihnen überlassen. Ich werde kurz nach nebenan gehen, um das Massageöl zu holen. In dieser Zeit können Sie sich ungestört entkleiden.«

Den Slip anbehalten? Wie überaus großzügig! *Ganz ausziehen*? Nein. Das konnte sich der gute Mann abschminken. Ich würde so was von mein Höschen anbehalten! »Ähm, danke.« Angespannt nagte ich an meiner Unterlippe und wartete, dass Brent in den Nebenraum verschwand, damit ich meine Überwachungskamera entsprechend positionieren konnte. Nachdem ich mich kurz umgesehen hatte, entschied ich, meine Handtasche auf dem Fenstersims abzulegen. Ich zog die Vorrichtung heraus und befestigte den Schlüsselanhänger am Schultergurt, um die Kamera in die richtige Position zu bringen, sodass sie hauptsächlich den Kopfbereich der Liege ins Visier nahm. Noch schnell den Aufnahmeknopf gedrückt – perfekt.

Anschließend huschte ich hinter den Paravent, um mich bis auf den Slip meiner Klamotten zu entledigen. Eine Gänsehaut überzog meinen Körper, als ich es mir bäuchlings auf der gepolsterten Liege bequem machte, weniger weil ich fror, als dass ich unheimlich nervös war. Es kam schließlich nicht alle Tage vor, dass ich so gut wie nackt vor einem völlig Fremden lag und mich von ihm ... anfassen ließ. Was würde nun passieren? Um mich davon abzuhalten, unkontrolliert zu zittern, legte ich meinen Kopf auf meine Unterarme, schloss die Augen und fing still zu zählen an. So wie früher, wenn ich nachts aus Albträumen hochgeschreckt war und versucht hatte, mich wieder zu beruhigen. Hoffentlich verwandelte sich das Ganze hier nicht in einen solchen Albtraum, schoss es mir in einem Anflug von Sarkasmus durch den Kopf, als ich hörte, wie sich die Tür leise öffnete. Brent war zurück. Meine Muskeln spannten sich erwartungsvoll an. Die Show konnte beginnen.

Zachary

Netter Anblick. Verflucht nett. Ich streckte meine Arme, bewegte meine Finger, um meine Muskeln zu dehnen und trat an die Liege, auf der Miss Porter alias van Deeks nur mit einem Stringtanga bekleidet dalag und etwas angespannt wirkte. So angespannt, dass sie nicht mal den Kopf in meine Richtung drehte, als ich mich ihr näherte. Als ich von ihrem Termin erfahren hatte, hatte ich, um nicht sofort erkannt zu werden, meinen Anzug gegen Shorts und ein weißes Poloshirt eingetauscht, meine Haare seitlich gescheitelt sowie mit Gel streng zurückgestrichen und mich umgehend in den Wellnessbereich begeben. Ich hatte Brent im Nebenraum abgepasst und ihm erklärt, dass ich diesen einen weiblichen Gast persönlich betreuen würde. Zum Glück hatte er sich sofort kommentarlos zurückgezogen. Meine Angestellten waren es gewohnt, meine Anweisungen auszuführen, ohne sie infrage zu stellen. Dieses Vergnügen hier würde ich mir nicht entgehen lassen. Falls die Kleine etwas im Schilde führte, würde ich verdammt noch mal herausfinden, was das war. Ansonsten würde ich ihr die Massage ihres Lebens schenken.

Ich schüttete mir etwas von der nach Jasmin, Sandelholz und Rosen duftenden Massagelotion in die Handfläche und wärmte sie an. Miss Porter zuckte kaum merklich zusammen, als ich meine Hände auf ihre Schultern legte und sanften Druck ausübend mit den Daumen kleine Kreise beschrieb. Sie entspannte sich sichtlich, als ich meine Hände tiefer gleiten ließ, um ihre

Schulterblätter zu massieren. Ihre Haut fühlte sich unglaublich zart unter meinen Fingern an. Es würde ein Vergnügen werden, diese hübsche junge Dame zu verwöhnen, beschloss ich grinsend.

»Das ist himmlisch, Brent. Und diese Musik ist wundervoll. Ich liebe sie.«

Mein Grinsen vertiefte sich. Genüsslich folgte ich zwei unsichtbaren Linien links und rechts ihrer Wirbelsäule hinab in südliche Richtung. Meine Daumenkuppen passten perfekt in die beiden reizenden Grübchen oberhalb ihres noch reizenderen Hinterteils, stellte ich fest. Schon bekleidet hatte mir ihr Arsch äußerst gut gefallen, aber fast nackt war er eine wahre Augenweide. Federleicht strich ich über die zarte Haut, auf der winzige goldene Härchen schimmerten, die sich unter meiner Berührung aufrichteten. Miss Porter seufzte leise auf, als ich zärtlich und mit nicht unerheblicher Befriedigung, wie ich mir eingestehen musste, ihre Rundungen knetete. Das einsetzende, verräterische Ziehen in meinen Lenden ignorierte ich. Dies hier war weder die Zeit noch der Ort, um sich meiner Befindlichkeiten anzunehmen.

Um mich nicht schon zu Beginn allzu sehr auf ihr verführerisches Hinterteil zu konzentrieren, arbeitete ich mich wieder nach oben und ließ meine Finger beiläufig über die zarte, helle Haut an der Seite ihrer Brust streifen. Ich fühlte Miss Porter unter der Berührung erschaudern, bevor sich ihr gesamter Körper verspannte.

»Hören Sie, ich denke nicht, dass ...« Sie richtete sich halb auf und ihre Augen weiteten sich, als sie mich erblickte. »Sie sind nicht Brent!«

Um meine Mundwinkel tanzte ein träges Lächeln. »Nein, der bin ich tatsächlich nicht.« Mein Blick glitt etwas tiefer und blieb an der zarten Kurve ihrer rechten Brust hängen. Ihr Nippel leuchtete in einem dunklen Pink gegen das Cremeweiß ihrer Haut an und ich musste mich angesichts dieses entzückenden Anblicks ermahnen, jegliche Reaktion meines Körpers zu unterdrücken. Normalerweise war ich professionell genug, um damit umgehen zu können.

Natürlich war sie der Bewegung meiner Augen gefolgt und presste prompt ihre Hände auf ihre Brüste. »Sie ... Wer zum Teufel sind Sie dann?«

»Ich bin Tyler«, improvisierte ich geistesgegenwärtig und dankte meinen Eltern im Stillen, mich mit weiteren Vornamen bedacht zu haben. »Brents Dienste wurden kurzfristig anderweitig benötigt und ich bin für ihn eingesprungen. Entschuldigen Sie bitte, falls ich Sie erschreckt haben sollte. Das war nicht meine Absicht.« Ob sie mir die kleine Lüge abkaufte?

»Irgendwie kommen Sie mir bekannt vor.« Brooke Porter musterte mich sichtlich kritisch aus Augen undefinierbarer Farbe.

»Tatsächlich?«, hakte ich unschuldig nach, wobei ich hoffte, sie durch mein verändertes Erscheinungsbild in die Irre zu führen. Zwar waren Miss Porter und ich uns meines Wissens noch nie zuvor persönlich begegnet, jedoch lag es im Bereich des Möglichen, dass sie schon mal Bilder von mir in der Klatschpresse gesehen haben mochte.

»Kennen wir uns?« Sie richtete sich ein Stückchen weiter auf und schien dabei ganz zu vergessen, dass sie eigentlich ihre Brüste vor mir hatte verstecken wollen, die sie mir nun freimütig präsentierte.

Verflucht sexy.

»Nicht, dass ich wüsste.« Ich begegnete ihrem Misstrauen mit unbedarft lässiger Miene. Was nicht ganz einfach war, denn gewisse Teile von mir waren sich durchaus ihrer äußerst erotischen Ausstrahlung bewusst.

»Starren Sie nicht«, forderte sie mich finster auf, nachdem sie bemerkt hatte, dass sich mein Blick erneut auf ihren Busen geheftet hatte, und presste wieder ihre Hände auf ihre zarten Wölbungen. »Machen Sie lieber Ihren Job.«

»Ich wollte Ihnen nicht zu nahe treten, Miss Porter. Entschuldigen Sie bitte nochmals die Unannehmlichkeiten«, setzte ich rasch nach, als sich ihre feinen Brauen erneut zusammenzogen. »Ich werde mich bemühen, Brent so gut wie möglich zu ersetzen.«

Meine Worte schienen sie schließlich zu überzeugen. Sie ließ sich zurück auf die Liege sinken und entspannte sich ein wenig. »Machen Sie weiter, Tanner.« Eine wegwerfende Handbewegung untermalte ihren Befehl.

»Tyler«, korrigierte ich innerlich schmunzelnd und begann, ihre Schulten zu massieren. Die Kleine war es wohl gewohnt, zu bekommen, nach was sie verlangte.

»Meinetwegen«, erwiderte sie etwas gelangweilt. »Seien Sie froh, dass ich nicht Ihren Vorgesetzten rufen lasse. Und jetzt fahren Sie einfach fort.« Sie schloss die Augen. »Am Rücken bin ich besonders verspannt. Schultern und Lendenwirbelbereich.« Sie atmete laut aus. »Kriegen Sie das hin, Tyler?«

Oha. Die Lady war es wirklich gewohnt, andere springen zu lassen. Dennoch kein Grund, einen Angestellten herablassend zu behandeln. Möglicherweise hatte mein unvermutetes Auftauchen sie doch etwas aus der Fassung gebracht. »Natürlich«, entgegnete ich gelassen und widmete mich wie gewünscht intensiv ihrem Lendenwirbelbereich und der Außenseite ihres Gesäßes, speziell einigen Punkten, von denen ich wusste, dass die Berührung dort erotische Reize stimulierte.

»Überraschen Sie mich«, setzte sie im Befehlston nach.

Meine Mundwinkel hoben sich zu einem amüsierten Grinsen. Sie ahnte ja nicht, wie ich sie überraschen würde. *Mal sehen, wie schnell die kleine Lady zu Wachs in meinen Händen wird. Ob sie dann immer noch Befehle bellt?*

Ich hörte, wie sie leise nach Luft schnappte, als ich einen besonders empfindlichen Punkt bearbeitete. Ihre Pobacken spannten sich an. »Tyler, ich hoffe für Sie, dass Sie wissen, was Sie da tun.«

»Entspannen Sie sich, Miss Porter«, sagte ich sanft und strich mit beiden Daumen über die Innenseiten ihrer Oberschenkel, wobei ich mir ein leises Lachen verkneifen musste, weil sie nun zu zittern begann und krampfhaft versuchte, es zu verbergen. »Seien Sie sich sicher, ich weiß genau, was ich tue.« Immer. Schließlich hatte die Lady eine Massage *Paris-Style* bestellt. Und diese würde sie auch bekommen.

Ohne Vorwarnung umfasste ich mit beiden Händen die verlockenden Wölbungen ihrer Pobacken, fuhr streichelnd und knetend über die zarte Haut.

Miss Porter sog scharf die Luft ein.

»An Ihrem Steißbein«, ich strich mit etwas Nachdruck über besagte Linie, »befinden sich bestimmte Punkte, die unter Spannung stehen und gelöst werden müssen. Vertrauen Sie mir.«

Sie murmelte etwas Unverständliches, spannte erneut ihren Körper an, ließ dann aber los, als ich mit großzügigen Strichen dieses Gebiet bearbeitete. Ihre Wimpern legten sich wie schwarze Fächer über ihre glühenden Wangen. »Mir wird ziemlich warm«, murmelte sie ins Handtuch.

Heiß wäre wohl ein treffenderer Ausdruck. »Das ist genau das, was wir anstreben, Miss Porter. So langsam setzt die Entspannung ein.«

»Oh, also, ohhh, ich ...« Ihre Finger krallten sich ins Handtuch.

»Möchten Sie, dass ich mich einer anderen Stelle Ihres Körpers widme?«, schlug ich unschuldig vor.

Sie nickte und holte zitternd Luft. »Vielleicht meinen Füßen?«

»Sehr gern.« Die Fußsohlen eigneten sich ebenso hervorragend für eine erotische Massage. »Vielleicht legen Sie sich besser auf den Rücken, Miss.«

Sie schien einen Moment zu überlegen, aber als ich ihr ein kleines Handtuch reichte, drehte sie sich umständlich um, wobei sie den Stoff gegen den Busen presste. Zum Teufel, als hätte ich nicht schon unzählige Brüste jeglicher Form und Größe gesehen, inklusive ihrer. Ein Hauch von Verlegenheit flackerte in ihren Augen auf, als sie meinem amüsierten Blick begegnete. Perfekt. Ich hatte sie aus dem Gleichgewicht gebracht. Mal sehen, ob Miss *Ich-trage-mein-hübsches-Näschen-hoch-Porter* plaudern würde, wenn ich sie soweit hatte, und mir den Grund ihres Besuchs verraten würde.

Ich holte mir einen runden, mit weißem Lederimitat bezogenen Hocker heran, um mich zu ihren Füßen niederzulassen und nahm ihren rechten Knöchel in die Hand. »Lassen Sie mich wissen, wenn etwas unangenehm für Sie sein sollte«, bat ich und strich einmal über die Länge ihrer Fußsohle hinweg.

»Ich dachte, Sie beherrschen Ihr Handwerk«, erwiderte sie, ihren Kopf hebend und mich anblitzend. Grün. Sie waren grün, ihre Augen. Nein. Eher grau. Oder hellbraun?

»Keine Sorge, Miss, das tue ich«, entgegnete ich schmunzelnd und schüttete mir noch etwas von der duftenden Lotion in die Hände, wärmte sie zwischen meinen Handflächen und legte dann beide Daumen auf ihre Ferse, um sie mit leichtem Druck zu bearbeiten, bevor ich an der Sohle entlang nach oben wanderte. Ich nahm mir jeden einzelnen Zeh vor, besonders die Stellen dazwischen. Miss Porter besaß ausgesprochen hübsche Füße, schmal und wohlgeformt mit pink lackierten Zehennägeln. Nicht, dass ich mir etwas aus lackierten Fußnägeln machte, aber sie waren wirklich nett anzusehen. Ich bemerkte, wie sie sich auf die Unterlippe biss, als ich mich intensiv ihrem Fußballen unterhalb der Stelle des großen und zweiten Zehs widmete. »Alles in Ordnung?«, erkundigte ich mich. »Ist das angenehm für Sie?«

»Ja.« Sie klang etwas kurzatmig.

Das hatte ich mir gedacht. Die Stelle an ihrem Fuß, die ich gerade verwöhnte, war direkt mit ihrem Lustzentrum verbunden. Zufrieden registrierte ich, wie sie kapitulierte. Sie hörte auf, sich gegen die aufkommenden Gefühle zu wehren. Ihre Körperspannung ließ nach und sie schloss die Lider.

Noch mal knetete ich ihre Zehen, strich anschließend über den Spann und ihre Unterschenkel. »Sind Sie zufrieden mit Ihrer Unterbringung im *Seventh Heaven*, Miss Porter?«

»Wie wäre es, wenn Sie sich aufs Massieren konzentrieren, Tanner, Tyron, Tyler – oder wie auch immer Sie heißen? Ich bin nicht zum Plaudern gekommen.«

Oh, *kommen* würde diese spröde Kleine vermutlich schneller, als sie es sich ausgemalt hatte, wenn ich mit meiner speziellen Massage fortfuhr. »Wie Sie wünschen, Miss.«

»Brooke«, stieß sie zwischen den Zähnen hindurch, weil ich meine Hände nun ihre schlanken Oberschenkel hinaufwandern ließ. »Und hören Sie mit diesem albernen *Miss* auf.«

»Wie Sie wünschen, M... Brooke«, erwiderte ich gehorsam und fragte mich dabei, ob sie den amüsierten Unterton in meiner Stimme bemerken würde.

Ihre Lider flatterten, als ich über die zarte, leicht gebräunte Haut der Innenseiten ihrer Schenkel strich und mich zielstrebig ihrem weiblichen Lustzentrum näherte. Brooke ahnte vermutlich, worauf das hier hinauslief. Ansonsten hätte sie meinem Tun mit Sicherheit bereits Einhalt geboten. Ihrem flachen, unregelmäßigen Atem nach zu schließen, war sie allerdings schätzungsweise über den Punkt hinweg, wo sie mich noch zu stoppen gedachte. Ich ließ meine Finger höher gleiten, streifte das elastische Band ihres Höschens und wie beiläufig ihren Venushügel, als ich die Seiten ihrer Hüften ins Visier nahm. Brooke Porter war rasiert. Das gefiel mir. Und meinem Schwanz anscheinend ebenso. Ich verlagerte mein Gewicht.

»Und Sie ... Oh Gott, verflucht.« Wieder biss sie auf ihre Unterlippe. Ihre Brust hob und senkte sich immer rascher. Angesichts ihrer sichtlichen Erregung war mein bester Freund längst hart geworden und presste sich fordernd gegen den Stoff meiner Shorts. Was ich jedoch ignorierte.

»Darf ich Sie fragen, wie Sie auf unser Hotel aufmerksam geworden sind?«, wollte ich ein wenig atemlos wissen, während ich ihren Bauchnabel in kleinen verführerischen Kreisen umrundete, weil ich meine Aufmerksamkeit dringend auf etwas anderes lenken musste.

Sie erbebte unter meinen Berührungen. »Ich ...« Sie leckte sich über ihre Lippen und ich merkte, wie ich unwillkürlich meine Kiefermuskeln anspannte.

Ich wartete darauf, dass sie weitersprach, bezweifelte allerdings, dass sie den wahren Grund ihres Besuchs preisgeben würde. Natürlich spürte ich genau, wie sie versuchte, sich abzuschotten. Doch ich würde es ihr nicht leicht machen. Mit ein bisschen mehr Nachdruck strich ich mit meinen Händen nach oben, bis dorthin, wo sie mit verkrampften Fingern den Frotteestoff vor ihre Brüste hielt. Meine Finger berührten ihre flüchtig und sie zuckte kaum merklich zusammen.

»Eine Freundin hat es mir empfohlen«, hauchte sie schließlich. Erregung schwang in ihrer Stimme mit und ließ mich befriedigt lächeln.

»Und so haben Sie gleich gebucht, um zu sehen, ob die Empfehlung Ihrer Bekannten gerechtfertigt ist.«

Ihre Augen öffneten sich träge und jetzt erkannte ich ihre Farbe. Die Iris strahlte in einem umwerfenden Opalgrün, mit hellbraunen Sprenkeln. Interessant. Und außergewöhnlich. Ihre Augen waren eindeutig, zusammen mit ihrem kleinen süßen Hintern, ihre beste Waffe. »So ungefähr.«

Das Ding mit der Freundin kaufte ich ihr nicht ab. Sie war nicht leicht zu knacken. Na gut. Dann würde ich eben zusehen, dass sie weiche Knie bekam. »Drehen Sie sich bitte wieder auf den Bauch«, bat ich sie mit einem diabolischen Lächeln.

Sie tat mir den Gefallen, wobei ich bedauerte, dass sie nach wie vor dieses lächerliche Handtuch an sich presste, als wäre es dort festgewachsen.

Wieder widmete ich mich zunächst ihrer Schulterpartie, bevor ich mich streichelnd und zärtlich knetend nach unten arbeitete. Als ich über ihren Lendenwirbelbereich strich und mit den Daumen die empfindlichen, erotischen Punkte massierte, reckte sie mir mit einem winzigen Stöhnen ihr knackiges Hinterteil entgegen. Es gefiel mir ausnehmend gut, wie sensibel sie auf die Behandlung reagierte. Unwillkürlich fragte ich mich, wie sie wohl im Bett war. Leider war diese Überlegung neuer Zündstoff für meinen Schwanz. Ich räusperte mich. »Ist Ihnen das angenehm, Brooke? Soll ich fortfahren?«

Sie murmelte etwas, das ich nicht verstand, aber als Zustimmung interpretierte, denn ihre Finger krallten sich abermals in das Handtuch, als ich begann, in erotischen Bewegungen ihre Pobacken zu kneten. Behutsam spreizte ich ihre Beine, um besseren Zugang zu bekommen.

»Entspannen Sie sich, Brooke. Lassen Sie sich gehen«, raunte ich dunkel und schluckte hart, denn angesichts ihres entzückend bebenden Arschs musste ich mich ganz schön zusammenreißen, um mich unter Kontrolle zu halten. Zum Teufel, der Anblick dieser Frau übte eine starke sexuelle Wirkung auf mich aus, die ich mir nicht erklären konnte.

Unvermittelt drehte sie sich halb um und packte mein Handgelenk. Wollte sie mehr? Wollte sie, dass ich weitermachte? Oder war das ein Versuch, mich aufzuhalten? Nun, ich würde nichts tun, was diese energische Lady nicht wollte, aber bei Gott, ich würde sie dazu bringen, es zu wollen. Ich würde sie dazu bringen, darum zu betteln.

Brooke

Oh. Mein. Gott. Ich krallte meine Fingernägel in seinen Arm. »Hören Sie auf.« Dieser Mann besaß Teufelshände. Er hatte mich tatsächlich gefährlich nah an den Rand der Klippe getrieben. Noch ein kleiner Schubs und ich wäre verloren gewesen. Das durfte nicht geschehen. Schließlich war ich hier zum Spionieren und nicht zum Vergnügen. Vor wenigen Augenblicken noch war ich davon überzeugt gewesen, mich niemals so weit entspannen und gehen lassen zu können, dass ich auch nur ansatzweise Lust empfinden, geschweige denn einen Orgasmus haben könnte. Aber jetzt ... Dieser Tyler war ein Verführer, ein Virtuose mit seinen Händen. Er fing meinen Blick ein und hielt ihn fest.

»Brooke. Warum lassen Sie es nicht zu?«, raunte er mit diesem sinnlich verführerischen Timbre, das hochgradig elektrisierend auf meine Nervenenden wirkte. Sein Daumen streichelte über meinen Handrücken und seine Lippen verzogen sich zu einem trägen, verheißungsvollen Lächeln. »Glauben Sie mir, Sie werden sich danach wie neugeboren fühlen.« Seine whiskeyfarbenen Augen funkelten geheimnisvoll im gedimmten Licht.

Jetzt, wo ich ihn bewusst ansah, registrierte ich zum ersten

Mal, wie verflucht attraktiv er war. Himmel, jede Frau hätte für solche Wimpern getötet! Sein schwarzes Haar schimmerte fast bläulich und der gepflegte Dreitagebart unterstrich seine dunkle Attraktivität. Der Mann bestand aus gestählten Muskeln, nicht nur an den mit Tribal-Tattoos versehenen Oberarmen, die sein kurzärmeliges Poloshirt freigaben, sondern auch an den langen, sehnigen, mit dunklem Haarflaum bedeckten Schenkeln. Der ganze Kerl verströmte Selbstbewusstsein, pure Maskulinität, er füllte diesen Raum derart mit seiner dominanten Präsenz aus, dass ich fast vergaß, zu atmen. Ich hätte ihn niemals ansehen sollen. Er war genau mein Typ. Genau die Art von Mann, die meine weiblichen Hormone in helle Aufruhr versetzte. Und ich war mir sicher, dass ich nicht das einzige Mädchen war, bei dem er diese Begeisterung auslöste. Er schien wie jemand, der es gewohnt war, jede zu bekommen, die auf seinem Radar auftauchte. Sicher legte er reihenweise Frauen flach.

Mit dem letzten Quäntchen Energie, das ich besaß, entzog ich ihm meine Hand. *Nein, nein, nein.* Ich war keine ... keine von diesen Frauen, die es so nötig hatten, dass sie jemanden dafür bezahlen mussten, dass er es ihnen besorgte. Und schließlich hatte ich einen Ruf zu verlieren, sollte meine Identität jemals gelüftet werden. Ich sah die Schlagzeilen förmlich vor mir. Es durfte niemals so weit kommen. Ich würde mich in Grund und Boden schämen, sollte Dad jemals so was über mich erfahren. Glühende Hitze stieg in meine Wangen.

»Kommen Sie, Brooke.« Sein dunkles Timbre glitt wie Seide über meine nackte Haut und alle meine Nervenstränge vibrierten in Alarmbereitschaft. »Ich verspreche Ihnen, Sie werden es nicht bereuen. Schließlich sollen sie auch das erhalten, was Sie bestellt haben.«

Ich hatte diese spezielle Massage gebucht, okay. Allerdings hatte ich nichts unterschrieben und war gewiss nicht dazu verpflichtet, das Happy End zu erleben. Nein, ich würde standhaft bleiben!

Brooke, jetzt zieh das Ding durch, drängte mich dieser kleine Teil von mir, der sich meiner Libido unterwerfen wollte, denn der

Gedanke, bis zum Ende zu gehen, war allzu verlockend.

Doch ich musste widerstehen. Sonst würde sich die Angelegenheit in einen rasenden Zug verwandeln, der sich nicht mehr stoppen ließ. Das einzig Wichtige war, dass es mir gelang, Beweise zu sammeln, um zu dokumentieren, dass das *Seventh Heaven* sexuelle Dienste für Frauen anbot. Dad würde fassungslos sein. Empört. Und völlig zurecht. Der Gedanke an seine Reaktion und unseren finanziellen Verlust ließ mich zur Vernunft kommen und ich konzentrierte mich wieder auf meine Mission. Ich musste Tyler irgendwie ein Geständnis entlocken. »Was ich also bestellt habe«, hakte ich etwas ungeschickt nach. »Wäre das, ich meine ...« Oh verflucht. Das hier war schwerer, als gedacht. »Bis zum Ende?« Shit, meine Ohren glühten. Ich war doch sonst nicht so um Worte verlegen. Es war, als ob mein Hirn plötzlich wie leergefegt wäre. So, als hätte sich mein Sprachzentrum komplett verabschiedet. Ich wurde schrecklich verlegen, als ich in Tylers Augen so etwas wie Belustigung aufblitzen sah.

»So ist es gedacht«, erwiderte er mit einem leisen Lächeln in der Stimme. »Bis zu Ihrer Zufriedenheit. Wenn Sie das wünschen.«

Ich erbebte und schluckte, mein Mund war auf einmal schrecklich trocken. Sofort malte sich meine Fantasie die wildesten und kühnsten Szenarien aus. Wie ich meine Beine um seine nackten Hüften schlang, meine Fingerspitzen in die harten Wölbungen seiner Schultern grub und er in mich eindrang. Mit einem perfekten, festen Stoß. Grundgütiger. Ich musste diesen sündigen Gedanken sofort ein Ende machen! Auch wenn ich mich insgeheim danach sehnte, mit diesem Mann Sex zu haben, mich von ihm zum Höhepunkt bringen zu lassen. Tyler schien einfühlsam zu sein. Ich war mir sicher, dass sich die meisten Frauen, die auf einer Liege halb nackt vor ihm lagen, danach verzehrten, von seinen Zauberhänden zum Höhepunkt gebracht zu werden – so wie ich gerade. Kein Wunder, dass die Frauen dem *Seventh Heaven* scharenweise die Bude einrannten.

Noch bevor Tyler reagieren konnte, schnappte ich mir einen

Zipfel des flauschig weichen Handtuchs, wickelte mich darin ein und setzte mich auf.

»Sorry, Tyler, aber für mich war's das hier. Danke für die ... ähm ... entspannende Massage.«

Überraschung flackerte in seinen dunkelgoldenen Augen auf.

»Tatsächlich, Brooke? Sie wollen aufgeben?«

Davon kann keine Rede sein, verdammt! »Wie ich schon sagte«, ich reckte mein Kinn, »wir sind fertig.«

Er hielt meinen Blick fest und in meinem Bauch startete ein Prickeln. Eine Welle der Lust ließ mich erschaudern, als ich mich erinnerte, wie er mich angefasst und gestreichelt hatte. Wie er mich fast zum Fliegen gebracht hatte.

»Brooke, ist alles in Ordnung?« Er schenkte mir ein Megawatt-Lächeln, welches das Kribbeln in meiner Mitte verstärkte. »Sie scheinen mir etwas durcheinander zu sein.«

Durcheinander? Ha! Guter Witz. Der Mann war gefährlich. Und ich sollte dringend mal wieder flachgelegt werden. Allerding weder hier noch jetzt. »Alles bestens, danke«, entgegnete ich und bemühte mich, meiner Stimme Festigkeit zu verleihen. »Ich werde jetzt gehen.« Ich räusperte mich. Himmel, ich klang, als hätte ich die Freuden eines halben Liter Wodkas genossen. Mit dem Handtuch gegen meine Brust gepresst, rutschte ich von der Liege und blieb stehen. Tyler rückte keinen Zentimeter ab. Wie hypnotisiert starrte ich in seine Augen und versank in diesem satten, dunklen Gold seiner Iris, die von einem dunklen Ring begrenzt wurde und die Farbe so richtig zum Leuchten brachte. In diesem Moment war ich mir sicher, dass ich noch nie zuvor einen Mann mit so wunderschönen Augen gesehen hatte. Ich bemerkte die kleinen Linien, die sich in seinen Augenwinkeln und um seine Lippen eingegraben hatten, und die kleine Narbe, die seine rechte Braue teilte. Mein Herz wummerte und das Blut rauschte in meinen Ohren.

»Dann werde ich sie nicht aufhalten«, bemerkte er mit einem geheimnisvollen Lächeln. »Wenn Sie möchten, Brooke, stehen Ihnen unsere Duschen zur Verfügung.« Er machte eine Kinnbewegung. »Einfach durch diese Tür und dann gleich links.

Handtücher liegen bereit.«

Ich errötete, als sein Blick forschend über meinen Körper glitt, so, als würde er dieses Stück Stoff, in das ich mich gewickelt hatte, mittels seiner Willenskraft von mir lösen wollen. Plötzlich war ich mir meiner Nacktheit darunter quälend bewusst. *Als hättest du nicht vor ein paar Sekunden sozusagen fast splitterfasernackt vor ihm gelegen, Brooke. Komm mal runter.*

Warum machte mich der Kerl so schrecklich verlegen? »Danke, aber ich ziehe es vor, in meinem Zimmer zu duschen.« Ich wollte so schnell wie möglich raus hier. Fort von ihm. Weg von seinem intensiven Blick, der mein Inneres derart in Aufruhr brachte. Es war zwar nicht viel, was ich Tyler hatte entlocken können, aber ich hoffte, es würde ausreichen, um das *Seventh Heaven* zu überführen. Sobald er den Raum verlassen hatte, schnappte ich mir meine Handtasche inklusive der Spycam und schlüpfte hinter den Paravent, um mich anzukleiden.

Zurück in meinem Zimmer hüpfte ich sofort unter die Dusche und zog mir anschließend frische Wäsche an. Keine Sekunde länger würde ich in diesem ... in diesem *Etablissement* verbringen. Ich konnte es nicht erwarten, Dad den Film zu zeigen – nachdem ich etwaige pikante Szenen entfernt hatte, wohlgemerkt. Ich war mehr als gespannt auf seine Reaktion und mir sicher, dass er den Besitzern des *Seventh Heaven* diesen *Service* an ihren Gästen nicht durchgehen lassen würde. Auch wenn ich es insgeheim ein klein wenig bedauerte, dass ich Tyler vermutlich nie wiedersehen würde, war ich fest entschlossen, Dad darin zu unterstützen, den Gegner in seine Schranken zu weisen. Und dann würden wir unsere Gäste zurückbekommen.

5. KAPITEL

Brooke

Ich stellte mein *Mercedes*-Cabrio auf dem kiesbestreuten Parkplatz vor dem Privattrakt unseres Hotels ab und hievte meinen Trolley aus dem Kofferraum. Hätte ich geahnt, dass mein Besuch im *Seventh Heaven* derart kurz ausfallen, ja, dass ich nicht mal übernachten würde, hätte es auch mein schicker neuer *Kate-Spade*-Weekender getan. Sandra vom Empfang war zwar angesichts meines überstürzten Auscheckens etwas irritiert gewesen, hatte sich aber besänftigen lassen, nachdem ich etwas von einem familiären Notfall gemurmelt hatte. Was nicht mal geflunkert gewesen war, wenn man es genau nahm.

Ich schulterte meine *Gucci*-Ledertasche, in der sich die brisanten Aufnahmen befanden, und schnappte mir meinen Trolley, um dem geschwungenen, mit hellbraunen und terrakottafarbenen Steinen gepflasterten Weg zum Eingang unseres Wohntrakts zu folgen. Jules, einer unserer Gärtner, der gerade dabei war, die leuchtend roten und weißen Rosen auf der Rasenfläche vor dem Gebäude zu beschneiden, grüßte mich mit einem breiten Lächeln und ich winkte ihm freundlich zu. Ich hatte Dad nicht über meine Rückkehr informiert. Bevor ich mit ihm sprach, wollte ich mir erst die Aufnahme ansehen und entscheiden, welche Sequenzen ich seinem väterlichen Auge zumuten oder lieber ersparen würde. Mein Gepäck ließ ich im Eingangsbereich meines Apartments stehen, ich würde später auspacken. Meine Neugier war einfach nicht mehr zu zügeln. Ich war stolz, dass ich im *Seventh Heaven* souverän und gelassen geblieben war und meinem Vater in Kürze belastendes Material liefern könnte. Wenn das kein gelungener Einstand war.

Gut gelaunt vor mich hin summend, schlüpfte ich aus meinen Sneakers und ging barfuß über die dunklen Nussholzdielen in die sonnendurchflutete Den, mein kleines privates Wohnzimmer und Lieblingsrückzugsort, der sich gegenüber der

Küche befand. Dort setzte ich mich auf eins der zwei weißen Leinensofas und fuhr meinen Laptop hoch, damit ich den Mini-DVR anschließen konnte. *Komm schon*, drängelte ich stumm, während ich mit meinen Nägeln ungeduldig auf der gläsernen Tischplatte trommelte. Ich konnte es nicht erwarten, das gesammelte Material zu sichten. Diese Moore-Brüder würden ihr blaues Wunder erleben, wenn Dad es an die entsprechenden Behörden weiterleitete. Bordelle, beziehungsweise die Inanspruchnahme sexueller Dienste, waren im Staat New York verboten. Mir war zufällig bekannt, dass Gouverneur Di Matteo ein strenges Auge darauf hatte. Das *Seventh Heaven* würde mit Sicherheit in Erklärungsnot geraten, vielleicht sogar schließen müssen.

Und Tyler würde sich nach einem anderen Betätigungsfeld umsehen müssen. Schade eigentlich. Er besaß begnadete Hände. Hitze stieg in mir auf, als ich daran dachte, wie seine Finger über meine Haut geglitten waren. Und was er noch so alles mit mir angestellt hätte, wenn ich es ihm gestattet hätte. Vielleicht könnte ich ihm in unserem Betrieb einen Job verschaffen? Fast hätte ich bei diesem Gedanken laut aufgelacht. Dad würde mich für verrückt erklären. Ich fegte Tylers Bild beiseite und klickte die Datei an, die sich auf dem Bildschirm zeigte, um sie zu öffnen.

Komm schon, wo ist der verdammte Film? Erneut klickte ich und wartete. Hatte ich etwas falsch gemacht? Ich überprüfte die Verbindung, zog das Kabel raus, steckte es wieder rein und startete nochmals von vorn. Shit. Das Ergebnis blieb dasselbe. Da waren keine Bilder. Kein Film. Keine Aufnahme. Aber ich hatte doch den Knopf gedrückt, oder etwa nicht? Oh verflixt! War es möglich, dass ich gar nichts aufgenommen hatte? Dass ich mich völlig umsonst von einem völlig Fremden hatte betatschen lassen? Auch wenn dieser zugegebenermaßen verdammt heiß gewesen war. Aber das war nicht der Punkt. Wo zum Henker war die Aufnahme geblieben? Obwohl ich ahnte, was dabei herauskommen würde, probierte ich erneut, der Kamera ein Video zu entlocken. Das nach wie vor nicht zu existieren schien. Oh mein Gott! Alarmiert sprang ich auf. Das durfte nicht wahr sein! Verflixt und zugenäht, was in aller Welt war nur schiefgelaufen? Hatte ich etwas verwechselt? Vielleicht war ich zu aufgeregt gewesen und hatte das Kabel falsch eingestöpselt ... oder hatte ... Mein Herz klopfte nervös, als ich in der obersten Schublade meiner Anrichte nach der Bedienungsanleitung kramte. Mit dem Zettel in der Hand sank ich zurück auf die Couch und fing an, die einzelnen Schritte durchzugehen. Mir wurde eiskalt. Dann heiß. Echt jetzt? Ich hatte vergessen, die Spycam vor dem Gebrauch aufzuladen? *Grundgütiger! Brooke, du Schussel!*

Weil ich mein Pech einfach nicht glauben konnte, stieß ich einen frustrierten Fluch aus und vergrub das Gesicht in meinen Händen. Da bat mich Dad zum ersten Mal, etwas für die Firma zu tun und ich versagte auf ganzer Linie. Na prima. Einen schlimmeren Ausgang dieses Auftrags hätte es wohl kaum geben können. Mir war nach einem harten Drink. Oder gleich mehreren! Normalerweise nippte ich tagsüber höchstens mal an einem Gläschen Champagner, aber jetzt hatte ich das Bedürfnis, meinen Frust mit einem kräftigen Schluck wegzuspülen. Bei dem Gedanken, Dad beichten zu müssen, dass ich Mist gebaut hatte, verknotete sich etwas Bleischweres in meiner Mitte.

Tiffany, die mal wieder – aus offensichtlichen Gründen – Überstunden schob und in einem schicken taubenblauen Kostüm vor ihrem Laptop am Schreibtisch im Vorzimmer saß, streifte mich mit einem kurzen Blick, als ich eintrat. »Brooke.«

»Tiffany.« Angesichts unseres unterkühlten Tonfalls wunderte es mich, dass sich am Glas der geteilten Fenster nicht augenblicklich knisternd Eisblumen bildeten. »Ist mein Vater im Büro?«

Tiffany streckte ihren Rücken durch, um mit ihrem Vorbau anzugeben. Dumme Kuh. Ich wettete, ihre waren nicht mal echt. »Ist er. Aber er ist beschäftigt.« Sie wedelte mit ihrer mit bunten Ringen geschmückten Hand durch die Luft, als wollte sie ein lästiges Insekt verscheuchen.

»Ist er das nicht immer?«, erwiderte ich mit einem zuckersüßen Lächeln, das in krassem Gegensatz zu der Härte in meiner Stimme stand. »Ich bin sicher, dass er für mich Zeit hat.«

Ich legte meine Hand auf den goldenen Türknauf und drehte ihn. In meinem Rücken hörte ich Tiffany nach Luft schnappen und konnte mir ein Grinsen nicht verkneifen. Es wurde höchste Zeit, dass diese Frau endlich begriff, dass sie künftig ihre Anweisungen auch von mir erhalten würde. Vielleicht könnte ich Dad bitten, sie zu entlassen. Aber im Moment gab es eine andere wichtige Angelegenheit zu klären.

Dads Gesicht verzog sich zu einem Strahlen, als er mich erblickte. Er rollte seinen Ledersessel zurück und erhob sich, um hinter dem Tisch hervorzukommen und mich in den Arm zu nehmen. »Honey, wie schön, dich zu sehen! Um ehrlich zu sein, habe ich nicht so schnell mit dir gerechnet.«

Ich bot ihm die Wange zum Kuss, inhalierte seinen vertrauten Duft nach Leder, Zigarre sowie *Calvin Klein* und zögerte den Moment der Wahrheit noch einen Augenblick hinaus.

»Setz dich, Brooke.« Er löste sich von mir und bat mich mit einer Handbewegung, Platz zu nehmen, während er zu seinem eigenen Stuhl zurückkehrte. »Soll ich Tiffany bitten, uns Kaffee zu bringen?«

Besser nicht. Bei Tiffany war ich mir nicht sicher, ob sie mir nicht aus Versehen irgendwas ins Getränk träufeln würde. »Nein, danke.« Zudem war das, was ich meinem Vater zu erzählen gedachte, nicht für Tiffanys neugierige Ohren bestimmt.

»Gibt es Neuigkeiten? Wie war dein Ausflug ins Feindesland?« Dad lehnte sich zurück und musterte mich freundlich.

Seine erwartungsvolle Miene brach mir das Herz. Ich betrachtete kurz meine lackierten Fingernägel. »So wie es aussieht, betreiben diese Moore-Brüder einen verdammten Puff, Dad.«

»Wie bitte?« Seine kräftigen, dunklen Brauen zogen sich ungläubig zusammen.

Ich nickte und sah ihm in die Augen. »Jepp. Ich habe es auch kaum fassen können, aber sie bieten sexuelle Dienste für Frauen an, diskret getarnt natürlich. Sie verkaufen das als«, ich machte entsprechende Anführungszeichen mit den Fingern, »*Wellnessprogramm*.«

Über Dads Nasenwurzel tauchte eine steile Falte auf. »Das wäre eine Ungeheuerlichkeit. Ein regelrechter Skandal, Brooke! Ist dir klar, was du da behauptest?«

»Glaub es ruhig.« Ich zog eine Grimasse. »Ich versichere dir, dass es stimmt.«

»Das würde allerdings unsere schwindenden Gästezahlen erklären. Zum Teufel aber auch! Wie in aller Welt hast du das herausgefunden?«

Meine Wangen fingen an zu brennen. »Ich habe ... nun, ich habe so eine Behandlung gebucht und es war ziemlich eindeutig. Nicht, dass ich es durchgezogen hätte ...« *Oh Brooke, hör auf, zu plappern!* Mir entfuhr ein kleines, gepresstes Lachen, weil ich schrecklich nervös war. »Tyler – also mein Masseur, hat mir auf meine Frage hin bestätigt, dass ich von ihm haben könnte, was ich ...« Ich brach ab. Es war verdammt schwer, mit Dad über solche Dinge zu sprechen. Auch wenn mich mit meinem Vater eine tiefe Liebe verband, sprachen wir wenig über Persönliches. Das hatten wir nie getan. Es war immer Mom gewesen, mit der ich hatte reden können. Aber das war in einem anderen Leben gewesen. Sie lebte jetzt ihr eigenes, abgetrennt von unserem. Sie lebte in einer anderen Welt, irgendwo, wo wir sie nicht mehr erreichen konnten. Ich schob diesen Gedanken beiseite. Einfach weil es zu wehtat. Viel zu weh, weil es diese Frau von früher nicht mehr gab. »Hör zu«, sagte ich und räusperte mich. »Das *Seventh Heaven* ist ein verdammtes Bordell für Frauen. Das ist ein Fakt.«

Dads Augen wandelten sich zu hartem Stahl. »Sieh an, sieh an. Irgendwie habe ich geahnt, dass dort etwas vor sich geht, das nicht ganz astrein ist. Zum Teufel aber auch! Ich bin sicher, Gouverneur Di Matteo wird sich brennend für diese Information interessieren.« Er nickte mir anerkennend zu. »Sehr gut, Honey. Gut gemacht. Lass sehen, was du gesammelt hast. Wir werden diese Schweinehunde fertigmachen. So wahr ich Mark van Deeks heiße. Und dann holen wir uns unsere Gäste zurück.«

»Die Sache ist die, Dad.« Unbehaglich verlagerte ich mein Gewicht. »Irgendwas ist schiefgelaufen beim Filmen.« *Ganz genau, Brooke. Deine eigene Schusseligkeit ist dir in die Quere gekommen. Das ist schiefgelaufen. Wie oberpeinlich.* Meine Wangen fingen zu brennen an. »Es tut mir wirklich sehr leid, aber ich habe keine Aufnahmen mitgebracht.«

»Keine Aufnahmen?«, wiederholte er, als hätte er mich nicht verstanden. Was die Angelegenheit nur noch schlimmer machte.

Oh bitte, sieh mich nicht so an. Geknickt schüttelte ich den Kopf. »Nein.«

»Du hast kein Beweismaterial sammeln können?«

Gott, fühlte ich mich gerade mies. Dad hatte auf mich gebaut und ich ließ ihn im Stich. »Ich werde noch mal im *Seventh Heaven* einchecken. Ich werde dir diesen Beweis bringen.«

»Nein, Honey.« Mein Vater erhob sich und kam um den Schreibtisch herum auf mich zu. Er setzte sich auf die Kante vor mich, nahm meine Hände zwischen seine langgliedrigen Finger und sah mich beschwörend an. »Du musst dir das nicht erneut antun. Wir werden einen anderen Weg finden, die Moore-Brüder wegen dieser Sache zu überführen.«

»Welchen? Wie wollen wir ihnen das Ganze nachweisen?« Es fuchste mich, dass ich es nicht fertiggebracht hatte, abzuliefern, als er mich darum gebeten hatte. »Nein, ich werde zurückgehen. Ich ziehe das durch, Dad. Für dich. Für uns. Unser Hotel. Wir werden wieder die Nummer eins am Platz werden. Diese Moore-Brüder können sich warm anziehen.«

»Es ehrt dich wirklich, Brooke, dass du dich erneut in die Höhle des Löwen begeben willst. Aber ich habe ein ungutes Gefühl bei dieser Sache. Ich möchte nicht, dass dir etwas passiert oder du am Ende noch in eine unangenehme Situation gerätst.« Unheilvoll zog er seine dichten Brauen zusammen.

Wenn er nur wüsste. »Falls du es noch nicht bemerkt haben solltest, ich bin ein großes Mädchen, Dad. Ich kann auf mich aufpassen.«

Um seine Lippen zuckte ein winziges, fast wehmütiges Lächeln. »Du scheinst den gleichen Dickkopf wie dein alter

Herr zu besitzen. Ich kann dich nicht von deiner Entscheidung abbringen?«

»Nope. Keine Chance.« Ich schenkte ihm ein schiefes Grinsen.

»Das ist meine Brooke. Kämpferisch und entschlossen. So kenne und liebe ich dich, Honey. Ich wünschte nur ...«

»Mach dir keine Sorgen, Dad. Es wird alles gut gehen.« Ich erhob mich, um ihn zu umarmen. »Ich liebe dich.«

Er drückte mir einen Kuss auf den Scheitel. »Ich weiß, meine Kleine.«

Ich hörte die ungesagten Worte. Wir hatten ja nur noch uns. Dad vermisste Mom. Die Frau, die sie mal gewesen war, bevor der Alkohol sie fest in den Griff genommen hatte. Angefangen hatte alles mit einer verpfuschten Schönheits-OP. Meine Mutter hatte sich, kurz vor ihrem fünfundvierzigsten Geburtstag, weil sie der Meinung gewesen war, ihre Brüste hätten an Spannkraft verloren, den Busen machen lassen. Mit fatalem Ergebnis. Was folgte, waren weitere komplizierte sowie schmerzhafte Operationen gewesen, und Mom litt mittlerweile unter ihrem Aussehen. Auch wenn Dad ihr immer wieder versicherte, dass er sie liebte wie am ersten Tag, war meine Mutter am Boden zerstört. In dieser reichen Schickimicki-Gesellschaft, in der wir uns bewegten, zählten äußere Schönheit und Makellosigkeit mehr als Charakter oder innere Werte. Und so hatte Mom angefangen, Trost im Alkohol zu suchen. Mein Vater zeigte seine Gefühle selten, gab sich stets stark und souverän, aber ich wusste, dass es ihn fertigmachte. Dass es ihn innerlich zerbrach, zusehen zu müssen, wie der Mensch, der seine geliebte Frau gewesen war, immer mehr verschwand. Ich erkannte es an den neuen harten Linien, die sich um seinen Mund herum eingegraben hatten, und daran, wie er die Schultern sacken ließ, wenn er sich unbeobachtet fühlte. Deshalb war es mir wichtig, ihn wissen zu lassen, dass ich alles tun würde, was in diesem Fall nötig war. Er sollte sich auf mich verlassen können, genau wie ich mich stets auf ihn hatte verlassen können. Ich löste mich von ihm. »Hör zu, ich werde morgen erneut im *Seventh Heaven* einchecken. Irgendeine

Ausrede wird mir schon einfallen, falls ich am Empfang auf meine Rückkehr angesprochen werden sollte.«

»In Ordnung.« Dad wandte sich ab, um zu seinem Platz zurückzukehren. »Bist du eigentlich einem dieser Moore-Brüder begegnet?« Sein Sessel ächzte leise, als er sich niederließ. »Vielleicht Zachary Moore selbst, dem CEO?«

Ich schüttelte den Kopf. »Nein, leider nicht. Oder sollte ich sagen, zum Glück nicht? Mit ihm hatte ich nichts zu tun. Nur mit Sandra, der Empfangsdame, die übrigens wirklich total süß ist, einem Hausmädchen und einem Pool-Kellner. Und natürlich mit Tyler aus dem Wellnessbereich.« Mist, warum schoss mir bei der Erwähnung seines Namens Hitze ins Gesicht? Unwillkürlich sah ich ihn vor mir. Seine kräftigen, muskulösen Arme mit den Tattoos, diesen knackigen Hintern in den eng anliegenden dunkelblauen Shorts und seine breiten Schultern. Die Aussicht, ihm bald erneut gegenüberzutreten, machte mich verdammt kribbelig. Ich räusperte mich. »Vielleicht ist es auch gut so, dass ich diesem Zachary nicht begegnet bin«, sagte ich rasch, um Tylers Bild zu vertreiben. »Wenn er mich gesehen und womöglich erkannt hätte, wäre es aus und vorbei mit meiner Undercover-Aktion.«

Dad legte die Fingerspitzen aneinander und betrachtete mich nachdenklich. »Da magst du recht haben, Honey. Zwar gehe ich nicht davon aus, dass er dich sofort mit unserem *Harbor Suites* in Verbindung bringen würde, aber es wäre in der Tat vorteilhaft, wenn du ihm auch beim zweiten Mal nicht über den Weg läufst, wenn du dort eincheckst. Ich bin dir wirklich dankbar, dass du es erneut versuchen willst, Brooke.«

»Ehrensache. Wir holen uns unsere Kunden zurück. Versprochen. Vielleicht gelingt es mir ja sogar, irgendwo im Hotel ein Gespräch aufzuzeichnen, das dieses Etablissement entlarvt.« Ohne, dass ich mich nochmals in Tylers fähige Hände begeben müsste. Merkwürdig. Irgendwie gefiel mir dieser Gedanke nicht. *Reiß dich zusammen, Brooke. Tyler ist kein Mann für dich. Nicht mit diesem* Job. *Und außerdem arbeitet er für den Feind.*

Ich verabschiedete mich von Dad und ging zurück in meine

Wohnung, wo ich mir erst mal ein paar Löffel Erdnussbuttereiscreme aus meinem Vorrat gönnte, um die Geschehnisse der letzten Stunden Revue passieren zu lassen. Mit dem Plastikbecher in der Hand machte ich es mir auf meinem Sofa bequem und schaltete den Fernseher ein. Während ich nebenbei eine Wiederholung der letzten Folge von *This Is Us* laufen ließ, textete ich Lauren an, um sie zu fragen, ob sie vielleicht Lust habe, zum Quatschen vorbeizukommen. Nach meinem Erlebnis im *Seventh Heaven* sprudelte ich geradezu über vor Mitteilungsbedürfnis.

6. KAPITEL

Zachary

Einen Tag nachdem ich Brooke Porter inkognito eine Massagebehandlung hatte zuteilwerden lassen, informierte ich am Empfang Sandra darüber, dass ich mich für ein paar Minuten in mein Büro zurückziehen würde, das sich schräg gegenüber der Lobby im Erdgeschoss befand, mit Blick auf die geschwungene und von großen alten Platanen begrenzte Zufahrt zum Hotel. Wie immer, wenn ich zum Fenster hinaussah, fühlte ich, wie mich tiefe Zufriedenheit vermischt mit Stolz durchströmten. Das *Seventh Heaven* war nicht nur ein Projekt, es war nicht nur mein Arbeitsplatz. Es war ein Zuhause. Das erste richtige Zuhause, das ich besaß, seit ich mein Elternhaus verlassen hatte. Vielleicht würde es im Lauf der Zeit auch für Nash und Kyle zu einem werden. Das hoffte ich jedenfalls. Es war an der Zeit, dass die beiden endlich Wurzeln schlugen. Mir persönlich war es nicht schwergefallen, die Leitung meiner Nachtclubs meinem besten Freund zu übergeben, aber was meine Brüder betraf, wusste ich, dass sie insgeheim ihren alten Leidenschaften nachtrauerten. Nash seinem wilden Leben als Rennfahrer, Kyle seinem als durch die Clubs ziehender Rockmusiker.

Doch es war Moms Wunsch gewesen, dass wir dem Haus an der Nordküste von Long Island, das sie kurz vor ihrem Tod von einem Freund geerbt und in das sie sich auf der Stelle verliebt hatte, in dem sie sich leben und arbeiten gesehen hatte, zu neuem Glanz verhalfen. Wenn ich ihr schon nicht den Schmerz hatte nehmen können, den mein Vater, dieser Bastard, ihr während ihrer Ehe zugefügt hatte, so hatte ich ihr wenigstens diesen einen letzten Herzenswunsch erfüllen wollen. Dem ausschweifenden Leben meines Erzeugers hatte ich es auch zu verdanken, dass ich schon als kleiner Junge beschlossen hatte, als Single durchs Leben zu gehen. Jegliche Vorstellung von Romantik oder Liebe hatte ich in dem Moment aufgegeben, als ich meine Mutter schluchzend und am Boden zerstört vorgefunden hatte, nachdem sie Dad in ihrem Schlafzimmer mit einem Flittchen erwischt hatte. Was Mom dann, weil sie ein weiches Herz besessen hatte, als einmaligen Ausrutscher entschuldigt hatte, hatte sich als Anfang einer Reihe von zahllosen Affären entpuppt, die meiner Mutter letztendlich das Herz gebrochen hatten. Nein, die Ehe war sicher nichts für mich. In der Regel gab es immer einen, der verletzte, und einen, der verletzt wurde. Deshalb ging ich keine Beziehung ein, band mich niemals emotional an eine Frau und machte keine Versprechungen. Und damit fuhr ich gut. Ich fühlte mich nur für mich selbst und für meine Brüder verantwortlich. Meinen Dad, der irgendwo in Iowa am Big Muddy River mit einer billigen Schlampe lebte, hatte ich komplett aus meinem Leben gestrichen. Mit leichtem Gepäck reiste es sich einfacher.

Den Gedanken an meinen Vater verdrängend, zog ich mein *Blackberry* aus meiner Hemdbrusttasche. »Allison? Wären Sie so lieb, mir einen Latte Macchiato und einen Schokoladendonut zu organisieren? In mein Büro, ja. Danke schön.« Ich ließ das Smartphone zurück in die Tasche gleiten und klappte meinen Laptop auf. Normalerweise ließ ich mich von Kelly, meiner Vorzimmerdame und Sekretärin, mit Getränken versorgen, wenn ich im Büro arbeitete, doch was die Abwicklung delikater Dinge betraf, zog ich es vor, mich Allison anzuvertrauen. Ich gab mein Passwort ein: *Sir George IV*, den Namen meines Golden Retrievers, der mich von meinem achten bis zu meinem achtzehnten Lebensjahr begleitet hatte, meinen Seelentröster, der mich die gelegentlichen Gewaltausbrüche meines Vaters besser hatte ertragen lassen, und begab mich im Internet auf die Suche nach Miss Brooke van Deeks. Dieses Mädchen interessierte mich. Sie war nicht leicht zu durchschauen, wirkte geheimnisvoll. Und ich war mir sicher, zu wissen, warum sie das *Seventh Heaven* aufgesucht hatte. Zum Teufel auch! Ich hatte geplant, Erkundigungen über diese junge Dame einzuholen und ein Dossier anzulegen. Ich wusste nun mal gern, mit wem ich es zu tun hatte. Brooke gehörte leider zum Feindeslager und dennoch musste ich mir eingestehen, dass sie mich ungemein reizte. Der Gedanke, sie in mein Bett zu locken, hatte etwas sehr Verführerisches an sich.

Ich gab ihren Namen in die Suchmaschine ein und scannte mich gerade durch die angebotenen Links, als es klopfte und Allison nach meiner Aufforderung mit einem Tablett ins Zimmer trat, umgeben von einladendem Kaffeeduft. Meine Assistentin war blond, klein und quirlig, und besaß stets den Überblick. Ich schätzte sie sehr, als Mensch und als Mitarbeiterin, und das nicht nur, weil sie ein Händchen dafür besaß, mir stets die passende Krawatte für mein jeweiliges Outfit zurechtzulegen, oder mir auf Partys und Veranstaltungen den Namen der Personen, die auf mich zutraten, ins Ohr flüsterte, wenn ich mal ins Straucheln geriet. Allison war einfach – Allison. Ohne die pfiffige Zweiunddreißigjährige wäre ich aufgeschmissen. Sie hatte zuletzt das *Dark Sin*, den kleineren meiner beiden Tanzclubs in New Haven als Managerin geschmissen. Sie zu bitten, mit mir nach Long Island zu kommen, hatte sich als eine meiner besten Entscheidungen herausgestellt. Allison hatte alles im Griff, nicht nur mich, sondern auch meinen prall gefüllten Terminkalender. Davon abgesehen war sie – seit Moms Tod – die einzige Frau, von der ich mir hin und wieder etwas sagen ließ.

»Danke, Ali, Sie sind ein Goldstück.« Mit einem Zwinkern nahm ich ihr das Tablett aus den Händen und schob es auf den Tisch neben meinen Laptop.

»Ich weiß.« Ali erwiderte mein Grinsen und stemmte ihre Fäuste in die schmale Taille. »Kann ich sonst noch etwas für Sie tun, Zachary?«

»Ja, das können Sie. Würden Sie mir bitte sämtliche Printmedien, Sie wissen schon, Boulevardblättchen, Magazine, Hochglanzzeitschriften, Klatschblätter und dergleichen besorgen, die irgendwas über Brooke sowie Mark van Deeks oder das *Harbor Suites* berichten?«

»Natürlich. Aktuelle Ausgaben oder auch ältere?«

»Eher aktuellere.«

»Darf ich Sie fragen, was Sie vorhaben, Zach?« Ali funkelte

mich neugierig mit ihren ausdrucksvollen grauen Augen an. Ich wusste ihr Interesse zu schätzen, denn ihres war, im Gegensatz zu dem der meisten Frauen, die mir begegneten, rein beruflich. Eine wahre Wohltat. Und auch wenn wir uns auf menschlicher Ebene blendend verstanden, reizte mich Allison Dwyer als Gespielin nicht. Zumal ich niemals etwas mit einer Angestellten anfangen würde. Das führte nur zu unnötigen Komplikationen oder peinlichen Verwicklungen und zerstörte am Ende noch das gegenseitige Vertrauen. Meine sexuelle Lust stillte ich in der Regel mit wechselnden Bekanntschaften aus den Clubs der Umgebung, kurzen, unverbindlichen Affären. Niemals jedoch mit weiblichen Mitarbeitern unseres Hauses.

Ich deutete auf meinen Laptop-Bildschirm, auf dem ein Foto von Brooke bei einer Wohltätigkeitsveranstaltung zu sehen war. »Diese junge Dame hier war vor Kurzem Gast unseres Hauses und hat sich im Wellnessbereich verwöhnen lassen.«

»Brooke van Deeks.« Allison zog eine gezupfte Braue in die Höhe. »Was ist daran so ungewöhnlich?«

»Sie hat unter einem falschen Namen eingecheckt, wollte also offensichtlich nicht erkannt werden. Was natürlich angesichts der speziellen Dienste, die wir anbieten, noch immer kein Grund wäre, um misstrauisch zu werden.« Ich verschränkte meine Arme vor der Brust und lehnte mich in meinem Sessel zurück. »Allerdings fiel sie mir durch ihre extreme Nervosität auf und aus der Art der Fragen, die sie mir stellte, habe ich geschlossen, dass die gute Miss van Deeks etwas zu verheimlichen versuchte. Die Kleine war auf einer Mission, Ali. Und ich habe es mir zur Aufgabe gemacht, herauszufinden, was dahintersteckt.« Obwohl ich mir über die Beweggründe, die Brooke in unser Haus geführt hatten, ziemlich sicher war, wollte ich meine Vermutung zunächst, wenigstens bis ich weitere Informationen gesammelt hatte, für mich behalten. Dass ich ebenfalls ein starkes persönliches Interesse an der heißen Miss van Deeks hegte, verriet ich meiner Assistentin natürlich nicht.

Brooke

Da in meinem Kühlschrank mal wieder gähnende Leere herrschte, entschloss ich mich am frühen Nachmittag, Tag eins nach meiner wenig ruhmreichen Aktion mit der Spycam, mein Apartment zu verlassen, um meinem Elternhaus einen Besuch abzustatten. Lauren, die am Abend zuvor keine Zeit gehabt hatte, hatte versprochen, später vorbeizukommen, und ich wollte uns einen kleinen Snack zusammenstellen, weil sie und ich beim Quatschen gern naschten. Was man Lauren unverschämterweise überhaupt nicht ansah, denn sie war groß und schlank, fast dünn. Mit einem leisen Seufzen betrat ich die großzügige Küche im Landhausstil und steuerte den Kühlschrank an.

»Darling, dich habe ich hier nicht erwartet.«

Mom.

Mein Herz zog sich schmerzhaft zusammen. Ich drehte mich um, wappnete mich innerlich für die Begegnung. In letzter Zeit wusste man nie, in welchem Zustand man meine Mutter antreffen würde. Man musste quasi mit allem rechnen. Ich hatte sie schon am Boden zerstört, verweint, aufgekratzt und lustig, betrunken oder auch apathisch am Küchentisch sitzend vorgefunden. Ihr vor Kurzem noch langes, dunkelblondes Haar, das sie sich zu Dads Entsetzen zu einem kurzen Pixiecut hatte schneiden lassen, stand wirr von ihrem Kopf ab, tiefe Schatten lagen unter ihren Augen. Sie trug einen seidenen Kimono, ihr schmales Gesicht war ungeschminkt. Es tat mir in der Seele weh, sie so zu sehen. Sie war immer mein Vorbild, meine Vertraute und Freundin gewesen, aber diesen Menschen schien ich verloren zu haben. Um den Schmerz im Zaum zu halten, bemühte ich mich, meine Emotionen zu unterdrücken. Nur wenn es mir einigermaßen gelang, ihr mit Abstand zu begegnen, schaffte ich es, nicht zusammenzubrechen.

»Hey, Mom«, begrüßte ich sie und zwang mich zu einem Lächeln. Ich verzichtete darauf, sie zu fragen, warum sie zu dieser Uhrzeit in dieser Aufmachung herumlief. Ich konnte es mir denken. Es war nicht das erste Mal, dass Mom einen Rausch ausgeschlafen hatte. Schon oft hatte ich ihr gegenüber deutlich gemacht, was ich von ihren Eskapaden hielt. Meine Mutter war krank, sie kam nicht vom Alkohol los, aber sie weigerte sich, eine Therapie zu machen. Sie erkannte nicht, dass sie Hilfe brauchte und all unsere Bemühungen, sie zur Vernunft zu bringen, prallten an ihr ab wie Wassertropfen an einer Glasscheibe. »Ich wollte nur schnell etwas zum Naschen stibitzen. Lauren kommt gleich vorbei.« Ohne auf ihre Antwort zu warten, durchstöberte ich den Eisschrank nach etwas Essbarem.

»Oh schön. Wie geht es Lauren?«

»Gut«, murmelte ich knapp und schnappte mir einen Fünf-Liter-Becher Vanilleeiscreme aus dem Gefrierfach, von dem ich annahm, dass meine Eltern ihn nicht vermissen würden. Mir war klar, dass Mom Konversation betreiben wollte, aber ich wünschte, sie würde mal fragen, wie es mir ging. In dem Maß, in dem sie sich dem Alkohol zugewandt hatte, schien ihr Interesse an meinem Leben gegen null zu laufen. Obwohl ich gern noch weiter gestöbert hätte, klemmte ich mir meine Beute unter den Arm, knallte die Eisschranktür zu und schob mich an Mom vorbei. »Entschuldige bitte, ich muss jetzt los. Nicht, dass Lauren vor verschlossener Tür steht.«

Aus dem Augenwinkel bekam ich mit, wie Mom mich verdutzt anschaute. Doch ich ließ mich von ihrem Blick nicht beirren, sondern steuerte zielstrebig den Ausgang an. Ich musste raus hier. Ihr Anblick zerriss mich innerlich. Auf tausend Arten unterschied sich diese Frau von der, die mich aufgezogen hatte. Und die wünschte ich mir zurück. Ich wünschte mir das Leben, das wir geführt hatten, bevor Mom krank geworden war, zurück. Nur hatte ich die Befürchtung, dass das niemals geschehen würde. Auf eine gewisse Weise würde ich Dad sogar verstehen, wenn er sich anderweitig orientieren würde. Dennoch hoffte ein Teil von mir, dass sich alles wieder einrenken und Mom endlich einsehen würde, dass sie Hilfe brauchte.

Lauren war gerade mit ihrem neuen, schicken Flitzer, einem *VW*-Cabrio, angekommen und dabei, meine Tür anzusteuern, als ich mit meiner Errungenschaft aufkreuzte.

»Hey, Süße.« Wir umarmten uns, wobei sie grinsend auf die Eisbox deutete. »Oh je. So übel?«

Ich nickte. »Kannst du laut sagen. Komm rein, ich erzähl dir gleich mehr.« Ich lotste meine Freundin ins Wohnzimmer, wo sie sich sofort auf einen der beiden Zweisitzer fallen ließ, und lief in die angrenzende Küche weiter, um uns je eine ordentliche Portion Eis in eine Schale zu füllen. »Magst du eine Coke?«, rief ich zu Lauren rüber.

Sie winkte ab. »Gib mir Eiscreme und ich bin im Himmel.«

Ein kleines Lachen ausstoßend, drückte ich den Deckel auf die Verpackung und verstaute die Box anschließend in meinem Gefrierfach. »Ich dachte, im Himmel bist du, wenn sexy Alessandro vor deiner Nase herumtanzt und du in aller Ausführlichkeit seine Muskeln bewundern kannst?«

»*Touché*.« Sie kicherte. Um anschließend einen theatralischen Seufzer auszustoßen. »Es wäre mir natürlich lieber, ich dürfte diese heißen Muskeln auch anfassen. Scheiße, ich fang schon wieder an zu sabbern. Aber jetzt komm her und erzähl mir erst mal von deinem Drama«, ergänzte sie eine Grimasse ziehend und klopfte einladend auf das Sitzpolster neben sich.

Ich trug die beiden gut gefüllten Dessertschalen hinüber zur Couch und machte es mir dann neben Lauren gemütlich, um ihr von meinem Misserfolg zu berichten.

»Ist nicht dein Ernst. Du bist also quasi ... abgehauen? Vor diesem heißen Typen – wie hieß er noch gleich? Tyler? – geflohen?« Genüsslich leckte Lauren ihren Löffel ab, während sie mich kritisch musterte. »Oh mein Gott, ich hätte diese Massage bestimmt bis zur allerletzten Sekunde ausgekostet. Ich meine, überleg doch mal, Brooke, wann bekommst du schon so einen Service auf dem Silbertablett angeboten?«

Stirnrunzelnd schob ich meine Schüssel auf den kleinen Tisch vor uns. »Ich war doch nicht zum Vergnügen dort«, erklärte ich, mit meinem Löffel gestikulierend. »Und außerdem, was, wenn dieser Tyler je herausfindet, wer ich wirklich bin?«

»Na und? Glaubst du, das interessiert den? Du bist mit Sicherheit nicht die einzige hübsche Lady, an der er seine Fingerfertigkeit ausprobiert.«

»Lauren Montgomery, du bist echt unmöglich.« Lachend schüttelte ich den Kopf. Seltsam, dass mir der Gedanke, dass Tyler auch andere Mädchen verwöhnte, irgendwie nicht gefiel. »Okay, mit Sicherheit bin ich nicht die einzige Frau, die er mit seinen talentierten Fingern in den Himmel massiert, aber ich bin die Tochter des größten Konkurrenten seines Bosses. Überleg doch mal, wenn die Presse davon Wind bekäme! Das wäre ein gefundenes Fressen für die Paparazzi. Ein richtiggehender Skandal!« Nachdenklich lutschte ich an meinem Löffel. »Abgesehen davon, war mir das Ganze einfach schrecklich peinlich, Lauren. Ich lag da auf dieser Liege, fast nackt, und dieser Mann ... er ist einfach unglaublich gut aussehend. Und umwerfend sexy. Der geborene Verführer.«

»Hm.« Lauren legte den Kopf schief, als sie mich nachdenklich betrachtete. »Vielleicht sollte ich selbst mal dort einchecken und mich davon überzeugen.«

Liebevoll knuffte ich sie in die Seite. »Wage es ja nicht, zum Feind überzulaufen, ich warne dich.«

Sie zwinkerte mir zu. »Keine Sorge. Ich steh ja leider auf euren Alessandro, wie du weißt. Unglücklich zwar, weil er mich nicht wahrzunehmen scheint, aber ich steh auf ihn. Nun zurück zu dir. Du willst noch mal hinter die feindliche Linie, sagtest du?«

Ich ließ den Kopf gegen das Polster sinken und starrte an die Decke. »Sieht so aus. Da ich vergessen habe, das verdammte Aufnahmegerät aufzuladen, bleibt mir wohl nichts anderes übrig. Also noch mal das Ganze von vorn.«

Als Lauren ihre Nägel in meinen Unterarm grub, zuckte ich zusammen. »Du meinst, du kommst erneut in den Genuss einer Massage?«

»Jepp.«

»Du Glückliche. Echt, Brooke, es gibt Schlimmeres.«

»Wenn du das sagst.«

»Hast du nicht mehrfach betont, was für ein Sexgott dieser Tyler ist?«

Mein Herz schlug ein winziges bisschen schneller. »Das bedeutet aber nicht, dass ich mich diesem *Sexgott* auch hingebe. Der Mann ist nichts für mich. Erstens ist es illegal, was er da macht. Und ich meine, komm schon, Lauren, ein Kerl, der es reihenweise den Ladys besorgt?« Ich rollte mit den Augen. »Auch wenn er das auf eine zugegebenermaßen sehr charmante Weise tut. Aber nein danke. Ich versuche, ihm eine verfängliche Aussage zu entlocken, und dann sieht mich das *Seventh Heaven* endgültig von hinten.«

»Schade, dass ich dich nicht begleiten kann.« Lauren zog eine Schnute. »Ich hätte gern mal ein Auge auf diesen Tyler geworfen.«

»Ja, echt schade. Aber es ist besser, wenn ich das allein durchziehe.«

Lauren seufzte. »Oder stell dir vor, wir würden Zachary Moore treffen. Wenn man den Gerüchten trauen darf, ist er nicht nur der absolut hinreißendste und begehrteste Junggeselle der Insel, sondern leider auch der Typ Mann, der sich noch nie von einer Frau hat einfangen lassen. «

»Abgesehen davon, dass Zachary Moore unser schärfster Konkurrent ist, interessieren mich solche Kerle nicht«, erklärte ich aus dem Brustton der tiefsten Überzeugung.

»Na klar«, kommentierte Lauren meine Aussage trocken. »Und Schweine können fliegen.«

7. KAPITEL

Zachary

Mein *Blackberry* meldete sich mit einem dezenten Vibrieren in meiner Brusttasche, als ich mit meinem ersten Espresso des Tages bei Karen in der Lounge an der Theke saß und mich mit einem weiblichen Gast unterhielt. Eine Entschuldigung murmelnd, zog ich es heraus, um einen Blick aufs Display zu werfen. Die eingegangene Nachricht stammte von Sandra vom Empfang.

Zachary, Sie wollten benachrichtigt werden, falls Miss Porter sich erneut im Hotel aufhalten sollte – sie hat vor ein paar Minuten eingecheckt. Zimmer 209.

Stirnrunzelnd ließ ich mein Handy zurück in die Tasche gleiten. *Sieh mal einer an.* Irgendwie hatte ich eine Ahnung gehabt. Ihr überstürzter Aufbruch hatte mich misstrauisch werden lassen. Und nun war die Lady zurückgekommen – nach nur zwei Tagen. Warum das? Da war definitiv etwas im Busch. Und ich würde herausfinden, was Brooke Porter veranlasst hatte, erneut einzuchecken. Noch heute. Mein Jagdinstinkt war geweckt.

Ich lächelte meiner Gesprächspartnerin zu. »Entschuldigen Sie mich, Victoria? Ich habe etwas Dringendes geschäftlich zu erledigen, aber ich würde mich freuen, wenn wir uns wieder unterhalten würden.«

Sie legte den Kopf schräg und reichte mir ihre schmale, mit unzähligen ungewöhnlichen Ringen geschmückte Hand. »Das würde mich ebenfalls sehr freuen, Zach. Sie treffen mich um diese Uhrzeit immer in der Lounge bei meinem Café Latte.« Aus ihrem Blick sprach unverhohlenes Interesse.

Victoria del Rey war eine Stammkundin, der eine Kette von exklusiven Juweliergeschäften in Sagaponack gehörte und die seit der Eröffnung alle zwei Monate zu einem Kurzurlaub inklusive Spezialbehandlung im Wellnessbereich anreiste. Zwar verspürte ich nicht den Wunsch, mit ihr zu schlafen, denn obwohl sie durchaus attraktiv war mit ihrer langen Mähne und den vorteilhaft in Szene gesetzten Kurven, war sie mir einen Tick zu herb. Dennoch war mir daran gelegen, diesen weiblichen Gast bei Laune zu halten – zumal sie eine amüsante und angenehme Gesprächspartnerin war und ich es mir zum Ziel gesetzt hatte, Gäste in Freunde des Hauses zu verwandeln. Sie langfristig an das *Seventh Heaven* zu binden. »Ich werde es nicht vergessen«, versprach ich ihr mit einem Augenzwinkern, bevor ich mich auf den Weg in die Lobby begab.

Unterwegs wurde ich von Clarissa, unserer Hausdame, abgefangen, die wie immer makellos und würdevoll mit ihrem schlichten dunkelblauen Etuikleid und dem platinblonden Pagenkopf wirkte, von dem ich annahm, dass er geschickt ihren grauen Haaransatz verbarg. »Mr Moore.« Clarissa, die sich zu meinem Amüsement standhaft weigerte, mich bei meinem Vornamen zu nennen, was ich auf ihre strenge Ausbildung in Paris zurückführte, zog ein Klemmbrett unter ihrem Arm hervor. »Ich habe gerade die ausgesuchten Tapetenmuster für die Zimmer im Südtrakt erhalten, wenn Sie einen Blick darauf werfen wollen?«

Ich wollte. »Dann lassen Sie mal sehen.« Clarissas unverkennbar teures Parfüm hüllte mich ein, als ich mich neben ihr positionierte, um die Auswahl in Augenschein zu nehmen. »Wie wäre es mit diesem hier?« Ich deutete erst auf ein dezentes, helles Grün, dann auf ein edles Cremeweiß. »Oder besser diesem?« Wir hatten uns vorgenommen, den Südtrakt des Hauses mit einer Reihe romantischer Gästesuiten zu versehen, die ich plante, in zarten Pastelltönen zu gestalten. »Dieser Cremeton passt hervorragend zu jeder anderen Farbe, für die wir uns zusätzlich bei den Vorhängen oder Möbeln entscheiden sollten, meinen Sie nicht?«

»Ich habe mir gedacht, dass Sie sich hierfür begeistern werden.« Ein Lächeln ließ ihre herben, markanten Züge sanfter wirken, als sie mir beipflichtete. »Eine gute Entscheidung, Mr Moore. Soll ich dem Dekorateur den entsprechenden Auftrag erteilen?«

»Tun Sie das bitte, Clarissa. Ich danke Ihnen.« Sie kannte

inzwischen meinen Geschmack und meine persönlichen Vorlieben. Ich berührte flüchtig ihre Schulter, als ich mich zum Gehen wandte. Es war ein verdammt gutes Gefühl, zu wissen, dass die Dinge zu meiner Zufriedenheit erledigt werden würden. Die meisten unserer Angestellten hatte ich ausgesucht und eingestellt. So sehr ich meine Brüder auch liebte, in Sachen Menschenkenntnis traute ich mir, nicht nur wegen meines Alters, einiges mehr an Urteilsvermögen zu. Möglicherweise hatte dies etwas mit meiner langjährigen Tätigkeit als Clubmanager zu tun, wo von jeher Fingerspitzengefühl im Umgang mit Angestellten und Gästen erforderlich gewesen war.

Sandra riss sich vom Bildschirm los, als ich an der Empfangstheke aufschlug, und begrüßte mich mit einem herzlichen Lächeln.

Ich lehnte mich mit den Unterarmen auf die blitzsaubere Marmoroberfläche, neigte mich ihr zu und senkte meine Stimme, damit niemand mithören konnte. »Miss Porter ist also wieder zurück, Sandra?«

»Ja, Zachary. Sie hat vor Kurzem eingecheckt, meinte, ihre familiäre Angelegenheit habe sich geklärt, weshalb sie ihren Aufenthalt bei uns gern wiederaufnehme.«

»Für wie lang hat die junge Dame denn diesmal gebucht?«

Sandra richtete ihren Blick zurück auf den Bildschirm und scrollte mit der Maus hinunter. »Ein, zwei Nächte. Sie wollte sich nicht festlegen.«

Interessant. Sandras Aussage erhärtete meinen Verdacht, dass sich Miss Porter alias van Deeks auf einer Mission befand. Warum sie dafür allerdings mehrfach bei uns erscheinen musste, war mir ein Rätsel. Ich würde der Kleinen weiterhin auf den Zahn fühlen. Sorgfältig richtete ich meine Krawatte. »Sandra? Würden Sie mir bitte einen Gefallen tun und mich benachrichtigen, sobald sich Miss Porter einen Termin im Wellnessbereich reservieren lässt?«

»Das hat sie bereits getan, Zachary.« Meine Empfangsdame musterte mich neugierig durch ihre randlose Brille hindurch. Ich war mir sicher, dass sie sich fragte, warum mein Interesse an diesem weiblichen Gast so groß war. Ebenso sicher war ich mir, dass sie niemals nachfragen würde. Unter den Angestellten des *Seventh Heaven* war Diskretion selbstverständlich, worauf ich enormen Wert legte. Wer sich nicht daran hielt, besaß in der Firma keine Zukunftsaussichten.

»Miss Porter ist ein besonderer Gast«, klärte ich Sandra auf. »Ich möchte mich persönlich davon überzeugen, dass sie alles im Haus zu ihrer vollsten Zufriedenheit vorfindet.« Bevor ich nicht den Grund ihres Aufenthalts erfahren hatte, hielt ich es für besser, ihre wahre Identität nicht zu enthüllen.

»Natürlich.« Sandra erwiderte mein Lächeln.

Wir verabschiedeten uns und ich zog mich für einen Moment in den Aufenthaltsbereich der Lobby zurück, um zu telefonieren. Es dauerte nur ein paar Augenblicke, bis ich Ridge vom Wellnessbereich die gewünschte Information entlockt und ihn entsprechend instruiert hatte. Anschließend steuerte ich den Aufzug an, um in die oberste Etage zu fahren, wo ich mich in meiner Suite umzuziehen gedachte. So langsam wurden die Dinge wirklich interessant.

Brooke

Hier war ich also wieder. Im *Seventh Heaven.* Diesmal jedoch in einem anderen, neuen Zimmer, das von der Inneneinrichtung dem ersten Raum ähnelte, den ich bewohnt hatte. Jetzt konnte ich die Aussicht auf den gepflegten Hotelstrand und den tintenblauen Atlantik genießen. Nicht, dass ich vorhatte, es mir unten am Strand gemütlich zu machen, so verlockend die Aussicht auch war. Auch wenn ich es Dad gegenüber niemals zugegeben hätte, war ich mehr als angespannt, weil ich hier war, obwohl Sandra am Empfang meine überraschende Rückkehr mit einem herzlichen Willkommensgruß quittiert und keine neugierigen Fragen gestellt hatte. Dennoch fühlte ich eine Art Unruhe in mir. Diesmal musste es mir gelingen, Beweise zu sammeln. Ich hatte geplant, meinen Aufenthalt in diesem Etablissement so kurz wie nötig zu halten. Vor wenigen Augenblicken hatte ich unten an der Rezeption angerufen und um einen Massagetermin gebeten. Leider hatte mir Sandra nicht sagen können, wer mich diesmal behandeln würde. Natürlich hoffte ich, dass mir ein anderer Masseur zugeteilt wurde, damit meine Mission auf jeden Fall gelang. Vielleicht hatte das Schicksal diesmal ein Einsehen. Ich hatte die Kamera zu Hause aufgeladen und sichergestellt, dass sie auch funktionierte. Diesmal würde ich mit einem triumphierenden Lächeln das Hotel verlassen.

Ich band mein Haar zu einem Pferdeschwanz zusammen, schlüpfte in den hoteleigenen schneeweißen Frotteebademantel und verknotete den Gürtel auf Höhe der Taille über meinem apfelgrünen Bikini. Mit Flip-Flops an den Füßen und meiner kleinen Handtasche unter dem Arm, in der sich mein Aufnahmegerät und die Schlüsselkarte befanden, verließ ich mein Zimmer.

Wieder wurde ich von verträumter Klaviermusik empfangen, als ich über den glitzernden Marmorboden zum Tresen des Wellnessbereichs ging, um mich anzumelden.

Ridge, der gerade mit Handy telefonierte, gab mir freundlich nickend ein Handzeichen, um mir zu signalisieren, dass er gleich für mich da wäre.

Nervös trommelte ich mit den Fingern auf der Theke, betrachtete meine kurz geschnittenen und in einem zarten Rosa lackierten Fingernägel und biss mir auf die Unterlippe. Himmel! Ich hatte mir das Ganze wirklich einfacher vorgestellt. Wenn ich doch nur Lauren mitgenommen hätte. Ich zwang mich zu einem Lächeln, als Ridge das Gespräch beendete und sich mir zuwandte.

»Miss Porter, schön, Sie wiederzusehen. Was kann ich heute für Sie tun?«

»Ich habe eine Massage gebucht – so ähnlich wie beim letzten Mal.« Oh verflucht, warum fühlten sich meine Wangen an, als hätten sie Feuer gefangen?

Ridge fuhr fort, mich anzulächeln und tat so, als würde er

meine Befangenheit gar nicht bemerken. Eine Welle der Dankbarkeit überrollte mich. »Natürlich, sehr gern. Etwas sinnlich Entspannendes, also?«

Wenn man es so bezeichnen mochte. »Ähm, ja. Genau.« Ich schaute mich um, aber außer mir und Ridge war niemand im Raum zu sehen. Abwartend richtete ich meinen Blick zurück auf ihn, als er sich durch eine Liste am Bildschirm scrollte.

»Ah ja, hier sehe ich Sie, Miss Porter. Bitte gehen Sie ruhig schon mal durch in den Wartebereich, Ihr Masseur wird in Kürze bei Ihnen sein.« Er schenkte mir ein strahlendes Lächeln. »Den Weg kennen Sie ja bereits.«

Ich nickte, meine Fäuste in den Taschen meines Frotteemantels vergraben. »Danke.« Ich hatte mich schon ein paar Schritte entfernt, als ich innehielt. »Ridge?«

»Ja, Miss Porter?«

»Wer ... wird mich behandeln?«

Er wandte seine Aufmerksamkeit dem Bildschirm zu. »Trent, Miss Porter.«

»Okay.« Erleichterung schwappte über mich hinweg. Das hörte sich gut an. Das Schicksal schien diesmal wirklich in meinem Sinn zu arbeiten. Ich konnte mir ein kleines Grinsen nicht verkneifen.

»Nein, warten Sie, ich sehe gerade, es hat eine Änderung gegeben.« Ridge räusperte sich. »Es ist Tyler, Miss. Er wird sich um Sie kümmern.«

Oh verflucht! Ernsthaft? Augenblicklich zog sich ein fester Knoten in meinem Magen zusammen. Und warum klopfte mir das Herz auf einmal bis zum Hals? *Du weißt es ganz genau, Brooke.* Der Gedanke, dass es Tylers Hände sein würden, die über meinen Körper glitten, ließ meinen Blutdruck in die Höhe schießen. Verdammt, diese Information brachte mich aus dem Konzept.

»Okay, danke, Ridge«, brachte ich hervor, während ich mich abwandte und dem Gang mit den Tageslichtkuppeln an der Decke folgte, der mich zum Innenpoolbereich führte. *Na super, Brooke. Anscheinend ist dir das Schicksal doch nicht so wohlgesonnen, wie du gedacht hast.*

Zwei Frauen mittleren Alters ließen sich im Wasser treiben, Kerzen brannten an den Wänden in entsprechenden Haltern und ihr Licht zauberte Goldfunken auf die sanften Wellen. Im Hintergrund spielte leise Entspannungsmusik, untermalt von wunderschönem Vogelgezwitscher. Am liebsten hätte ich meinen Bademantel auf einer der mit weißem Stoff bezogenen Liegen deponiert und wäre ebenfalls in das verlockende Nass gestiegen, um mich treiben zu lassen. Aber das würde mich kein Stück weiterbringen und ich war aus nur einem einzigen Grund hier. Innerlich leise seufzend, trat ich durch die Milchglastür in die mir bereits bekannte kleine Lobby und ließ mich auf der Kante eines der Ledersofas nieder. Doch mein Herz klopfte viel zu unruhig und ich sprang wieder hoch. Hatte Ridge mir nicht versichert, dass ich mich an der Minibar bedienen dürfte? Meine Hände zitterten vor Aufregung, als ich mir ein Champagnerglas aus dem darüber hängenden Regal schnappte und anschließend die Flasche aus dem Kühler vom Tresen nahm. Ich brauchte dringend einen Schluck zur Beruhigung. Oder auch zwei. Oder drei? Ich hatte das Gefühl, gleich durchzudrehen. *Himmel, Brooke! Was ist nur mit dir los? Du bist doch sonst nicht so ein schreckliches Nervenbündel. Komm mal wieder runter!* Ich verpasste mir einen virtuellen Tritt in den Hintern und setzte das Glas an die Lippen. Mit einem Aufstöhnen schloss ich die Lider, legte den Kopf in den Nacken und ließ den Champagner meine Kehle hinabprickeln. Verdammt, tat das gut.

»Bedienen Sie sich ruhig.«

Das leise, amüsierte Lachen ließ mich zusammenzucken. Ich riss die Augen auf.

Heilige Scheiße.

Hinter Tyler schloss sich dir Glastür mit einem leisen Klicken. Mir blieb die Luft weg und ich vergaß, zu atmen. Tyler sah noch viel besser aus, als ich es in Erinnerung gehabt hatte. Sehr viel besser. So sehr, dass meine Knie zitterten. Zumindest fühlte es sich so an. Oh mein Gott. Ich starrte ihn an und hob erneut mein Glas an die Lippen, während ich mich fragte, warum er nicht die Angestelltenuniform vom letzten Mal trug. Besaß er vielleicht irgendwelche besonderen Privilegien? Das schwarze T-Shirt, das er heute anhatte, unterstrich seine dunkle Attraktivität und schmiegte sich eng an seinen muskulösen Brustkorb. Statt der blauen Shorts steckten seine langen Beine in knappen, ausgeblichenen Jeans, die tief auf seinen schmalen Hüften ruhten. Er sah mich an und seine wunderschönen whiskeyfarbenen Augen zogen mich in ihren Bann.

»Lassen Sie sich ruhig Zeit, Brooke, und genießen Sie Ihren Drink. Es ist Ihnen doch recht, wenn ich Sie weiterhin beim Vornamen nenne?« Sein samtiger Bass sorgte dafür, dass sich sämtliche meiner Körperhärchen aufstellten. »Schließlich kennen wir uns ja schon ein wenig.« Mit einem Lächeln, das ein paar hinreißende Fältchen an seinen Augenwinkeln hervorzauberte, deutete er zu der Sitzgruppe. »Wollen wir uns setzen?«

Wortlos schüttelte ich den Kopf und leerte mein Glas. Je schneller ich das hier hinter mich brachte, umso besser. »Nein.« Ich räusperte mich, weil meine Stimme auf einmal belegt war. »Ich würde gern gleich mit der Behandlung beginnen.«

Um seine Mundwinkel zuckte die Andeutung eines Lächelns. »Wie Sie wünschen. Lassen Sie mich Ihnen das abnehmen, Brooke.« Unsere Finger berührten sich, als er mir das Glas aus der Hand nahm und es auf der Theke abstellte. »Bitte, folgen Sie mir.«

Ich gab mein Bestes, nicht auf diesen knackigen Hintern zu starren und jeglichen schmutzigen Gedanken von mir zu schieben, als ich Tyler hinterherlief. Ein ausgesprochen schwieriges Unterfangen, da von diesem Mann eine ungeheure sexuelle Energie ausströmte, die alles um ihn herum mit einem erotischen Knistern zu erfüllen schien.

Wir betraten das Behandlungszimmer, das sich als ein anderes als das vorherige entpuppte. Eine cremefarbene Jalousie ließ gedämpftes Sonnenlicht in den Raum fallen. Wie schon zuvor registrierte ich beiläufig den verführerischen Moschusduft und die sanfte Musik, als ich die bequem aussehende Liege in Augenschein nahm. Zögerlich deponierte ich meine Handtasche auf dem Fenstersims.

Tyler legte eine Hand an meine Hüfte. »Sie kennen ja das Prozedere.« Er machte eine Kinnbewegung hin zu dem blauen Paravent, während er meinen Blick hielt. »Ziehen Sie sich in Ruhe aus, Brooke, wie gehabt bis auf Ihr Höschen, wenn Sie möchten. Ich bereite inzwischen die Massageöle vor.«

»Danke.« Ich schluckte. Verdammt. Irgendwie musste ich Tyler kurz loswerden, um mein Aufnahmegerät in Stellung zu bringen. Ich machte ein paar Schritte auf den Paravent zu, dann blieb ich stehen und drehte mich zu Tyler um, der sich an einem weißen Schränkchen mit Glastüren zu schaffen machte. »Hören Sie, Tyler.« Ich machte eine Handbewegung hin zu den Lautsprechern oben an der Decke. »Wäre es möglich, eine andere Musik aufzulegen? Diese da ... gefällt mir nicht.« Ich biss mir auf meine Unterlippe und hoffte, dass er mir die kleine Notlüge abkaufte.

Er tat es. »Selbstverständlich. Sie sollen sich bei uns im Haus wohlfühlen, Brooke. Haben Sie einen besonderen Wunsch?«

»Nein.« Ich schüttelte den Kopf. »Einfach etwas ... anderes.« *Oh mein Gott. Brooke, deine Antwort eben strotzte nur so vor Intelligenz.* Mit einem Augenrollen trat ich hinter den Paravent, um meine glühenden Wangen zu verstecken.

»Ich bin gleich wieder bei Ihnen.«

Kaum hatte sich die Tür hinter Tyler mit einem hörbaren Klicken geschlossen, sauste ich hinter meinem Versteck hervor, um das Aufnahmegerät zu aktivieren. Gerade, als ich wieder hinter den Wandschirm geschlüpft war, hörte ich, wie er zurück ins Zimmer trat.

»Ich hoffe, ich habe Ihren Geschmack getroffen, Brooke.«

»Äh ja, sicher.« Sicher war ich mir allerdings nur, dass ich gleich vor Nervosität sterben würde. Meine Hände zitterten zu meiner Schande, als ich meinen Bademantel an einen goldenen Wandhaken hängte. Meinen Bikini würde ich anlassen, egal, was er dazu sagte. Inklusive Oberteil! Fest entschlossen befreite ich mich von den Flip-Flops. »Die Musik ist sehr schön. Was ist das?«, fragte ich nach, weniger aus Interesse als vielmehr mit der Intention, Tyler von der Handtasche auf dem Sims abzulenken.

Es wäre fatal, wenn er auf den Gedanken käme, sie mir hinterherzutragen. Mit einem strahlenden Lächeln, das den Aufruhr in meinem Inneren Lügen strafte, trat ich hervor.

Tyler sah mich an und nahm meinen Bikini in Augenschein – ein paar Sekunden zu lang und ein wenig zu interessiert für einen Angestellten, wie ich fand. Aber verdammt. Der Mann besaß so eine verflucht intensive Ausstrahlung, dass meine Haut unter seinem Blick in Flammen aufging. »Ein tantrisches Arrangement«, erwiderte er mit einem trägen Lächeln, das das einsetzende Kribbeln zwischen meinen Schenkeln verstärkte. »Und eins meiner Lieblingsstücke«, erklärte er, bevor er ein kuschelig aussehendes Kissen aus einem Schrank holte und es auf der Liege deponierte. »Bitte, Brooke, machen Sie es sich bequem.«

Ich biss mir auf die Unterlippe, als ich auf die Liege kletterte und mich auf den Bauch legte, wobei ich mir des erwartungsvollen Pulsierens meiner Pussy mehr als bewusst war. Die sanften, erotischen Klänge der Musik waren nicht besonders hilfreich, um mich zu beruhigen. Ich war völlig durcheinander, denn ich hatte nicht mit so einer heftigen Reaktion meines Körpers gerechnet. Dieser Tyler war nicht nur ein absoluter Hottie, er war auch gefährlich. Jetzt konnte ich nur hoffen, dass ich das hier schnell hinter mich bringen würde. Sobald ich genügend Beweise gesammelt hatte, würde ich abbrechen und verschwinden. Und ich betete, dass die verdammte Aufnahmevorrichtung diesmal ihren Dienst tat.

Endlose Sekunden schienen zu verstreichen, während Tyler mit den Ölen hantierte. »Ich freue mich, dass Sie erneut den Weg zu uns gefunden haben«, sagte er schließlich beiläufig, während er seine kräftigen Finger auf meine Schultern legte und meine verspannten Muskeln zu kneten begann. »Was hat Sie bewogen, zurückzukommen?«

»Ich habe viel Stress momentan«, improvisierte ich rasch. »Und da dachte ich, so eine entspannende Massage ... Sie wissen schon.« Oh Gott. Heute würde ich keinen Preis für Eloquenz gewinnen, so viel war sicher.

»Sie werden es nicht bereuen.«

Sie schon. Beziehungsweise Ihr Boss, Mr Zachary Moore, dieser windige Halunke. »Da bin ich mir sicher«, entgegnete ich und versuchte, mich unter seinen geschickten Fingern zu entspannen. Meine Haut prickelte warm unter seiner Berührung.

»Ist Ihnen der Druck so angenehm, Brooke?« Tyler widmete sich meinem Nacken, bevor seine Hände wieder tiefer zu meinen Schultern glitten.

»Ja«, murmelte ich. Der sinnliche Duft des Massageöls stieg mir in die Nase und ich schloss die Augen, wobei ich mir große Mühe gab, an etwas anderes zu denken, als daran, dass Tyler mich bis zur Erfüllung meiner geheimen Lüste verwöhnen würde, wenn ich es ihm erlaubte. Und das tat ich selbstverständlich nicht. Um mich von dem verlockenden Gedanken abzulenken, ging ich im Geist meine Einkaufsliste durch. »Walnusseiscreme mit Schokolade.« Hatte ich das soeben laut gesagt?

»Sie denken an Eiscreme, während ich Sie massiere?« Tylers Stimme klang amüsiert. »Aber ich muss zugeben, das klingt wahnsinnig appetitanregend. Geradezu verführerisch.«

Und das klang verdammt doppeldeutig. Die Art, wie er die Worte aussprach, mit diesem leisen, sexy Lächeln in der Stimme, sandte mir lustvolle Schauer über die Wirbelsäule. Dieser Mann besaß nicht nur begnadete Fingerfertigkeiten, nein. Tyler aus dem *Seventh Heaven* war nur ein anderes Wort für Erotik! So langsam wurde ich unruhig. Ich wollte die Angelegenheit hinter mich bringen, auch wenn ich das Gefühl seiner Hände auf meinem Körper viel zu sehr genoss. »Sie können sich gern meinem Lendenwirbelbereich widmen«, versuchte ich, die Sache etwas zu beschleunigen. »Dort bin ich ganz besonders verspannt.«

»So eilig heute?« Schon wieder schwang dieser belustigte Unterton in seiner Stimme mit. Seine Handflächen glitten über meine Schulterblätter hinweg. »Lassen Sie mich diesen Verschluss öffnen, damit ich Sie besser massieren kann.«

»Nein, ich ...«, fing ich protestierend an, doch da hatte er bereits mein Bikinioberteil aufgemacht. Sanft fuhren seine Finger die Vertiefungen entlang der Wirbelsäule bis zum Steißbein hinab. Wirbel für Wirbel ließ er sie wieder hinauf zum Nacken wandern.

»Sie sind tatsächlich sehr angespannt, Brooke. Lassen Sie sich fallen. Vertrauen Sie mir.« Oh diese schmeichelnde dunkle Stimme. Sie allein war in der Lage, jede einzelne Zelle meines Körpers in Alarmbereitschaft zu versetzen.

Mein Atem entwich hörbar, als Tylers Finger in sanften Wellenbewegungen an meinen Seiten entlangstrichen, dabei die empfindsame Haut meiner Brüste berührten und anschließend mit schmetterlingszarten, spielerischen Strichen über meine Hüften streichelten. Meine Haut kribbelte und prickelte unter der zärtlichen Liebkosung und überall, wo Tyler mich anfasste, ging sie in Flammen auf. Ich fühlte, wie sich sehnsüchtige Hitze in meinem Schoß sammelte und widerstand dem Impuls, meine Beine zusammenzupressen. Ich musste ihm dringend eine verfängliche Aussage entlocken. Bevor das hier meiner Kontrolle entglitt. Und ich war ziemlich nah dran.

»Würden Sie heute bitte ...« Oh verflucht, mit sanftem Druck widmete er sich jetzt den beiden Grübchen an meinem verlängerten Rücken und diese Berührung schien eine direkte Verbindung zu den Nervenenden in meiner Pussy zu haben. Mühsam versuchte ich, einen klaren Gedanken zu fassen. »Ich meine, könnten Sie ...«

»Möchten Sie die Massage bis zum Ende auskosten heute?« Wieder dieses kaum merkliche Lächeln. Die sanfte Stimme, die sich über mich mokierte. Ich biss mir in die Unterlippe, um nicht nach Luft zu schnappen, als er eine Hand zwischen meine Beine gleiten ließ und mich sanft spreizte.

»Ja«, entfuhr es mir, denn ich brauchte jetzt dringend den nötigen Beweis. Wenn er es doch nur etwas deutlicher formulieren würde, und zwar schnell, bevor ich ... Ich konnte Dad unmöglich ein Video von seiner sabbernden, keuchenden Tochter zeigen. »Werden Sie mich zum ... Höhepunkt bringen, wenn ich es will?« Oh Gott. In der Gewissheit, dass Dad dies hören würde, schämte ich mich entsetzlich, es ausgesprochen zu haben.

»Selbstverständlich werde ich Ihnen Ihre Wünsche erfüllen,

Brooke.« Sanft streichelte Tyler in kreisenden Bewegungen über die Rundungen meines Hinterns. Wohlige Schauer rieselten mir über den Rücken. »Sie sollen genau das bekommen, was Sie gebucht haben.«

Okay, das sollte genügen. Es war nicht perfekt, aber es war hoffentlich eindeutig genug, um die Moore-Brüder zu Fall zu bringen.

»Danke, das ...« Ich schnappte nach Luft, weil er jetzt meine Pobacken zärtlich knetete und dabei immer wieder wie beiläufig an der Innenseite meiner Schenkel entlangstrich. Oh verdammt, das fühlte sich unglaublich an. »Tyler, ich ...«

»Ja, Brooke?« Hingebungsvoll widmete sich dieser Sexteufel meiner Kehrseite, als bestünde sein einziger Lebensinhalt darin, mich mit seinen talentierten Fingern in den Himmel zu befördern.

Ich musste dem ein Ende machen. Sofort.

8. KAPITEL

Brooke

»Bleiben Sie ruhig so lang liegen, wie Sie möchten, Brooke.« Tyler bedeckte mich mit einer himmlisch weichen Decke, während ich mein Bestes gab, um nicht vor Scham im Boden zu versinken. *Oh. Mein. Gott.* Er hatte es geschafft. Tyler hatte es tatsächlich geschafft, mich mit seinen raffinierten Handgriffen kommen zu lassen, bevor ich ihn hatte stoppen können. Der Orgasmus war wie eine Urgewalt über mich hinweggerollt. Eine Welle der Erregung war über mich geschwappt, glühende Hitze durch meine Adern geschossen. Das, was er mit mir angestellt hatte, hatte mich erzittern lassen und mir das Gefühl gegeben, in seidenweichem, warmem Wasser zu versinken. Alle meine Sinne waren geweckt, alle Nervenenden entzündet worden. Alles in mir vibrierte vor Verlangen. Er hatte mich auf Wolke sieben katapultiert. »Nein, ich will ...«, hatte ich leise protestiert oder es mir vielleicht auch nur eingebildet. Denn in Wahrheit war ich längst über den Punkt hinweg gewesen, an dem ich ihn noch hätte aufhalten können.

Gefangen in einem Nebel aus Lust, brennendem Begehren und Verwirrung hatte ich Tyler gestattet, die Massage fortzuführen. Und das Peinlichste war, dass seine Finger nicht mal in der Nähe meiner intimsten Stelle gewesen waren, als mich ein heftiger Orgasmus überrascht hatte. Ich war so verflucht erregt gewesen wie noch nie zuvor in meinem Leben. Um nicht laut zu stöhnen, hatte ich meine Finger in das Kissen gekrallt, mir auf die Unterlippe gebissen und gebetet, dass Tyler nichts davon mitbekommen würde. Dieser Teufel schien genau zu wissen, welche Knöpfe er bei mir drücken musste, um mich zu erregen.

»Wenn Sie möchten, können Sie gern anschließend duschen«, hörte ich ihn jetzt freundlich sagen. Nichts an seiner Reaktion oder in seiner Stimme ließen darauf schließen, dass er meinen Orgasmus bemerkt hatte. *Klar, Brooke. Eher stürzt der Himmel ein.*

Ich tötete die spöttische Stimme in mir mit einem scharfen, imaginären Dolch. »Nebenan befindet sich ein kleines privates Duschbad.«

»Danke«, murmelte ich in mein Kissen und vermied es dabei, ihn anzusehen. Eine Locke hing mir in die Stirn, meine Wangen brannten und jede Zelle meines Körpers vibrierte von dem Nachglühen meines Höhepunkts. Selten hatte ich mich befriedigter gefühlt als in diesem Augenblick. Und das wegen einer verdammten Massage!

»Machen Sie's gut, Brooke. Ich hoffe, wir sehen uns wieder.« Der Klang seines rauen, sexy Timbres ging mir durch und durch.

Ich starb innerlich. Oh Gott, wie peinlich konnte es noch werden? *Verschwinde, du schrecklicher Verführer.* Dieser Mann war die sprichwörtliche Sünde pur. Und ich hatte mich dieser hingegeben. *Mensch, Brooke!* Dad durfte niemals, niemals im Leben erfahren, was hier wirklich geschehen war. Ich würde ihm das Video erst präsentieren, wenn ich alle verfänglichen Szenen entfernt hatte. Mein Herz wummerte in meiner Brust und meine Wangen brannten vor Scham.

Das leise Klicken der Tür signalisierte mir, dass Tyler den Raum verlassen hatte. Erst als ich sicher war, dass er nicht mehr zurückkommen würde, wagte ich es, mich zu bewegen. Ich warf die Decke von mir, huschte ans Fenster, um mir meine Tasche samt Spycam zu sichern und verschwand anschließend hinter dem Paravent. Danach tapste ich, eingehüllt in den Bademantel, barfuß und mit ziemlich wackligen Beinen in das kleine angrenzende Bad, um mich mit einer nach Mandeln und Kokos duftenden Seife unter der Dusche einzureiben, die ich anschließend ausgiebig mit kaltem Wasser abspülte. Als könnte ich so die Erinnerung an Tylers Hände von mir waschen.

Zurück in meinem Hotelzimmer machte ich es mir im Schneidersitz auf meinem Bett bequem und schnappte mir mein Handy.

Ich: *Lauren, ich muss dringend mit dir reden. Hast du heute Nachmittag Zeit für mich?*

Ich hatte kaum das Smartphone auf der Decke abgelegt, als es sich mit einem Vibrieren bemerkbar machte.

Lauren: *Hey, Süße. Schade, heute habe ich bereits eine Verabredung. Mom will, dass ich sie später zu einem wichtigen Kunden begleite. Ist was passiert?*

Ich: *Das kann man wohl sagen. Lauren, ich brauche dich wirklich.*

Lauren: *Wie wäre es morgen Früh? Ich komme vorbei und wir hängen am Pool ab, wäre das für dich in Ordnung?*

Ich: *Sicher. Bis dann. Und ... danke! XOXO*

Mir entschlüpfte ein winziges Lächeln. Lauren gab anscheinend die Hoffnung nicht auf, dass Alessandro sich ein Herz fassen und sie nach einem Date fragen würde.

Nichts wie raus hier. In Windeseile packte ich meine paar Sachen, die ich diesmal in einer überdimensionalen Leinentasche mitgebracht hatte, und schlüpfte in ein schlichtes weißes T-Shirt, einen kurzen Jeansrock sowie einen Blazer. Halbhohe schwarze Riemchensandaletten vervollständigten mein Outfit. Es war mir egal, ob Sandra sich erneut fragen würde, warum ich schon wieder nach nur so kurzer Zeit abreiste. Ich wollte raus hier, fort, und alles, was passiert war, hinter mir lassen. Obwohl mir natürlich klar war, dass ich niemals vergessen würde, wie Tyler mich gestreichelt hatte. Tyler mit seinem dunklen Haarschopf, dem sexy Lächeln und diesen beeindruckenden Armmuskeln. Schade, dass er für den Feind arbeitete und diesen Job ausübte. Er war genau der Typ Mann, bei dem mein Herz Purzelbäume schlug. Unter anderen Umständen ... Unsinn. Ich verwarf den Gedanken. *Du bist aus einem einzigen Grund hier gewesen, Brooke,* ermahnte ich mich selbst. *Und jetzt ist es Zeit, diese Tür hinter dir zu schließen*. Dad verließ sich auf mich. Er und die Firma brauchten mich. Das war alles, was zählte. Nicht, dass mein Kleinmädchenherz ins Schwärmen geriet und zwischen meinen Schenkeln ein sehnsüchtiges Prickeln startete, wenn ich einem gewissen, gut gebauten Mann mit whiskeyfarbenen Augen begegnete.

Nachdem ich gerade ausgecheckt und mit Sandra ein paar nette Belanglosigkeiten ausgetauscht hatte, wobei sie sehr bedauert hatte, dass mein Aufenthalt so kurz ausgefallen war, strebte ich mit meiner Riesentasche unter dem Arm Richtung Ausgang. Ich würde drei Kreuze machen, wenn ich diesen Sündenpfuhl verlassen hatte. Abgesehen davon, dass es mir irre peinlich gewesen wäre, Tyler erneut über den Weg zu laufen, würde ich alles tun, um mir diesen Mann aus dem Kopf zu schlagen. Schließlich spielte er auf der falschen Seite des Netzes. Außerdem war er nicht der einzig gut aussehende Kerl auf diesem Planeten. Mein Blick streifte ein neben der Tür hängendes Plakat, eine Ankündigung für ein Live-Konzert in der Hotellounge. Darauf zu sehen war ein junger, schwarzhaariger Mann in Jeans, T-Shirt und mit einer Gitarre in der Hand. Und dieser Kerl besaß eine verdammte Ähnlichkeit mit ...

»Sachte, junge Dame!« Kräftige Finger packten meine Oberarme, um mich zu stabilisieren, als ich unvermittelt gegen eine harte Brust prallte.

Tyler! Ich starrte direkt in seine goldfarbenen Augen. Das war *er* auf dem Plakat! Äh, Moment. Er spielte Gitarre? Er, der meinen fast nackten Körper vor noch nicht allzu langer Zeit mit seinen talentierten Händen bearbeitet und mich über die Klippe geschickt hatte? Es sah ganz danach aus. »Ty...ler?«, stammelte ich wenig elegant, zu verblüfft, um auch nur einen sinnvollen Satz über meine Lippen zu kriegen. Sein unverhofftes Auftauchen, dieses Outfit und der herbe, extrem männliche Duft, der von ihm ausging, sowie die Tatsache, dass dieser Hottie auch noch Musik machte, verwirrten mich zutiefst.

Um seine Augenwinkel erschienen unzählige winzige Fältchen, die seiner Attraktivität keinerlei Abbruch taten. Im Gegenteil. Mein dummes Herz machte einen Satz, als er mich freigab und lächelnd nickte. »Live und in Farbe.«

Doofmann. Ich konnte nicht verhindern, dass mir die Röte in die Wangen schoss. »Ich dachte, Sie ... Sind Sie nicht ...?« Was hatte ich eigentlich gedacht? Irgendwie hatte sich mein Verstand soeben verabschiedet. Innerlich über mich selbst den Kopf schüttelnd, machte ich einen Schritt zurück, um Distanz zwischen uns zu bringen.

»Ob ich auch außerhalb des Wellnessbereichs arbeite?«, präzisierte er meine unausgesprochene Frage. »Das tue ich.«

Irritiert deutete ich auf das Plakat neben der Tür.

Tyler lachte auf. »Das ist Kyle, einer meiner jüngeren Brüder. Er ist Musiker und hat hin und wieder bei uns in der Lounge einen Gig. Und ja, wir sehen uns verdammt ähnlich.« Er zwinkerte mir zu. »Und Sie?« Er deutete auf meine Leinentasche. »Schon wieder auf der Flucht, Miss Porter?«

Mein Gesicht brannte, als stünde es in Flammen. Ich fühlte mich ertappt. Und war ziemlich durcheinander. »Ja, ich ...« Ich räusperte mich. »Ich muss leider erneut abreisen.«

Seine Mundwinkel zuckten. »Sie scheinen sich nie lang bei uns im Haus aufzuhalten.« Er neigte sich mir zu. »Doch Sie *kommen* immer wieder, das gefällt mir.« Sein Atem kitzelte die empfindsame Haut an meinem Ohr.

Mein Herzschlag legte einen Gang zu. Dieser verdammte ... Hatte er das Wort mit Absicht betont?

Sein Gesichtsausdruck gab nichts preis.

Er liebte es anscheinend, mich zu necken. Das war mir schon zuvor aufgefallen.

»Wenn Sie mich jetzt entschuldigen«, fuhr ich ihn an, weil mich seine Worte und sein unvermutetes Auftauchen total aus dem Konzept brachten. Und weil er so verdammt heiß in diesem dunklen Anzug aussah, den er scheinbar kürzlich angezogen hatte. Ich setzte mich in Bewegung. Nichts wie raus hier!

Leider verhedderte sich der Riemen meiner linken Sandalette mit dem Haken der anderen. Ich geriet ins Straucheln. Bei dem

Versuch, mich zu stabilisieren, entglitten mir meine Taschen und fielen zu Boden, anschließend legte ich mich mit einem laut hörbaren Klatschen höchst unelegant vor Tylers Augen der Länge nach auf dem blitzenden Marmor hin.

»Brooke!« Bevor ich reagieren konnte, griff mir Tyler unter die Arme und zog mich hoch. Er hielt mich fest, um mir forschend ins Gesicht zu sehen. »Haben Sie sich verletzt?«

Im ersten Moment spürte ich gar nichts und wollte mich gerade von ihm losreißen, als mich ein scharf einschießender Schmerz in meinem Knie sowie ein Brennen an meinem rechten Ellenbogen um Atem ringen ließen. »Autsch!« Verflixt und zugenäht, tat das weh. Ich sah an meinem Arm hinab und bemerkte einen dunkelroten Fleck. Na prima. Jetzt hatte ich mir auch noch einen hübschen Bluterguss zugezogen. Außerdem war ich mit einem Knie auf dem Boden aufgeschlagen und dabei scheinbar über irgendeinen scharfkantigen Gegenstand geschrammt. Blut sickerte aus einer kleinen Wunde. Beiläufig bekam ich mit, wie Tyler meine Taschen vom Boden aufhob, als ich hastig meinen Rock glatt strich, der sich an meinen Oberschenkeln hochgeschoben hatte. Ich musste Tyler dort auf dem Boden einen hinreißenden Anblick geboten haben.

»Kommen Sie.« Tyler legte fürsorglich einen Arm um meine Taille und lenkte mich zu der ledernen Sitzgruppe gegenüber des Empfangs. »Lassen Sie uns das mal ansehen. Sie haben sich wehgetan.«

»Nein«, begann ich protestierend und wollte mich aus seinem Griff winden, aber weil uns ringsum neugierige Augenpaare verfolgten und meine Kniescheibe jetzt wirklich brannte, ließ ich mich von ihm führen.

»Hier, setzen Sie sich.« Tyler dirigierte mich zu dem Zweiersofa, wo ich nach diesem Schreck mit zittrigen Beinen in die Polster sank, und deponierte meine Taschen neben mir. »Ich werde Sandra bitten, Ihnen ein Glas Wasser und ein Pflaster zu organisieren.« Seine Augen funkelten warm, als er mich ansah. »Ich bin gleich zurück. Sie bleiben schön sitzen.«

Wie gelähmt sah ich ihm hinterher, als er zum Empfangstresen schritt und ein paar Worte mit Sandra wechselte, die daraufhin in einer Schublade kramte und kurz telefonierte. Gleich darauf kehrte er mit ein paar Utensilien in der Hand zu mir zurück und nahm neben mir Platz. Sein Duft hüllte mich ein – Seife, Aftershave und sein unverkennbarer, sexy Geruch. Ich holte tief Luft, als er unvermittelt nach meinem Unterschenkel griff und mein Bein über seinen Schoß legte, um über meine Wade zu streicheln. »Zeigen Sie mal her.« Er fixierte mich mit seinen goldbraunen Augen, als wäre ich eine süße Praline, die er unbedingt vernaschen wollte.

»Bitte, Tyler, das muss nicht sein«, versuchte ich, das Unvermeidliche abzuwenden, doch er behielt mein Bein sanft, aber bestimmt in seinem Griff. Mein Blick wurde magisch von seinen Lippen angezogen, die voll und schön geschwungen waren. Unwillkürlich stellte ich mir vor, wie es wohl wäre, ihn zu küssen.

»Ich denke schon. Sie haben sich in unserem Haus eine Verletzung zugezogen und ich möchte gern nach Ihnen sehen«, sagte er und riss mich aus meiner Betrachtung. Besorgt zog er seine Brauen zusammen, als er die Wunde inspizierte. »Okay, das blutet zwar, aber es sieht nach einer oberflächlichen Blessur aus. Das haben wir gleich, Brooke.« Mit einem aufmunternden Lächeln nickte er mir zu und ehe ich Einwände erheben konnte, sprühte er mir etwas Desinfektionsmittel auf die Stelle, bevor er sie behutsam abtupfte und mit einem Pflaster bedeckte. Gänsehaut kroch über meinen Rücken, als ich seine Fingerspitzen zart wie Schmetterlingsflügel auf meiner Haut spürte.

»Wow. In Ihnen stecken viele ungeahnte Talente«, entfuhr es mir. Unwillkürlich dachte ich daran, wie er mich mit seinen Händen in den Himmel gestreichelt hatte. Mein Herz klopfte wild, als ich mein Bein von seinem Schoß hob.

Belustigung funkelte in seinem Blick. »Das nehme ich mal als Kompliment. Danke.«

Schon wieder machte er sich über mich lustig. Ich kramte gerade in meinem Kopf nach einer passenden Entgegnung, als eine kurvenreiche Dunkelhaarige mit einem Glas Eiswasser auftauchte und es mir mit einem Lächeln sowie einem Zwinkern zu Tyler hin überreichte.

»Danke, Karen.« Tyler nickte mir zu. »Trinken Sie, Brooke, das wird Ihnen guttun.«

Meine Hand zitterte unmerklich, als ich das Glas an meine Lippen hob. Ich beobachtete, wie Tyler und Karen sich ansahen, bevor sie sich abwandte, und ja, ich hatte ebenfalls die unverhohlene Zuneigung in Karens Augen registriert. Kein Wunder. Tyler strotzte nur so vor Sex-Appeal und unterschwelliger erotischer Energie. Er zog die Blicke aller weiblichen Personen in der Lobby auf sich. Ich wettete, er hatte an jedem einzelnen seiner Finger eine Frau, die sich danach sehnte, mit ihm in die Kiste zu steigen. Tyler war so ein Mann. Einer, mit dem man – oder besser gesagt *frau* – gern auf Tuchfühlung gehen würde. Wer würde nicht seine Finger durch dieses dichte, glänzende, nachtschwarze Haar gleiten lassen wollen? Oder diesen Mund küssen? Für einen Kerl besaß er außergewöhnlich schön geschwungene, sinnliche Lippen. Während ich meinen Blick an seinem definierten Brustkorb hinabwandern ließ und die durchtrainierten Arme in Augenschein nahm, fragte ich mich, wie er wohl im Bett war.

»Brooke?«

»Hm?« Irritiert hob ich den Kopf und errötete unter seiner intensiven Musterung. Anscheinend hatte er mich ebenfalls studiert.

»Ist alles in Ordnung?«

Ich stellte mein Wasser ab und nickte. Alles Bestens. Wenn man davon mal absah, dass ich mich gerade vor dem Mann, der möglicherweise mein unterdrücktes Stöhnen vernommen hatte, als ich gekommen war, auf den Boden geworfen hatte, um ihm mein in die Höhe gestrecktes Hinterteil zu präsentieren. »Mir geht es gut, danke. Ich ...« Hastig schnappte ich mir meine Taschen. »Ja, ich muss dann auch mal los. Vielen Dank für Ihre Mühe.« Oh Himmel, ich konnte dem Mann nicht länger in die Augen sehen. Peinlich berührt schoss ich hoch.

Er stand ebenfalls auf. »Kann ich Sie irgendwo hinbringen?«

»Nein! Ich meine, nein, das ist sehr freundlich, aber ich bin mit meinem eigenen Wagen da.« Zum Glück. Sonst würde Tyler womöglich noch spitzkriegen, dass ich zur Konkurrenz gehörte.

»Sind Sie sicher, dass Sie fahren können?« Er deutete auf mein Knie und machte eine Kinnbewegung hin zu meinem Arm. »Ich fahre Sie gern, wohin auch immer Sie möchten, Brooke. Den Wagen kann ich Ihnen auch später bringen lassen.«

»Nicht nötig. Ich schaffe das schon. Ich bin ein großes Mädchen.« Ich schenkte ihm ein zuckersüßes Lächeln und zuckte unmerklich zusammen, als ich auftrat. Verdammtes Knie.

Tyler wölbte eine dunkle Braue. »Daran hege ich keinerlei Zweifel.« Sein linker Mundwinkel zuckte belustigt.

Ich lief rot an wie eine Tomate. Mistkerl. Hatte er es sich eigentlich zu seiner Lebensaufgabe gemacht, mich zu necken?

Ich reckte mein Kinn. »Also dann, auf Wiedersehen. Leben Sie wohl.« So schnell es mein angeschlagenes Knie erlaubte, steuerte ich den Ausgang an. Dabei spürte ich die ganze Zeit über Tylers intensiven Blick in meinem Rücken.

Die Reifen meines Wagens knirschten auf dem Kies, als ich auf den Platz vor unserem Privattrakt einfuhr. Ich parkte, stellte den Motor ab, holte mein Gepäck von der Rückbank und zog unwillkürlich eine Grimasse, als sich dabei mein Knie meldete. Mist. Auf den peinlichen Vorfall hätte ich gut und gern verzichtet. Mit einem frustrierten Seufzer folgte ich dem gepflegten Weg, um mich ins Gebäude zu begeben. In meinem Apartment warf ich die große Tasche erst mal in die Ecke, schlüpfte aus meinen Sandaletten und ging in die Küche, wo ich meine Handtasche auf dem Tresen ablegte. Ich wollte das aufgenommene Material gleich sichten und betete, dass die Kamera diesmal funktioniert hatte. Aber erst musste ich mich um meine Blessuren kümmern. In einer der Küchenschubladen kramte ich nach einer Schmerztablette, die ich mit einem großen Glas Wasser hinunterschluckte. Dank Tylers Fürsorge war mein Knie mit einem Pflaster versehen worden, aber für meinen angeschlagenen Ellenbogen organisierte ich mir eine Packung Tiefkühlerbsen und hielt sie an die brennende Stelle. Ich lehnte mich mit dem Po gegen den Tresen, legte den Kopf in den Nacken und schloss kurz die Augen. Und erinnerte mich an das Gefühl von Tylers Fingern an meinem Bein. Seine starken, kräftigen Hände, die zart und gefühlvoll zupacken konnten. Wie behutsam und zärtlich er mich berührt hatte. Und wie er mich angesehen hatte. Als ob er wegen meines Sturzes wirklich besorgt gewesen wäre. *Nein.* Entschlossen schob ich derartige Gedanken von mir. Es hatte nichts zu bedeuten gehabt. Tyler war es gewohnt, Frauen zärtlich anzufassen. Er war ein Meister darin, sie mit seinen Händen und auch mit seinen Worten zu verführen. Und er war kein Mann für mich. Nicht so jemand wie er. Egal, wie umwerfend er auch sein mochte. Mein Handy summte in der Tasche meines Blazers. Ich legte die Erbsen auf dem Tresen ab und, noch immer in Gedanken bei Tyler, zog das Smartphone hervor, um aufs Display zu schauen. *Dad.*

»Honey? Tiffany war gerade unterwegs und sagte mir soeben, sie hätte dich nach Hause kommen sehen.«

»Hi, Dad, ja, das ist richtig.« Ich schob mir das Haar hinter das freie Ohr zurück. »Ich wollte sowieso nachher bei dir im Büro vorbeischauen.« *Nachdem ich die pikanten Details meiner Mission gelöscht habe.*

»Hat alles wie vorgesehen geklappt?«

»Ich denke ja.« Ich räusperte mich. Ignorierte die Hitze, die in mir aufstieg. »Ich muss das Material nur noch sichten und ... vorbereiten.«

»Honey, komm bitte sofort rüber. Ich möchte dir Gouverneur Di Matteo vorstellen, er ist auf einen kurzen Besuch hier in der Gegend und würde sich freuen, dich kennenzulernen.«

Ich hielt die Luft an. Unmöglich! Auf keinen Fall konnte ich Dad und dem Gouverneur meinen Film jetzt zeigen. Nicht, bevor ich ihn bearbeitet hatte. »Hör zu, Dad, wie gesagt, ich bin eben gerade zur Tür herein und ...«

»Wir erwarten dich, Honey«, schnitt Dad mir das Wort ab und beendete das Gespräch.

Shit. Ich saß in der Klemme.

9. KAPITEL

Brooke

»Darling, darf ich dir Gouverneur Di Matteo vorstellen?« Dad legte beschützend eine Hand an mein Rückgrat, als er mich mit dem wichtigsten Mann der politischen Landschaft Long Islands bekannt machte.

Fast hätte ich einen Knicks gemacht, als ich Di Matteo meine Hand reichte und dieser mich aus tiefschwarzen Augen fixierte.

»Miss van Deeks.« Di Matteo deutete einen Handkuss an. Der Mann war anscheinend noch von der alten Schule. »Schön, Sie endlich einmal persönlich kennenzulernen. Ihr Vater hat mir schon viel über Sie erzählt.« Sein interessierter Blick glitt über mich hinweg und blieb an dem Pflaster an meinem Knie hängen.

»Nur Gutes, hoffe ich«, erwiderte ich mit einem nervösen Seitenblick hin zu Dad.

»Selbstverständlich.« Di Matteo lächelte höflich und ich starrte ihn fasziniert an, denn er wirkte auf mich wie ein lang verschollener Zwillingsbruder von Danny DeVito.

»Setzen wir uns doch.« Dad deutete zu der Sitzgruppe aus weinrotem Leder, die im Erker stand. »Ich lasse meine Assistentin Kaffee und etwas Gebäck bringen.« Er neigte sich mir zu. »Bist du in Ordnung, Honey? Was ist mit deinem Knie passiert?«

»Alles okay, Dad, nur ein winziger Unfall. Mach dir keine Sorgen«, beruhigte ich ihn leise.

Während der Gouverneur und ich es uns bequem machten, gab Dad bei Tiffany eine entsprechende Bestellung durch die Intercom auf. Kurz darauf gesellte er sich zu uns. Ich verschränkte meine Finger im Schoß, weil ich nicht wusste, wohin damit, und beinah in mein altes Muster zurückgefallen wäre und vor lauter Nervosität an meinem Daumennagel geknabbert hätte.

»Wie ich von Ihrem Vater erfahren habe, haben Sie vor Kurzem Ihr Studium an der *Columbia* beendet, Brooke. Herzlichen Glückwunsch.« Di Matteo nickte mir freundlich zu. »Ich wette, Ihr Dad ist mächtig stolz darauf, Sie nun im Familienunternehmen willkommen heißen zu dürfen.«

»Danke schön.« Ich suchte nach einer passenden Entgegnung, als sich die Tür öffnete und Tiffany in einem engen Kostümrock sowie ein Tablett balancierend hereinstöckelte.

»Tiffany, Sie sind ein Engel.« Voller Elan sprang Dad auf und nahm seiner Assistentin das Tablett aus den Händen.

Oh Gott. Ich konnte förmlich sehen, wie Tiffany unter seinem Lob einige Zentimeter wuchs. Sie strahlte Dad an, als wäre er der Mittelpunkt ihres Lebens, und reckte ihm ihren Busen in der knappen Bluse entgegen, damit er auch nicht übersah, was sie außerdem zu bieten hatte. Dabei war ich mir sicher, dass ihm dies vor geraumer Zeit bereits aufgefallen war.

Auch Di Matteo blickte Dads Assistentin höchst interessiert an, als sie erst Kaffee einschenkte sowie verteilte, und dann mit filmreifem Hüftschwung das Zimmer verließ. Ich schätzte, Tiffany war einfach so eine Frau, deren Anblick in Männern ein gewisses Bedürfnis hervorrief. Innerlich die Augen verdrehend, tröstete ich mich mit einem Schokoladencookie.

»Brooke, Ihr Vater hatte bei einem unserer letzten Telefonate angedeutet, dass Sie Beweise dafür haben, dass es in diesem neuen Resort an der Nordküste nicht mit rechten Dingen zugehen soll«, richtete die Matteo unvermittelt das Wort an mich.

Fast hätte ich mich an einem Kekskrümel verschluckt. Dad klopfte mir mit besorgtem Gesichtsausdruck auf den Rücken, bis ich ihm signalisierte, dass es mir gut ging. »Ja, das«, ich räusperte mich, um die letzten Cookiereste aus meiner Kehle zu entfernen, und griff nach meiner Kaffeetasse, »ist richtig, Gouverneur. Ich bin mir sicher, dass das *Seventh Heaven* sexuelle Dienste für Frauen unter dem Deckmäntelchen von Wellness anbietet.« Okay, ich lehnte mich ziemlich weit aus dem Fenster, aber immerhin hatte ich es am eigenen Leib erfahren – was ich natürlich nicht preisgeben würde – und konnte Beweise vorlegen. Während ich auf Di Matteos Reaktion wartete, nippte ich an meinem Kaffee.

Dad zwinkerte mir aufmunternd zu.

»Wenn Sie mir tastsächlich Beweise liefern können, werde ich diesem Treiben ein Ende setzen, Brooke.« Unheilvoll zog Di Matteo seine buschigen Brauen zusammen. »Sollte sich diese Behauptung bestätigen, sind die Tage für das Resort der Moore-Brüder gezählt. Ich habe den Ältesten ohnehin schon seit einer Weile auf dem Schirm. Seine Weste ist nicht gerade blütenrein, was seine Vergangenheit angeht. In seinen beiden Tanzclubs in New Haven sollen illegale Glücksspiele abgehalten worden sein. Leider konnten die Behörden Zachary Moore nie etwas nachweisen. Der Mann scheint sehr bewandert darin zu sein, Gesetze erfolgreich zu umgehen.«

»Zeit, den Mann endlich mal in die Schranken zu weisen«, schaltete Dad sich ein. »Sir, meine Tochter kann Ihnen umgehend belastendes Material zeigen.« Er wandte sich mir zu. »Brooke, Honey, lass sehen, was du mitgebracht hast.«

Shit, shit, shit! Ein wenig zu schwungvoll stellte ich meine Kaffeetasse zurück. Dabei schwappte etwas von der braunen Flüssigkeit über und verfärbte die daneben liegende Zeitung. Automatisch wurde mein Blick darauf gelenkt und blieb an dem Artikel hängen, der die Hälfte der oberen Seite ausmachte. Mein Herzschlag setzte sekundenlang aus, bevor er wie ein Wildpferd weiterjagte, als ich fassungslos das Porträt eines Mannes unter dem Artikel anstarrte.

Tyler.

Er war in der Presse? Tyler-*mit-den-magischen-Händen* erschien in einem großen Zeitungsbericht? Ungläubig wanderte mein Blick zur Überschrift.

Zachary Tyler Ethan Moore, Millionär, begehrtester Playboy Long Islands und CEO des neuen Wellnessresorts Seventh Heaven *präsentierte am Wochenende seinen neuesten Coup: das* Icecube*, den In-Nachtclub für Stars und Sternchen in Montauk.*

Automatisch griff ich nach der Zeitung und starrte auf Tylers – oder besser Zacharys – Foto, während mein Hirn sich abmühte, diese Information zu verarbeiten. »*Das* ist Zachary Moore?«, entfuhr es mir. Ich richtete meinen entgeisterten Blick auf Dad. »*Der* Zachary Moore?«

»Dieser und kein Geringerer.« Dad nickte. »Ich nehme an, du bist ihm während deines Aufenthalts im Hotel nicht begegnet?«

Mein Herz geriet außer Takt. Ich hatte das Gefühl, gleich wiederbelebt werden zu müssen. »Nein.« Ich schüttelte den Kopf. »Doch. Ich meine ...« Ich brach ab und schluckte. Zwei Paar irritiert wirkende Männeraugen musterten mich neugierig. »Nein. Ich dachte erst, aber – nein«, erklärte ich schließlich entschieden und hoffte, dass mich nicht der Blitz angesichts meiner schamlosen Lüge aus heiterem Himmel treffen würde. »Ich habe diesen ... Mann da nicht getroffen.« Ich war mir sicher, dass ich krebsrot wurde. Brennende Hitze schoss in mein Gesicht. Ich verglühte. Vor Scham. Vor Schock. Unmöglich konnte ich Dad – schon gar nicht in Di Matteos Anwesenheit – von meiner Begegnung mit Zachary Moore alias Tyler berichten. Ich wünschte, es würde sich augenblicklich ein riesiges Loch im Boden auftun, in das ich hätte versinken können.

Zum Teufel, der Mann hatte mich gewaltig aufs Glatteis geführt. Er musste sich vor Lachen in die Hosen gemacht haben. Und mich für eine komplette Idiotin gehalten haben, weil ich ihn nicht erkannt hatte. Welche Frau auf diesem Planeten, ja, im gesamten Universum vermutlich, würde nicht den begehrtesten Junggesellen und heißesten Single dieser Insel erkennen? Das hatte ich davon, dass ich, anders als meine beste Freundin Lauren, nichts für Boulevardblätter übrig hatte und mich nicht für Promiklatsch interessierte. *Oh. Mein. Gott.* Zachary Moore höchstpersönlich hatte mich massiert. Und nicht nur das, er hatte ... Verdammt! Wie hatte ich ihn nicht erkennen können? Zumal mir Dad doch vorher sein Bild in diesem Hochglanzmagazin gezeigt hatte. Aber da hatte er eine verspiegelte Sonnenbrille getragen und einen Anzug. Keine Shorts oder Jeans und ein T-Shirt, das sich so eng an seinen Brustkorb schmiegte, dass sich die Muskeln darunter abzeichneten, und in mir den Wunsch auslöste, es ihm vom Körper zu reißen. Am liebsten hätte ich einen Schrei losgelassen. Ich wollte vor Scham vergehen. Ich, Brooke Candace van Deeks, hatte mir von dem berühmtesten Playboy der Insel einen Orgasmus verschaffen lassen. Wenn diese Geschichte jemals öffentlich werden würde, wenn Dad jemals davon erfahren sollte, wäre ich geliefert. Ich müsste fortziehen. Auswandern. Himmel, ich wünschte, Lauren wäre hier bei mir in diesem Augenblick. Mühsam rang ich mir ein Lächeln ab, mir mehr als bewusst, dass mich beide Männer beobachteten. »So einen Mann kann man wirklich schlecht übersehen.« *Außer man heißt Brooke van Deeks und ist ein wenig verpeilt.* Ich kicherte, ein wenig zu schrill, und über Dads Nasenwurzel erschien eine kleine, steile Falte.

»Honey. Die Aufnahme. Würdest du sie bitte holen?«

»Ich bin wirklich sehr gespannt, was Sie uns zu liefern haben, Brooke.« Di Matteo griff nach dem Gebäckteller und lehnte sich bequem in seinem Ledersessel zurück. »Diese Geschichte besitzt das Potential für einen handfesten Skandal«, nuschelte er, den Mund voller Keksbrocken.

Allerdings. Mein Herz klopfte hektisch, als ich unbehaglich mein verletztes Bein über das andere schlug und meine Hände ineinander verschlang. »Es tut mir leid, Gouverneur Di Matteo, Dad, aber ich habe das Filmmaterial noch nicht durchgesehen und geschnitten ... Deswegen habe ich es in meiner Wohnung liegen lassen.« Ich betete, dass der Himmel meine stumme Bitte erhörte und das Schicksal mich aus dieser höchstpeinlichen Situation befreite. »Dad.« Ich warf ihm einen flehenden Blick zu. »Ich kann das Video zu diesem Zeitpunkt noch nicht zeigen.«

»Schade, Honey.« Sichtlich enttäuscht stellte Dad seine Tasse auf die Untertasse zurück. »Es wäre schön gewesen, wenn wir Gouverneur di Matteo jetzt, wo er schon mal zugegen ist, gleich einen Beweis für die Machenschaften dieser Moore-Brüder hätten liefern können.«

»Das ist überhaupt kein Problem, Mark«, schaltete Di Matteo sich ein. »Sobald Sie etwas in der Hand haben, das wir gegen das *Seventh Heaven* verwenden können, melden Sie sich bei meiner Assistentin Miss Sheffield.« Er griff in seine Brusttasche und zog eine Karte hervor, die er Dad überreichte. »Einen Tag mehr oder weniger, den wir darauf warten, macht keinen Unterschied. Hauptsache, wir haben etwas, um diesem unsäglichen Treiben ein Ende zu setzen.« Er zwinkerte mir zu und drehte sich, sodass er mich besser ansehen konnte. »Und jetzt erzählen Sie doch mal, Brooke, welche Fächer Sie an der Universität belegt haben. Sie müssen wissen, meine Frau ist ebenfalls eine Absolventin der *Columbia*.«

Gefühlte Stunden später verabschiedete ich mich von Dad und Gouverneur Di Matteo, der darauf bestanden hatte, dass ich ihn und seine Frau unbedingt mal besuchen sollte, falls ich je in der Gegend wäre, denn Catherine, seine Angetraute, würde sich bestimmt freuen, Erinnerungen über die *Columbia University* auszutauschen.

Zurück in meiner Wohnung schlüpfte ich erst mal in bequeme Jogginghosen und ein weites Wohlfühl-T-Shirt. Anschließend organisierte ich mir ein Glas eisgekühlten Rosé, schnappte mir meine Handtasche und setzte mich mit meinem Laptop an den Küchentisch. Während ich wartete, dass der Computer hochfuhr, nippte ich an meinem Wein. Ich fühlte mich, als hätte ich einen Langstreckenmarathon hinter mir. Mein Knie schmerzte und auch der blaue Fleck an meinem Ellenbogen erinnerte mich an den unsäglichen Vorfall in der Lobby vom *Seventh Heaven*. Ich sehnte mich danach, es mir mit meinem Wein auf der Couch gemütlich zu machen und irgendeine Serie einzuschalten. Erst wollte ich mir jedoch das Video ansehen, das den Anfang vom Ende der Konkurrenz bedeuten könnte. Zachary Tyler Moore mochte über meine Dummheit gelacht haben, ihn nicht erkannt zu haben, doch ihm würde das Lachen schnell vergehen. Irgendwie sollte mich dieser Gedanke trösten, doch zu meiner Verwirrung fühlte ich so etwas wie Mitleid aufsteigen. Wir würden Zachary Moores Existenz zerstören. Seine und die seiner Angestellten. In einem kleinen Winkel meines Bewusstseins ahnte ich, dass mir der Mann nicht gleichgültig war, aber meine Loyalität gehörte nun mal Dad und dem *Harbor Suites*. Auch wenn Zachary ein Mann war, den man nie mehr vergessen würde, besaß das Ziel, unser Familienhotel zu retten, oberste Priorität für mich.

Entschlossen presste ich meine Lippen aufeinander und öffnete den Reißverschluss meiner Tasche, um das Aufnahmegerät herauszuholen. Da ich es auf Anhieb nicht gleich ertasten konnte, nahm ich die Tasche auf meinen Schoß und spähte hinein. Das Ding war so klein und unauffällig, dass es sich doch glatt versteckte. Ich drehte sie um, damit sich der Inhalt auf dem Tisch verteilte. Lippenstift, Taschentücher, Kamm, Tampons, Geldbörse, Kugelschreiber, Smartphone und Notizblock. Es war alles da. Alles, bis auf das Aufnahmegerät.

Zachary

Nachdem Brooke Porter das Hotel verlassen hatte, suchte ich einen unserer insgesamt drei Seminarräume im ersten Stock für eine Mitarbeiterbesprechung mit dem Servicepersonal des Restaurants auf, die sich über anderthalb Stunden hinzog. Danach wohnte ich einem Bewerbungsgespräch mit einem potentiellen, neuen Zimmermädchen in Clarissas Anwesenheit bei und war mit der Entscheidung unserer Hausdame, die junge Frau – eine eifrig erscheinende, dreiundzwanzigjährige Mexikanerin mit ordentlichen Papieren und einem freundlichen Lächeln – einzustellen, mehr als zufrieden.

Die ganze Zeit über spielte ich immer wieder mit dem kleinen Gegenstand in meiner rechten Hosentasche herum. In dem Durcheinander der Aufregung rund um ihren Sturz hatte Brooke nicht mitbekommen, dass ich unauffällig etwas hatte verschwinden lassen, das ihr aus der Handtasche gefallen war und meine Aufmerksamkeit erregt hatte. Natürlich hatte ich auf den ersten Blick erkannt, um was es sich gehandelt hatte. Und schlagartig war mir klar geworden, dass ich recht gehabt hatte.

Diese hübsche, junge Lady war tatsächlich mit einer Mission unterwegs gewesen. Und plötzlich hatten ihre unbeholfenen kleinen Fragen, ihre Wachsamkeit und ihre sichtliche Nervosität während der Massage noch viel mehr Sinn gemacht. Zum Henker, sie hatte ins *Seventh Heaven* eingecheckt, um zu spionieren. Es war mehr als offensichtlich gewesen. Sie gehörte zur Konkurrenz, verflucht noch mal. Aber das hatte ich mir ohnehin bereits gedacht. Ich dankte dem Schicksal, dass es mir in die Hände gespielt hatte, bevor sie irgendeinen Schaden hätte anrichten können.

Nachdem ich meine Termine absolviert hatte, durchquerte ich nachdenklich die Lobby, um mich in mein Büro zurückzuziehen.

Im Vorzimmer, das durch eine breite Milchglaswand von meinem eigenen Büro abgetrennt wurde, begrüßte ich meine Sekretärin Kelly Robbins, die mit einem Headset bewaffnet an ihrem Schreibtisch, einer schicken Kombination aus dunklem, schwerem Holz und Stahl, saß und auf der Tastatur herumtippte.

Als sie mich bemerkte, legte sie das Headset ab und nahm die Finger von der Tastatur. »Zachary, hi. Mr Molino hat angerufen, um den Gesprächstermin mit Ihnen im *Blue Delphin* in Bridgehampton um eine halbe Stunde vorzuverlegen. Er bittet Sie um Rückruf zur Bestätigung. Und es ist eine elektronische Einladung zur Weinverkostung für die nächste Woche bei *East End Wine Cellars* hereingeflattert. Ich habe Sie Ihnen per Mail weitergeleitet.«

Ich nickte ihr freundlich zu, wobei ich meinen Blick zufrieden über sie wandern ließ. Es mochte chauvinistisch sein, meinetwegen, ja, ich konnte durchaus ein Arschloch sein, aber ich zog es nun mal vor, hübsche Mitarbeiterinnen um mich zu wissen – und Kelly Robbins mit ihrem Puppengesicht und den schwarzen langen Haaren war da keine Ausnahme. »Danke, Kelly. Ich werde mich umgehend bei Mr Molino melden und würde Sie bitte dafür sorgen, dass ich in der nächsten halben Stunde nicht gestört werde? Ach ja, bitte lassen Sie mir aus der

Küche ein Truthahnsandwich und ein Root Beer bringen. Danke.«

Wollten wir doch mal sehen, was Brooke mit diesem feinen Gerät so alles festgehalten hatte. Ich klappte meinen Laptop auf, entsperrte ihn und stöpselte anschließend das Kabel des Aufzeichnungsgeräts in den entsprechenden Anschluss.

Nachdem ich mir das Sandwich, mein Getränk und Brookes Aufzeichnungen zu Gemüte geführt hatte, hatte ich das Gefühl, dringend eine kalte Dusche zu brauchen. Oder einen ordentlichen Schluck Whiskey. Ich entschied mich für Letzteres. Ich musste Brooke van Deeks davon überzeugen, die Füße stillzuhalten. In meinem Team zu spielen. Um dies zu erreichen, fiel mir nur eine Strategie ein. Ich würde das tun, was in meiner Natur lag. Was mir am leichtesten fiel. Davon abgesehen, wollte ich das Mädchen wiedersehen. Es hatte mir gefallen, wie sie auf meine Berührungen reagiert hatte. Wie leicht es mir gelungen war, sie zu stimulieren. Wie sie errötet und ihr zarter Körper unter meinen Fingern erzittert war ... Und ja, ich war heiß auf diese Frau. Ihr Anblick hatte den dringenden Wunsch in mir ausgelöst, sie flachlegen zu wollen. Entschlossen nahm ich mein *Blackberry* zur Hand und scrollte mich durch meinen Terminkalender, bevor ich den Knopf der Intercom betätigte. »Kelly? Würden Sie so freundlich sein, mir einen *Dalmore Single Malt* auf Eis zu bringen? Und lassen Sie bitte ein Separee für mich im *Icecube* reservieren. Champagner, Cracker, Blumen. Genau, das Übliche. Für morgen Abend, einundzwanzig Uhr. Ich danke Ihnen.« Mit einem Lächeln nahm ich den Zeigefinger von der Intercom und lockerte meine Krawatte.

10. KAPITEL

Brooke

Genau einen Tag nach dem Desaster mit dem verlorenen Aufnahmegerät lagen Lauren und ich an unserem Privatpool, sonnten uns und waren dabei, meinen letzten Besuch im *Seventh Heaven* bis ins kleinste Detail zu analysieren und die Tatsache zu diskutieren, dass die verfluchte Kamera verschwunden war. Ich konnte es nicht fassen, dass mir das Ding abhandengekommen war. Ebenso wenig wie Lauren es fassen konnte, dass ich Zachary Moore höchstpersönlich begegnet war. Mich von ihm hatte *massieren* lassen. Mir es von ihm hatte *besorgen* lassen. Während ich darüber nachgrübelte, wo mein Film abgeblieben sein könnte, machte sie ein Riesending daraus.

»Komm schon, Brooke, so schlimm kann es doch nicht sein«, kommentierte die beste aller Freundinnen meine trübe Laune und warf mir einen belustigten Blick über den Rand ihrer *Hugo-Boss*-Sonnenbrille hinweg zu. »Wer bekommt es schon von dem begehrtesten Junggesellen Long Islands besorgt?«

Ich zog eine Grimasse. »Und ich war mir nicht mal darüber bewusst, dass es sich dabei um diesen verfluchten Zachary Moore gehandelt hat! Wie peinlich, Lauren.« Ich stieß einen abgrundtiefen Seufzer aus. »Gott, ich bete, dass er es nicht mitbekommen hat, wie ich auf ihn reagiert habe. Ich habe mein Bestes getan, um es vor ihm zu verheimlichen.« Noch immer klopfte mein Herz viel zu schnell, wenn ich daran dachte, wie er mich berührt hatte. Wie ich unter seinen talentierten Fingern erbebt war. »Abgesehen davon, die Vorstellung, dass irgendjemand meine Aufnahme in die Hände kriegen könnte, ist einfach furchtbar. Was, wenn wir damit erpresst werden? Lauren, glaub mir, ich möchte sterben.« Wenn dieses Video jemals Dad zugespielt werden sollte oder – was noch viel schrecklicher wäre – der Presse, ich wäre verloren. Mein Ruf wäre zerstört. Die gesamte High Society der Insel würde sich das Maul über mich zerreißen, sicherlich wäre meine Geschichte in sämtlichen Klatschblättern zu finden und die Papparazzi würden mir hinter Büschen und Bäumen auflauern. Was gäbe es Spektakuläreres, als ein Foto von dem Mädchen zu schießen, das sich vom größten Konkurrenten ihres Vaters an der Nase hatte herumführen lassen? Was für eine grauenvolle Vorstellung!

Dad hatte zunächst mit gerunzelter Stirn geschwiegen, als ich ihm gebeichtet hatte, dass das Gerät auf seltsame Weise verschwunden war. Lediglich das Spiel seiner Kiefermuskeln hatte mir signalisiert, dass er sich darüber geärgert hatte. Ich hatte ihm versichert, ich würde alles tun, um an Beweise zu gelangen, und beteuert, wie leid es mir tat, das dumme Ding verloren zu haben. Als ich schließlich in Tränen ausgebrochen war, hatte er mich in seine Arme geschlossen und mir beruhigende Worte ins Haar gemurmelt und ich seinen vertrauten Duft eingeatmet, mich an ihm festgehalten und mir nichts sehnlicher gewünscht, als mit heiler Haut aus diesem Schlamassel herauszukommen.

»Wir werden diese verflixte Moore-Bande schon drankriegen«, hatte er versucht, mich aufzumuntern. »Irgendwie. Es bereitet mir allerdings Sorgen, dass die Aufnahme in falsche Hände geraten könnte.«

Da war er nicht der Einzige. Seit der Sekunde an, da ich das Fehlen des Geräts festgestellt hatte, zerbrach ich mir den Kopf über dessen Verbleib und die möglichen Folgen. Als wären die Probleme, die wir durch Moms Krankheit zu bewältigen hatten, nicht schon genug. Ich hatte mich noch nie zuvor so hundsmiserabel gefühlt.

»Ich möchte im Boden versinken und sterben«, wiederholte ich jetzt an Lauren gerichtet und starrte durch meine getönten Sonnenbrillengläser hinauf in den verwaschen blauen Himmel, während mir kleine Schweißperlen über die Brust liefen. Es war drückend schwül. Irgendwo in der Ferne donnerte und grollte es unheilvoll. Ein Frühsommergewitter kündigte sich an. War das etwa eine Art Vorzeichen? Ein dezenter Wink des Schicksals? Seit wann glaubte ich so einen Mist? Ich war sonst überhaupt nicht der abergläubische Typ. Wenn ich nicht so extrem niedergeschlagen wäre, hätte ich vielleicht sogar über diesen absurden Gedanken gekichert.

»Süße. Mach dich nicht verrückt.« Lauren drehte sich auf ihrer Liege, um mich besser ansehen zu können. »Hast du schon mal überlegt, dass du dieses verflixte Ding bei deinem Sturz verloren haben könntest?«

»Ich hab darüber nachgedacht, ja. Aber soweit ich mich erinnere, war der Reißverschluss meiner Handtasche zu. Ja, ich bin mir sicher, weil ich das überprüft habe, nachdem Zachary mich zur Sitzgruppe in der Lobby gebracht hatte.« Ich runzelte die Stirn und ging im Geist den ganzen Vorfall noch mal durch. Ich hätte es doch mitbekommen, wenn etwas herausgefallen wäre. Ein Gedanke blitzte in mir auf. Einer, den ich zunächst als komplett abwegig abtun wollte, der sich aber hartnäckig hielt. Konnte es sein, dass ...? Sollte Zachary etwa selbst im Besitz des Filmchens sein? Vielleicht hatte er von mir unbemerkt meine Kamera an sich genommen. Das könnte bei meinem Sturz passiert sein. Nein, es war nicht so unlogisch, wie ich zunächst versucht hatte, es mir einzureden. Und wenn er das wirklich getan haben sollte, kannte er jetzt meine wahre Identität. *Oh. Mein. Gott.*

»Miss Brooke?« Janice, unsere Hausdame und Mädchen für alles, erschien und kam mit einem Briefumschlag auf mich zu. »Entschuldigen Sie, dass ich Sie störe, aber das hier wurde soeben im Hotel für Sie abgegeben, mit der Bitte, es Ihnen unverzüglich weiterzuleiten.« Mich und Lauren anlächelnd, reichte sie mir das Kuvert. »Sie haben es wirklich schön hier am Pool. Genießen Sie es.«

Ich nahm den Brief an mich. »Danke, Janice, das tun wir.« Soweit es unter den gegebenen Umständen überhaupt möglich war. »Wer hat das abgegeben?«

»Ein Bote, ein junger Mann. Er wollte nicht mit der Sprache herausrücken, als Tamara ihn nach dem Absender fragte. Er meinte lediglich, man hätte ihn dafür bezahlt, die Nachricht zu überbringen.«

Mit einem freundlichen Nicken entfernte sie sich und ich

starrte erst ihr hinterher und dann auf das Papier zwischen meinen Fingern.

»Mach schon auf«, forderte Lauren. »Vielleicht hast du einen heimlichen Verehrer.«

»Unsinn.« Aber womöglich war das das Erpresserschreiben, vor dem ich mich gefürchtet hatte. Als ich etwas in der Art zu Lauren sagte, lachte sie.

»Dummerchen. Deine Fantasie geht mal wieder mit dir durch. Jetzt öffne das Ding, ich komme um vor Neugier!«

Mit zitternden Händen riss ich den Briefumschlag – teures, schweres Papier, das entfernt nach Aftershave duftete – auf und zog eine Karte hervor. Das goldene Emblem des *Seventh Heaven* sprang mich förmlich an. Ich richtete meinen Blick auf die großzügig geschwungene Handschrift.

Ich habe etwas in meinem Besitz, das Ihnen gehört, Brooke.
Treffen Sie mich heute Abend im Icecube *in Montauk. Um halb neun wird mein Fahrer Sie abholen. Es ist nicht nötig, dass Sie in der Schlange auf Einlass warten, sprechen Sie einfach meine Türsteher an.*

Z. M.

P.S.: Ziehen Sie sich etwas Hübsches an.

Was verflucht …? Grundgütiger. Brennende Hitze überzog mein Gesicht, als ich begriff. Zachary Moore besaß meine Aufnahme. Er hatte sie an sich genommen. Geklaut. Entwendet. Keine Ahnung, wie er das angestellt hatte, aber er hatte mir das Ding unter der Nase weggeschnappt und eingesteckt. Das bedeutete, dass er sich das Video höchstwahrscheinlich angesehen hatte. Ja, ganz sicher hatte er das. Ich wollte augenblicklich vor Scham vergehen. *Oh. Mein. Gott!* Wie schlimm konnte es eigentlich noch werden? Mir wurde kotzübel. Er versuchte noch nicht mal, den Diebstahl zu vertuschen. Und lud mich in einen Nachtclub ein? Dieser Mann hatte echt Nerven! Mir fehlten die Worte. Warum gab er mir nicht einfach zurück, was offensichtlich mir gehörte?

Natürlich tat er das nicht. Er war schließlich auch auf dem Film zu sehen. Ich hatte Zachary Moore ohne sein Einverständnis gefilmt. Das würde er mir sicher nicht so einfach durchgehen lassen. Ich fühlte mich so was von elend.

»Sag schon, oder besser noch, lass mal sehen!« Ungeduldig streckte Lauren ihre Hand nach der Karte aus und ich überließ sie ihr, weil ich plötzlich das Gefühl hatte, als hätte mich meine gesamte Kraft verlassen.

Ich war wie gelähmt. Zachary Moore, unser größter Widersacher und Konkurrent, besaß meinen Film. Mein Mund war plötzlich so trocken, dass ich meine Lippen mit der Zunge befeuchten musste, damit ich sprechen konnte.

»Wow.« Lauren schüttelte den Kopf. »Er lädt dich ins *Icecube* ein? Echt jetzt? Ins verdammte *Icecube*? In den angesagtesten Promi-Nachtclub an der Ostspitze? Weiß du eigentlich, wie schwer es ist, dort überhaupt reinzukommen?«

Nein, das wusste ich nicht. Und es war mir auch gerade scheißegal. Mir war zum Heulen zumute. »Lauren, was zur Hölle soll ich jetzt machen? Zachary hat das Aufnahmegerät. Er hat den Film gesehen. Ich bin am Arsch.«

»Unsinn, Süße. Dann hat er ihn eben gesehen, na und? Er wird mit Sicherheit wissen, dass das, was er da in seinem Wellnessresort tut, am Rande der Legalität entlangschrammt.«

»Und was soll ich jetzt machen?«

»Na, du folgst natürlich seiner Einladung und holst dir das verfluchte Ding zurück, was denn sonst?«

»So einfach?«

»So einfach.«

»Ich finde es ziemlich frech von ihm, dass er annimmt, ich hätte einfach Zeit für ihn. Außerdem bezweifle ich, dass er das Ding herausrücken wird.«

»In dem Fall zeigst du ihn an.« Sie wedelte mit der Karte vor meiner Nase herum. »Immerhin hast du hier den Beweis dafür, dass er es dir gestohlen hat. Es wird ihm gar nichts anderes übrig bleiben, als dir das Gerät zurückzugeben.«

So, wie Lauren das sagte, klang die Lösung wirklich simpel.

Und das war das Problem. Es gab einen Haken dabei. Mit Sicherheit.

»Warum lädt Zachary Moore mich überhaupt in einen Nachtclub ein, Lauren? Er könnte mir mein Eigentum auch hier übergeben. Oder in einem Coffeeshop. Aber in einem Nachtclub?« Ich verscheuchte eine Fliege, die sich auf meiner Nase hatte niederlassen wollen. »Ich traue dem Mann keinen Millimeter über den Weg.« Zachary Moore war ein eiskalter, gefährlicher Geschäftsmann, der mit einem verführerischen Lächeln die Frauen reihenweise in sein Bett lockte.

Lauren zuckte mit den Schultern. »Vielleicht möchte er sich stilvoll bei dir entschuldigen.«

Ich bedachte sie mit einem *Das-glaubst-du-doch-wohl-selbst-nicht-*Blick. »Komm schon. Mister *Sexy-as-Hell* ist stinkreich und mächtig. Wenn der mit den Fingern schnippt, sinken sämtliche Frauen zu seinen Füßen. Die Welt ist für ihn eine Spielwiese. Warum sollte sich einer wie er entschuldigen?«

Lauren grinste verschmitzt. »Du wirst es nie erfahren, wenn du seiner Einladung nicht folgst.« Sie setzte sich auf und stellte ihre Füße auf den Boden. »Hey, weißt du was? Was hältst du davon, wenn wir reingehen und dir etwas zum Anziehen für heute Abend heraussuchen? Etwas Umwerfendes, das ihm vor Staunen die Kinnlade herunterklappen lässt? Mach ihn fertig, diesen Macho. Und hol dir zurück, was dir gehört.«

Laurens Vorschlag konnte mir immerhin ein kleines Lächeln entlocken. »Was soll's. Ich werde fahren«, entgegnete ich schließlich schicksalsergeben. Was hatte ich zu verlieren?

Gegen zwanzig Uhr war ich ein nervliches Wrack. Lauren lag bäuchlings auf meinem breiten Queensize-Bett und begutachtete stirnrunzelnd mein Outfit, während ich mich zum gefühlt hundertsten Mal vor dem hohen Wandspiegel hin und her drehte. Ich hatte Dad nichts von der Einladung erzählt, schließlich wollte ich keine Pferde scheu machen. Erst mal gedachte ich, herauszufinden, welches Spiel Zachary Moore spielte. Unwillkürlich entfuhr mir ein Stöhnen.

»Jetzt mach dich nicht fertig, Süße«, versuchte Lauren mich zu beruhigen. »Du siehst hinreißend aus. Total cool und sexy.«

»Sicher?« Ich steckte mein Haar hinter die Ohren, an denen zarte silberne Hänger baumelten, dann holte ich es wieder hervor und schüttelte meine Locken auf. Mit feuchten Händen strich ich über den smaragdgrünen engen Stoff meines Minikleids, das meine Beine unendlich lang aussehen ließ. »Gott, Lauren, ich wünschte, du würdest mitkommen.«

Sie seufzte tief und richtete sich auf. »Da bist du nicht die Einzige. Aber Zachary Moore hat nun mal dich eingeladen und nicht mich. Du musst mir morgen alles bis ins allerkleinste Detail erzählen, versprochen?«

Ich setzte mich neben Lauren aufs Bett, um in meine hochhackigen silbernen Riemchensandaletten zu schlüpfen.

Lauren steckte mir eine Locke hinters Ohr. »Wenn ich ein Kerl wäre, würde ich mich auf der Stelle in dich verlieben, Brooke. Du siehst zum Anbeißen aus. Dem guten Zachary werden die Augen aus dem Kopf fallen.«

Jetzt wurde ich tatsächlich knallrot. »Was für ein Quatsch. Außerdem soll er sich nicht in mich verlieben. Ich will nur meine Aufnahme zurück, das ist alles.«

»Na ja, es kann ja nicht schaden, wenn du dabei megasexy und umwerfend aussiehst. Glamour, Baby. Glamour sage ich immer.« Lauren streckte mir die Zunge raus und brachte mich damit zum Lachen.

Ich befestigte den letzten Riemen an meinen Sandaletten, erhob mich und ging ans Fenster. Mein Herzschlag stockte. Auf dem Parkplatz wartete eine schwarz glänzende Limousine mit dem mir inzwischen vertrauten goldfarbenen Emblem des *Seventh Heaven* darauf.

11. KAPITEL

Brooke

»Wir sind da, Miss.« Der Fahrer des Wagens, der sich mir als Trevor vorgestellt hatte, hielt mir die rückwärtige Tür auf, damit ich aussteigen konnte. Wir hatten während der gesamten Fahrt nach Montauk kein einziges Wort gewechselt. Unbehaglich hatte ich auf dem glatten, kühlen Leder der Rückbank Platz genommen und die Landschaft jenseits der getönten Fensterscheiben an mir vorbeifliegen lassen. Nervös hatte ich mit dem silbernen Kettchen mit dem Sternenanhänger an meinem Hals gespielt und dabei unermüdlich darüber gegrübelt, was Zachary wohl bewogen hatte, mich ins *Icecube* zu bestellen.

Mit einem mulmigen Gefühl im Bauch verabschiedete ich mich von Trevor und blieb einen Augenblick lang auf dem Bürgersteig am Old Montauk Highway stehen, um das zweistöckige, weiß getünchte Backsteingebäude mit der riesigen Glasfront und dem auffälligen Schriftzug *Icecube* über der Eingangstür in Augenschein zu nehmen.

Schließlich setzte ich mich in Bewegung, ignorierte die Schlange vor dem Einlass und steuerte mit pochendem Herzen die beiden Türsteher an, riesige, dunkle Kerle, die mir mit ihrem bulligen Aussehen Respekt einflößten. Einer von ihnen stellte sich mir in den Weg, als ich Anstalten machte, mich der Tür zu nähern.

»Einlass nur für geladene Gäste und Mitglieder, Miss«, erklärte er mir mit unverkennbar russischem Akzent. Sein prüfender blauer Laserblick glitt an meinem Kleid hinab und wieder hinauf zu meinem Gesicht, als wollte er mich abscannen.

Ich hielt mir meine silberne Clutch wie ein Schutzschild vor die Brust. »Ich ... Mr Moore hat mich eingeladen. Brooke van Deeks.« Sicher stand ich auf irgendeiner Liste.

Der Mann holte ein Handy aus der Brusttasche seiner Weste hervor und drückte eine Taste. »Mr Moore? Hier steht eine junge Dame, behauptet, sie hätten ... ja. In Ordnung, Sir.« Er machte eine Kopfbewegung in meine Richtung. »Mr Moore sagt okay.« Mit regungsloser Miene trat er beiseite und deutete mir an, durch die Tür zu gehen.

Wenn Mr Moore okay sagte, war es okay. Ganz klar, wer hier das Sagen hatte. Wummernde, eingängige Bässe begleiteten jeden meiner Schritte, als ich ziemlich beeindruckt vorsichtig auf meinen High Heels ein paar wenige Marmorstufen hinaufschritt. Durch zwei seitlich geraffte, weinrot glänzende, schwere Vorhänge hindurch betrat ich schließlich einen großzügigen Raum. Wow. Das hier war also das legendäre *Icecube*, von dem ich schon so viel gehört hatte, obwohl es noch gar nicht lang bestand. Flimmernde Lichter an den Wänden, die wie winzige Eispartikel zum Rhythmus der basslastigen Musik aufflackerten, Nischen mit Sitzgruppen aus dunklem Leder. Eine lange Bar aus schimmerndem, dunklem Holz. Im Raum hing der Duft von Whiskey, Bier und teuren Parfüms. Exotisch aussehende Drinks wurden von auffallend hübschen jungen Frauen in viel zu knappen schwarzen Ledershorts und noch knapperen weißen T-Shirts, die kaum etwas der Fantasie überließen, auf Tabletts herumgereicht. Auf der gut gefüllten Tanzfläche bewegten sich meist junge, attraktive Körper in ultrakurzen Glitzerkleidern und Designerjeans zur Musik. Schmuck blitzte auf. Edel und luxuriös. Das waren die Adjektive, die mir dazu als Erstes in den Sinn kamen.

Etwas verloren hielt ich mich an meiner Clutch fest. Was nun? Vielleicht sollte ich mir erst mal ein Glas Sekt – oder besser gleich ein paar Gläser – an der Bar gönnen? Denn ich hatte das Gefühl, ein Drink würde nicht annähernd ausreichen. Ich war wahnsinnig angespannt, weil ich nicht wusste, was mich erwartete. Shit. Warum nur hatte ich mich darauf eingelassen? Nachdem die Karte ins Haus geflattert war, hätte ich postwendend ins *Seventh Heaven* fahren, mir diesen Moore vorknöpfen und mir mein Eigentum zurückholen sollen! *Gott, van Deeks, wie konntest du nur so dumm sein?*

Ein Kerl, ganz in Schwarz gekleidet, zwinkerte mir von der

Theke aus zu und deutete mir mit einer Kopfbewegung an, mich zu ihm zu begeben.

Nein danke, formte ich lautlos mit den Lippen und schüttelte den Kopf.

Er zuckte mit den Schultern und wandte sich der Rothaarigen neben ihm auf dem Barhocker zu.

Weil ich nicht wusste, wohin mit meinen Händen, und ich nicht den Eindruck vermitteln wollte, als hätte man mich versetzt, zog ich mein Smartphone aus meiner Handtasche, um Lauren zu schreiben.

Ich: *Hey, Süße, bist du online?*

Lauren: *Jepp. Was ist los? Bist du noch unterwegs?*

Ich: *Bin im* Icecube *angekommen. Von Zachary Moore keine Spur. Ich komme mir reichlich blöd vor.*

Lauren: *Wie ist es? Ist der Laden so toll, wie man sich erzählt?*

Ich warf einen kurzen Blick in den Raum.

Ich: *Schätze schon. Es ist ziemlich beeindruckend. Ich wünschte, du wärst hier.*

Mein Seufzen kam aus tiefster Seele.

Lauren: *Ich auch. Das nächste Mal gehen wir zusammen hin – abtanzen.*

Ich: *Hört sich gut an. Bis später. HDL*

Lauren: *IDA. Halt die Ohren steif! XOXO*

Ich steckte mein Handy zurück in die Tasche, wartete ein paar weitere Minuten, während ich meinen Blick erneut über die tanzende Menge schweifen ließ, die sich zu den blitzenden Lichtern bewegte. Was zum Teufel machte ich hier? Ich beschloss, wieder nach Hause zu fahren. Vielleicht hatte mich Mr Moore lediglich testen wollen. Vielleicht hatte er sehen wollen, ob ich seiner Einladung folgen würde und saß jetzt irgendwo und grinste schadenfroh in sich hinein. *Gott, Brooke. Du hättest es besser wissen müssen.* Solchen Kerlen war einfach nicht zu trauen. Für reiche Typen wie Zachary Moore war die Welt eine Spielwiese. Kopfschüttelnd über mich selbst wandte ich mich ab, als mein Blick zufällig im hinteren Teil des Raums an jemandem hängen blieb. Verdammt! Wenn man vom Teufel sprach. Zachary Moore höchstpersönlich saß dort sichtlich gut gelaunt und entspannt in einer Sitzecke zusammen mit zwei anderen Kerlen und von einer Handvoll junger Frauen umringt, die unübersehbar mit ihm flirteten. Ja, das passte zu ihm. Nicht umsonst hatte er den Ruf des schlimmsten Playboys der Insel weg.

Unvermittelt sah er zu mir herüber, als hätte er meine Anwesenheit gespürt, und fing meinen Blick ein. Hielt ihn fest. Selbst über die Distanz hinweg registrierte ich, wie sich sein Gesichtsausdruck veränderte und ernst wurde. Er schob die Blondine, die gerade an ihm hing, von seinem Schoß und erhob sich mit einer elegant fließenden Bewegung, um auf mich zuzukommen. Mir stockte der Atem. Wow. Wenn das nicht Mister *Sexy-as-Hell* höchstpersönlich war. Wie beim letzten Mal, als ich mich ihm in der Lobby des *Seventh Heaven* so dekorativ vor die Füße gelegt hatte, trug er eine schicke Businesshose, dazu ein blütenweißes Hemd mit hochgerollten Ärmeln und sah schlichtweg umwerfend aus. Dunkel, elegant, sexy und männlich – und nur so vor Testosteron strotzend. Ich bemerkte, dass ihm sämtliche weibliche Augenpaare folgten, als er sich einen Weg durch die Menge bahnte. Stolz. Aufrecht. Mit dem selbstbewussten Gang eines Mannes, der es gewohnt war, seinen Willen zu bekommen. Zu bekommen, was er begehrte.

Dicht vor mir blieb er stehen und neigte sich mir zu, um nah an meinem Ohr zu sprechen. »Brooke, willkommen im *Icecube*.«

Ich wich zurück und es fiel mir schwer, ihm ins Gesicht zu

sehen, ohne daran zu denken, wie seine Finger mich gekonnt verwöhnt hatten. Ich räusperte mich. »Sie haben etwas, das mir gehört. Und ich will es zurück.«

»Das kann ich mir vorstellen«, bemerkte er mit einem teuflischen Glitzern in den Augen.

»Und?« Herausfordernd blitzte ich ihn an. »Wo ist es?«

»Nicht so eilig. Erst sollten wir uns über die Rückgabekonditionen unterhalten.«

»Wie bitte?« Der Kerl tickte wohl nicht mehr ganz richtig. »Sie haben mir etwas gestohlen, Mr Moore, und ich könnte Sie dafür anzeigen!«

»Und Sie, meine liebe Brooke, haben mich ohne mein Einverständnis bei der Arbeit gefilmt und dabei mein Persönlichkeitsrecht verletzt.«

Scheiße. Er hatte sich das Video angesehen. Natürlich hatte er das getan. Warum sonst hätte er es stehlen sollen, wenn nicht mit der Absicht, es sich anzusehen? Also wusste er, dass ich spioniert hatte. Aber er hatte ebenfalls nicht mit offenen Karten gespielt. Ich fühlte meinen Herzschlag in der kleinen Grube an meiner Kehle pochen. »Sie haben vorgetäuscht, jemand anderes zu sein, *Tyler*.«

»Und Sie, Miss *Porter*?« Er legte den Kopf schief, um mich eingehend zu mustern.

Touché. Ich biss mir auf die Unterlippe. »Und jetzt?«

»Jetzt, meine bezaubernde Brooke«, unvermittelt legte er eine Hand an meine Taille, »werden wir uns in Ruhe unterhalten. Wie ich eben schon angekündigt habe.«

Ich war so perplex wegen seiner bestimmenden Art, dass ich mich wortlos von ihm durch die Menge dirigieren ließ. Überdeutlich spürte ich den sanften Druck seiner Finger durch den Stoff meines Kleids hindurch auf meiner Haut, während der Boden unter den Sohlen meiner hochhackigen Schuhe im Rhythmus der Bässe zu pulsieren schien.

12. KAPITEL

Brooke

Zachary führte mich über einen Flur, dessen Boden genau wie die Stufen im Eingangsbereich aus schwarzem Marmor bestand, und brachte mich in eine Art Separee. Es war ausgestattet mit einer breiten Ledercouch, einem niedrigen Tisch mit Sektkühler nebst Champagnerflöten, Obst und Gebäck. Die Vorhänge, aus schwerem sowie glänzendem Brokat, schlossen die Nacht aus. Hohe, schlanke Kerzen flackerten im Raum. An der Decke funkelten winzige Lichter wie kleine Sterne. Die Klänge der Musik von der Tanzfläche drangen nur noch gedämpft zu uns durch. Der Bass war ein tiefes Vibrieren, das in meinem Bauch ein Prickeln hervorrief.

Ich drehte mich zu ihm um. »Was soll das, Mr Moore? Warum ziehen wir uns hierher zurück? Haben Sie etwa vor, mich zu verführen?« Ich stieß ein etwas angespanntes Lachen aus. »Da muss ich Sie enttäuschen. Ich bin keine von Ihren Bekanntschaften, die beim Anblick von ein bisschen Knabberzeug, Champagner und Ihrem hübschen Lächeln gleich auf Ihren Schoß hüpft«, funkelte ich ihn an und dachte dabei an die Blondine, die ihn vorhin in Beschlag genommen hatte.

»Sie finden, ich habe ein hübsches Lächeln?« Zachary deutete mir an, Platz zu nehmen.

»Das habe ich so nicht gemeint«, gab ich verärgert zurück und richtete mein Kleid, weil beim Hinsetzen mein Oberschenkel bis zum Schritt hoch entblößt worden war. »Ein kurzes Gespräch draußen, bei dem Sie mir meine Kamera wiedergeben, hätte es auch getan. Sie stehlen mir meine Zeit.« Nicht, dass ich an diesem Abend etwas Besseres vorgehabt hätte.

»Sie müssen nicht gleich so kratzbürstig reagieren«, erwiderte er mit einem amüsierten Zucken seiner Mundwinkel und bückte sich, um die Champagnerflasche aus dem Kühler zu nehmen und uns einzuschenken. Er reichte mir eins der Kristallgläser, in denen der Schaumwein wie flüssiges Gold funkelte. »Ich schlage vor, wir duzen uns, das vereinfacht die ganze Sache.« Mit einem Zwinkern und seinem Glas in der Hand ließ er sich neben mir nieder und drehte sich so, dass er mich anblicken konnte. »Also, Brooke, wir haben jetzt zwei Möglichkeiten. Entweder«, er hob seine freie Hand und strich mir eine Haarlocke hinters Ohr, »wir feinden uns weiterhin gegenseitig an oder ...«

»Oder?« Mein Atem ging flacher, als seine Finger erst sanft über den äußeren Rand meines Ohrs und dann an meiner Kehle hinunterglitten. Warum zum Teufel erlaubte ich ihm, mich anzufassen? Und warum rief alles, was er tat, eine derart starke körperliche Reaktion bei mir hervor? *Vielleicht weil es sich unglaublich gut anfühlt und du magisch von diesem Mann angezogen wirst?*

»Oder wir genießen den Augenblick und überlegen gemeinsam, wie wir unseren Konflikt auflösen können.« Sein Daumen legte sich in das Grübchen an meiner Kehle, wo mein Puls hektisch klopfte.

»Ich habe kein Interesse daran, *den Augenblick zu genießen*«, entfuhr es mir keuchend. »Jedenfalls nicht mit Ihnen ... dir.«

Amüsiert hob er eine dunkle Braue. »Oh doch, das hast du. Ich sehe es in deinen Augen, Brooke. Du bist interessiert.« Sein Blick heftete sich auf meine Lippen, als er das Glas an seinen Mund hob und trank.

»Nein,« log ich und nahm meinerseits einen großen Schluck. Ach verflucht. Ich leerte das ganze verdammte Getränk in einem Zug. Vielleicht würde ich dieses seltsame Treffen mit einem ordentlichen Schwips besser überstehen, überlegte ich und hielt ihm meine leere Flöte entgegen, damit er sie erneut befüllen konnte.

»Ich mag trinkfeste Frauen.«

Meine Hand zitterte leicht, als er mir einschenkte. »Ich bin nicht trinkfest.« Unsere Blicke trafen sich erneut. Meiner – verwirrt. Seiner – belustigt. Und da war noch etwas in seinen Augen. Hunger. Und eine wilde Entschlossenheit, die mir einen Schauer über den Rücken sandte. »Ich meine, ich trinke nicht«, ergänzte ich. »Also, natürlich schon, aber nicht in dem Sinn, dass ich mich *be*trinke ...« Ich brach ab. Wie immer, wenn ich aufgeregt war, fing ich an zu plappern. Es war sinnlos, so zu tun, als würde mich dieser Mann nicht nervös machen. Hochgradig nervös. Alle meine Nervenenden kribbelten, als stünden sie unter Hochspannung, als er seinen Blick quälend langsam über mich hinweg gleiten ließ und das amüsierte Lächeln von seinen Lippen verschwand.

»Du faszinierst mich, Brooke«, sagte er mit tiefer, rauer Stimme. »Schon seit dem ersten Mal, da du mir in unserer Lobby über den Weg gelaufen bist, hast du mich neugierig gemacht.«

Ich schluckte. Nippte noch mal an dem süßen, perlenden Getränk, das meine Geschmacksknospen reizte, so wie Zacharys Berührungen es mit all meinen Sinnen taten. Dieser Mann hatte eine unglaublich starke Wirkung auf mich. Und er wusste es.

»Ich möchte diesen Tropfen von deinen Lippen lecken. Dich kosten. Warum kommst du nicht ein bisschen näher?« Jetzt lächelte er wieder. Lasziv und verführerisch. In seinen dunklen Augen loderte ein heißes Verlangen, das mich schwindelig machte.

Meine Synapsen suchten nach einer Verbindung zu meinem Sprachzentrum und scheiterten kläglich. Wortlos starrte ich ihn an, bemerkte, wie sich seine Aufmerksamkeit erneut auf meine Lippen heftete.

Er schob sein Glas auf den Tisch und nahm mir die Champagnerflöte aus der Hand, um sie danebenzustellen. Anschließend rutschte er näher, legte eine Hand an meine Taille und zog mich heran. »Bekleidet gefällst du mir übrigens auch.«

Prompt errötete ich bis unter die Haarwurzeln.

»Verflucht, Mädchen, du bist heiß. Dieses Kleid betont die Farbe deiner ungewöhnlichen Augen.« Federleicht strich er mit dem Daumen über meine Unterlippe. »Du raubst mir den Atem, weißt du das?«

Panik flackerte in mir auf. Was sollte das hier werden? *Reiß dich von dem Mann los und renn, Brooke!* Irgendeine verzweifelte Stimme in meinem Kopf versuchte, mich zum Abhauen zu bewegen. Ich ignorierte sie. Stattdessen verfolgte ich gebannt, wie er seinen Kopf neigte, um mit seinen Lippen über meine zu gleiten. Immer und immer wieder. Diese Berührung war zart, so unglaublich zart und spielerisch, dass ich mich augenblicklich nach mehr verzehrte. Ich wollte mehr, mehr von diesem Mann. Mein Herz klopfte wild in meiner Brust, als sich sein Griff an meiner Taille verstärkte und er mich auf seinen Schoß zog.

»Brooke«, flüsterte er an meinem Mund. »Lass uns spielen. Gönne mir eine Kostprobe von dir.« Seine vollen Lippen fühlten sich warm und weich an, und ich schmeckte den süßen Champagner, den wir getrunken hatten.

Ich verdrängte den Gedanken, dass dieser Mund schon über unzählige Frauenlippen gewandert war. Wider besseren Wissens und als hätte ich darüber keine Kontrolle, öffnete ich mich, um seiner Zunge Einlass zu gewähren. Unsere Zungenspitzen tanzten miteinander, umschlangen sich. Verführerisch, erotisch. Gott, ich konnte ihm einfach nicht widerstehen. Verlangend wölbte ich mich ihm entgegen. Seine Erektion drückte sich gegen mich und ich genoss das Gefühl, wiegte mein Becken, um ihn besser spüren zu können. Aufstöhnend vertiefte er den Kuss, schob eine Hand in meinen Nacken unter mein Haar und hielt mich so gefangen. Begehren flutete all meine Sinne, jede einzelne Zelle meines Körpers verlangte nach ihm. Dieser Mann war Sünde pur. Eine, der ich nicht widerstehen konnte. Es fühlte sich so gut an, ihn zu küssen. Als wären meine Lippen nur für ihn gemacht worden. Zwischen meinen Schenkeln pochte feuriges Verlangen. Warum nur musste ich ausgerechnet auf diesen Mann stehen? Auf einen skrupellosen, eingebildeten Kerl, der im Begriff war, uns das Geschäft zu ruinieren? Ich sollte mich von ihm losreißen. Ihm nicht erlauben, mich zu küssen. Aber verflucht, er tat das so gut und ich konnte nicht genug von seinen Lippen kriegen. Noch nie zuvor hatte mich ein Mann auf diese Weise geküsst. Und noch nie zuvor hatte ich so ein brennendes Begehren verspürt, weitergehen zu wollen. Gott, ich wollte sterben.

»Ich sagte doch, dass du interessiert seist«, murmelte Zachary, als er mir Gelegenheit zum Luftholen gab. Um seine Augenwinkel tanzten winzige Fältchen. »Musste ich dich erst küssen, um es dir zu beweisen?«

Atemlos betrachtete ich sein attraktives Gesicht. Versuchte zu leugnen, was ich schon längst als Wahrheit erkannt hatte. Ja, ich stand auf Zachary. Ich fand ihn umwerfend und wurde magisch von ihm angezogen. Dennoch war es falsch. Ich sollte mich nicht zu ihm hingezogen fühlen. Nicht ein kleines bisschen und schon gar nicht in dem Maße, wie ich es tat. Er war der Feind. Unser Gegner. Seine Geschäfte zerstörten unsere. Ich durfte das niemals vergessen. Daddy würde bitter enttäuscht sein, wenn er erfahren würde, dass ich mich auf diesen Mann eingelassen hatte. »Was ist jetzt mit meiner Kamera?«, fragte ich mit heiserer Stimme.

Sein Blick heftete sich erneut auf meine Lippen. »Aus welchem Grund hast du dieses Video gemacht?«, konterte er mit einer Gegenfrage und hob eine Hand, um mit dem Daumen den Schwung meiner Oberlippe nachzuzeichnen.

Ich versuchte, mich von ihm nicht aus dem Konzept bringen zu lassen, was sich allerdings als schwierig gestaltete, denn nun strich er mit sanftem Druck über meinen Wangenknochen. »Eure Geschäfte sind illegal.«

»Sind sie das?«

»Das weißt du ganz genau.«

»Wir bieten lediglich etwas an, das bei den Damen großen Anklang findet.«

»Oh ja, darauf wette ich«, entfuhr es mir und ich errötete.

Mit einem vielsagenden Lächeln ließ Zachary eine Hand unter den Saum meines Kleids gleiten. Seine Fingerspitzen an meinem Oberschenkel brannten wie Feuer, als er in trägen, verführerischen Bewegungen über meine Haut fuhr. »Ich möchte mit dir schlafen, Brooke.«

»Wie bitte?«

»Es wird passieren, sieh es ein. Du kannst mir nicht widerstehen. Willst es nicht.«

Angesichts seiner Unverfrorenheit fehlten mir sekundenlang

die Worte. Dieser Mann dachte vermutlich, dass er beim Gehen Goldstaub hinterließ.

Unter meinem Kleid streichelten seine Finger provokant am Beinausschnitt meines Spitzenslips entlang. Und noch immer presste sich sein Schwanz gegen mich. Ich schnappte nach Luft. Meine Brüste wurden vor Verlangen schwer, meine Nippel hart. »Nein«, flüsterte ich.

»Nein, du kannst mir nicht widerstehen, oder nein, du willst es nicht?«, raunte er mit einem Lächeln in seiner Stimme und begann, an meinem Hals zu knabbern. Seine Lippen liebkosten meine empfindliche Haut, seine Zunge leckte an mir, als wäre ich etwas absolut Köstliches, das er im Begriff war, zu vernaschen. Ich erbebte am ganzen Körper, als er seine Finger in mein Höschen schob und mich dort streichelte, wo ich ihn mir heimlich wünschte. »Gott, Brooke, du fühlst dich unglaublich an.«

Ich schmolz dahin, war kurz davor, Wachs in seinen Händen zu werden. Ich begehrte diesen Mann mit einer tiefen, ursprünglichen Sehnsucht, die mich schwindelig machte. Einen erstickten Laut ausstoßend, legte ich meinen Kopf in den Nacken, damit er meine Kehle küssen konnte. Zwischen meinen Beinen pulsierte ein Feuer, das danach verlangte, gelöscht zu werden. Ich spürte, dass ich nass wurde und wie sich die Spannung zu einem fast unerträglichen Druck aufbaute, als Zachary mit der Daumenkuppe meine Klitoris reizte. Ich stöhnte auf. Ich war kurz davor, die Kontrolle zu verlieren, kurz davor ... Nein, Scheiße, ich war so weit ...

»Stopp!« Nur mit Mühe brachte ich das eine Wort über die Lippen. Zitternd löste ich mich von Zachary, packte seine Hand, um ihn daran zu hindern, mich weiter in den süßen Wahnsinn zu treiben, und bemühte mich verzweifelt, meinen rasenden Puls in den Griff zu bekommen.

Augenblicklich ließ er mich los, die Iriden seiner Augen hatten sich zu einem Espressobraun verdunkelt. Er atmete genauso schwer wie ich. »Willst du das hier wirklich beenden?«

Ich nickte, weil es mir gerade schwerfiel, zu sprechen. Und

weil ich eigentlich nicht wollte, dass er aufhörte, mich anzufassen. Oh Gott, ich wünschte, das Chaos in mir würde sich lichten. Ich wusste nicht mehr, was ich wollte. Ich sah ihn an, studierte seine kantigen Züge, seine sinnlich geschwungenen Lippen, die hypnotisierenden Augen, in denen jetzt ein dunkles Feuer loderte, und die kleine Narbe, die seine rechte Braue teilte.

»Lass mich dich verwöhnen, Brooke«, sagte er und senkte seine tiefe Stimme um eine weitere Oktave. »In jeder Hinsicht. Ich werde dir deine Wünsche erfüllen.«

Oh ja, darauf wettete ich. Zachary Tyler Moore war mächtig und reich genug, um die Wünsche eines Mädchens mit einem Fingerschnippen erfüllen zu können. Der Gedanke, sich von ihm verwöhnen zu lassen, war verführerisch. Sehr verführerisch. Aber warum bot er mir das an? Warum sollte er speziell mich wollen, wo er jede Frau haben konnte? Ausgerechnet die Tochter seines schärfsten Konkurrenten? Hatte vielleicht die Tatsache, dass ich hinter sein Geheimnis gekommen war, etwas damit zu tun? Auf einmal lichtete sich der Nebel und ich erkannte einen möglichen Ausweg aus meinem Dilemma. Möglicherweise war das ja die Lösung meines Problems. Zachary dachte wohl, er könnte mich auf seine Seite ziehen. Mich meine Mission vergessen lassen. Mit seinem Charme. Seinem Geld. Er wollte spielen? Bitte schön. Das konnte er haben. »Ich werde es mir überlegen.« Ich rutschte von seinem Schoß und zog den Stoff meines Kleids zurecht, fuhr mir mit den Fingern durchs Haar.

Er war jeder meiner Bewegungen gefolgt. Sein Blick blieb an den Rundungen meiner Brüste hängen. »Ich nehme dich beim Wort, Brooke van Deeks.« Er lächelte nicht, als er sich erhob. »Ich will dich und ich kann warten.«

Da würde er lang warten müssen. Das Blut rauschte in meinen Ohren, als ich einen erneuten Vorstoß wagte. »Gibst du mir mein Eigentum zurück?«

Jetzt lächelte er doch. Träge, sexy. »Das behalte ich noch. Bis wir eine Lösung für ... unsere Situation gefunden haben.«

Shit. Einen Versuch war es wert gewesen. Aber seine Weigerung, mir die Kamera auszuhändigen, untermauerte meine Theorie. *Ich durchschaue dich, Zachary. Dein breites Grinsen wird dir schneller vergehen, als du denkst.*

Also gut. Ich würde so tun, als hätte er mich am Haken. Als wäre ich bereit, mich von ihm verführen zu lassen. Ich würde sein Vertrauen gewinnen. Mich bei ihm einschleichen. Und dann würde ich ihn dazu bringen, über seine sogenannten *Geschäfte* zu sprechen und ihn ein für alle Mal überführen. Ha! Mata Hari war eine blutige Anfängerin gegen mich gewesen.

»Wie du meinst«, entgegnete ich leichthin und mit einem zuckersüßen Lächeln. »Danke für den ... interessanten Abend.«

»Ich werde dich von Trevor nach Hause bringen lassen.« Zachary richtete sich zu seiner vollen Größe auf, die schätzungsweise bei einsfünfundachtzig lag. Das Silber seiner *Breitling*-Armbanduhr blitzte im Kerzenlicht auf, als er den Hemdsstoff über seiner Brust glatt strich.

Ich winkte ab, wollte ihm nichts schuldig bleiben. »Ich rufe mir ein Taxi.«

»Ich habe dich ins *Icecube* eingeladen, ich werde auch dafür sorgen, dass du wohlbehalten von hier nach Hause zurückkehrst«, erwiderte er bestimmt und wie so oft sandte mir sein dunkles Timbre einen Gänsehautschauer über den Rücken. Die Entschiedenheit in seiner Stimme machte mir klar, dass er nicht bereit war, zu verhandeln. Zachary Tyler Moore war ein Mann, der es gewohnt war, zu bestimmen. Es gewohnt war, dass alle nach seiner Pfeife tanzten. Nun, ich würde ihn in dem Glauben lassen. Vorerst.

13. KAPITEL

Zachary

Meine Hand lag an Brookes verlängertem Rücken und ich spürte den wiegenden Gang ihrer Hüften sowie die Hitze ihrer Haut durch den seidigen Stoff hindurch an meinen Fingerspitzen, als ich sie, von etlichen neugierigen Augenpaaren beobachtet, aus dem *Icecube* begleitete. In diesem eng anliegenden, ultrakurzen Kleid, das ihre zarten Kurven und ihre schön geformten, schlanken Beine betonte, wirkte sie unglaublich heiß. Sie war auf eine ganz spezielle, erotische Art verdammt hinreißend. Kein Wunder, dass die lüsternen Blicke sämtlicher Männer sie verfolgten. Ich würde jedoch jeden in die Schranken weisen, der mir in die Quere zu kommen drohte, denn ich hatte es mir zur Aufgabe gemacht, sie zu verführen. Sie vergessen zu lassen, weshalb sie überhaupt in erster Linie hinter mir her gewesen war. Denn ich würde es nicht zulassen, dass sie den guten Namen des *Seventh Heaven* kompromittierte.

Zwar hatte ein Team aus Top-Anwälten, das mich seit Jahren gegen ein fürstliches Gehalt beriet, dafür gesorgt, dass wir nicht mit dem Gesetz in Konflikt gerieten, denn unsere Gäste zahlten niemals für sexuelle Dienste, sondern lediglich einen Festbetrag für den Zutritt zu allen Bereichen des Wellnessareals. Dennoch besaß dieses Video das Potential, Wellen zu schlagen, und die Veröffentlichung würde keine gute Publicity für das Hotel bedeuten. Was die ganze Sache noch verkomplizierte, war die Tatsache, dass ich scharf auf Brooke war. Jedes Mal, jedes verdammte Mal, wenn ich sie sah, entwickelte mein Schwanz ein Eigenleben und gab mir unmissverständlich zu verstehen, dass er sie vögeln wollte. Ihr Anblick rief ein äußerst beunruhigendes, tiefes und wildes Verlangen in mir hervor, sie zu besitzen. Allein der Gedanke daran ließ mich wieder hart werden. Ich wusste, mein sexueller Hunger würde erst gestillt sein, wenn ich Brooke van Deeks genommen hatte.

Während mir Mike und Vladimir, die beiden Türsteher, die ich vom Vorbesitzer des Clubs übernommen hatte, respektvoll zunickten, brachte ich sie zum Wagen, der noch immer draußen wartete, und gab Trevor die Anweisung, Brooke nach Hause zu fahren.

Kurz bevor sie einstieg, drehte sie sich noch mal zu mir um. »Danke, aber das wäre wirklich nicht nötig gewesen.«

»Ich melde mich bei dir«, gab ich ihr als Antwort zurück und lächelte.

Ich blieb stehen und sah der Limousine hinterher, bis sie an der nächsten Straßenkreuzung aus meinem Sichtfeld verschwunden war, und irgendwie bildete ich mir ein, noch immer Brookes Geschmack auf meinen Lippen zu spüren.

Zurück im Club organisierte ich mir erst mal einen ordentlichen Drink an der Bar. Mit einem Bourbon on the rocks gesellte ich mich zu den Jungs in der Sitzecke, die mich wie üblich mit Frotzeleien begrüßten. Sie waren allesamt wie ich Geschäftsmänner, Banker, Immobilienmakler und Investoren. Wir hatten uns größtenteils bei geschäftlichen Meetings oder im Rahmen von Geschäftsessen kennen- sowie schätzen gelernt und hingen nun mehr oder weniger regelmäßig samstagabends im *Icecube* ab. Hin und wieder waren auch meine Brüder mit von der Partie, sofern sie nicht andere Pläne hatten.

Die kurvige Blondine, die es sich vor Brookes Auftauchen auf meinem Schoß bequem gemacht hatte, weil wir mal miteinander gevögelt hatten und sie nun anscheinend von einer Wiederholung ausging, empfing mich mit einem Schmollmund. »Hey, Zach. Wo warst du? Ich dachte, du und ich würden ein bisschen Spaß haben.«

»Nicht heute Abend, Amber«, entgegnete ich und ließ mich innerlich aufstöhnend neben ihr nieder. Ich bezweifelte, dass ich in naher Zukunft unser Schäferstündchen wiederholen würde. Zwar hatte mich die Begegnung mit Brooke derart aufgewühlt, dass ich Mühe hatte, meinen sexuellen Frust zu verbergen. Dennoch konnte ich mir im Augenblick nicht vorstellen, diesen mit einer anderen abzubauen. Brooke war noch immer in meinem Kopf. In meinem verdammten System. Ihr Geschmack auf meinen Lippen. Ich begehrte sie so sehr, dass es mich körperlich schmerzte. Und genau das irritierte mich. Ich war ein Mann, der Sex liebte. Sex brauchte. Dementsprechend hatte ich so einige Frauen in meinem Bett willkommen geheißen. So manches hübsche Mädchen geküsst. Doch Brooke van Deeks reizte mich wie keine zuvor. Ich musste höllisch aufpassen, dass ich die Kontrolle behielt. Mich mit ihr einzulassen, diente nur einem einzigen Zweck: Sie davon abzuhalten, Dinge an die Öffentlichkeit zu zerren, die dem *Seventh Heaven* schaden könnten.

Amber platzierte besitzergreifend eine Hand auf meinem Oberschenkel und riss mich damit aus meinen Grübeleien. Ich ließ sie gewähren.

»Hey, wer war denn die hinreißende Brünette in dem grünen Kleid?«, wollte Hank wissen, einer der Jungs. »Ich hätte nichts dagegen, mit ihr ein bisschen im Bett zu trainieren.«

Die anderen lachten dreckig und ich zeigte ihm meinen Mittelfinger. »Hände weg, Mann.«

»Oh, unser guter Zach scheint Besitzansprüche zu erheben.« Breit grinsend rammte Hank seinem Sitznachbarn Josh den Ellenbogen in die Seite, während mir Amber einen finsteren Blick zuwarf.

»Dann solltest du lieber nicht in seinem Revier jagen«, bemerkte Josh trocken und wandte sich anschließend mir zu. »Verrätst du uns trotzdem, wer die Kleine war?«

Meine Kiefermuskeln mahlten. Eigentlich wollte ich Brooke vor dem Gewitzel und den Sticheleien der Jungs schützen, aber vermutlich würden sie über kurz oder lang ohnehin herausfinden, wer sie war. »Mark van Deeks Tochter«, erklärte ich knapp und lehnte mich vor, um nach meinem Drink zu greifen. Ich legte den Kopf in den Nacken und ließ den Bourbon meine Kehle hinabfließen.

»Ach du Scheiße.« Hank zog eine Grimasse. »Was hast du mit der zu schaffen? Die Tochter eures Konkurrenten? Echt jetzt?«

»Wenn du dir da mal nicht die Finger verbrennst«, murmelte

Josh.

Amber bedachte mich noch immer mit düsteren Blicken.

»Ist was Geschäftliches«, knurrte ich jetzt etwas genervt und griff erneut nach meinem Glas. »Und jetzt lasst uns über etwas anderes reden, Leute. Fährt jemand zum Spiel der *Yankees* kommendes Wochenende?«

Am nächsten Morgen ließ ich als Erstes Allison in mein Büro rufen.

Sie erschien wie immer mit einem Lächeln auf den Lippen. »Guten Morgen, Zach. Was kann ich für Sie tun?«

»Ali, Sie sehen wie immer bezaubernd aus«, kommentierte ich ihr heutiges Outfit, das aus einer schnörkellosen weißen Bluse mit dem Firmenemblem und einem schmalen, knielangen, dunkelblauen Rock bestand, genau aus demselben Blau wie ihre aufmerksamen Augen. Ich lehnte mich in meinem Schwingsessel zurück und führte die Fingerspitzen zusammen. »Rufen Sie bitte Rico Vasquez an, Ali, und bestellen sie ihn ins *Seventh Heaven*. Wir benötigen seine Dienste.«

Allison zog eine perfekt gezupfte Augenbraue in die Höhe. »Gibt es Ärger, Zachary?«

Ich schmunzelte, weil Ali wie immer schnell von Begriff war. Rico war sozusagen mein *Mann für alle Fälle*, er erledigte Aufträge für mich und die Firma, die diskret und im Hintergrund abgewickelt werden sollten. »Drücken wir es so aus: Wir wollen Ärger vorbeugen. Deshalb möchte ich Rico für eine bestimmte Sache engagieren. Erinnern Sie sich, wie ich Ihnen von Mark van Deeks Tochter erzählt habe? Die junge Dame, die unter einem falschen Namen bei uns eingecheckt hat?«

Allison nickte und sah mich weiterhin interessiert an.

»Nun, sie scheint es sich zur Aufgabe gemacht zu haben, das *Seventh Heaven* in Schwierigkeiten bringen zu wollen, was ich natürlich nicht erlauben werde. Aber um über jeden einzelnen ihrer Schritte informiert zu sein, möchte ich Rico beauftragen, sie nicht aus den Augen zu lassen. Ich möchte wissen, wo

Brooke sich aufhält und mit wem sie sich trifft – zu jeder Tages- und Nachtzeit.« Damit ich gegebenenfalls eingreifen konnte. Außerdem wollte ich wissen, ob sie einen Freund hatte, einen Liebhaber oder irgendjemanden, auf den ich mich eventuell einstellen musste. Dies behielt ich allerdings für mich.

»Ich verstehe. Ich werde Mr Vasquez sofort kontaktieren und ihn bitten, sich umgehend bei Ihnen zu melden, Zach.« Allison hatte die Dringlichkeit meiner Bitte verstanden.

»Perfekt.« Ich blickte ihr hinterher, wie sie zur Tür schritt. »Ach, und Ali?«

»Ja?« Sie hatte die Hand bereits am Türknauf, drehte sich aber erneut zu mir um.

»Habe ich Ihnen schon mal gesagt, dass Sie das Beste sind, das diesem Unternehmen je passieren konnte?«

14. KAPITEL

Brooke

Am Montagmorgen wachte ich mit einem verräterischen Hämmern hinter meiner Stirn auf. Am Abend zuvor war Lauren bei mir zu Besuch gewesen. Wir hatten auf *Netflix* einen kitschigen Liebesfilm eingeschaltet, uns mit Knabberkram sowie einem großzügigen Vorrat an Roséwein versorgt und uns einen gemütlichen Mädelsabend gemacht. Wir hatten gelacht und gequatscht, und ich hatte den ganzen Mist, der mich belastete, beiseitegeschoben und mit meiner Freundin einfach nur eine gute Zeit gehabt. Trotz der leichten Kopfschmerzen hatte ich gut geschlafen und meine Laune war ausgesprochen gut, jetzt, da ich einen Plan hatte, wie ich die Sache mit Zachary angehen würde. Während ich unter der Dusche stand und mich mit meinem Lieblingsduschgel, das himmlisch nach Orangen duftete, einseifte, dachte ich an den Abend im *Icecube* zurück. Mein Herz klopfte ein kleines bisschen schneller und ein heimtückisches Kribbeln erwachte zwischen meinen Schenkeln. *Zachary Moore.*

»Zachary«, flüsterte ich und mochte es, wie sich sein Name anhörte, wenn ich ihn sagte. Allein ihn auszusprechen, sandte einen erotischen Schauer über meine Haut. Leider gefiel mir dieser Mann viel zu sehr. Er war Sünde pur. Eine, der ich nicht nachgeben durfte, auch wenn es mir zugegebenermaßen wirklich schwerfiel. Unter anderen Umständen ... Ich verwarf den Gedanken. Ich sollte nicht mal daran denken.

Ich nahm mir vor, heute mit Dad zu sprechen, um ihm davon zu berichten, dass ich Zachary Moore höchstpersönlich am Haken hatte und ihn früher oder später überführen würde. Besser früher als später. Die Zeit arbeitete gegen uns. Ich stieg aus der Dusche, wickelte mich in ein weiches, großes Frotteehandtuch und ging rüber in meine kleine, sonnendurchflutete Küche, um dort an der Theke zu frühstücken.

Nach einem getoasteten Bagel mit Erdbeermarmelade und

einem Milchkaffee föhnte ich mir die Haare, schlüpfte in weiße Dreiviertel-Baumwollhosen, ein pinkfarbenes T-Shirt sowie meine Lieblingsballerinas und machte mich auf den Weg zu Dad.

Da Tiffany nicht an ihrem Schreibtisch im Vorzimmer saß, atmete ich erleichtert auf. Zum Glück wurde mir dieser Anblick heute Früh erspart. Ich klopfte an Dads Tür und weil ich keine Antwort bekam, drehte ich den Türknauf und trat ein.

Ach du heilige Scheiße.

Geschockt sah ich zu, wie Tiffany und Dad auseinanderfuhren. *Echt jetzt?*

Sie hatten sich geküsst. *Sie. Hatten. Sich. Verdammt. Noch. Mal. Geküsst.* Tiffanys verfickter roter Lippenstift auf Dads Mund war leider unübersehbar. Normalerweise benutzte ich solche Worte nicht, aber im Augenblick hätte ich am liebsten sämtliche dreckigen Flüche dieser Welt herausgeschrien.

Zuerst wusste ich nicht, wie ich reagieren sollte. Tausend Gefühle stürmten gleichzeitig auf mich ein. Ich wollte Tiffany eine kleben, mich Dad an die Brust werfen, etwas zerschlagen. »Oh mein Gott«, entfuhr es mir.

Dad räusperte sich. Seine Arme hingen wie leblos an seinen Seiten hinab, jetzt, wo er seine Sekretärin losgelassen hatte. »Honey, ich ... hatte nicht mit dir gerechnet.«

Offensichtlich nicht. Ich starrte ihn an und schüttelte kaum merklich den Kopf, während mein Herz in meiner Brust wie ein verdammter Presslufthammer wütete.

Tiffany strich errötend über ihren superkurzen Leinenrock. »Ich muss wirklich an die Arbeit«, meinte sie mit einem bedeutungsvollen Blick zu Dad.

»Niemand wird Sie aufhalten!«, schoss es aus mir heraus. Noch nie hatte ich die Frau so sehr gehasst wie in diesem Augenblick. Wie hatte Dad sie nur küssen können? Ausgerechnet diese Schlampe, die doch nur darauf gewartet hatte, ihn in einem schwachen Moment zu erwischen! In mir tobte ein dunkler, unheilvoller Sturm. Ich umschlang meinen Brustkorb mit beiden Armen, weil es mich auf einmal schrecklich fröstelte, und wandte mich ab. Ich wollte Tiffany nicht die Genugtuung geben, meine Tränen zu sehen.

»Sweetheart.« Dad legte mir eine Hand auf die Schulter, nachdem sich die Tür hinter Tiffany geschlossen hatte und er vor mich getreten war. »Es tut mir leid.«

Ich fuhr herum und funkelte ihn an. »Das sollte es auch! Dad, wie in aller Welt konntest du das tun? Ausgerechnet sie, von allen Frauen ... Diese Bitch ist hinter dir her, seit Mom krank ist, ich bitte dich, sie ist empathielos und berechnend. Und du fällst auf ihr Getue herein? Bloß weil sie ein paar nette Titten und einen Arsch ihr Eigen nennt, der förmlich *Fick mich* schreit? Echt jetzt, Dad?« Niemals zuvor hatte ich so brutal offen vor meinem Vater gesprochen. Es war mir in diesem Augenblick egal. Meine Wut hatte sich dieses Ventil suchen müssen, bevor ich noch geplatzt wäre. Bittere Galle stieg in mir auf und ich hatte das Gefühl, mich gleich übergeben zu müssen.

Ich sah, wie Dad angesichts meiner Wortwahl schluckte. Sekundenlang taxierten wir einander. »Ich bin einsam, Brooke«, gestand er schließlich leise. »Ich bin ein Mann und vermisse meine Frau. Die, in die ich mich verliebt und geheiratet habe, existiert nicht mehr.«

Das Herz klopfte mir zum Zerspringen. Hatte mein Vater seine Ehe abgeschrieben?

»Dad, das kann ich alles verstehen, aber sag es mir, hast du Mom etwa schon aufgegeben?«

Seine breiten, starken Schultern, an die ich mich immer so gern gelehnt hatte, sackten hinab.

»Wisch dir ihren Lippenstift ab. *Bitte*«, flüsterte ich. Keine Sekunde länger ertrug ich es, diesen Beweis seines Fremdgehens auf seinem Mund zu sehen. Und genau das war es für mich auch. Er hatte Mom mit diesem Flittchen betrogen. Meine Mutter war krank und nicht mehr Herrin ihrer Sinne und Dad ließ sich von einer anderen küssen. Ebenso gut hätte er mit Tiffany ins Bett steigen können. Aber vielleicht hatten die beiden das ja schon längst getan.

In mir zerbrach etwas in tausend Stücke.

Eigentlich hatte ich vorgehabt, Dad davon zu berichten, dass ich an unserem Konkurrenten dran war und ihm sicher bald gute Nachrichten überbringen konnte. Nachdem ich ihn allerdings zusammen mit Tiffany überrascht hatte, war mir alles vergangen. Ich hatte das Gefühl, ihm im Moment nicht in die Augen sehen zu können. Einen Vorwand vortäuschend, war ich aus seinem Büro geflohen, zurück in mein Apartment, und lag jetzt in meinem Schlafzimmer auf dem Bett, mit Ohrstöpseln in den Ohren, starrte an die Zimmerdecke und verlor mich in Limp Bizkits *Behind Blue Eyes*. Und wünschte, ich würde endlich aus diesem Albtraum erwachen.

Nach einer Weile schnappte ich mir mein Smartphone vom Nachttisch, um mit Lauren zu chatten. Leider war sie nicht online, deshalb schrieb ich ihr eine Nachricht, in der ich ihr von diesem unsäglichen Kuss berichtete. Ich konnte einfach nicht aufhören, darüber nachzudenken. Um mich abzulenken, beschloss ich, ein wenig im Internet über Zachary Moore zu recherchieren. Ich fand einige Artikel über ihn, die genau das Bild bestätigten, das ich mir von ihm gemacht hatte. Er war ein Playboy, ein Mann, der bei den Frauen große Beliebtheit genoss und diese durchaus einzusetzen wusste. Jede Woche war es eine andere, die man an seiner Seite sah, jedes Mal hatte er ein anderes Mädchen im Arm. Oh verflucht. Im Netz fanden sich Bilder von ihm, wie er halb nackt und mit funkelnden Wassertropfen benetzt aus einem Pool stieg, Fotos von einer Gala, mit ihm in einem dunklen, maßgeschneiderten Anzug und in Begleitung einer hinreißenden Blondine. Er wirkte wie ein Hollywood-Beau, ein Star. Es gab Aufnahmen von ihm bei Partys, auf denen er ausgelassen feierte, Schnappschüsse, wie man ihn am Strand überrascht hatte, in einer sexy Boxershorts, die seine imposante Männlichkeit mehr hervorhob als verdeckte. Die Frauen himmelten ihn an, diesen mächtigen, reichen, charismatischen Mann, und ich konnte es nachvollziehen.

Allerdings überraschte es mich, zu lesen, dass er sich für einige soziale Projekte engagierte, so etwa für das *Long Island Women's Shelter*, eine Einrichtung, in der von gewalttätigen Partnern bedrohte Frauen und Kinder eine Zuflucht fanden, oder für ein Kinderhospiz in New Haven. Wow. Damit hatte ich irgendwie nicht gerechnet. Diese Tatsache ließ mich ihn in einem gänzlich anderen Licht sehen. Was nicht gerade dazu beitrug, mir nicht zu wünschen, es gäbe vielleicht irgendeine klitzekleine Chance für uns. Denn ich musste mir eingestehen, dass mich dieser Mann reizte wie noch keiner zuvor. Es stand natürlich außer Frage, dass ich mich ernsthaft auf ihn einließ, das würde Dad mir niemals verzeihen. *Dad* ... Ich schob den Gedanken an ihn von mir, weil ich es gerade nicht ertrug, an ihn zu denken, ohne eine unbändige, schreckliche Wut zu empfinden.

Stattdessen loggte ich mich bei *Facebook* ein, um dort nach Zachary zu suchen. Ich gab seinen Namen in der Suchleiste ein, als zufällig eine neu eingehende Freundschaftsanfrage aufblinkte. Da ich neugierig war, klickte ich darauf. Wie bitte? Ich riss mir die Ohrstöpsel aus den Ohren und setzte mich auf. Es war nicht länger nötig, nach Zachary auf *Facebook* zu suchen. Er hatte *mich* gefunden.

Ich zögerte. Aber dann überlegte ich, dass es nicht schaden könnte, Zugang zu seinem privaten Account zu haben. Je mehr ich über ihn in Erfahrung brachte, umso besser. Ich akzeptierte. Es dauerte keine zwei Sekunden, bis eine Nachricht in meinem Postfach auftauchte.

Zachary: *Danke :-)*

Ich: *Wie komme ich zu der Ehre?*

Zachary: *Ich dachte, es würde uns eine Möglichkeit geben, uns auf eine unkomplizierte Weise kurzzuschließen.*

Ich runzelte die Stirn. Grübelte darüber nach, was ich als Nächstes schreiben sollte. Er kam mir zuvor.

Zachary: *Schon etwas vor heute Nachmittag?*

Ich: *Warum?*

Zachary: *Fünfzehn Uhr in der Lobby des* Seventh Heaven. *Und bring einen Badeanzug mit.*

Ich: *Schon mal etwas von dem Zauberwort* Bitte *gehört?*

Zachary: *Bitte.*

Ich: *Blödmann.*

Zachary: *:-)*

Ich: *Ich habe keine Lust, an einem überfüllten Pool herumzuhängen.*

Was der Wahrheit entsprach, denn meine Laune ging aktuell gegen Null. Momentan konnte ich mir überhaupt nicht vorstellen, irgendwas anderes zu machen, als auf meinem Bett zu liegen und Trübsal zu blasen.

Zachary: *Privatpool. Lass uns schwimmen und miteinander reden.*

Ich: *Reden?*

Zachary: *Auch.*

Jetzt hatte er mir doch ein winziges Lächeln entlockt. Trotzdem. Mir war einfach nicht danach. Aber dann fiel mir ein, dass dies vielleicht eine gute Gelegenheit wäre, meinen Plan weiterzuverfolgen.

Ich: *Ich überlege es mir.*

Zachary: *Trevor wird dich um zwanzig nach zwei mit dem Wagen abholen.*

Ich: *Ich schrieb, ich überlege es mir.*

Der Mann besaß ein gesundes Selbstbewusstsein, das musste man ihm lassen.

Zachary: *Wenn ich so darüber nachdenke, bring lieber einen Bikini anstatt eines Badeanzugs mit.*

Meine Neugier und mein Bedürfnis, mich von meiner Misere abzulenken, hatten gesiegt. Auch wenn mir gerade nicht wirklich danach war, mich zu verabreden, war Ablenkung in diesem Fall vielleicht wirklich die beste Strategie.

Während ich mich für das Date fertig machte, versuchte ich, jeglichen Gedanken an Dad und Tiffany weit von mir zu schieben. Was mir allerdings nicht wirklich gelang. Verdammt! Eins war sicher. Sobald ich regelmäßig mit Dad in der Firma zusammenarbeitete, musste Tiffany von der Bildfläche verschwinden. Ich ertrug es einfach nicht länger, ihr hochmütiges Gesicht zu sehen. Ihr scheinheiliges Lächeln. Diese Frau war darauf aus, der Ehe meiner Eltern den endgültigen Todesstoß zu versetzen, und das würde ich nicht zulassen. Keine Ahnung, wie ich Dad dies beibringen sollte, aber ich musste ihn dazu bringen, ihr zu kündigen. So verschlagen und raffiniert wie sie war, würde sie sicher ohne Probleme irgendwo einen neuen Job ergattern können, bei dem sie weiter intrigieren konnte. Vielleicht würde sie bei einem von Daddys Geschäftskollegen unterkommen. Vor mich hin fluchend, schlüpfte ich in meinen Lieblingsbikini, ein knielanges, leichtes Sommerkleid, meine Ballerinas und stopfte ein flauschiges Handtuch zusammen mit Sonnencreme in meine Leinentasche.

Auf die Sekunde genau tauchte Trevor mit der Limousine vor dem Haus auf, um mich abzuholen. Und wow, diesmal schenkte er mir sogar ein verhaltenes Lächeln, als er mir die rückwärtige Tür aufhielt. »Miss van Deeks.«

»Danke, Trevor.«

Tief in Gedanken versunken, betrachtete ich die vorbeifliegende Landschaft. Noch immer konnte ich es nicht fassen, dass Dad sich von Tiffany hatte einwickeln lassen. Sah er denn nicht, was für eine Art Frau sie war? Sie besaß weder Witz noch Klasse. Hoffentlich war dieser Kuss, dieser unsägliche Kuss, nur einer Laune des Augenblicks geschuldet gewesen – und nicht der Beginn einer beschissenen Affäre. Mein Herz war ein bleischwerer Klumpen in meiner Brust, als wir die großzügige, geschwungene und mit hohen, alten Bäumen begrenzte Zufahrt des *Seventh Heaven* erreichten. Ich fühlte mich elend und hatte Mühe, die Tränen zurückzuhalten, die mich zu überwältigen drohten. Und ich war drauf und dran, Trevor zu bitten, wieder umzudrehen und mich zurück nach Hause zu bringen.

15. KAPITEL

Brooke

Als ich durch die Gleittüren in die Lobby des *Seventh Heaven* trat, fiel mein Blick sofort auf Zachary, der wie versprochen dort bei der Sitzgruppe auf mich wartete. Unglaublich, wie heiß er wieder aussah in seinem schwarzen T-Shirt, das jeden definierten Muskel seines gut gebauten Oberkörpers betonte, und den legeren Jeans. Dunkle, verführerische Sünde. Ich dachte an unsere letzte Begegnung, was er mit mir angestellt hatte, und mein Magen machte einen Satz. Er sprach mit einer hübschen Blondine zu seiner Rechten und zwinkerte ihr zu, worauf sie lachte und ihm vertraulich eine Hand an den Oberarm legte. Diese Geste wirkte so intim, dass es mir einen winzigen Stich versetzte. Gott, ich war wirklich durcheinander wegen dieser Sache mit Dad. Denn warum in aller Welt sollte es mich stören, wenn eine Frau Zachary berührte? Ich kannte diesen Mann ja kaum, wir hatten keine Beziehung, waren nicht mal Freunde. Und trotzdem konnte ich meinen Blick nicht von dieser fremden Hand lösen, die seinen Bizeps anfasste. Und in diesem Moment realisierte ich, dass ich verflucht noch mal eifersüchtig war.

Als hätte er meine Anwesenheit gespürt, drehte er den Kopf in meine Richtung. Mit einer Bemerkung zu seiner Begleitung erhob er sich und kam langsam auf mich zugelaufen.

»Brooke.«

»Du siehst beschäftigt aus.« Ich machte eine Kinnbewegung.

»Das ist Allison, meine persönliche Assistentin«, erwiderte er mit einem Schmunzeln. »Ich habe sie soeben darüber informiert, dass ich mir eine kleine Auszeit nehme und nicht gestört werden möchte.«

Oh. Ein paar Sekunden lang kramte ich in meinem Hirn nach einer passenden Entgegnung. »Du hast attraktive Mitarbeiter«, sagte ich dann. *Grundgütiger, van Deeks.*

»Habe ich das?« Er wirkte amüsiert.

»Ich meine nicht nur deine weiblichen Angestellten, auch all die gut aussehenden Männer da draußen am Pool und im Wellnessbereich ...« *Halt die Klappe, Brooke. Sei einfach still.*

»Du siehst übrigens niedlich aus, wenn du errötest.«

»Also«, versuchte ich, ihn vom Thema abzubringen, weil es mich ärgerte, dass ich so leicht rot anlief, »jetzt bin ich hier. Wo gehen wir eigentlich hin?«

»Schwimmen. Wie ich dir bereits sagte. Gib mir deine Tasche.« Er hielt mir eine Hand entgegen, um sie mir abzunehmen, und steuerte die Glastüren an, die in den Wellnessbereich führten.

»Wir gehen zu diesem Indoorpool? Der ist wirklich wunderschön.« Trotzdem war ich ein wenig enttäuscht. Denn so hübsch ich das Becken im Innenbereich auch fand, hatte ich doch gehofft, unter freiem Himmel schwimmen gehen zu können.

»Das ist richtig. Aber dieser Pool ist nicht unser Ziel.« Zach sah zu mir hinab und lächelte mich an. »Dort, wo wir hingehen, haben nur Familienmitglieder der Familie Moore Zutritt.«

Mit dieser Bemerkung brachte er mein Herz zum Stolpern. Ich war nervös und neugierig, und fragte mich, was das für ein besonderer Ort war, an den er mich bringen würde. Weshalb nicht an den Hotelpool im Außenbereich?

Anstatt dem mir bekannten Weg zu verfolgen, öffnete er unvermittelt eine doppelt gesicherte Tür mit einer Schlüsselkarte und bat mich, hindurchzugehen.

»Wow!« Ich drehte mich nach ihm um, denn ich hatte das Gefühl, mitten im Paradies gelandet zu sein. »Das ist ja geradezu himmlisch.« Er nickte zufrieden und ich blieb stehen, um den weitläufigen Innenhof neugierig zu inspizieren. Palmen, blühende Pflanzen, Sträucher und Blumen begrenzten eine gepflegte Rasenfläche, in deren Mitte aquamarinblaues Wasser in einem s-förmigen Pool funkelte. Flankiert wurde das Schwimmbecken von luxuriös aussehenden Liegen, die mit schneeweißen Handtüchern und je einem dunkelblauen Sonnenschirm ausgestattet waren.

»Und? Wie fällt dein Urteil aus?« Zachary hatte mich aufmerksam beobachtet.

Ich nickte. »Als sei ich im Himmel gelandet«, erwiderte ich und musste grinsen, denn ich erinnerte mich, dass ich so etwas Ähnliches kürzlich zu Lauren gesagt hatte.

Er hob die Augenbrauen. »Ich hoffe, das sind wir nicht. Denn im Himmel gibt es keine Sünde, heißt es.« Jetzt grinste er spitzbübisch. »Und eigentlich hatte ich mir fest vorgenommen, gleich ordentlich zu sündigen.«

Oh mein Gott. Ich biss mir auf meine Unterlippe, denn der lüsterne Ausdruck in seinen Augen ließ ein lustvolles Kribbeln in meiner Mitte entstehen. »Ich glaube, Sie sind ziemlich verdorben, Mr Moore.«

»Und ich glaube, dass Ihnen das ziemlich gut gefällt, Miss Porter.« Er zwinkerte mir zu. »Und jetzt leg deine Sachen ab, Brooke. Lass uns schwimmen gehen.«

Ich ignorierte das nervöse, erwartungsvolle Flattern in meiner Mitte und entschied mich für eine Liege neben einem pink blühenden Bougainvilleabaum. Dieser Mann war höchst gefährlich. Und er machte kein Geheimnis daraus, mich verführen zu wollen.

Als wäre es das Natürlichste der Welt, fing er an, zu strippen. Ich versuchte krampfhaft, nicht allzu sehr zu starren, aber mal ehrlich ... ich war doch keine verdammte Masochistin! Verstohlen verfolgte ich, wie er mit lässigen, selbstsicheren Bewegungen sein T-Shirt und die Jeans auf die Nachbarliege warf, nachdem er seine Schuhe von sich gekickt hatte, und schließlich in nachtblauen Boxershorts dastand. Wusste er eigentlich, wie verflucht heiß das eben gewesen war? Ein winziges Lächeln kräuselte meine Lippen. Natürlich tat er das. Und wie umwerfend erotisch sein Anblick war? Keine halbwegs normal gestrickte Frau der Welt, ach, des gesamten Universums, hätte in diesem Moment ihren Blick abwenden können. Mir lief sprichwörtlich das Wasser im Mund zusammen, als ich seine breiten Schultern betrachtete, genau wie seine durchtrainierten, tätowierten Bizepse. Die Zeichnung zweier ausgebreiteter Flügel schmiegte sich an seine gewölbten Brustmuskeln und in seinem linken Nippel blitzte ein Silberring. Höllisch sexy! Und dann war das noch das beeindruckende Sixpack mit dem schmalen Streifen dunkler Härchen, der im Bund seiner Shorts verschwand.

Oh. Mein. Gott.

Ich hatte noch nie einen schöneren Mann gesehen. Noch nie zuvor einen so vollkommenen Körper. Nicht ein einziger Zentimeter davon schien undefiniert zu sein. Ich spürte das Verlangen, meine Hände über seine harten Muskeln gleiten zu lassen. Sein Anblick setzte in mir unzüchtige Gedanken frei.

Seine whiskeyfarbenen Augen glitzerten amüsiert, als er meinen Blick einfing. Der Mistkerl wusste genau, dass ich ihn beobachtet hatte. »Gefällt dir, was du siehst?« Er streckte den Arm aus und strich mir mit einem Finger über meine brennende Wange. Ich konnte das leise Lächeln in seiner Stimme hören. Und ich verfluchte mich, weil ich nicht stark genug war, um ihn von mir zu stoßen. »Zeit, dass du dich ebenfalls deiner Klamotten entledigst, Süße.«

Gehorsam griff ich hinter meinen Rücken und mühte mich mit dem Häkchen des Verschlusses ab, während er sich abwandte und mir seinen Hintern unbekümmert präsentierte, als er die Socken abstreifte. Grundgütiger. Dieser Po war der Inbegriff eines perfekten männlichen Hinterns.

Zach richtete sich auf und sah mich an. Seine Mundwinkel hoben sich zu einem trägen Grinsen. »Hast du Probleme, aus deinem Kleid zu kommen?«

»Wie? Was ... Ähm, nein. Warum?« Ich merkte, dass ich knallrot anlief.

»Weil du noch immer so dastehst wie vor wenigen Sekunden.« Mit dem Selbstverständnis eines Mannes, der sich seiner Attraktivität bewusst war, trat er an mich heran. »Lass mich dir da heraushelfen«, bot er an und hatte das Häkchen bereits geöffnet, bevor ich protestieren konnte.

»Das ist nicht ...«, setzte ich an, als er wieder von mir abließ. *... nötig.*

»Erledigt.«

Mein Puls raste. Es fiel mir nicht leicht, seiner dunklen Anziehungskraft zu widerstehen. Ich räusperte mich. Und war mir seiner Aufmerksamkeit sehr bewusst, als ich mir das Kleid über den Kopf streifte und schließlich nur noch in meinem apfelgrünen Bikini dastand.

»Brooke.« Er sah mich an, als hätte er mich noch nie zuvor gesehen, und sein Blick glitt quälend langsam über mich hinweg. Schien jede Kurve, jeden Schwung und jede Wölbung meines Körpers zu studieren. Ich hätte genauso gut auch nackt sein können.

»Ja?«

»Ich mag diesen Bikini. Sehr sogar.« Noch immer sah er mich an und es kam mir vor, als würden mich seine Augen streicheln. An jeder einzelnen verdammten Stelle.

Meine Haut ging in Flammen auf.

Mein Innerstes war ein einziges Chaos.

Warum reagierte ich so heftig auf ihn? Dieser Mann besaß das Potential, meine Schutzmauer zu durchdringen. Mir zu nah zu kommen. Ich durfte das nicht geschehen lassen. Schließlich hatte sich zwischen uns nichts geändert. Wir waren immer noch Brooke van Deeks und Zachary Moore. Zwei Konkurrenten, die ihre Kräfte aneinander maßen. Das Schicksal unseres Familienbetriebs lag in meiner Hand. Das durfte ich niemals vergessen. Auch wenn die Versuchung in Gestalt dieses Mannes noch so verführerisch war.

»Warum hast du mich eingeladen, Zachary?«

»Zach bitte.« Seine tiefe Stimme glitt wie Seide über meine Haut und all die winzigen Härchen stellten sich auf.

Instinktiv trat ich einen Schritt zurück. »Warum also, Zach?«

»Du interessierst mich, Brooke.« Sein Lächeln war sexy. Und gefährlich. Ich verordnete mir selbst einen kleinen Tritt in den Hintern, damit ich das ja nicht verdrängte.

»Das ändert aber nichts daran, dass ich meine Kamera zurückhaben möchte.«

»Und ich möchte nicht, dass du diesen Film verwendest. Du siehst, wir verfolgen beide ein berechtigtes Ziel.« Er kam einen

Schritt auf mich zu. »Können wir die ganze Angelegenheit vielleicht für ein paar Stunden vergessen und das hier«, er machte eine ausschweifende Handbewegung, »einfach nur genießen?«

Keine Ahnung, weshalb, aber unvermittelt startete vor meinem inneren Auge dieser Film, in dem Dad und Tiffany sich küssten. Verflixt und zugenäht! Ich wollte verdammt noch mal nicht an diesen bescheuerten Kuss denken. Schon gar nicht jetzt.

»Hey, Brooke ... Erde an Brooke, alles okay?«

Seine plötzlich sanfte Stimme riss mich zurück in die Gegenwart. Ich blinzelte und räusperte mich. Rang mir ein Lächeln ab. Schließlich konnte Zach nichts dafür, dass Dad auf einen Vamp hereingefallen war. »Ja, doch, alles bestens.«

»So schlimm?« Zach kam näher.

»Woher ...«

Als Antwort lächelte er nur, legte die Hände um mein Gesicht und sah mich an. Eine Woge seines Dufts hüllte mich ein. Und alles, was ich denken konnte, war: himmlisch. Der Mann war eine himmlische Sünde. Eine, der ich allzu gern verfallen würde. »Versuche für ein paar Augenblicke zu vergessen, was dich bedrückt. Du bist jetzt hier, bei mir. Vergiss alles andere.« Sanft strich er mit den Daumen über meine Brauen, damit sie sich entspannten. Sein Blick heftete sich auf meine Lippen. Und dann ließ ich es zu, dass er mich küsste. So viel zu meinem Vorsatz, ihn nicht zu nah an mich heranzulassen. Unsere heißen, feuchten Münder verschmolzen gierig miteinander.

Gott, ich war so hungrig. Danach, den ganzen Scheiß mit Dad und Tiffany von mir zu schieben. Ich war hungrig nach Zärtlichkeit. Nach Zach.

Er legte beide Hände an meine Taille und zog mich an sich. Meine Nippel drückten gegen seinen harten, nackten Brustkorb, das Metall seines Nippelrings auf meiner Haut ließ mich vor Lust erschaudern. Gott, ahnte der Mann eigentlich, welches Chaos er in mir verursachte? Ich schlang meine Finger um seinen Nacken und erwiderte den Kuss mit einer verzweifelten Leidenschaft. Als ich in seinen Armen zu zittern begann, löste er sich von mir.

»Hey.« Forschend sah er mir ins Gesicht. »Alles wieder gut?«

Ich nickte, sprachlos von diesem Kuss.

»Ich bin für dich da, wenn du mich brauchst.«

»Das sagst du vermutlich zu jedem Mädchen, das du planst, flachzulegen.« Mein Versuch, ihn anzulächeln, misslang.

»Glaubst du das tatsächlich?« Das Gold seiner Augen verdunkelte sich.

»Ist es nicht so?«

»Ich will dich vögeln, das ist richtig. Schon seit der Sekunde, in der ich deinen entzückenden, kleinen Hintern in der Hotellobby erspäht habe.«

Wusste ich es doch. Ein Playboy war ein Playboy. Blieb ein Playboy.

Mit dem Daumen fuhr er die Kontur meiner Oberlippe entlang. »Und dennoch meinte ich meine Worte eben ernst.« Um seine Mundwinkel zuckte ein winziges Lächeln. »Ich kann gut zuhören.«

»Ich möchte nicht reden.« *Ich will dich küssen und deinen Körper an meinem spüren. Ich will Sex.*

Ja, ich sollte es nicht tun. Ich sollte nicht mit Long Islands reichstem Junggesellen schlafen. Nicht mit dem Objekt der Begierde von unzähligen Frauen. Und schon gar nicht mit dem Feind. Aber mein Körper verlangte danach. Nach diesem Gefühl, begehrt zu werden.

Einen Herzschlag lang sahen wir uns nur an. Er musste es in meinen Augen gelesen haben, denn er hauchte mir einen zärtlichen Kuss auf die Lippen, bevor er eine Hand an meine Hüfte legte und mich zu den Steinstufen dirigierte, die hinunter ins Wasser führten. »Lass uns hineingehen«, sagte er mit klangvoller Stimme. Einem Klang voller Versprechen.

Ich bebte innerlich vor Verlangen und Anspannung, als ich mich in das leuchtend aquamarinblaue Wasser gleiten ließ. Wie kühle Seide umschmeichelte es meine erhitzte Haut, erwartungsvoll drehte ich mich nach Zach um.

Heilige Scheiße!

Wo. Waren. Seine. Verdammten. Boxershorts?

Zach stand da – splitterfasernackt –, präsentierte mir seinen prachtvollen Schwanz und grinste auf mich hinab.

Oh verflucht, er war mehr als gut bestückt, seine Erektion war riesig und seine Größe trieb mir glühende Hitze ins Gesicht. Mein Unterleib zog sich voller Begehren zusammen. Stundenlang hätte ich Zach ansehen können.

Sein Nippelring blitzte im Sonnenlicht auf und ich bewunderte das Spiel seiner Muskeln, als er die Stufen ins Wasser hinunterstieg. Er kam auf mich zu und hob mich mit einem Lächeln hoch, damit ich meine Beine um seine Hüften und meine Arme um seinen Nacken schlingen konnte.

»Es scheint dir zu gefallen, mich so zu sehen.« Seine amüsierte Stimme klang rau und unfassbar sexy.

»Das tut es«, hauchte ich. Bewundernd strich ich mit den flachen Händen über seine tätowierte Brust, zeichnete die gewölbten Linien nach und schloss meine Lippen um seinen harten kleinen Nippel mit dem Ring, um daran zu saugen.

Zach stieß ein tiefes, gefährliches Knurren aus. »Zur Hölle, Brooke, überleg dir gut, was du da tust.« Er ließ mich eine Weile spielen, bevor er mich mit einem Ruck hart an sich zog.

Meine aufgerichteten Brustwarzen rieben durch den dünnen Bikinistoff an seiner nackten Haut, sein Schwanz an meinem Schritt, und ich wand mich, um ihn besser spüren zu können.

»Warum befreien wir dich nicht davon«, raunte er und schob die Träger meines Oberteils über meine Schultern, bevor er mit geschickten Fingern den Verschluss öffnete und das Stoffstück ins Wasser gleiten ließ.

Angespannt wartete ich auf eine Reaktion von ihm, als er seinen Blick auf meinen Vorbau heftete, denn ich besaß kleine Brüste und war mir sicher, dass Zachary schon einige hübsche Frauen mit voller Oberweite in seinem Bett gehabt hatte. »Zach ...« Ich versuchte, meine Arme vor der Brust zu verschränken, aber er packte meine Handgelenke und hielt sie fest, um mich zu betrachten.

»Shhh ...«, kommentierte er einen weiteren Versuch meinerseits, mich zu bedecken. »Wunderschön.« Er ließ meine Gelenke los, um meine Brust anzufassen. Bedächtig, als berührte er etwas sehr Kostbares, strich er über die zarten Kurven.

Vor Wonne entschlüpfte mir ein süßes Seufzen. Zachary wusste genau, wie er all meine Sinne zum Fliegen brachte.

Um seine Mundwinkel huschte ein kleines Lächeln. »Du bist unglaublich heiß, Brooke van Deeks. Ist dir eigentlich klar, dass du mit deinem süßen, sexy Körper einen Mann ganz schön auf die Probe stellen kannst?« Er löste eine Hand von meinem Busen und fuhr mit der Daumenkuppe über meine Unterlippe. »In deiner Nähe ist es mir kaum möglich, meine unzüchtigen Gedanken im Zaum zu halten.« Keuchend atmete er aus und drückte mich an den Rand des Beckens, hielt mich mit seinem Körper gefangen.

Unverwandt sah er mich an, während ich meine Hände in sein Haar schob, um mich an ihm festzuhalten, und dann spürte ich seine weichen Lippen auf meinen. Verzückt stöhnte ich auf, als seine Hand besitzergreifend über den Schwung meiner Hüfte glitt. Mit der anderen umfasste er eine Brust und sein Daumen streichelte über meinen hart aufgerichteten Nippel. Süße Blitze der Lust schossen zwischen meine Beine, weckten ein verlangendes Pulsieren zwischen meinen Schenkeln.

»Ich will dich«, flüsterte ich.

»Wie sehr?« Er rieb sich an mir, bevor er einen Finger in den Bund meines Bikinihöschens hakte. Und dann einen zweiten.

»Sehr«, wisperte ich und bewegte meine Beine im Wasser, um ihm zu helfen, meinen Slip abzustreifen.

Er hielt meinen Blick, ließ seine Hände über meine Pobacken gleiten und drückte mich an sich, sodass sanfte Wellen gegen meine Haut schwappten. »Gott, ich liebe deinen Arsch. Du hast einen der süßesten Exemplare, die ich je zwischen meinen Fingern gehalten habe.«

Ich stöhnte leise auf. Sämtliche meiner Nervenenden vibrierten vor Lust.

»Gefällt dir das, süße Brooke?«

Zach schlang einen Arm um meine Taille, um mich zu halten, und ich keuchte auf, als er mit den Fingern der anderen Hand zwischen meine Beine glitt und mit den Kuppen sacht über meine Schamlippen streichelte. Voller Sehnsucht bog ich mich ihm entgegen.

»Nicht so ungeduldig. Du bist eine gierige, kleine Frau.« Sein Lächeln war amüsiert. Und sehr, sehr verdorben.

Mein Herz raste. Unbändiges Verlangen überrollte mich wie eine Riesenwelle. So etwas hatte ich noch nie zuvor bei einem Mann verspürt. Ich wollte, dass er mich nahm. Sofort. Hier und jetzt. In einem entfernten Winkel meines Bewusstseins ahnte ich, dass ich ein gefährliches Spiel spielte. »Zachary.« Erneut stöhnte ich auf und mein Kopf fiel nach hinten. »Ich glaube, ich verliere den Verstand.«

»Zumindest erinnerst du dich noch an meinen Namen.« Mit einer Hand an meiner Pussy grinste er an meiner Kehle. Er knabberte und leckte an mir, als wäre ich eine süße Nachspeise, während sein Daumen meine geschwollene Perle fand und geschickt umkreiste.

Grundgütiger, ich schmolz dahin. Das warme Wasser umschmeichelte und liebkoste mich, Zach massierte und reizte mich, bis mein Atem keuchend kam und ich in seinem Arm zu zittern begann. Es fehlte nicht mehr viel und ich würde in tausend Teile zerbersten. »Ich komme gleich, Zach ...«

»Warte auf mich«, befahl er mit rauer Stimme. Er packte meine Hüften, presste seine Lippen auf meine, um meinen Mund zu erobern, und während für den Bruchteil einer Sekunde in mir ein blinkendes Warnlicht aufblitzte, drang er mit einem kräftigen Stoß in mich ein.

Eine Weile später lagen wir aneinandergeschmiegt auf einem Handtuch auf einer breiten Liege im Halbschatten.

»Wir haben kein Kondom verwendet«, bemerkte ich, den Blick in den blauen Himmel über mir gerichtet. Mich beschlich ein ungutes Gefühl. Ich konnte nicht glauben, dass ich darauf verzichtet hatte. Ich war immer vorsichtig. *Immer.* Und doch hatte ich diesmal im Taumel der Lust die kleine, warnende Stimme ignoriert.

»Nein, das haben wir nicht.« Zach schob mir eine feuchte Locke aus der Stirn. »Es tut mir leid. Normalerweise ... tue ich so was nicht. Es ist wirklich nicht meine Art. Aber mir sind irgendwie die Sicherungen durchgebrannt. Dein Anblick ... du hast mich völlig umgehauen, scheinbar hat sich kurzfristig mein Verstand verabschiedet.« Seine Brauen zogen sich zusammen. »Nimmst du die Pille?«

»Ja, aber das ist nicht der Punkt ...«

»Brooke, ich versichere dir, ich bin sauber. Zu hundert Prozent. Wenn du möchtest, erbringe ich dir den Nachweis «

»Okay«, flüsterte ich.

»Ich werde gleich morgen ...«

»Nein.« Ich forschte in seinen Augen, in denen das Sonnenlicht winzige grüne Sprenkel aufblitzen ließ. »Ich glaube dir, Zachary«. Und das Komische war, ich tat es wirklich. Keine Ahnung, warum ich ihm in dieser Hinsicht vertraute, aber mein Bauchgefühl verriet mir, dass er die Wahrheit sagte. »Du sollst wissen, dass ich ebenfalls gesund bin«, ergänzte ich rasch.

Er drückte mir einen schnellen Kuss auf die Stirn, als wollte er mir damit sagen, dass ihm diese Information ausreichte. »Ich werde den Test dennoch machen lassen. Ich will, dass du es schwarz auf weiß hast, Brooke. Du sollst dir keine Gedanken deswegen machen müssen. Nicht jetzt und auch später nicht.«

Dankbar streichelte ich über seinen Unterarm.

»Es war unglaublich mit dir.« Zärtlich glitt er mit seinen Lippen über meinen Scheitel.

»Finde ich auch«, erwiderte ich leise und schob ein Bein über seine Hüfte. Dabei überfiel mich der alberne Wunsch, ewig so mit Zach liegen bleiben zu können. Ich fühlte mich sicher und geborgen in seinen starken Armen. An seiner muskulösen Brust. So, als wäre ich genau für diesen Platz gemacht worden. Im Gegensatz zu Zach, der noch immer völlig nackt war, trug ich mein Bikinihöschen.

Gedankenabwesend spielte er mit einer Locke meines feuchten Haars. »Ich habe gewusst, dass es perfekt mit dir sein würde.«

Mein Puls kletterte mehrere Etagen in die Höhe. *Perfekt* hatte er gesagt. *Perfekt.* Das eine Wort hallte in meinem Kopf nach. Erstaunt sah ich zu ihm auf. »War es das?«

Er schaute lächelnd auf mich herab. »Hatte ich dir nicht prophezeit, dass ich mit dir schlafen würde?«

»Du tust ja gerade so, als hätte ich keine Wahl gehabt.«

»Hattest du denn eine?«

Mit dem Zeigefinger umrundete ich seine dunkle Brustwarze und zog spielerisch an dem Piercing. »Überschätzen Sie sich nicht, Mr Moore.«

»Tue ich das?«

Ich hob meinen Kopf, legte meine Handflächen auf seine Brust, um ihn anzusehen.

Seine Mundwinkel zuckten amüsiert. »Was denkst du?«

»Warum beantwortest du jede meiner Fragen mit einer Gegenfrage?«

»Ich will lediglich herausfinden, was in deinem hübschen Kopf vor sich geht.«

Ich erwiderte sein freches Grinsen. »Na gut. Du bist nicht übel.«

»Wir sollten diese Theorie unbedingt noch mal überprüfen«, raunte er dicht an meinem Ohr. »Möglicherweise ist dein Urteil steigerungsfähig?«

Ich lachte laut auf. »Okay, es war fantastisch – *du* warst fantastisch«, räumte ich grinsend ein, aber das war eine verdammte Lüge. Ich hatte noch nie zuvor so atemberaubenden, erregenden Sex mit einem Mann gehabt – weder mit Dylan noch mit einer meiner wenigen belanglosen Affären – und die Intensität der Gefühle, die ich dabei empfunden hatte, überraschte mich. Wie verflixt noch mal sollte ich vergessen, dass es so etwas Wunderbares wie das hier gab? Wie sollte ich aufhören, mir zu wünschen, ich könnte das hier immer haben? Aber das konnte ich nicht. Dad brauchte mich, er verließ sich auf mich. Ich konnte unmöglich dauerhaft mit dem Feind anbandeln. Allein die Tatsache, dass ich mich auf Zachary Moore eingelassen hatte, verursachte mir ein schlechtes Gewissen. Eine Wiederholung war undenkbar. Leider. Aber ich musste zu Dad stehen, meine Loyalität gehörte ihm, auch wenn ich gerade verdammt wütend auf ihn war. Was für ein beschissenes Kuddelmuddel. Dieser verfluchte Kuss!

»Hey.« Zach legte einen Finger an mein Gesicht, damit er mich ansehen konnte. »Was ist los? Wohin ist das bezaubernde Funkeln verschwunden, das ich vor wenigen Sekunden noch in deinen Augen gesehen habe?«

»Ach, es ist nichts.«

»Danach sieht mir das aber nicht aus.« Er drehte seinen Körper so, dass er mir gegenüber lag und stützte seinen Kopf in die Hand. »Komm, sprich mit mir. Ich bin ein ziemlich guter Zuhörer, sagt man.«

Ich knabberte an meiner Unterlippe. Eigentlich sollte ich ihm, gerade ihm von allen Menschen, nichts erzählen, was irgendwie mit meiner Familie zu tun hatte. Zudem fühlte ich mich im Moment sehr verletzlich. Keine Ahnung, weshalb ich unvorsichtig wurde und meine Schutzmauern herunterfahren ließ. Aber da war so ein weicher Ausdruck in seinen Augen, eine Wärme lag darin, die sich einen direkten Weg in mein Herz bahnte und mir sagte, dass sein Interesse echt war. »Mein Dad ...«, begann ich leise. »Ich habe ihn und seine Sekretärin dabei ertappt, wie sie sich geküsst haben.«

»Autsch.«

»Es war nicht nur ein Kuss oder ein harmloser Ausrutscher. Da steckt mehr dahinter.« Ich seufzte tief und rang mit mir, ob ich ihm die ganze Wahrheit erzählen sollte.

Zach wartete geduldig, während seine Finger den Schwung meiner Hüfte liebkosten. Schließlich küsste er mich auf die Lippen, ganz zart und sanft, als ob er mir mitteilen wollte, dass es okay wäre, wenn ich nicht darüber sprechen mochte.

»Es dürfte kein Geheimnis sein, wenn ich dir erzähle, dass meine Mutter alkoholkrank ist«, sagte ich schließlich. »Du wirst es sicher schon aus der Presse erfahren haben. Die Ehe meiner

Eltern leidet darunter. Dad ... nun ja, Tiffany hat ihm den Kopf verdreht. Dennoch finde ich es nicht richtig, dass er Mom hintergeht. Schon gar nicht in der derzeitigen Situation.«

Zach ließ sich Zeit mit der Antwort. Seine Finger beschrieben kleine, zärtliche Kreise auf meiner sonnenwarmen Haut. »Sicher war es nicht richtig von deinem Dad«, meinte er dann, während er mein Gesicht studierte. »Aber ich kann ihn verstehen. Er hat es offensichtlich gerade nicht leicht und da war eben eine hübsche Frau, die im richtigen Moment für ihn da war.«

»So einfach sind Männer gestrickt?« Ich runzelte unwillig die Stirn, denn seine simple Erklärung machte das Ganze nicht gerade einfacher für mich.

»Manchmal.« Er lächelte. »Verzeih deinem Vater diesen einen Ausrutscher, Brooke. Das wäre mein Rat.« Wieder küsste er mich auf den Mund, diesmal forsch und verlangend.

»Es war trotzdem falsch«, knurrte ich, als er mir wieder Gelegenheit zum Luftholen gab.

»Das bestreitet auch niemand. Aber ...« Er hielt inne und es schien so, als würde er sich seine nächsten Worte ganz genau überlegen. Dann löste er sich von mir, setzte sich auf und legte seine Ellenbogen über die Knie, um irgendwo in der Ferne einen Punkt anzustarren. »Mein Vater ...«, er stieß ein bitteres, raues Lachen aus. »Mein Vater ist ein Arschloch. Ein richtiges Arschloch wie es im Buche steht. Nicht nur, weil er gesoffen und sich nicht um uns Jungs gekümmert hat, aber dennoch absoluten Gehorsam forderte und uns regelmäßig verprügelte. Nein, auch, weil er seinen verfickten Schwanz in fremde Frauen stecken musste. Immer und immer wieder, und er hat meiner Mutter, die ihn mehr als alles auf der Welt geliebt hat, damit das verdammte Herz gebrochen. Irgendwann ist sie daran gestorben.« Ich musterte die harten Konturen seines Kiefers und registrierte, wie angespannt er wirkte. »*Das,* Brooke, werde ich *meinem* Vater niemals verzeihen.«

Sein Vater hatte auch ein Alkoholproblem? Zach wusste also, wie sich das anfühlte. Ich setzte mich ebenfalls auf, schlang einen Arm um seine Taille. Meine nackten Brüste pressten sich gegen die harten Muskeln seines breiten Rückens. »Das tut mir so leid.«

Zach nickte. »Es ist der letzte Wunsch meiner Mutter gewesen, dass wir Brüder das *Seventh Heaven* eröffnen, hier zusammen leben und arbeiten. Dad hatte mit seinem unmöglichen Verhalten, mit seinen Eskapaden und seiner Gedankenlosigkeit unsere Familie zerstört. Mom war es wichtig, zu wissen, dass wir Brüder füreinander da sind. Dass wir zusammenhalten und uns gegenseitig unterstützen. So, wie sie es sich immer gewünscht, es aber dank Dad zu ihren Lebzeiten nie funktioniert hat. Sie wollte in dem Glauben sterben, dass wir stärker waren als unsere Vergangenheit. Stärker als Dad. Dass das Band zwischen uns nicht endgültig zerrissen war. Dass wir noch immer eine Familie sind. Und ich habe alles darangesetzt, um ihr diesen einen letzten Wunsch zu erfüllen. Kyle und Nash haben ihre jeweiligen Berufe, ihre Passionen aufgegeben, um hier mit mir das Resort zu führen. Zumindest für einige Zeit. Wir wollten, dass Mom in Frieden sterben konnte.«

Wow. Einen Augenblick war ich so geschockt von dem, was er mir da gestanden hatte, dass ich nicht wusste, was ich erwidern sollte. Ich hatte ja keine Ahnung gehabt. Irgendwie war ich davon ausgegangen, dass Zachary, ähnlich wie ich, eine behütete Kindheit sowie unbeschwerte Jugend in einem intakten Elternhaus verbracht hatte, inklusive Privatschule, Eliteuniversität ... das ganze Programm eben. Ich hatte automatisch angenommen, dass er all dies und noch viel mehr gehabt hatte. Wie falsch ich anscheinend gelegen hatte. »Durfte deine Mom in Frieden sterben?«, wagte ich es schließlich, flüsternd nachzuhaken.

Er nickte und ich sah, wie sein Adamsapfel hüpfte, als er schluckte. »Ein alter Freund«, er hielt kurz inne, als ob er sich sammeln müsste, »eine alte Liebe, ein Mann, der anscheinend nie über Mom hinweggekommen war, hat ihr dieses Anwesen überraschend vier Monate vor ihrem eigenen Tod vermacht. Sie hat sich auf Anhieb darin verliebt und fing plötzlich wieder an, Pläne zu machen, obwohl sie zu diesem Zeitpunkt schon sehr krank gewesen ist. Doch dieses unverhoffte Geschenk schien ihr noch mal Lebensmut gegeben zu haben. Sie hat davon geträumt, hier ein Hotel zu eröffnen, und sich gewünscht, ihre Söhne in das Geschäft miteinzubeziehen. Dazu ist es leider nicht mehr gekommen, aber jetzt leben *wir* ihren Traum. Das *Seventh Heaven* ist das Erbe meiner Mom.«

»Wie romantisch«, sagte ich leise. Und wie unglaublich traurig zugleich. Niemals im Leben hätte ich geahnt, dass hinter Zacharys Geschichte so viel Traurigkeit stecken könnte. Andererseits wusste ich auch nicht viel über ihn, genau genommen kaum etwas. Er war kein Mann, der freimütig über sich sprach, und ich war erstaunt, dass er diesen winzigen Einblick in seine Vergangenheit mit mir geteilt hatte. Erstaunt und sehr berührt. Und irgendwie machte ihn dieses Geständnis für mich nur noch liebenswürdiger. Mir entschlüpfte ein unfreiwilliges Seufzen.

Zachary drehte sich etwas und sein Blick wanderte über meine Züge. Dann legte er sein Kinn gegen meine Stirn. »Dein Dad hat seine Sekretärin geküsst, Brooke. Ein einziges Mal. Verzeih ihm, wenn er ansonsten für dich ein guter Vater ist. Menschen machen Fehler.«

Ich nickte. Das sollte ich wirklich tun, aber es war gar nicht so einfach, gegen diesen dunklen Groll in mir anzukämpfen. »Ich schätze, du hast recht«, pflichtete ich ihm schließlich bei.

Er stupste mich mit seiner Nase an und seine Mundwinkel hoben sich zu einem kleinen Lächeln. »Na, siehst du. Und jetzt lass uns all das vergessen und an was Erfreulicheres denken.«

»Was genau schwebt dir da so im Sinn?«, neckte ich ihn, erleichtert, dass wir das Thema gewechselt hatten.

Er wandte sich ganz um, sodass er mich besser ansehen konnte. Noch immer lächelnd musterte er mich, nahm jeden Zentimeter von mir in Augenschein und mir wurde wieder bewusst, dass ich nichts als mein Bikinihöschen trug. Sein Blick heftete sich auf die Rundungen meines Busens. »Wie wäre es damit?« Mit einem Finger malte er die Kontur meiner rechten Brust nach, wobei er mit dem Daumen über die aufgerichtete Spitze strich.

Oh, dieser Mistkerl wusste genau, wie er mich auf andere

Gedanken bringen konnte. »So was hatten Sie also im Sinn, Mr Moore«, neckte ich ihn tadelnd.

»Du bist wunderschön, Brooke. Und unglaublich süß, wenn du errötest.«

Die Liege ächzte leise, als ich mich unter seiner Berührung wand. Kleine, elektrische Impulse schossen von meiner Brust direkt in mein Lustzentrum. »Du bist ein ganz schöner Verführer, Zachary Moore.« Erschaudernd biss ich mir in die Unterlippe.

»Und du liebst es.« Sein Daumen reizte mich weiter und ich warf den Kopf in den Nacken, weil es sich unglaublich anfühlte. Ich bemerkte, dass ich wieder feucht wurde. Bereit für ihn. Er rückte näher, als würde er spüren, wie erregt ich war.

Ich liebte es tatsächlich, wie er mit einer einzigen Berührung das Feuer in mir zu entfachen vermochte. Aufstöhnend legte ich meine beiden Handflächen auf die verführerische Wölbung seiner Brust und streichelte ihn ebenfalls, bevor meine Aufmerksamkeit von seinem Nippelring gefesselt wurde.

»Genauso wie dieses Schmuckstück«, fügte er grinsend hinzu.

»Ich finde es verdammt erotisch«, gab ich freimütig zu.

Er keuchte, als ich mich vorbeugte, um den Ring mit meinen Lippen zu umschließen und sanft daran zu ziehen.

Ich genoss seine Reaktion. Genoss es, wie dieser wunderschöne Mann auf meine Liebkosungen reagierte. In diesem Moment fühlte ich mich stark und mächtig, und sehr weiblich.

Unvermittelt packte er meine Hand und legte sie auf seine harte, pulsierende Erektion. »Wir passen gut zusammen«, murmelte er, während er sich mir zuneigte, um seine Zunge eine glühende Spur an meiner Kehle malen zu lassen. »In sexueller Hinsicht, hm?«

»War das eine Frage oder eine Feststellung?«, hakte ich nach und strich über die heiße, seidenweiche Haut oberhalb seiner stählernen Härte.

»Was denkst du?«

»Du tust es schon wieder«, murmelte ich, seinen herrlichen Schwanz neckend.

»Was?«

»Meine Frage mit einer Gegenfrage beantworten. Ist das so ein Ding von dir?« Ich wollte so gern mehr erfahren über diesen tiefgründigen, geheimnisvollen Mann.

Als Antwort streifte er mit seinen Lippen über meine Mundwinkel. Eine seiner Hände wanderte zurück zu meiner Brust, um in sanften Kreisen über die empfindliche Knospe zu streichen. Das Gefühl seiner Finger auf meinem Busen, während ich ihn verwöhnte und unter meiner Berührung erbeben fühlte, war hocherotisch, verführerisch und überwältigend. Er war gefährlich. Gefährlich für mich. Ich wusste, dass er in der Lage war, das Feuer in mir mit einer einzigen Berührung, einem einzigen Blick, zu entfachen. Er besaß diese Wirkung auf mich. Noch nie hatte mich ein Mann zuvor so umgehauen wie er. Noch nie hatte ich ein derart starkes sexuelles Verlangen zuvor gespürt.

»Hm.« Er knurrte genüsslich an meinem Mund, als ich meine Bewegung intensivierte, und zog mich an sich. Meine aufgerichteten Brustspitzen rieben über seine festen Muskeln und ich schmolz dahin.

»Soll ich dieses *Hm* von dir als Bestätigung interpretieren?«, neckte ich ihn, als sein Schwanz in meiner Hand steinhart wurde und er seine Hüften bewegte, um mir entgegenzukommen.

»Du quatschst zu viel, süße Brooke.« Er knurrte abermals und öffnete seine Augen. Dunkles Begehren loderte darin und die Intensität seines Blicks ließ mich lustvoll erschaudern. »Höschen aus«, befahl er und obwohl ich mir vorgenommen hatte, es bei dem einen Mal zu belassen, tat ich, was er von mir verlangt hatte. Denn die Wahrheit war, dass ich ihm nicht widerstehen konnte. In diesem Moment wollte ich nichts mehr, als ihn in mir zu spüren.

Er schob sich über mich, fing sein Gewicht links und rechts von mir mit seinen Unterarmen ab und ich genoss es, seine harten, unnachgiebigen Konturen auf meinem Körper zu spüren. Seine Erektion presste sich an meinen Venushügel und verlangend hob ich die Hüften.

»Nimm mich, Zach«, bettelte ich. »Nimm mich sofort.«

Zachary Moore war kein Mann, der lang fackelte. Mit einem einzigen kräftigen, köstlichen Stoß, der mir fast die Sinne raubte, drang er in meine feuchte Hitze ein.

Ich stöhnte lustvoll auf.

Ich sollte aufstehen und mir etwas überziehen, überlegte ich eine Weile später, als ich neben Zach lag, um Atem rang und dabei in den wolkenlosen tiefblauen Himmel starrte. Und eigentlich sollte ich so langsam verschwinden. Ich war schon viel zu lang hier. Stattdessen rührte ich mich nicht von der Stelle und sog jede einzelne Empfindung in mich auf. Jedes Prickeln, jeden Windhauch, der über meine glühende, verschwitzte Haut strich. Ich war mir der feuchten Hitze zwischen meinen Beinen bewusst und liebte es, wie schwer und gleichzeitig losgelöst sich mein Körper anfühlte.

»Musst du denn nicht arbeiten?«, wollte ich von Zach wissen und unterdrückte ein zufriedenes Gähnen. »Sicher vermissen sie dich im Hotel bereits.«

»Wir sollten diese Art Date gelegentlich wiederholen«, erklärte er ausweichend und streifte dabei mit seinen Lippen genüsslich über meine Mundwinkel.

Am besten jetzt gleich. Ich schloss die Augen, um seine Berührungen auf mich wirken zu lassen.

Vergiss es, van Deeks. Falls du es im Eifer des Gefechts vergessen haben solltest: Das hier war eine einmalige Sache.

Es war eine Erfahrung gewesen, die ich für nichts auf der Welt missen wollte. Es mochte falsch gewesen sein, doch ich bereute nichts. Ich war eine erwachsene Frau, die ihre sexuellen Bedürfnisse gestillt hatte.

Mit dem falschen Mann.

Mit einem hinreißenden, wahnsinnig erotischen Mann. Der mich völlig in seinen Bann geschlagen hatte. Wie sollte ich ihn nach dem, was heute hier passiert war, einfach vergessen?

Er fing meinen Blick auf. »Einen Penny für deine Gedanken, Miss van Deeks.«

Es fiel mir nicht leicht, aber ich löste mich von Zach und richtete mich auf. »Ich sollte gehen.«

Ohne auf meine Worte zu reagieren, und mit einem selbstsicheren Lächeln, das mir sagte, dass er genau wusste, welche Wirkung er auf mich hatte, zeichnete er die Kontur meiner linken Brust nach. Seine Zärtlichkeit ließ mich sehnsuchtsvoll erschaudern. Mistkerl. Charmanter, liebenswerter Mistkerl.

»Zachary.«

Ungerührt ließ er seine Hand tiefer gleiten und sie schließlich auf dem samtigen Dreieck zwischen meinen Schenkel liegen.

Überrascht schnappte ich nach Luft. »Du willst doch nicht etwa schon wieder?«

Lächelnd streichelte er mich. »Ich könnte dich stundenlang vögeln, Brooke. In deiner Nähe werde ich unersättlich, und das ist allein deine Schuld.«

Ich grinste. »Es gibt schlimmere Komplimente. Und dennoch, ich meine es ernst. Ich muss los.«

»Und ich möchte an diesen vollen, sündigen Lippen knabbern«, raunte er und beugte sich vor, um spielerisch mit den Zähnen an meinen Lippen zu zupfen.

»Zachary Moore, du bist schrecklich.«

»Schrecklich unwiderstehlich. Das hatten wir doch bereits geklärt.« Verführerisch drang seine Zunge in meinen Mund und lockte meine. Eine neue Welle des Verlangens jagte durch mich hindurch und es wäre ein Leichtes, mich ihm hinzugeben.

Ich riss mich von ihm los. »Zach, hör auf damit«, tadelte ich ihn keuchend und erhob mich, um meine Bikiniteile zusammenzusuchen.

»Brooke.« Zach stand ebenfalls auf.

»Hm?« Das Oberteil in meinen Fingern haltend, verharrte ich.

Er legte mir beide Hände auf die Schultern und sah mir ins Gesicht. In seine Augen trat ein Ausdruck, wie ich ihn noch nie zuvor bei ihm gesehen hatte. Tiefes Verlangen sah ich darin, pure, unverfälschte Lust. Aber noch etwas anderes. Etwas, das ich nicht näher definieren konnte. Plötzlich konnte ich nicht mehr atmen. »Ich möchte dich wiedersehen«, sagte er sanft. »Das mit uns ist einfach zu gut, um es aufzugeben.«

Verdammt ja. Das war es. Viel zu gut. Mein Herz wummerte gegen meine Rippen. »Shit, Zach, ich glaube nicht, dass das eine gute Idee wäre.«

»Weil ich der Feind bin?« Seine Mundwinkel verzogen sich zu einem sexy, trägen Lächeln.

Genau deswegen. Und weil du kein Mann bist, in den man sich verlieben sollte. Auch wenn ich auf dem besten Weg dahin war. »Du musst zugeben, dass ziemlich viel dagegenspricht, dass wir das hier ...«

»... weiterführen.«

Ich nickte.

Er fing meinen Blick ein.

»Machst du dich über mich lustig?«

»Niemals.«

Wider Willen musste ich erneut lachen. »Du bist echt unmöglich.«

»Man behauptet, dass dies einen Teil meines Charmes ausmache.«

»Sicher.« Oh Gott. Er war so verflucht attraktiv. So höllisch sexy. Mein Körper sehnte sich nach ihm. Jede einzelne Zelle war süchtig nach seiner Berührung. Und wenn ich ehrlich war, mochte ich den Mann. Mehr als gut für mich war. Das war der kniffligе Part. Aber wie in aller Welt konnte ich es mit meinem Gewissen vereinbaren, ernsthaft darüber nachzudenken, etwas mit ihm anzufangen? Wie in aller Welt sollte ich Dad erklären, dass ich mich mit dem Feind traf, dass ich mich von ihm flachlegen ließ? Unmöglich. Und doch ... Ich spürte, wie ich von ihm angezogen wurde. »Ich muss darüber nachdenken. Okay?«

Er legte eine Hand an mein Gesicht. »Nimm dir so viel Zeit, wie du brauchst.« Da war es wieder, dieses laszive Lächeln, das mir direkt zwischen meine Schenkel fuhr.

Ich erwartete, dass er mich erneut an sich ziehen würde, doch unvermittelt gab er mich frei. »Wenn du möchtest, kannst du dich unter einer der Duschen da hinten frisch machen.« Er machte eine Kinnbewegung. »Aber sieh zu, dass du dir schnell deine Kleidung überwirfst, Lady. Denn wenn du mich weiterhin so verführerisch mit deinen Reizen provozierst, kann ich für nichts garantieren.«

Mit einem kleinen Lächeln schlüpfte ich in mein Höschen und hob mein Oberteil vor meine Brust, aber dann wurde ich ernst. Denn da gab es etwas, das mir noch auf dem Herzen lag. Etwas Wichtiges. »Zach, bekomme ich eigentlich meine Kamera zurück?« Mein Herz klopfte zum Zerspringen, als ich auf seine Antwort wartete.

Er musterte mich nachdenklich und mit einem Mal schien sich die Stimmung zwischen uns merklich zu verändern.

»Wir treffen uns in ein paar Minuten in der Hotellobby«, antwortete er und in meiner Mitte formte sich ein Knoten, denn das neckende Funkeln in seinen Augen war verschwunden.

Zachary

Nach einer kurzen, erfrischenden Dusche in meiner Suite kleidete ich mich in ein eisblaues kurzärmeliges Hemd sowie eine schwarze Businesshose und legte neues Aftershave auf. Ich fühlte mich erholt und äußerst befriedigt, als ich in die Hotellobby zurückkehrte. Brooke wartete dort bereits in einem der Sessel im Eingangsbereich auf mich.

Zur Hölle, sie sah verteufelt süß aus mit ihrem noch feuchten Haar, das sich verführerisch lockte, und dem bunten Sommerkleid. Süß, sehr weiblich ... und granatenscharf. Ihr Anblick löste den dringenden Wunsch in mir aus, sie flachzulegen. Schon wieder.

Ich gab mir alle Mühe, nicht daran zu denken, welche hinreißenden Rundungen sich unter diesem bedruckten Stoff verbargen. Verfluchte Scheiße, ich bekam einen Harten. Es genügte, sie anzusehen, um meine Gedanken in eine verdorbene Richtung zu lenken. Ich war am Arsch. Gut, dass dieses Mädchen nicht wusste, welche Macht sie über mich besaß. Dass ich derart heftig auf eine Frau reagierte, war Neuland für mich, denn ich hatte eine Reihe hübscher Damen in meinem Bett gehabt und so manches sexuelle Abenteuer genossen. Die Intensität der Lust, die ich allerdings empfand, wenn ich mit Brooke zusammen war, riss mir den sprichwörtlichen Boden unter den Füßen weg. »Hey.« Ich räusperte mich, um mich bemerkbar zu machen.

»Hey.« Sie erhob sich und errötete, was ich entzückend fand. Ihr Blick forschte in meinem Gesicht. »Und? Werde ich meine Kamera nun zurückbekommen?«

»Was denkst du?«

Ihre Augenfarbe, diese ungewöhnliche Mischung aus hellem Braun und strahlendem Grün, verdunkelte sich. »Ist das deine Antwort?«

»Natürlich gebe ich dir dein Eigentum zurück, Brooke.« Ich griff in meine Hosentasche, um das Aufnahmegerät hervorzuholen, und übergab es ihr.

Ihre Augen wurden groß. »Und den Film? Hast du ihn gelöscht?«

»Nein.« Ich schüttelte den Kopf.

»Du nimmst also in Kauf, dass ich das Video verwende?«

»Ich vertraue dir. Du wirst wissen, was das Richtige ist.« Sanft strich ich mit einem Finger an der Seite ihrer Kehle entlang.

»Nein«, flüsterte sie und schmiegte einen Herzschlag lang ihre Wange in meine Hand. »Im Moment weiß ich leider gar nicht, was das Richtige ist.«

»Doch, das weißt du«, antwortete ich und war einen Moment lang von ihren langen dunklen Wimpern abgelenkt. Ich richtete meinen Blick auf ihre sinnlich geschwungenen Lippen, aber das machte es auch nicht besser. Wie immer in ihrer Nähe reagierte mein Schwanz mit unersättlicher Lust. Ich löste mich von ihr. »Ich werde Trevor bitten, dich nach Hause zu bringen.«

»Okay.« Sie musterte mich nachdenklich und ich konnte die kleinen Rädchen in ihrem Hirn förmlich rattern hören. Sie versuchte, meine Gefühle von meinem Gesicht abzulesen, aber ich war gut darin, diese zu verbergen. Noch nie hatte ich einer Frau erlaubt, zu meinem tiefsten Inneren durchzudringen. Und dabei würde ich es auch belassen. Egal, wie sehr mich ihre Gegenwart aus dem Konzept brachte. Oder wie heftig sich mein Schwanz wünschte, sie zu vögeln. »Ich warte draußen vor dem Eingang«, erklärte sie schließlich und dann stürmte sie davon, als könnte sie meine Nähe nicht eine Sekunde länger ertragen

Ich sah ihrem kleinen Arsch hinterher, als sie die Lobby durchquerte. Bei Gott, ich wünschte, es wären andere Umstände gewesen, die uns zusammengeführt hätten.

Nachdem Brooke gegangen war, textete ich meinem jüngsten Bruder Nash und zog mich in die Lounge zurück, um ihn dort zu treffen. Es war höchste Zeit, dass ich ihn in diese Sache mit dem Video einweihte, denn Nash kümmerte sich um sämtliche Marketing- sowie Pressebelange unseres Betriebs. Falls entgegen meiner Erwartung irgendwas von Brookes Video in die Öffentlichkeit durchsickern sollte, mussten wir Lösungen, beziehungsweise Gegenmaßnahmen in petto haben, möglicherweise in Form von vorbereiteten Dementi oder Presseerklärungen.

Karen, in einem hautengen schwarzen T-Shirt, das mit dem Firmenlogo in Gold über der üppigen Brust bedruckt war, und einem schwarzen Lederrock, war mit ihrer wilden Mähne wieder ein echter Hingucker hinter der Theke. Normalerweise hätte mein Schwanz – wie so oft bei ihrem Anblick – lüstern gezuckt, doch diesmal war mein Kopf, mein ganzes System erfüllt von den Erinnerungen an den Sex mit Brooke. An ihren kleinen, biegsamen Körper, ihren fantastischen Arsch und wie sehr ich es liebte, sie zu vögeln. Zur Hölle. Ich musste diese Frau haben. Auch wenn mir bewusst war, dass ich lieber die Finger von ihr lassen sollte.

Ich schenkte Karen ein extra charmantes Lächeln, das sie warm erwiderte, und bestellte einen doppelten Whiskey on the rocks.

»Nervennahrung, Zachary?«, fragte sie mich mit dem untrüglichen Instinkt einer routinierten Bardame und zwinkerte mir verschwörerisch zu.

»Auf den Punkt getroffen, Karen. Sei so lieb und bring mir den Drink nach hinten, ja?« Ich klopfte mit den Knöcheln auf den Tresen. Zwar besaß die Lounge kein ausgemachtes Separee, aber dennoch eine diskrete Nische in einem abgetrennten, sichtgeschützten Bereich. Es dauerte nicht lang, bis mein Bruder auftauchte und mit einem breiten Grinsen auf mich zukam.

»Hey, Bruderherz, alles klar?« Er klopfte mir gutmütig auf den Rücken.

»Setz dich.« Mit einer Handbewegung lud ich ihn ein, seinen Hintern mir gegenüber auf das dunkelrote Leder der Sitzbank zu schieben. »Ich muss etwas mit dir besprechen.«

Nash war derjenige von meinen Brüdern, mit dem ich mich trotz des Altersunterschieds blendend verstand. Zwar besaß er, genau wie Kyle und ich, nachtschwarze Haare, doch die Iriden seiner Augen schimmerten in einem strahlenden Türkisgrün und konnten sich je nach Laune von einem kalten Eisgrün bis hin zu einem dunklen Waldgrün wandeln, definitiv ein Erbe meiner Mom. Diese Augenfarbe, zusammen mit seiner schlanken, durchtrainierten Figur und den breiten Schultern, hatte schon so manche Lady einen verzückten Blick auf ihn werfen lassen.

Karen brachte mir meinen Drink, nahm die Bestellung von Nash auf und wir drei betrieben ein wenig Small Talk, bevor Karen an die Theke zurückkehrte, um das *Miller Light* für meinen Bruder zu organisieren. Rasch setzte ich Nash über Brooke van Deeks' mögliches Vorhaben ins Bild, unsere speziellen Dienste, die wir im *Seventh Heaven* anboten, zu enttarnen.

»Ich gehe nicht davon aus, dass Brooke den Film gegen uns verwenden wird«, erklärte ich abschließend. »Dennoch sollten wir gewappnet sein, entsprechend zu reagieren, falls sie es doch tun sollte.« Ich hatte hoch gepokert. Wenn ich sie richtig einschätzte, würde sie es nicht fertigbringen, unseren Namen zu diskreditieren, denn ich hatte dafür gesorgt, dass wir uns näherkamen, nicht nur in körperlicher Hinsicht. Ich hatte darauf hingearbeitet, dass sie Vertrauen zu mir fasste. Was ich allerdings nicht einkalkuliert hatte, waren die Gefühle, die ich dabei für sie entwickelt hatte. Zur Hölle damit. Emotionen konnte ich mir in dieser Sache wirklich nicht leisten.

»Sie kann uns nicht wirklich schaden, oder?« Nash legte seine Stirn in Falten und nickte Karen mit einem charmanten, jungenhaften Lächeln zu, als diese mit seinem Drink auftauchte.

Ich verneinte. »Dank Warren und seinem fähigen Team von *Cooper Associates* sind wir perfekt abgesichert. Aber eine Veröffentlichung des Filmmaterials würde uns unter Umständen negative Publicity einbringen, und das möchte ich ungern riskieren.« Das Eis in meinem Whiskey klirrte, als ich den Tumbler an meine Lippen hob.

Nash straffte die Schultern in seinem schiefergrauen *Bugatti*-Anzug, rückte seine Krawatte zurecht und ich fühlte unfassbaren Stolz aufbranden. Ich war zwar sein Bruder, hatte ihn aber teilweise mit großgezogen, als Dad uns im Stich gelassen hatte und Mom vor lauter Kummer nicht fähig gewesen war, sich um uns Jungs zu kümmern, und war mit Sicherheit voreingenommen. Aber verfluchte Scheiße, Nash sah einfach unfassbar gut aus. Nicht, dass ihm seine Rennanzüge früher nicht ebenfalls umwerfend zu Gesicht gestanden hätten, aber in eleganter Businesskleidung wirkte er wie das männliche Supermodel schlechthin. Seltsam, dass die Leute immer behaupteten, dass man uns beide bei flüchtiger Betrachtung leicht verwechseln könnte. Ich war der Meinung, dass Kyle und ich uns viel mehr ähnelten, aber womöglich war ich in dieser Hinsicht einfach nicht objektiv genug. »Ich werde mir etwas überlegen. Für alle Fälle.« Nash hob seine Bierflasche, um mir zuzuprosten.

Nachdenklich drehte ich das Whiskeyglas zwischen meinen Fingern. »Danke, Mann. Wie gesagt, ich denke nicht, dass Brooke ...«

»Ihr zwei habt was am Laufen, oder?«, hakte mein Bruder mit einem breiten Grinsen nach. »Die Kleine hat es dir angetan, hm?«

Nash war ein verdammt cleverer Fuchs. Er kannte mich einfach viel zu gut. Andererseits standen wir drei Brüder uns trotz aller Unterschiede und Meinungsverschiedenheiten grundsätzlich sehr nah.

Ich zuckte mit den Schultern. »Sie ist in Ordnung.«

»Scheiße, Mann, sie hat dir den Kopf verdreht.« Sein Grinsen wurde breiter, als er sich über den Tisch in meine Richtung neigte. »Ist sie gut im Bett? Ich hab ihr Foto bisher nur ein paarmal in der Presse gesichtet und sie sieht tatsächlich ziemlich heiß aus.«

Meine Mundwinkel zogen sich nach oben. »Sie *ist* heiß. Und sie ist die Tochter unseres größten Konkurrenten hier im Ort. Aber so sehr ich dich auch enttäuschen muss, mehr Informationen wirst du mir nicht entlocken, Nash, sorry.« Es machte keinen Sinn, meinem Bruder auf die Nase zu binden, dass mich Brooke van Deeks reizte wie noch keine zuvor. Das war mein Problem. Eins, das ich nicht unterschätzen durfte. Es war wichtig, dass ich zu jeder Zeit die Kontrolle über die Situation behielt und mich nicht von einem – zugegebenermaßen – wunderschönen Paar grünbrauner Augen sowie einem entzückenden Arsch die Sinne vernebeln ließ. Ich leerte mein Glas und erhob mich. »Danke für deine Zeit, Bruderherz.« Ich wandte mich zum Gehen, blieb aber stehen, als mir noch eine Sache einfiel. »Sag mal, wie läuft es übrigens mit der Werbejingle-Kampagne für *Radio Z100*?« Der kommerzielle Radiosender mit Sitz in New York City gehörte zu einer der einflussreichsten Top-40-Stationen im Land und wir hatten eine Firma beauftragt, einen Jingle für das *Seventh Heaven* zu produzieren, der jeweils zur halben Stunde vor den Nachrichten abgespielt werden sollte. Eine kostspielige Investition, von der ich mir einiges erhoffte. Nicht, dass sich das Resort über einbrechende Besucherzahlen beklagen müsste, jedoch planten wir, im kommenden Jahr ein weiteres Hotel unter demselben Namen an der Crystal Coast in North Carolina zu eröffnen, und konnten deshalb jede Menge Publicity gebrauchen.

Nash erhob sich ebenfalls. »Marty sollte mir noch diese Woche drei Vorschläge zuschicken. Sobald ich sie habe, gebe ich dir Bescheid, dann können wir sie durchgehen.«

»Prima.« Ich nickte ihm zu. »Ich werde Allison zu diesem

Termin einladen, wenn du nichts dagegen hast.«

»Wie könnte ich deinem hübschen, blonden Schatten verwehren, dieser Entscheidung beizuwohnen?« Nash hob belustigt eine Braue, während wir die Lounge durchquerten, was ich prompt mit einem freundschaftlichen Boxhieb gegen seine Schulter quittierte.

»Übertreib es nicht, kleiner Bruder«, neckte ich ihn gutmütig. »Vergiss nicht, wer von uns beiden hier deinen Gehaltsscheck unterschreibt.«

16. KAPITEL

Brooke

Lauren hatte es sich bereits an einem der runden Tische in unserem Lieblingscoffeeshop am Strand bequem gemacht, als ich etwa zehn Minuten später als vereinbart dort ankam, und hielt sich an einem Karamell-Frappuccino fest.

»Hey, Süße.« Ich neigte mich zu ihr herab und begrüßte sie mit einem Küsschen auf die Wange. »Wartest du schon lang? Tut mir leid, ich musste noch schnell zur Tankstelle.« Mit einem Seufzen legte ich meine kleine Handtasche auf den Tisch und ließ mich ihr gegenüber nieder.

»Kein Problem.« Sie musterte mich stirnrunzelnd. »Geht es dir gut? Nach deiner letzten Nachricht hab ich mir ein bisschen Sorgen gemacht, um ehrlich zu sein. Was in aller Welt geht da zwischen deinem Dad und dieser Bitch Tiffany vor?«

»Keine Ahnung. Hoffentlich nichts Ernstes.« Erneut stieß ich einen tiefen Seufzer aus und strich mit der Hand über den zerknitterten Stoff meines Kleids. »Er hat sich entschuldigt und sieht ein, dass es ein Fehler war, aber ... Ach, es ist ein schrecklicher Kuddelmuddel, Lauren.« Nachdem ich das *Seventh Heaven* verlassen hatte, hatten wir miteinander getextet und verabredet, uns im *Tiger Lily Café* zu treffen. Ich hatte keine Lust gehabt, zu Hause zu bleiben, wo ich Mom, Dad oder, was noch viel schlimmer gewesen wäre, Tiffany über den Weg hätte laufen können. Ich schüttelte mich innerlich, um das Gefühl des Unbehagens loszuwerden. »Hör zu, du weißt ...« Ich unterbrach mich selbst, als Natalie – erdbeerblond und Kellnerin, Chefin Schrägstrich Mädchen für alles, mit Leidenschaft im *Tiger Lily Café*, seitdem sie sich vor drei Jahren den gut aussehenden Eigentümer geschnappt hatte – mit einem breiten Grinsen an unseren Tisch trat.

»Hey, Brooke, ich habe mich schon gefragt, wann du hier aufkreuzt! Normalerweise sieht man dich und Lauren ja nur im

Doppelpack. Was darf ich dir bringen?«

Ich erwiderte ihr Lächeln. »Weißt du, Nat, ich denke, irgendwas Süßes mit einer Unmenge von Zucker darin ... Ich brauche dringend was, um meine Nerven zu beruhigen.«

»So schlimm?« Nat tauschte einen belustigten Blick mit Lauren, was ich ihr allerdings nicht übel nahm. Wir drei kannten uns jetzt schon ein paar Jahre und auch Nat war so was wie eine Freundin geworden. »Wie wäre es mit einer schönen kalten Eisschokolade mit Sahne und haufenweise Zucker?«, schlug sie vor, wieder an mich gewandt.

»Das hört sich himmlisch an«, entgegnete ich. »Ach, und Nat?«

»Hm?«

»Extra viel Sahne, okay?«

»Na klar. Sollst du bekommen.«

Sobald sich Nat zurück an die Theke begeben hatte, um sich meiner Bestellung zu widmen, rückte Lauren mit ihrem Stuhl ein bisschen näher in meine Richtung. »Das mit deinem Dad ist wirklich scheiße, Brooke. Tut mir echt leid für dich.« Sie schnappte sich meine Hand. »Ich bin für dich da, wenn du darüber reden möchtest.«

Dankbar erwiderte ich den Druck ihrer Finger. »Weiß ich, Süße. Aber jetzt erst mal was anderes.« Ich verspürte gerade wenig Lust, mich weiter mit dieser *Sache* zu beschäftigen, außerdem brannte es mir auf der Zunge, Lauren von meinem Erlebnis mit Zach zu berichten. »Ich hatte dir doch von Zachs Einladung ins *Seventh Heaven* zum Schwimmen geschrieben ...« Ich senkte meine Stimme, damit uns die drei Mädchen am Nachbartisch, die uns neugierige Blicke zuwarfen, nicht bespitzeln konnten, und erzählte Lauren in groben Zügen, was an diesem Nachmittag geschehen war.

»Wow! Im Ernst, Brooke? Du hattest also ein heißes Date mit Zachary Moore! Weißt du, dass ich dich echt beneide?«

»Verdammt, ja, es war so was von heiß ...« Betont unbekümmert lächelte ich Natalie zu, die in diesem Moment auftauchte, um mir ein riesiges Glas Kakao mit einem Turm Schlagsahne vor die Nase zu schieben. »Danke, Nat. Genau *davon* habe ich geträumt.«

Natalie schob kichernd die Hände unter ihre schwarze Servierschürze. »Wenn all deine Träume so leicht zu erfüllen sind, Brooke ...«

»Ich wünschte, es wäre so«, rief ich ihr hinterher. Anschließend wandte ich mich wieder Lauren zu, wobei ich mir den Löffel schnappte, um von der leckeren Sahne zu naschen. »Ich hätte nicht mit Zach schlafen sollen. Aber ich war so durcheinander, nachdem ich Dad mit dieser Schlampe erwischt hatte. Richtig sauer, verstehst du? Und Zach, er war einfach ... Scheiße, Lauren, der Mann ist die wandelnde Sünde selbst. Du weißt, wie umwerfend er aussieht. Und dabei ist er unheimlich charmant und zärtlich. Ich wollte mich nicht mit ihm einlassen, aber ich konnte ihm einfach nicht widerstehen. Es ist eben passiert.«

»Das kann ich gut verstehen. Aber der Kerl hört sich fast zu gut an, um wahr zu sein. Da muss es doch einen Haken geben.« Lauren steckte den Strohhalm in den Mund und betrachtete mich nachdenklich über den Rand ihres Glases hinweg. »Matscht er schrecklich beim Essen? Schnarcht er wie ein sibirischer Waldbär oder hat ein Faible für Wollunterhosen?«

Ich kicherte. »Du hast echt eine blühende Fantasie, Lauren. Die Sache ist einfach die, ich weiß nicht, ob ich es fertigbringe, ihn anzuzeigen.«

Etwas unsanft stellte sie ihr Glas auf den Tisch zurück. »Komm schon. Genau das hat er wahrscheinlich beabsichtigt. Und du bist ihm auf den Leim gegangen.«

»Was genau meinst du?« Eigentlich war das eine rhetorische Frage. Denn wenn ich ehrlich war, war mir der Gedanke auch schon gekommen. Dennoch schob ich ihn immer wieder weit von mir. Weil ich einfach nicht wahrhaben wollte, dass das der Grund dafür gewesen sein könnte, weshalb Zachary etwas mit mir angefangen hatte.

Lauren stöhnte leise. »Dich um den kleinen Finger zu wickeln, Süße. Dich mit Sex zu bestechen. Er hat damit gerechnet, dass er dich auf seine Seite zieht.«

»Hat er nicht. Auf seine Seite gezogen, meine ich.«

»Bist du sicher?«

Mein Seufzen war mitleiderregend, nachdem ich an meinem Getränk genippt hatte. »Ich *bin* sicher. Ich verfolge nach wie vor mein Ziel. Nur ... dass es jetzt einfach schwieriger geworden ist. Zach ist mir nicht egal, Lauren.« Ich dachte daran, wie einfühlsam er gewesen war, als ich ihm von Moms Krankheit und Dads Ausrutscher erzählt hatte. Wie er sich mir ein Stück weit geöffnet und mich an seinem Leben hatte teilhaben lassen. Wie er mich in seinen Armen gehalten hatte und es mir vorgekommen war, als würde ich genau dorthin gehören. »Er ist liebenswert. Zauberhaft. Er ist kein arroganter, reicher Mistkerl.« Ich atmete tief ein. »Na ja, zumindest nicht immer.«

»Du sitzt in der Scheiße, Süße.« Lauren zog eine Augenbraue hoch.

»Ja. Ich weiß.« Tiefer als je zuvor. Da half nur noch Schokolade. Jede Menge Schokolade. Oder in meinem Fall Kakao. Gedankenverloren rührte ich mit dem langen Silberlöffel in meinem Glas herum.

»Brooke?«

»Hm?«

»Was hast du jetzt vor?«

Tja, wenn ich das nur wüsste. Ich nahm den Löffel aus dem Kakao und leckte ihn ab. »Keine Ahnung«, sagte ich anschließend achselzuckend. Zachs Gesicht tauchte vor meinem inneren Auge auf und mein Herz stolperte. »Ich glaube, ich bin dabei, mich zu verlieben«, flüsterte ich, mehr zu mir selbst.

Lauren lehnte sich zurück, verschränkte ihre Arme vor der Brust und betrachtete mich nachdenklich mit ihren klugen lavendelblauen Augen. »Das hab ich mir fast gedacht, Süße.«

»Echt?«

Sie nickte.

»Ich schätze, ich bin so leicht zu durchschauen, hm?«

Lauren grinste mich an. »Du bist nicht sonderlich gut darin, deine Emotionen zu verstecken. Dein Gesicht ist quasi ein offenes Buch für mich. Aber ich kenne dich ja auch schon lang.«

»Vielleicht habe ich Glück und Zach hat nichts bemerkt.« Es wäre mir ziemlich peinlich, wenn mir meine Gefühle für ihn quasi auf die Stirn tätowiert wären. Mir wurde auf einmal schrecklich heiß und ich schnappte mir die Getränkekarte, um mir kühle Luft zuzufächeln. Dann legte ich die Karte wieder zurück auf den Tisch und stützte mein Kinn in die Hände, um Lauren anzustarren. »Ich meine, er genießt es, Sex mit mir zu haben. Ich gefalle ihm, er fühlt sich zu mir hingezogen – in körperlicher Hinsicht. Aber er ist kein Mann, in den man sich verlieben sollte. Zachary Moore legt sich nicht fest.«

»Und obwohl du das weißt, fühlst du dich zu ihm hingezogen.« Meine kluge Freundin hatte schon immer feine Antennen besessen. Ich bewunderte sie dafür.

»Ich kann nicht aufhören, an ihn zu denken, Lauren«, gestand ich leise. »Das Gefühl seiner Hände auf mir war einfach irre. Die Art, wie er mich ansah. Wie er mich gestreichelt hat, dieses verdorbene Lächeln und seine sündigen Fantasien, die seine goldfarbenen Augen zum Blitzen gebracht haben. Ich sollte ihn mir wirklich aus dem Kopf schlagen, aber Lauren, ganz ehrlich? Der Gedanke, ihn noch mal zu treffen, ist echt verlockend.«

»Wie sieht er denn das Ganze?«

Erneut nahm ich einen Schluck von meinen Kakao. »Er möchte mich gern wiedersehen.« Beiläufig spielte ich mit meinem Glas, nachdem ich es auf den Tisch zurückgestellt hatte. »Mir ist klar, dass es für ihn lediglich um Sex geht. Ich weiß nicht, wie er es geschafft hat, und ich kenne ihn ja erst ganz kurz, aber ich mag ihn, obwohl ich es nicht tun sollte. Und vielleicht mag er mich auch, aber mehr ist da nicht. Nicht von seiner Seite aus.«

Lauren beugte sich über den Tisch in meine Richtung und berührte meine Hand. »Hey, Süße, gegen Gefühle kommt man eben nicht an. Schau mich und Alessandro an. Ich schmachte dem Kerl seit Wochen hinterher, obwohl da nicht viel mehr passiert als hin und wieder ein paar heiße Blicke. Ich sollte es besser wissen und trotzdem wünsche ich mir, er würde mich endlich mal um ein Date bitten.«

»Ich hab dir doch gesagt, du musst den ersten Schritt machen. Ich glaube, Alessandro ist zu schüchtern. Oder er wagt es nicht, dich anzusprechen, weil du die Freundin der Tochter seines Bosses bist.«

Lauren stützte ihren Kopf in die Hände und steckte sich eine lange Strähne zwischen die Zähne. »Ich weiß«, erwiderte sie dann nuschelnd. »Du musst mir einen Arschtritt geben. Das nächste Mal, wenn wir bei dir am Pool abhängen, nehme ich mir vor, ihn anzusprechen.«

»Und ich nehme dich beim Wort.« Wir besiegelten unseren Deal mit einem fetten Grinsen sowie einem Handschlag.

»Und was hast du jetzt vor?«

»Ich tue mir echt schwer damit, Zach ans Messer zu liefern. Nach allem, was heute zwischen uns passiert ist ...« Ich verstummte und spielte erneut mit dem Silberlöffel neben meinem Glas. Er vertraute mir. Er hatte sich mir offenbart. Mir von seiner dunklen Vergangenheit erzählt. Von seinem Zorn seinem Vater gegenüber. Er hatte mir einen Blick auf seine wahre Persönlichkeit gewährt. Und die gefiel mir viel zu gut, als dass ich ihn verraten könnte.

»Hey.« Laurens Stimme wurde sanft. »Ich versteh dich. Wirklich. Du bist dabei, Gefühle für ihn zu entwickeln und dein Dad hat dich enttäuscht. Vielleicht schläfst du noch mal eine Nacht darüber, bevor du dich endgültig entscheidest?«

Ich schüttelte den Kopf. »Nein. Ich *muss* Dad das Video übergeben. Ich habe keine andere Wahl. Gouverneur Di Matteo ist auch schon ins Bild gesetzt worden. Andererseits ... Zach hat mir die Kamera zurückgegeben. Er hat den Film nicht mal vernichtet, was er aber hätte tun können. Er überlässt die Entscheidung mir. Er überlässt es mir, was ich damit anfange.« *Er vertraut mir.* Aber Dad vertraute mir auch. Was für eine beschissene Situation.

»Dein Zachary scheint ein sehr interessanter Mann zu sein.«

Laurens Stimme holte mich aus meiner Grübelei. »Er ist doch nicht *mein* Zachary«, protestierte ich und ärgerte mich, weil ich prompt rot wurde. Insgeheim musste ich mir eingestehen, dass ich mir jemanden wie Zach sehr gut an meiner Seite vorstellen konnte. Falsch. *Ihn* konnte ich mir sehr gut an meiner Seite vorstellen. Er verkörperte all das, was ich mir je gewünscht hatte. Könnte ich mich doch nur auf ihn einlassen! Mit Haut und Haaren. Ganz und gar. Ihm alles von mir geben und mir alles von ihm nehmen. Er war der perfekte Mann. Der, von dem ich mein ganzes Leben lang geträumt hatte.

Oh. Mein. Gott. Du vergisst besser mal diese ganzen Hirngespinste und kommst schleunigst auf den Boden der Tatsachen zurück, van Deeks. Die kleine Stimme in mir wies mich scharf zurecht.

Ich schüttelte innerlich den Kopf über mich selbst und winkte Nat, damit sie die Rechnung brachte. Natürlich waren meine Gedanken völlig abwegig. Egal, wie gut mir Zach gefiel, egal, wie sehr ich mich danach sehnte, Sex mit ihm zu haben, er war nicht gut für mich. Er war der Feind. Der größte Konkurrent für unseren Betrieb. »Ich werde jetzt nach Hause fahren«, sagte ich in einem Anflug von Traurigkeit zu Lauren. »Vielleicht ergibt sich eine Gelegenheit, dass ich mit Dad über diesen unsäglichen Kuss sprechen kann.« Und darüber, dass es mir extreme Bauchschmerzen bereitete, das Video einzusetzen.

Lauren kramte in ihrer Handtasche nach dem Geldbeutel. »Geh schon, Süße, ich übernehme das hier. Und texte mir heute Abend, wie das Gespräch mit deinem Dad verlaufen ist, okay?«

Ich drückte ihr sanft die Schulter. »Du bist die Beste, weißt du das?«

Sie grinste mich an. »Klar. Deswegen liebst du mich ja auch.«

Ich warf ihr beim Hinausgehen ein Luftküsschen zu und unterdrückte den tiefen Seufzer, der aus meiner Kehle steigen wollte, als ich an meinen Vater und Tiffany dachte. Und daran, dass ich seinen ärgsten Konkurrenten ans Messer liefern musste. Mit dem ich den heißesten Sex aller Zeiten gehabt hatte.

Mein Magen war ein harter, schmerzender Klumpen, als ich mit dem Cabrio auf unseren Parkplatz einbog. Während der Fahrt war ich in Gedanken alle möglichen Szenarien durchgegangen und hatte imaginäre Gespräche mit Dad geführt, hatte das Für und Wider, Zach und damit sein Geschäft zu verraten, abgewogen, inklusive aller Konsequenzen. Und war immer zu demselben Schluss gelangt. Es gab keine wirkliche Lösung für mein Dilemma. Mein Gefühl sagte mir, dass ich unmöglich den Film gegen die Moore-Brüder verwenden konnte. Wie könnte ich mit solch unsauberen Methoden arbeiten? Möglicherweise hatte Zach nur mit mir geschlafen, um genau diese Reaktion bei mir zu erzielen. Aber es war unvorstellbar für mich, mit einem Mann intim zu werden und ihn danach zu hintergehen. Ich würde den Respekt vor mir selbst verlieren, wenn ich es täte. Und ein klitzekleiner Teil von mir hoffte, dass Zachary Moore vielleicht doch etwas für mich empfand, auch wenn er es mir gegenüber – oder vielleicht sogar sich selbst – noch nicht eingestehen konnte oder wollte. Würde ich ihn jetzt anzeigen, hätte ich die winzige Chance, dass aus uns künftig vielleicht mehr werden, uns mehr als nur Sex verbinden könnte, zunichtegemacht.

Auf der anderen Seite war ich Dad verpflichtet. Ich liebte ihn und wollte, nein, konnte ihn unmöglich hängen lassen. *Vielleicht kann ich Dad meine Lage erklären, ohne zu sehr ins Detail zu gehen, und danach die Aufnahme vernichten?*, überlegte ich, als ich das Hauptgebäude ansteuerte. Gab es einen anderen Weg, unsere Gäste in das *Harbor Suites* zurückzuholen? Wozu beschäftigte Dad eigentlich ein teuer bezahltes Team von sogenannten Marketingexperten? Die feinen Damen und Herren sollten sich gefälligst etwas einfallen lassen verdammt! Aber selbst wenn es mir gelingen würde, Dad davon zu überzeugen, seinen ausgetüftelten Plan nicht zum Einsatz kommen zu lassen, wie in aller Welt sollte ich Gouverneur Di Matteo je vermitteln, dass aus der geplanten Enthüllungsaktion nichts werden würde? In meinem Kopf herrschte ein einziges Chaos, als ich mit Schwung die Tür zum Vorzimmer von Dads Büro aufstieß. Ohne einen Blick in Richtung von Tiffanys Schreibtisch zu werfen, marschierte ich durch den Raum. Ich würde es nicht ertragen, in ihr falsches Gesicht zu schauen, ohne den dringenden Wunsch zu verspüren, mich auf der Stelle zu übergeben. Oder ihr eine saftige Ohrfeige zu verpassen.

Meine Hand lag schon auf dem Türknauf zu Dads Büro, als ich ihre Stimme in meinem Rücken hörte.

»Brooke ... ähm ... Ihr Dad ist nicht da.«

Ich wirbelte herum, um ihr einen tödlichen Blick zuzuschießen.

Tiffany wurde knallrot, was mich prompt mit stiller Befriedigung erfüllte. Sollte dieses Flittchen etwa einen winzigen Rest von Anstand besitzen? »Er ist heute nicht im Büro«, erklärte sie und spielte dabei mit einem der vielen Goldringe an ihren Fingern.

Ich verzichtete darauf, nachzufragen, ob sie wüsste, wo ich ihn erreichen könnte. Keine zehn Elefanten hätten mich dazu bewegen können, auch nur ein einziges Wort mit dieser Bitch zu wechseln. Wenn Dad keinem Geschäftstermin nachging, würde ich ihn sicher zu Hause vorfinden. Und genau dorthin würde ich jetzt auch gehen. Ich machte auf dem Absatz kehrt. Wortlos und mit Kraft schlug ich die Tür hinter mir zu und hoffte dabei, Tiffany einen gehörigen Schrecken eingejagt zu haben.

Mein Elternhaus, im gleichen Stil wie das Hotel erbaut, mit cremefarbener Fassade, Spitzgiebeldach und Fachwerk-Verzierung, stand etwas abseits des Hauptgebäudes inmitten eines großen, gepflegten Gartens und war umgeben von blühenden Büschen, kleinen Bäumen und Sträuchern. Trotz der umwerfenden Schönheit dieses vertrauten Anblicks fühlte ich mich gerade, als ob ich eine verdammte Eisenkugel an meinem Fußgelenk mit mir herumschleppte, als ich dem gewundenen Sandweg zum Eingang folgte. Nervös schloss ich die Tür auf und betrat das großzügige Foyer, dessen blitzblanker weißer Marmorboden mir entgegenstrahlte.

Camilla, unsere aus Schweden stammende Haushälterin und gute Seele, musste mich gehört haben, denn sie kam aus Richtung der Küche in ihrem adretten grauen Kleid angelaufen und schenkte mir ein warmes Lächeln. »Brooke! Wie schön, dich mal wieder daheim zu sehen. Was führt dich zu uns?«

Seit ich denken konnte, war die etwa fünfzigjährige Camilla –

so genau wusste niemand, wie alt sie eigentlich war, denn Milla, so nannte ich sie von Kindesbeinen an, machte ein schreckliches Geheimnis daraus – ein Teil unseres Haushalts gewesen. Sie hatte mir an meinem Bettchen Geschichten vorgelesen, wenn meine Eltern die Abende bei Wohltätigkeitsveranstaltungen verbracht hatten, hatte Hauspartys organisiert, war Ansprechpartnerin für alle anderen Hausangestellten und hatte sich seit Moms Krankheit bemüht, alles zusammenzuhalten. Kurz gesagt, Camilla Holmqvist war eine Perle, wie man sie nur ganz selten im Leben fand. Ich liebte diese Frau, fast so sehr wie meine eigene Mutter. Sie war viel mehr Familienmitglied als Angestellte und die Einzige, die sich hin und wieder ein offenes Wort bei Dad erlauben und damit auch davonkommen konnte.

Ich gab Camilla ein Küsschen auf die nach Lavendelcreme duftende Wange. »Ich suche Dad, Milla. Weißt du zufällig, wo ich ihn finde?«

»Dein Vater, Darling, hat sich in die Bibliothek zurückgezogen.« Camilla strich sich ihr aschblondes Haar, das sie zu einem adretten Bob frisiert trug, hinter die Ohren und legte ihre sonst fast glatte Stirn in feine Falten. Ein untrügliches Zeichen dafür, dass sie sich Sorgen wegen ihm machte. Auch sie litt unter der angespannten Situation im Haus, das wusste ich. »Es geht ihm nicht besonders.«

Scheiße. Nicht unbedingt die beste Voraussetzung für ein klärendes Gespräch. »Und Mom?«, forschte ich nach, obwohl ich mich fast vor der Antwort fürchtete.

»Sie ist ausgegangen.« Camilla hielt meinen Blick fest.

Ich wusste, was ihre Aussage bedeutete. Sie musste es nicht aussprechen. Wir wussten es beide. Mom war mal wieder auf Tour, um sich zu betrinken. Wie so oft würde sie vermutlich von einem Taxi in den frühen Morgenstunden zurückgefahren werden und in reichlich betrunkenem Zustand hier aufschlagen. Wann würde sich das jemals wieder ändern? Ich schüttelte diesen Gedanken von mir. Jetzt galt es, mich auf meine Mission und auf Dad zu konzentrieren. »Danke, Camilla«, erwiderte ich warm und zwang mich zu einem kleinen Lächeln.

»Soll ich euch einen Krug Limonade bringen lassen?«

»Lieb von dir, aber nein, danke.« Ich konnte nicht einschätzen, wie Dad reagieren, ob er enttäuscht oder zornig werden würde. Abgesehen davon, war ich noch immer stinksauer auf ihn wegen dieser Sache mit Tiffany. Vielleicht sollte ich uns von Camilla lieber ein paar ordentliche Drinks mixen lassen, überlegte ich in einem Anflug von Sarkasmus.

»Es wird alles wieder gut.« Camilla schenkte mir ein aufmunterndes Lächeln.

»Bestimmt.« Wenn ich doch nur selbst daran glauben könnte.

Wir verabschiedeten uns und ich machte mich auf den Weg in die Bibliothek.

Wie erwartet fand ich Dad in seinem karierten Lieblingssessel sitzend vor, in einer Hand ein Glas mit einer bernsteinfarbenen Flüssigkeit haltend. Er starrte aus dem Fenster und reagierte nicht, als ich auf ihn zulief und leise ansprach.

Neben seinem Sessel blieb ich stehen. Versuchte das Bild, das sich mir von ihm und Tiffany aufdrängte, fortzuschieben. Ich atmete tief ein und füllte meine Lunge mit Luft. »Dad. Wir müssen reden. Es geht um dieses Video, das ich im *Seventh Heaven* aufgenommen habe.«

Ohne meinen Worten Beachtung zu schenken, hob er seinen Drink an die Lippen. Das Eis klirrte gegen das Glas und das Geräusch veranlasste mich dazu, ihn anzublicken, was mich innerlich zusammenzucken ließ. Seine Hand zitterte, er sah schrecklich aus. Die gelockerte Krawatte hing ihm quer über die Brust und sein himmelblaues Hemd wies Knitterfalten auf, als hätte er darin geschlafen. Sein Blick war glasig, die Miene regungslos. Es schien, als wäre jegliches Leben aus ihm gewichen. War das der Mann, der sonst immer mit energischen Schritten und einem zuversichtlichen Lächeln durchs Haus schritt? Der für unsere Gäste, für Mom, mich und Milla stets ein nettes Wort und einen passenden Spruch parat hielt? Der Mann, zu dem ich mein Leben lang aufgesehen hatte? An dessen starken Schultern ich mich hatte lehnen können, wenn ich mich hilflos und verloren gefühlt hatte?

»Dad?«

Ich bemerkte, dass sich seine Brust wie unter einer schweren Last hob und senkte. Er schloss die Lider, als wollte er meine Anwesenheit ausblenden, und ein Schauer der Angst jagte durch meine Venen. So hatte ich meinen starken und lebensfrohen Vater noch nie zuvor erlebt. »Was um Himmels willen ist los? Dad, sprich mit mir.«

Behutsam nahm ich meinem Vater das Whiskeyglas aus der Hand und stellte es auf dem Beistelltisch neben seinem Sessel ab, bevor ich in die Hocke ging und seine eiskalten Hände in meine nahm.

Jetzt richtete er den Blick auf mich. Er sah aus, als ob er geweint hätte. Dad weinte nie. Niemals hatte ich ihn weinen sehen. Auf einmal verschwand mein Ärger, meine ganze Wut wegen dieses bescheuerten Kusses. Verunsicherung machte sich in mir breit und ich konnte nicht mehr atmen, weil sich irgendwas Bleischweres auf meine Brust legte.

»Dad«, flüsterte ich. »Rede mit mir.«

Er löste seine Finger aus meinen, erhob sich mühevoll, um ans Fenster zu gehen, und seinem Gang konnte ich ablesen, dass er ordentlich getrunken hatte. *Grundgütiger! Nicht auch noch er*, dachte ich, als er sich mit den Händen auf dem Fensterbrett abstützte und nach draußen starrte. »Es tut mir leid, Brooke. Unendlich leid.« Seine tiefe Stimme klang rau und brüchig.

Wie festzementiert blieb ich stehen, wartete darauf, dass er weitersprach.

»Ich komme mit der Krankheit deiner Mom nicht gut klar. Ich sollte es, aber ich tue es nicht. Anstatt die Familie zusammenzuhalten und dich zu fragen, wie es dir eigentlich mit der ganzen Sache geht, lasse ich mich von meiner Libido überwältigen wie ein dummer Schuljunge.« Er schüttelte den Kopf, als könnte er es selbst kaum glauben und drehte sich zu mir um. »Die Sache mit Tiffany war ein Fehler. Ja, ich vermisse deine Mom, ich vermisse die Frau, die sie gewesen war, bevor der Alkohol sie zu einem anderen Menschen gemacht hat. Aber ich hätte mich nicht hinreißen lassen sollen, eine andere ...« Er brach ab.

Mir lief es eiskalt über den Rücken. War da etwa mehr zwischen ihnen gelaufen als nur ein Kuss? »Dad, haben du und Tiffany ...?« Ich konnte es nicht über mich bringen, es auszusprechen. Mir war kotzübel.

»Ich wollte dir keinen Schmerz zufügen, Brooke. Dir am allerwenigsten.« Seine Augen glitzerten feucht. So emotional hatte ich meinen Dad noch nie zuvor erlebt.

Mein Herz klopfte wie wild.

Dads Schultern sackten nach unten. »Tiffany hat deine Mutter aufgesucht und die beiden haben sich gestritten.«

»Oh mein Gott! Du meinst, sie hat es ihr gesagt?« Ich schrie fast vor Entsetzen.

»Ich hatte vorgehabt, selbst mit deiner Mom zu sprechen. Ich dachte, sie sollte endlich wissen, dass ich nicht mehr so weitermachen kann.«

»Tiffany hat ihr also ernsthaft eiskalt von eurer ... eurer Affäre erzählt?« Verzweifelt grub ich meine Fingernägel in die Handflächen. Gleißende Wut erfasste mich und ich fing an zu zittern.

Dad kam auf mich zu und legte mir seine Hände auf die Schultern, um mir ins Gesicht zu sehen. »Verdammt, Brooke, ich wollte auch nicht, dass es so läuft. Ich hatte geplant, in aller Ruhe mit deiner Mutter zu sprechen. Tiffany ist mir zuvorgekommen. Sie hätte das nicht tun dürfen, aber ... meine Geduld ist am Ende, Honey. Meine Kraft. Ich habe deiner Mom ein Ultimatum gestellt. Entweder lässt sie sich freiwillig in eine Klinik einweisen oder ich reiche die Scheidung ein.«

Er wollte sich scheiden lassen? Ernsthaft? Überwältigt von all den Neuigkeiten, ließ ich mich in den Sessel sinken, auf dem mein Vater vor wenigen Augenblicken noch gesessen hatte. Meine Mom war alkoholkrank, Dad hatte eine beschissene Affäre und dachte darüber nach, sich scheiden zu lassen. Meine kleine Welt zerbarst gerade mit einem lauten Knall.

Oh. Mein. Gott.

Klar, ich war erwachsen und stand quasi auf eigenen Beinen, aber niemals hätte ich damit gerechnet, dass sich meine Eltern, die beiden Menschen, die ich mehr als alles liebte, trennen könnten. Dass unsere kleine Familie auseinanderbrechen könnte. So etwas war immer nur anderen in meinem Umfeld passiert. Ich hatte eine glückliche, sorgenfreie Kindheit in einem stabilen Elternhaus erleben dürfen. Mom und Dad waren stets leuchtende Vorbilder in Sachen Beziehung und Ehe für mich gewesen. Und jetzt sollte das alles möglicherweise vorbei sein? Ich grub meine Fingernägel in die Sessellehnen. »Du willst dich nicht ernsthaft scheiden lassen, Dad?«

»Brooke, so wie es seit Monaten läuft, kann es nicht weitergehen. Ich brauche eine Frau an meiner Seite. Schließlich bin ich ein Mann mit«, er räusperte sich und streckte seinen Rücken durch, »gewissen Bedürfnissen, die bedient werden wollen. Ja, ich habe einen Fehler begangen, aber mir ist klar geworden, dass ich meine Ehefrau nicht weiterhin betrügen kann.«

Scheiße. So etwas wollte man von seinen Eltern nicht hören. Weder wollte ich darüber fantasieren, wie Dad mit einer anderen Frau herummachte, noch wahrhaben, dass er sexuelle Gelüste hatte. Dennoch konnte ich ihn verstehen. Besonders nachdem ich noch immer das Gefühl hatte, Zachs Finger auf meinem ganzen Körper zu spüren. In meinem Höschen. »Dad, ich ...«

Er ließ mich nicht aussprechen. »Honey, mir ist klar, dass das Ganze sehr unangenehm und aufwühlend für dich sein muss, aber ich denke, dass die Drohung einer möglichen Scheidung vielleicht der einzige Weg ist, um deine Mutter wachzurütteln. Ansonsten bin ich mit meinem Latein am Ende.«

»Du wirst Tiffany entlassen, oder?« Hoffnungsvoll sah ich zu ihm hoch.

»Sie ist eine kompetente Sekretärin«, erwiderte er zögernd.

»Grundgütiger. Dad.« Ich konnte mir gut vorstellen, in welchen Bereichen sich Tiffany Myers als *kompetent* erwiesen hatte. Ich schüttelte mich innerlich, um das Bild loszuwerden.

»Ich werde mich darum kümmern. Aber wann und wie ich das machen werde, musst du schon mir überlassen. Das alles«, er machte eine den Raum umfassende Geste, »ist nicht einfach für mich. Um ehrlich zu sein, geht es mir im Augenblick nicht gut. Deine Mom und ich hatten eine furchtbare Auseinandersetzung, bevor sie ... ausgegangen ist.«

Wow. Selten hatte Dad so offen mit mir über sein Gefühlsleben geredet. Eigentlich noch nie, wenn ich darüber nachdachte. Ich konnte ihm ansehen, dass er die Wahrheit sagte. Es ging ihm nicht gut. Er litt. Und in diesem Augenblick realisierte ich, dass ich dieses Gespräch, das ich mit ihm hatte führen wollen, niemals anfangen würde. Dad brauchte mich. Er brauchte den Beistand seiner Familie. Musste sich sicher sein können, dass ich voll und ganz hinter ihm stand. Ja, ich mochte und begehrte Zach. Begehrte ihn wie keinen anderen Mann je zuvor. Aber meine Bedenken verblassten angesichts des verzweifelten Ausdrucks in der Miene meines Vaters. Ich sprang hoch, warf mich in seine Arme und hielt mich an ihm fest, genauso wie er sich an mir. Jetzt hatten wir nur noch uns beide.

»Brooke«, murmelte er an meinem Scheitel. »Meine süße Brooke.«

»Du wirst mich niemals verlieren, Dad«, versicherte ich ihm und schluckte, um das dumme Gefühl der Enge in meinem Hals loszuwerden. Ich konnte ihm nicht wehtun. Egal, wie sehr ich mir wünschte, die Sache mit mir und Zach hätte eine Chance. Was ohnehin Unsinn war, denn für ihn war ich mit Sicherheit nur eine nette Abwechslung gewesen, eine unbedeutende Vögelei. Nur ein Mädchen, das sich in die lange Schlange der Frauen eingereiht hatte, die schon das Vergnügen mit ihm gehabt hatten. Ich wischte Zachs Bild beiseite. »Ist Mom wegen eures Streits ...?«

»Abgehauen?«, vervollständigt er meine unausgesprochene Frage. »Ja, Kleines. Ich fürchte ja.«

Ich presste meine Nase an seine Brust. »Es tut mir so leid, Daddy.« So hatte ich ihn nicht mehr genannt, seit ich ein kleines Mädchen gewesen war.

»Schon gut.« Seine Stimme zitterte, aber seine Hände packten fest meine Schultern und er schob mich ein wenig von sich, um mich ansehen zu können. »Worüber wolltest du eigentlich mit mir sprechen?«

»Nicht so wichtig. Es hat sich erledigt«, log ich und hoffte, dass er nicht bemerkte, wie ich errötete. »Dad?«

»Hm?«

»Was hältst du davon, wenn ich den Abend heute hier bei dir verbringe und wir lassen uns von *Danny's Italian Eatery* Pepperonipizza bringen. So wie früher, weißt du noch?«

Über Dads Gesicht glitt ein kleines Lächeln. »Das hört sich wunderbar an, Prinzessin. So wie früher.«

Wir sahen uns an und ich wusste, dass auch er an die gemütlichen Abende meiner Kindheit zurückdachte, die wir zu dritt vor dem Kaminfeuer verbracht hatten, mit Spielen, Lachen, Erzählen und köstlicher Lieferpizza. Seitdem war das Leben verdammt kompliziert geworden.

»Ich bin in Kürze wieder da«, sagte ich und drückte seinen Arm. »Gib doch Camilla Bescheid, dass sie schon mal bestellt. Vielleicht hat sie ja Lust, uns Gesellschaft zu leisten?«

Zurück in meinem eigenen Apartment ließ ich mich als Erstes auf einen meiner Zweisitzer in der Den fallen und zückte mein Handy, um eine Textnachricht zu schreiben.

Ich: *Zach?*

Es dauerte keine Minute, bis er antwortete.

Zachary: *Brooke, was kann ich für dich tun?*

Ich: *Wir müssen reden.*

Zachary: *Gern. Nachdem wir Sex gehabt haben.*

Unwillkürlich verzogen sich meine Lippen zu einem Grinsen.

Ich: *Ernsthaft.*

Zachary: *Ernsthaften Sex also.*

Ich sah ihn direkt vor mir, wie er dieses verdorbene Lächeln lächelte. Und obwohl ich mich dagegen wehrte, spürte ich ein sehnsüchtiges Ziehen im Bauch. Ein verlangendes Prickeln zwischen meinen Beinen. Verflucht, das hier würde nicht einfach werden.

Ich: *Ich meine wirklich reden, Zach. Bitte.*

Zachary: *Du weißt, ich bin für dich da.*

Ich: *Morgen?*

Zachary: *Morgen Nachmittag kann ich mir etwas Zeit freischaufeln. Soll ich Trevor vorbeischicken?*

Ich: *Nein. Ich komme selbst ins* Seventh Heaven. *Gegen halb drei?*

Zachary: *Ich erwarte deinen süßen Arsch.*

Seine Worte entlockten mir ein winziges Schmunzeln. Es würde verdammt schwer werden, Zach mitzuteilen, dass ich ihn verraten würde. Ich mochte mir gar nicht vorstellen, was in ihm vorgehen würde, wenn ich es ihm sagte. Aber ich hatte keine andere Wahl. Entweder verletzte ich Dad – oder Zach. Und ich konnte unmöglich meinen eigenen Vater enttäuschen oder bloßstellen. Ich redete mir ein, dass Zachary und ich ohnehin nur eine unverfängliche, oberflächliche Beziehung hatten, da wir uns erst seit Kurzem kannten. Doch tief in mir drin wusste ich, dass das eine verdammte Lüge war. Zumindest, was mich betraf. Ich hatte mich ihm so nah gefühlt, als wir miteinander Sex gehabt hatten. Ich war dabei, Gefühle für diesen Mann zu entwickeln, die sich nur mit Mühe unterdrücken ließen. Es tat mir in der Seele weh, wenn ich daran dachte, mit ihm brechen zu müssen.

Mit einem schweren Seufzen drückte ich den Chat weg. Ich legte mein Handy auf den Tisch vor mir, stützte meine Ellenbogen auf meine Knie und vergrub die Hände in meinem Haar. Erwähnte ich schon, dass das Leben verdammt kompliziert geworden war?

17. KAPITEL

Zachary

Seitdem ich Brookes süßen kleinen Arsch zwischen meinen Fingern gehabt hatte, musste ich unaufhörlich an sie denken. Verdammte Scheiße, das traf es nicht mal ansatzweise. Dieses Mädchen ging mir nicht mehr aus dem Kopf, sie steckte in meinem System, in jeder einzelnen verfluchten Zelle meines Körpers. Ursprünglich hatte ich was mit ihr angefangen, um sie davon abzuhalten, auf dumme Ideen zu kommen, die unserem Geschäft Schaden hätten zufügen können. Was in moralischer Hinsicht verwerflich gewesen sein mochte, jedoch hatte ich schon immer, wenn es die Umstände erforderten, Mittel und Wege gesucht und ergriffen, um mich, meine Familie sowie meine Geschäfte zu schützen. Zudem hatte Brooke keinen Schaden genommen, indem ich sie verführt hatte. Im Gegenteil – sie hatte den Sex mit mir ebenso sehr genossen wie ich. Und wenn ich die Zeichen richtig deutete, war ich mir sicher, mit meiner Mission erfolgreich gewesen zu sein. Ich hatte Brooke aus dem Gleichgewicht gebracht. Ich war ihr nicht gleichgültig.

Womit ich nicht gerechnet hatte, war meine eigene intensive Reaktion auf sie. Es ging hier um Sex, um die Erfüllung meines körperlichen Verlangens, aber bei Gott, ich war süchtig nach ihr. Süchtig nach dem Sex mit dieser verführerischen Frau. Allein an sie zu denken, zu wissen, dass sie in wenigen Minuten hier auftauchen würde, törnte mich unglaublich an. Wenn ich an Brooke dachte, dachte ich unwillkürlich an Sex. An heißen, verdorbenen, schmutzigen, erfüllenden Sex. Keine Ahnung, warum sie eine derart erotisierende Wirkung auf mich ausübte. Schließlich war ich kein Kostverächter. Ich hatte viele umwerfende Frauen in meinem Bett gehabt. Doch keine hatte mich je so sehr gereizt wie Brooke van Deeks.

Aber ganz ehrlich? Eigentlich war sie viel zu süß für mich. Zu unschuldig. Gleich vom ersten Moment an, da ich sie gesehen hatte, war mir klar gewesen, dass sie auf der Suche nach etwas war, das ich ihr nicht geben konnte – oder wollte. Ich glaubte, sie inzwischen gut genug zu kennen, um zu wissen, dass sie keine Frau war, die unverfänglichen, lockeren Sex genoss – nicht auf Dauer. Einem One-Night-Stand war sie durchaus nicht abgeneigt, das hatte sie mir gezeigt. Aber eine Affäre, die rein aus sexuellen Beweggründen bestand, war sicher nichts für sie, so viel guten Menschenverstand besaß ich. Brooke suchte Liebe. Eine verpflichtende Verbindung. Ich dagegen war definitiv kein Mann, der sich festlegte. Keiner, der in Gefühle investierte. Das hatte ich noch nie und ich dachte nicht daran, dies je zu ändern.

Leise fluchend rieb ich mir über den Nasenrücken, während mich der Aufzug hinunter in die Lobby brachte, und musterte mich stirnrunzelnd in der verspiegelten Kabine. Vielleicht konnte ich ihr auf irgendeine Weise den Vorschlag schmackhaft machen, bedeutungslosen Sex zu genießen, solang es eben mit uns dauerte? Tief in meinem Inneren war mir klar, dass dieser Gedankengang an Absurdität kaum zu übertreffen war. Doch ich war mittlerweile schon wieder so scharf auf diese Frau, dass ich beschloss, mir später darüber den Kopf zu zerbrechen. Nachdem wir Sex gehabt hatten. Brooke hatte angekündigt, reden zu wollen. Und das würden wir auch tun. Nachdem ich sie vernascht hatte. Jeden verdammten Zentimeter ihres umwerfenden Körpers erforscht und verwöhnt hatte. Ich würde sie lecken und in den hellen Wahnsinn treiben, bevor ich meinen Schwanz in ihrer heißen, nassen Mitte versenken würde. Dieser regte sich und drückte verlangend gegen den seidigen Stoff meiner Boxershorts.

Ich mahlte mit den Kieferknochen, atmete tief ein und straffte die Schultern in meinem dunklen *Armani*-Anzug, als ich jetzt durch die sich öffnenden Aufzugtüren in die Lobby trat. Keine Ahnung, ob mich die hübschen Ladys drüben bei der Sitzgruppe, die dort offensichtlich mit ihrem Gepäck auf Abholung warteten, deshalb so ungeniert und äußerst interessiert musterten, weil meine Hose im Schritt unübersehbar spannte.

Etwaige Spekulationen von Seiten der Damen würden meinen Ruf als Playboy Nummer eins von Long Island sicher befeuern. Der Gedanke belustigte mich. Ich hatte absolut kein Problem damit, Thema ihrer Gespräche, geschweige denn Hauptperson ihrer feuchten Träume zu sein. Mit einem souveränen, selbstbewussten Lächeln steuerte ich den Empfang an, wo heute Melanie, ein aparter Rotschopf, ihren Dienst verrichtete.

Ich neigte mich über den Tresen. »Melanie, ich bin mit Miss van Deeks verabredet. Wenn Sie hier auftaucht, schicken Sie sie bitte rüber in die Lounge, ja?«

Melanie, die gerade dabei war, sich durch ihren Bildschirm zu scrollen, richtete ihren Blick auf mich und nickte freundlich. »Natürlich, Zachary, das mache ich sehr gern.« Ihre weißen Zähne blitzten auf, als sie mich anlächelte.

»Danke, Mel, schön, dass ich mich auf Sie verlassen kann.« Ich klopfte mit den Knöcheln auf den Tresen und wandte mich ab. Ich brauchte jetzt dringend einen Drink. Vielleicht würde es mir gelingen, meine Gedanken sowie mein Gefühlsleben zu sortieren, bevor Brooke auftauchte. *Großartig, Moore, du hast auch schon bessere Witze gemacht.*

Wie es meine lieb gewonnene Gewohnheit war, flirtete ich in der Lounge ein wenig mit Karen, bevor ich sie instruierte, Brooke nach hinten in den abgetrennten, sichtgeschützten Bereich zu schicken, wohin ich mich anschließend mit einem Whiskey on the rocks verzog. Ah, der erste Schluck war genial gut. Ich genoss es, wie der Drink meine Kehle hinabrann und mein Inneres auf angenehme Weise erwärmte.

Was die Sache mit Brooke betraf, war ich kein Stück weitergekommen, als sie plötzlich vor mir stand. Ich hatte gar nicht bemerkt, dass sie die Lounge betreten hatte, da ich dermaßen in meine Gedanken vertieft gewesen war.

Heilige Scheiße.

Brooke sah hinreißend aus. Zum Anknabbern und auf eine enervierende Weise hocherotisch. Ich wollte sie auf der Stelle über die Tischkante schubsen, sie flachlegen und ihren kurzen hellen Rock hochschieben, um sie auf der Stelle zu ...

»Zach, hi.«

»Hi, Schönheit.« Ich leckte mir über meine plötzlich trockenen Lippen, während ich meine Musterung über ihre weit ausgeschnittene Bluse gleiten ließ, die einen hervorragenden Einblick auf den verführerischen Ansatz ihrer kleinen, perfekten Brüste bot. Wie zum Teufel hätte ich je aufhören können, mir zu wünschen, sie zu vögeln? »Brooke, bitte setz dich doch.« *Am besten auf meinem Schoß, denn mein Schwanz lechzt schon danach, sich in dir zu versenken.* Ich räusperte mich. »Kann ich dir etwas zu trinken bestellen?«

Der silberne Sternenanhänger in ihrem Dekolleté funkelte im gedimmten Licht, als Brooke sich neben mir auf der mit Leder bezogenen Bank platzierte. »Nein, danke.« Sie schenkte mir ein winziges Lächeln, das aber nicht darüber hinwegtäuschen konnte, dass sie extrem angespannt wirkte. »Wir müssen reden, Zach«, sagte sie mit gepresster Stimme und griff nach einem Salzstreuer, um damit herumzuspielen.

Ja, Süße, das erwähntest du bereits. Ich würde jetzt allerdings viel lieber mit dir spielen. Ich umfasste ihr Kinn und drehte sanft ihren Kopf, damit sie mich ansehen musste. »Reden wird überbewertet«, meinte ich rau.

Ein paar Herzschläge lang sahen wir einander schweigend an und ich war mir sicher, ihr gingen in diesem Moment dieselben verdorbenen Gedanken durch den Kopf wie mir. Die Vorstellung, miteinander zu vögeln, erregte sie.

»Bitte nicht, Zach«, flüsterte sie und leckte sich über die Lippen. Wie immer, wenn sie sich aus dem Gleichgewicht gebracht fühlte. Es gefiel mir, dass sie so auf mich reagierte.

Es gefiel mir, wie sie sich über die Lippen leckte.

Mir gefiel so einiges an ihr.

»Brooke.« Ich schenkte ihr ein vielsagendes Lächeln. Mit dem Daumen streichelte ich über ihre Wange. »Gib es zu. Du brauchst es. Genauso sehr wie ich.« Wir zwei konnten uns nicht im selben Raum aufhalten, ohne daran zu denken, Sex zu haben. Ohne uns zu wünschen, übereinander herzufallen. Das war ein

Ding der Unmöglichkeit. Das Gesetz der Anziehung. Ich wusste das. Sie wusste das. Wir spürten es beide. Während ich ihren Blick hielt, setzte ich mein Glas an und leerte es.

Bevor sie reagieren konnte, näherte ich mich ihr, ließ meine Lippen sacht über ihre Mundwinkel gleiten. Verflucht, ihre seidenweiche Haut zu spüren, sie zu schmecken, ihren Geruch zu atmen ... Ich konnte mich nicht länger zurückhalten. Mit einer Hand umfasste ich ihren Hinterkopf, sodass sie mir nicht entkommen konnte, und presste meine Lippen auf ihre, der würzig-milde Geschmack des Whiskeys auf meiner Zunge vermischte sich mit ihrem. Oh verflucht. Sie schmeckte nach Zuckerwatte. Honig. Nach einem süßen Cupcake mit Sahnehäubchen. Unsere Zungenspitzen begannen miteinander zu spielen und sie stöhnte leise in meinen Mund. Dieser kleine Seufzer gab meiner Lust neuen Zündstoff. Ich vertiefte den Kuss.

»Reden können wir später«, murmelte ich an ihren Lippen, als ich ihr Gelegenheit zum Luftholen gab. Mein Ständer brachte mich so langsam um.

Sie löste sich von mir, legte mir die flachen Hände auf die Brust, um mich zu stoppen. »Zach, ich kann nicht.«

Ihre hübschen Augen verdunkelten sich, als ich meine Finger unter ihren Rocksaum schob und über die nackte Haut ihrer Schenkel streichelte. »Zachary«, sagte sie tadelnd. Und doch öffneten sich ihre Beine unter meiner Berührung für mich.

»Scheiße, Brooke, du machst mich fertig.« Ich unterdrückte ein Keuchen, als ich mich ihrer Hitze näherte. »Du sagst Nein, aber du meinst Ja. Das ist unglaublich, verflucht heiß.« Ihren Blick haltend, tastete ich mich voran, bis zum Rand ihres Höschens. Und weiter.

»Nein«, flüsterte sie, ihre Pupillen zwei riesige dunkle Seen.

»Oh doch«, knurrte ich. Sie konnte mir nichts vormachen. Verflucht, sie war nass.

Ihr Blick huschte durch die Lounge. »Nicht hier ... nicht, Zach.«

Der Punkt ging an sie. »Komm mit mir hoch in meine Wohnung«, raunte ich, streifte mit den Lippen über ihre Ohrmuschel. Ich musste sie vögeln. Dringend. Jetzt.

»Oh Gott«, stöhnte sie leise und fing an, mit ihrem Becken zu kreisen, als ich sie weiter mit einem Finger stimulierte. »Ich bin so ...«

»Erregt?«, schlug ich grinsend vor.

Wieder seufzte sie. Oh ja. Sie konnte mich nicht täuschen. Die süße Brooke wollte mich genauso sehr wie ich sie. Egal, wie sehr sie sich dagegen sträuben mochte. Oder wie vehement sie es zu leugnen versuchte. Ich zog meine Finger unter ihrem Rock hervor, glättete den weichen Stoff und griff nach ihrer Hand, um sie mit mir hochzuziehen, als ich mich erhob. »Ich verspreche dir, dass wir uns unterhalten werden. Danach.«

Was für ein Glück, dass die verdammte Aufzugkabine leer war. Kaum hatten sich die Türen hinter uns geschlossen, drängte ich Brooke keuchend gegen die verspiegelte Wand und hielt sie mit meinem Körper gefangen. Mit beiden Händen umfasste ich ihre schmale Taille und biss zärtlich in ihr Ohrläppchen, bevor ich meine Lippen knabbernd über ihren Hals wandern ließ. Verflucht, sie roch himmlisch. »Die Vorspeise verspricht einen aufregenden Hauptgang«, murmelte ich und leckte über dieses entzückende Grübchen, in dem ihre Halsschlagader pulsierte.

»Wohin fahren wir?« Sie hörte sich genauso atemlos an wie ich.

»Meine Suite.« Noch nie hatte ich eine Frau mit nach oben genommen. Für mein Vergnügen zog ich mich in der Regel in eins der Hotelzimmer zurück, noch nie aber hatte ich das Bedürfnis verspürt, jemanden in meinem Apartment, meinem Bett, meinem eigenen, ganz privaten Rückzugsort zu vögeln. Noch niemals zuvor. Bis jetzt. Ich musste verrückt sein. Meine Libido hatte anscheinend komplett die Kontrolle über meinen Verstand erlangt.

»Oh.« Anscheinend war diese Information auch für sie eine Überraschung.

Belustigt sah ich in ihr Gesicht. »Ich interpretiere das als ein erfreutes *Oh*.«

»Ich denke schon«, hauchte sie und biss auf ihre volle Unterlippe. Grundgütiger, diese Geste fuhr direkt in meinen ohnehin schon harten Schwanz.

Ich ließ meine Hände über ihren entzückend gerundeten Hintern wandern und streichelte in lasziven Kreisen über die verlockenden Kurven. »Dein Po. Er hat mich vom ersten Moment an fasziniert. Mhm ... Keine hat so einen süßen, sexy Arsch wie du.«

Sie bog den Kopf nach hinten und lachte auf. Ich mochte den Klang ihres Lachens. Viel zu sehr. Am Rande meines Bewusstseins registrierte ich, dass es immer mehr gab, das ich an dieser Frau mochte, während ich die verlockende Kurve ihrer Kehle anstarrte.

»Verflucht, Brooke, weißt du eigentlich, was du mit mir machst?«, fragte ich und ließ meine Lippen über ihre zarte, nach Orangenblüten duftende Haut gleiten.

Brooke sog scharf die Luft ein. »Du bist ein unersättlicher Mann, Zachary Moore«, tadelte sie mich mit rauer Stimme, während sie ihre Hüften im Einklang mit meinen Bewegungen wiegte und sich an meine Erektion presste.

»Und dir gefällt das«, erwiderte ich mit einem Grinsen.

Es wurde noch breiter, als sie unvermittelt mein Hemd aus der Hose riss und ihre Hände unter den Stoff gleiten ließ, um über mein Sixpack zu streicheln.

»*Du* gefällst mir«, sagte sie leise und trieb mich mit ihren zärtlichen Fingern auf den harten Wölbungen meiner Muskeln in den Wahnsinn.

»Was für ein Glück, dass niemand diesen verfluchten Aufzug angehalten hat.« Ich knurrte. Vor Verlangen. Unbändiger und wilder Lust.

Diese Frau verstand es wie keine andere, die Flamme der Leidenschaft in mir zu entfesseln. Ich würde das nicht aufgeben. Scheiße, nein. Irgendwie musste ich Brooke davon überzeugen, dass wir das hier weiterführten. Und ich würde sie mit der einen

Sache bekehren, in der ich brillierte. Sie zu verführen.

Uns atemlos küssend und streichelnd, stolperten wir aus der Kabine, als der Lift im dritten Stock hielt.

Brooke

Ich hätte mich nicht erneut von ihm überreden lassen sollen. Hätte mich nicht verführen lassen sollen. Ich hatte es mir fest vorgenommen gehabt, standhaft zu bleiben.

Seufz.

Aber ernsthaft. Welche halbwegs normal gestrickte Frau würde bei Zachary Moores Anblick keine weichen Knie bekommen? Mein Herz hatte in jenem Augenblick gestoppt, mein Sprachzentrum sich komplett ausgeschaltet und all meine Nervenenden vor Verlangen vibriert, als ich ihn in der Lounge erblickt hatte, so umwerfend und verteufelt sexy hatte er ausgesehen. Heißer als jemals zuvor! Alles, was ich zu ihm hatte sagen wollen, alle Worte, die ich mir zurechtgelegt hatte, waren augenblicklich ins Nirwana davongesegelt gewesen. Das lila Hemd schien ihm auf den Leib geschneidert zu sein, denn es betonte jeden einzelnen köstlich gewölbten Muskel, der sich darunter verbarg, und passte hervorragend zu der feinen Stoffhose, die sich an seine schmalen Hüften schmiegte und die gleiche dunkle Farbe wie sein Haar hatte. Abgesehen von seinem attraktiven Äußeren war dieser Mann einfach zu raffiniert, er kannte jegliche Kniffe und Tricks, um meinen Puls zum Rasen zu bringen. Um in mir den dringenden Wunsch auszulösen, mich flachlegen lassen zu wollen. Was er dann am Tisch, kaum dass ich mich zu ihm gesetzt hatte, auch einmal mehr bewiesen hatte, als er mich geküsst, seine Finger frech und ungeachtet der Tatsache, dass wir uns quasi in der Öffentlichkeit befanden, unter meinen Rock geschoben hatte.

Während er mich also mit verführerischen Küssen und unanständigen Berührungen über den mit einem dicken Teppich ausgelegten Gang zu seiner Suite dirigierte, kapitulierte ich. Na ja, in Wahrheit hatte ich das bereits viel früher getan.

Doch seltsamerweise gelang es mir, jegliche Zweifel auszublenden, als Zach aus seiner Brusttasche eine Schlüsselkarte fischte und sie durch einen Schlitz neben einer massiven, weiß lackierten Holztür zog. Dies hier würde unser Abschied sein. Ein letztes Mal würde ich mich ihm hingeben und in den Himmel vögeln lassen. Ein letztes Mal seine atemberaubende Nähe und den vermutlich besten Sex meines Lebens genießen. Denn wenn er erst mal von meiner Neuigkeit erfahren hätte, würde er mit Sicherheit nichts mehr mit mir zu tun haben wollen. Mit einem leisen Seufzer schüttelte ich das Unbehagen von mir, entschlossen, mich auf Zach und das, was vor uns lag, zu konzentrieren.

»Alles okay?« Er warf mir einen fast zärtlichen Blick zu, der mir durch und durch ging, während er mir die Tür aufhielt, damit ich eintreten konnte.

Ich nickte, gerade nicht fähig, zu sprechen, und wünschte mir, er wäre nicht so schrecklich nett. So zärtlich und verständnisvoll. Im Ernst, warum konnte Zachary Moore nicht einfach das Arschloch sein, für das ich ihn gehalten hatte, als wir uns noch nicht begegnet waren?

Einen frustrierten Laut unterdrückend, richtete ich meine Aufmerksamkeit auf Zachs Suite.

Wow!

Schon einige Male hatte ich mir seine Wohnung vorgestellt, aber das, was ich hier sah, übertraf all meine Fantasien. Wir traten in ein mit einem wunderschönen, polierten, dunklen Hartholzboden ausgelegtes Entree, das sich zu einem Wohnzimmer hin öffnete. Die Wände, in einem sanften Grau gestrichen, waren in ungefähr einem Meter Höhe mit weißem Holz über den Fußbodenleisten dekorativ abgesetzt worden. Ich registrierte einen gigantischen Flatscreen gegenüber einer riesigen schwarzen Sitzlandschaft aus Leder, einen gemauerten Kamin, einige schwere dunkle Möbel. Die Decke bestand ebenfalls aus weißem Holz, wölbte sich teilweise in Spitzgiebeln über den

Räumen. Das großzügige Zimmer verströmte Luxus und pure Maskulinität, genau wie Zach selbst. Er passte einfach perfekt hier hinein.

Er nahm mir meine Handtasche ab, um sie auf einem kleinen Nussbaumtisch im Eingangsbereich zu deponieren, bevor er seine Finger an meine Taille legte und mich durch das Zimmer dirigierte. »Nur zu deiner Information, mein Bett ist sehr bequem«, meinte er mit einem frechen Zwinkern und mein Magen machte einen erwartungsvollen Satz.

»Ach ja?« Wie viele Frauen er wohl schon in dieses *sehr bequeme* Bett eingeladen hatte?

»Du bist übrigens die Erste, die in den Genuss kommt, meine Kingsize-Matratze zu testen«, fuhr er mit einem anzüglichen Lächeln fort, als hätte er meine unausgesprochene Frage gehört.

Ich blieb stehen. »Du meinst, du hast noch niemanden ...?«

»Nope«, bestätigte er und ließ seine Finger in verführerischen Kreisen über die Rundungen meines Pos wandern. »Du bist definitiv die Erste.«

Wow! Was sollte ich mit dieser Information anfangen? Hatte Zach etwa doch Gefühle für mich entwickelt? War ich etwas Besonderes für ihn? Eine Menge Gedanken schwirrten durch meinen Kopf, als seine Worte sackten. »Warum?«, wollte ich wissen, aber er reagierte nicht darauf.

Stattdessen packte er unvermittelt meine Handgelenke, um sie mit einer Hand hinter meinem Rücken festzuhalten, und drängte mich gegen eine Wand, während seine andere Hand eine meiner Brüste umschloss. Ich konnte mich nicht wehren, war zwischen ihm und der Mauer gefangen, und ich liebte es, verdammt noch mal. Ich liebte es, wie er es schaffte, mich derart zu erregen.

»Was hast du vor?«, keuchte ich, während er sich an mir rieb, meinen aufgerichteten Nippel durch den Stoff mit dem Daumen reizte und sich an mich presste, um mich seine Erektion spüren zu lassen.

»Was glaubst du wohl, süße Brooke?« Sein Atem kam stoßweise, als er in einer fließenden Bewegung mein rechtes Bein hob und es sich um seine Hüfte legte. »Jetzt führen wir fort, was wir unten in der Lounge begonnen haben.« Ein Lächeln klang in seiner Stimme mit, ein dunkles, verheißungsvolles Versprechen.

Blitzschnell hatte er seine freie Hand unter meinen Rock geschoben. Das weiche Material glitt streichelnd über meine Schenkel und eine wohlige Gänsehaut überzog meinen Körper. Ich schluckte. Ließ den Kopf nach hinten gegen die Wand sinken, als ich ihn in meinem Höschen spürte. Seine Finger auf meiner Klit. Mit genau dem richtigen Druck, der richtigen Sanftheit. »Gott, Zach«, entfuhr es mir. Leise stöhnend fing ich an, meine Hüften zu bewegen, als sein Finger verführerische Kreise um meine geschwollene Perle beschrieb. Ich öffnete meinen Mund, doch Zach erstickte meinen kleinen Schrei, indem er seine Lippen auf meine presste und an mir saugte und knabberte, mich zärtlich biss, während er mich in den hellen Wahnsinn trieb. Ich kam hart und schnell, und als meine Knie nachzugeben drohten, gab Zach meine Handgelenke frei und schlang seine Arme um meine Taille, um mich hochzuheben. Ich barg mein Gesicht an dem feinen Stoff seines Hemds, sog tief seinen herrlich männlichen, herben Geruch ein und meine Lippen verzogen sich zu einem verträumten Lächeln. »Du weißt ganz genau, wie du ein Mädchen in den Himmel beförderst, Zachary Moore.«

Er trug mich durch einen langen Korridor und stieß schließlich die Tür zu einem anderen Raum auf. Unverkennbar sein Schlafzimmer. Ein breites Bett aus dunklem Holz mit gedrechselten Bettpfosten, die fast bis hinauf zur Decke gingen, gegenüber ein gemauerter Kamin mit einem riesigen, verzierten Spiegel darüber, der das durch das Fenster hereinfallende Licht reflektierte. Sandfarbener Teppichboden dämpfte Zachs schnelle Schritte.

»Wen pflegst du denn hier zu fesseln?«, scherzte ich in Andeutung zu den auffälligen Bettpfosten, obwohl er mir doch gerade gestanden hatte, dass ich die erste Frau war, die er mit in sein Schlafzimmer nahm. Überrascht schnappte ich nach Luft, als er mich aufs Bett fallen ließ und anfunkelte.

»Wenn dir der Sinn danach steht, werde ich dich hier auch fesseln«, erwiderte Zach und senkte seine Stimme um eine Oktave. »Du musst nur deine Wünsche äußern. Ich werde sie dir erfüllen.«

Bei dem erotischen Klang seines tiefen, dunklen Timbres überzog mich ein Gänsehautschauer und all die kleinen Härchen stellten sich auf. »Schlaf mit mir, Zach«, flüsterte ich. »Das ist mein Wunsch.«

»Nichts lieber als das. Ich werde in dir sein, ganz tief drin in deiner süßen, hübschen Pussy, Brooke«, erklärte er rau und drückte mich sanft, aber bestimmt auf den Rücken. »Und ich werde dich kommen lassen. Nicht ein Mal. Zwei Mal, drei Mal. Wenn du mich lässt.« Er schob sich über mich, fing sein Gewicht mit seinen Unterarmen ab und sah mir tief in die Augen. Der Hunger in diesem wunderschönen dunklen Gold ließ mich regelrecht erschaudern. »Sieh das als Versprechen an.«.

Grundgütiger. All meine Nervenenden vibrierten vor Anspannung und Lust. Ich atmete so schnell, dass mir fast schwindelig wurde. Seine Worte hörten sich verflucht sexy an. Meine Hände zitterten so sehr, als ich mich mit seinen Hemdsknöpfen abmühte, dass er lächelnd meine Handgelenke festhielt.

»Lass mich das machen«, sagte er heiser und hatte sich im Nu seiner Kleidung entledigt. Danach nahm er sich die Zeit, mich genüsslich auszuziehen. Keine Sekunde wandte er seine Aufmerksamkeit von mir und bei jedem Kleidungsstück, das er achtlos beiseite warf, bei jedem heißen, von Begehren erfüllten Blick stieg meine Erregung ins schier Unermessliche.

Mein Körper begann, erwartungsvoll unter ihm zu vibrieren, als er seinen harten Schwanz an mir rieb.

»Ich begehre dich so sehr, Brooke, dass es schmerzt. Ich will in dir sein, will, dass du mich in dich aufnimmst. Ich will dich spüren, ganz tief in dir drin.«

»Das ist so heiß, so verdammt heiß, was du da sagst.« Ich leckte über meine Lippen und meine Pussy zog sich vor Verlangen zusammen.

Seine Mundwinkel hoben sich zu einem trägen Lächeln, das

sich vertiefte, als er sein Becken an mir kreisen ließ. »Lust auf einen wilden Ritt, süße Brooke?«

Als Antwort schlang ich meine Beine um seine Hüften, sodass die pralle, samtige Spitze seines Ständers direkt gegen die feuchte Hitze meines Eingangs drückte. Ich stöhnte laut auf, denn ich verging vor Lust. »Nimm mich, Zach«, bettelte ich schamlos. »Jetzt.«

Mit einem festen, perfekten Stoß drang er in mich ein. Er füllte mich komplett aus und es fühlte sich unglaublich gut an. Wir fanden schnell einen gemeinsamen Rhythmus und während er mir in die Augen sah, erwiderte ich jede seiner kraftvollen Bewegungen mit der gleichen Intensität, wild und verzweifelt, und wünschte mir, es würde niemals enden. Denn die Wahrheit war: Ich war verloren. Ich hatte mich verliebt. Keine Ahnung, wie oder wann es geschehen war, aber Zachary Moore hatte einen Weg gefunden, mich zu berühren. Tief in mir drin. Ich öffnete meinen Körper, meine Seele. Öffnete mich, um ihm alles zu geben, was ich besaß. Inklusive meines Herzens.

Seine Stöße wurden wilder, kräftiger, verzweifelter. Fast so, als wüsste er es auch. Als ahnte er, dass das hier unser letztes Mal sein würde.

Aufschluchzend hielt ich mich an seinen starken Schultern fest, grub die Finger in seine harten Muskeln. Noch nie zuvor hatte sich der Sex mit einem Mann so natürlich, so *richtig* angefühlt. Unsere Körper passten perfekt zueinander, als wären sie dafür geschaffen worden. In der Hitze der Leidenschaft verschmolzen wir miteinander und wurden eins. Mein Puls raste, mein Herz klopfte so schnell, dass ich das Gefühl hatte, ich würde sterben. Ich schrie seinen Namen.

»Keine Angst«, wisperte er. »Ich fange dich auf. Lass dich fallen, Brooke.«

Und das tat ich.

Ich starrte an die Decke, an der ein geschmackvoller Kronleuchter aus dunklem Eisen über uns hing, und wünschte mir, ich könnte ewig so in Zachs Arme geschmiegt liegen bleiben. Die Zeit anhalten, diesen Augenblick in ein Kästchen sperren und die Erinnerung für immer mit mir herumtragen. Doch ich wusste, das würde niemals geschehen. Die Zeit blieb nicht stehen und der Moment, da ich Zach die Wahrheit gestehen musste, rückte unaufhörlich näher. Eigentlich war ich ins *Seventh Heaven* gefahren, um mit ihm zu reden. Stattdessen hatte ich es zugelassen, dass er mich verführte. Hatte mich von ihm abschleppen und flachlegen lassen. Als hätte ich keine Wahl gehabt. Doch das stimmte nicht. Ich hatte mich entschieden, Sex mit ihm zu haben. Weil ich es mir so sehr gewünscht hatte. Weil mein Körper ihn brauchte. Weil *ich* ihn brauchte. Ich hatte ihm nicht widerstehen können. Wie die Male zuvor hatte ich es genossen, bei ihm zu sein, ihn zu spüren und zu fühlen, und war Zach dabei wieder ein kleines bisschen nähergekommen. Was die Sache, die nun folgen würde, kein Stückchen einfacher machte. Im Gegenteil. Warum war das Schicksal so gemein? So hinterhältig? Warum hatte ich jemandem begegnen müssen, der mir den Boden unter den Füßen wegzog? Der all das verkörperte, was ich mir bei einem Mann wünschte? Warum hatte ich mich ausgerechnet in denjenigen verlieben müssen, den ich aus vielerlei Gründen nicht haben konnte? Es war ausgeschlossen, dass aus uns jemals etwas werden würde. Irgendwann würde ich für ihn nur noch eine nette Erinnerung sein. Unbewusst stieß ich einen tiefen Seufzer aus.

Zach umfasste mein Gesicht und zog mich heran, um mich sanft zu küssen. »Und? Habe ich meine Lady zufriedengestellt?« In seinen Augen funkelte Wohlbehagen und so etwas wie ... Besitzanspruch?

Hatte er soeben *meine* gesagt? Mein Herz stoppte, bevor es anschließend in wildem Galopp davonjagte. Gott, war es möglich, dass ...? *Nope, nope, nope. Nein, Brooke!* Ich wies mich innerlich zurecht. Ich durfte erst gar nicht in diese Richtung denken. Dieser Satz war sicher nur so daher gesagt. Zach war nicht der Typ Mann, den *frau* dauerhaft halten konnte. Vielleicht für eine kleine Weile. Ein winziges bisschen länger ... Ein paar Tage, möglicherweise Wochen. Für die Dauer einer netten, unbedeutenden Affäre. Aber selbst wenn, es wäre nicht das, was ich mir von ihm wünschte. Ich würde verletzt werden am Ende, so gut kannte ich mich. Ohnehin war ich mit Zach schon viel zu weit gegangen. Und dann war da ja auch noch Dad. Sein Bild tauchte vor meinem inneren Auge auf. Ich erinnerte mich an die Traurigkeit in seinem Blick, den harten, verbitterten Zug um seinen Mund. Daran, dass er im Augenblick nur noch mich hatte. Seine Tochter. Und daran, dass Blut schon immer dicker gewesen war als Wasser. Auch wenn das Wasser noch so verführerisch glitzerte und mein Herz nichts mehr wollte, als mit diesem Mann zusammen zu sein. »Zach, ich kann ...«

»Du bist unglaublich heiß, Babe«, unterbrach er mich und heftete seinen Blick auf meinen Mund. Mit dem Daumen strich er sanft über meine Unterlippe. »Und ich bin unfassbar scharf auf dich. Selbst jetzt, nachdem wir ausgiebig gevögelt haben. Ich liebe es, Sex mit dir zu haben. Und ich weiß, dir geht es ebenso.«

»Ja«, hauchte ich, bemüht, das Wummern in meiner Brust zu ignorieren. Oh Gott, ja. Ich liebte es, seinen großartigen Schwanz in mir zu spüren. Ich konnte mir nicht vorstellen, das nie wieder zu empfinden. »Wir ... Ich muss dir etwas sagen, Zach.« *Und es bricht mir das Herz.*

»Nur zu.« Sein Lächeln war warm und herzlich. Und die reinste Folter. »Ich hatte dir einmal beteuert, immer für dich da zu sein. Und das habe ich auch so gemeint.«

Ich nickte. Suchte verzweifelt nach den Worten, die ich mir in Gedanken schon auf der Fahrt hierher zurechtgelegt hatte, doch mein Kopf war wie leer gefegt.

»Brooke.« Er legte eine Hand in meinen Nacken und sah mir in die Augen. »Spuck es schon aus. So schlimm wird es schon nicht sein.«

Er hatte ja keine Ahnung. »Ich werde die Videoaufnahme gegen euer Hotel verwenden«, presste ich zwischen meinen Zähnen hervor und etwas in meinem Inneren zersprang in tausend Stücke. »Es tut mir sehr, sehr leid, aber ich habe keine andere Wahl.«

Er ließ langsam seine Hand sinken. Das geschmolzene Gold in seinen Augen verdunkelte sich und wurde hart wie Stein.

»Zachary«, beschwor ich ihn. »Ich wünschte, es wäre alles anders.«

»Man hat immer eine Wahl«, sagte er tonlos.

»Nein.« Vehement schüttelte ich den Kopf. »Ich muss in dieser Sache an der Seite meines Dads stehen, Zach. Lass es mich dir erklären.«

»Gib dir keine Mühe.« Mit einem entschlossenen Handgriff warf er die Decke von sich und stieg aus dem Bett. »Es ist nicht nötig, dass du mir etwas erklärst.« In all seiner wunderbaren, umwerfenden Nacktheit stand er da, verschränkte seine Arme vor der Brust und sah mich an.

Ich erhob mich ebenfalls. Verdammt, er war so wunderschön und unglaublich sexy mit seinen breiten Schultern, den Tattoos auf den gewölbten Muskeln seiner Arme, in die ich mich vor wenigen Sekunden noch geschmiegt hatte, und den schmalen Hüften. »Zach, bitte. Das Ganze«, ich machte eine verzweifelte Handbewegung, »fällt mir nicht leicht.« In Wahrheit war es das Schwerste, das ich je getan hatte.

»Es ist nicht so, dass ich dich nicht verstehe, Brooke. Nur hätte ich das ehrlich gesagt nicht von dir erwartet.«

Wow. Seine Worte fühlten sich wie ein Schlag in die Magengrube an. Zögerlich ging ich auf ihn zu und hob eine Hand, weil ich ihn so gern berühren wollte, ließ sie aber wieder sinken, denn er machte demonstrativ einen Schritt zurück. Er lehnte sich mit dem Rücken gegen die Wand neben der Tür und zeigte mir auf diese Art, dass er mir nicht erlauben würde, ihn anzufassen. Dieses Privileg hatte ich verspielt. »Ich hatte nicht vor, die Aufnahme zu verwenden«, würgte ich heraus. »Na ja, zumindest habe ich es infrage gestellt. Aber dann war da die Sache mit Tiffany und Dad ... Dieser Kuss ...« Ich brach ab und warf ihm einen flehenden Blick zu, wünschte inständig, er würde alles verstehen. »Ich muss Dad unbedingt zeigen, dass ich zu ihm stehe. Es geht ihm nicht gut, Zach. Er hat nur noch mich und er muss wissen, dass er sich auf mich verlassen kann.«

Seine Miene zeigte keine Regung, als er mich betrachtete, aber an seinem Kiefer zuckte ein verräterischer Muskel. »Dann schätze ich, du musst tun, was du für richtig hältst.«

Das klang so hart. So endgültig. Ich schluckte, um den grässlichen Kloß in meiner Kehle loszuwerden. Weil ich so furchtbar durcheinander war und mich auf einmal meiner Nacktheit schämte, schnappte ich mir meine Kleidung. In meinem Kopf wirbelten tausend Gedanken umher, als ich in mein Höschen und anschließend in meinen Rock schlüpfte. Ich war mir des intensiven Blicks, mit dem Zach jede meiner Bewegungen verfolgte, mehr als bewusst. Meine Hände schienen mir nicht gehorchen zu wollen und ich hatte Mühe, den Reißverschluss hochzuziehen. Schließlich hob ich den Blick, um ihn anzusehen, und sein Bild verschwamm vor meinen Augen. »Zach. Ich hätte nie gedacht ... Ich hab doch nicht damit gerechnet ...«

»Spar dir deinen Atem, Brooke«, unterbrach er mich kalt. Er stieß sich von der Wand ab. Achtlos warf er mir meine Bluse zu, die im Strudel der Leidenschaft auf dem Teppich liegen geblieben war. »Behalte diesen Fick besser gut in Erinnerung. Denn das war der Letzte, den du jemals mit mir gehabt haben wirst.«

... dass ich mich in dich verlieben würde, hatte ich sagen wollen. Mit noch immer zitternden Fingern knöpfte ich mir mein Oberteil zu und biss dabei auf meine Unterlippe, bis es schmerzte. »Zach, es tut mir so unendlich lei...«

»Du solltest jetzt besser gehen«, schnitt er mir erneut das Worte ab. In seinen Whiskeyaugen glitzerte Eis. Unnachgiebiges, klirrend kaltes Eis, mit dem er hypnotisch meinen Blick gefangen hielt. »Ich bin sicher, du findest selbst nach draußen.«

Ich wandte mich ab, weil ich es nicht länger ertrug, wie er mich ansah, so voller Kälte und Verachtung. So emotionslos. Wo vor wenigen Momenten doch noch so viel Wärme und Zuneigung in seinen Augen zu erkennen gewesen war. Ich machte mir nicht die Mühe, mir meine Tränen von den Wangen zu wischen. Es war mir egal, wenn er mich weinen sah. Ich hatte sowieso nichts mehr zu verlieren. »Verzeih mir, Zach«, sagte ich leise.

»Leb wohl, Brooke.« Er sah mich nicht an, sondern starrte mit regungsloser Miene an mir vorbei, und mir wurde klar, dass er bereits mit mir abgeschlossen hatte.

Kaum dass ich das Zimmer verlassen und mir im Eingangsbereich meine Handtasche geschnappt hatte, brach ich innerlich zusammen. Meine Tränen schmeckten salzig und vermischten sich mit dem süßen Geschmack, den ich noch von Zachs letztem Kuss auf meinen Lippen trug.

18. KAPITEL

Zachary

Fuck, Fuck, Fuck! Hart ließ ich meine Faust auf die Granitplatte des Doppelwaschbeckens in meinem Bad krachen und genoss, wie der Schmerz durch meinen Arm bis hoch in die Schulter schoss. Zumindest lenkte diese Empfindung meine Aufmerksamkeit für ein paar Sekunden von jener dunklen, unheilvollen ab, die sich in meiner Magengrube mit einem fast unerträglichen Druck breitgemacht hatte. Nachdem Brooke verschwunden war, hatte ich mich ins Badezimmer begeben, wo ich nun – noch immer nackt und ziemlich wütend – mein Spiegelbild betrachtete. *Du verdammter Idiot, Zachary Moore.* Ich fühlte, wie sich eine beschissene Wut in meinem Bauch zusammenballte. Auf Brooke, auf mich. Vor allem aber auf mich.

Von Brookes Warte aus konnte ich ihr Verhalten durchaus nachvollziehen, auch wenn es mich natürlich enttäuschte, dass sie mich wirklich ans Messer liefern wollte, nachdem wir es miteinander getrieben hatten und der Sex mehr als berauschend gewesen war. Ohne Zweifel fühlte sie sich hin- und hergerissen zwischen ihrer Pflicht als guter Tochter und mir. Sie empfand etwas für mich, das hatte ich ihr vom Gesicht ablesen können, ich war ihr nicht egal. Und doch hatte sie sich gegen mich entschieden. Gegen uns. Ich hatte hoch gepokert. Und verloren. Was mich allerdings am meisten ärgerte und aus der Bahn warf – so sehr, dass ich am liebsten meine schmerzende Faust in den verfickten Spiegel gerammt hätte, um ihn in tausend Teile zu zerbrechen –, war die Tatsache, dass ich diese Sache mit uns zu nah an mich herangelassen hatte. Viel zu nah. Brooke hatte sich in meinem Kopf festgesetzt. Hatte sich in mein verdammtes System geschlichen. Nachdenklich stützte ich mich mit beiden Händen auf der Granitplatte ab und betrachtete mich kopfschüttelnd. Wie zum Henker hatte es so weit kommen könnten? Ich hatte mit dem Feuer gespielt und mich verbrannt. Von

Anfang an hätte ich dieser blöden Sache einen Riegel vorschieben sollen.

Warum hatte ich mich überhaupt mit der Tochter meines Konkurrenten eingelassen? Vielleicht, weil mich noch niemals zuvor jemand so angezogen hatte, wie sie es tat? *Verfickte Scheiße, Zachary Moore, sieh der Tatsache ins Auge. Du bist dieser Frau verfallen. Oder besser: dem Sex mit ihr.* Deshalb hatte ich ihr gestattet, in mein Leben zu treten. Und vermutlich hatte ich mich ihr deshalb auch bis zu einem gewissen Grad geöffnet. Ihr erlaubt, einen winzigen Blick in meine Vergangenheit zu werfen. Ich hatte Dinge mit ihr geteilt, die ich sonst keiner Frau jemals erzählt hatte. *Fuck!* Zachary Moore, CEO des erfolgreichen Wellnessresorts *Seventh Heaven*, überzeugter Playboy und Junggeselle, hatte einer Frau gestattet, ihm zu nah zu kommen. Zur Hölle! So was passierte mir nicht. Niemals.

Der Gedanke, ihren süßen Körper niemals mehr anfassen, sie niemals mehr wieder vögeln zu können, brachte mich schier um. Hitze stieg mir ins Gesicht. Ich musste mich irgendwie abreagieren. Am besten mit einer kalten Dusche. Danach würde ich mich mit meinem Bruder Nash treffen, um die weiteren Schritte in dieser Angelegenheit zu besprechen.

Ich riss die gläserne Tür der großzügigen Duschkabine auf, trat hinein und wäre um ein Haar auf den glatten Fliesen ausgerutscht. Wütend stieß ich einen derben Fluch aus und drehte das Wasser auf. Wie eisige Nadelstiche traf es auf meinen Körper und ich genoss regelrecht den prickelnden Schmerz, der mich für ein paar Augenblicke von dem ganzen Mist ablenkte. Nach einer Weile, als meine Haut begann, sich von der Kälte rötlich zu verfärben, regelte ich die Temperatur und nahm mir von dem Duschgel auf der Ablage und schäumte etwas davon zwischen meinen Händen auf. Meine seifigen Hände ließ ich gedankenverloren über meine Muskeln gleiten und ich erinnerte mich daran, wie Brooke und ich diesen umwerfend heißen Sex im Privatpool gehabt hatten. Und den langsamen, süßen, intimen auf der Liege im Schatten danach, der mich dazu gebracht hatte, ihr von meiner Vergangenheit zu erzählen. Von meinem Vater, diesem Bastard. Und von Mom. Ich dachte daran, wie ich Brooke im *Icecube* in dem privaten Nebenraum fast hatte kommen lassen. Auf meinem verdammten Schoß. Wie süß sie reagiert hatte, als ich sie im Wellnessbereich des Hotels verwöhnt und sie meine wahre Identität noch nicht gekannt hatte. Vor allen Dingen, als sie das zweite Mal im *Seventh Heaven* aufgetaucht war. Sie hatte vermutlich angenommen, ich hätte es nicht mitbekommen, weil ich mir nichts hatte anmerken lassen. Aber bei Gott, es war so verflucht erotisch gewesen, wie sie sich auf ihre volle Unterlippe gebissen, den Kopf abgewandt und ihr Körper unter der Macht eines Orgasmus erzittert hatte. Ich war so dermaßen erregt gewesen, dass es mir schwergefallen war, meine Erektion vor ihr zu verbergen. Auch jetzt wurde ich erneut steinhart, als ich mir dieses Bild ins Gedächtnis rief. Während ich die Szene in aller Ausführlichkeit noch mal Revue passieren ließ, schloss ich meine Faust um meinen prallen Schwanz und begann, mir mit schnellen, kraftvollen Bewegungen Erleichterung zu verschaffen, und stellte mir vor, es wären Brookes schlanke Finger und ihr sinnlicher Mund, die mich in den süßen Wahnsinn trieben. Der tiefe Schrei, den ich ausstieß, als ich hart kam, echote von den mit Marmor gefliesten Wänden wider.

Ich hatte ausgiebig geduscht und mich in ein frisches weißes Hemd, dem nicht Brookes Parfüm und auch nicht ihr persönlicher Duft anhaftete, geworfen. Dazu trug ich ein neues Paar dunkler Businesshosen, inklusive feiner Lederschuhe, und fuhr, das dazugehörige Jackett über die Schulter geworfen, mit dem Lift hinab ins Erdgeschoss, um mein Büro aufzusuchen. Ich war fest entschlossen, die Episode Brooke van Deeks hinter mir zu lassen und mit neuem Elan, vor allem mit klarem Kopf, durchzustarten. Keinesfalls würde ich mich von dieser Affäre in irgendeiner Weise aus der Bahn werfen lassen. Die gute Familie van Deeks würde nicht damit durchkommen, den Namen des *Seventh Heaven* in den Schmutz zu ziehen. Ich vermutete, dass sich Nash bereits mit unseren Anwälten in Verbindung gesetzt hatte, um entsprechende Gegenmaßnahmen vorbereiten zu lassen. Mit Sicherheit gab es – abgesehen von den Eskapaden der Mutter – etwas im Leben dieser feinen Familie, das nur darauf wartete, ausgegraben und ans Licht der Öffentlichkeit gezerrt zu werden. Sprichwörtlich jeder hatte Leichen im Keller. Wirklich jeder. Sollte dies auch auf Mark van Deeks zutreffen, würde Rico Vasquez dies ganz schnell herausfinden. Noch bevor ich den Gedanken zu Ende geführt hatte, war mir allerdings klar, dass ich vermutlich niemals zu solch drastischen Maßnahmen greifen würde. Mein Team aus Top-Anwälten würde sicherlich Mittel und Wege finden, die Integrität unseres Hauses zu schützen. Und was Brooke betraf – es gab eine lange Reihe von Frauen, die nur darauf warteten, sich von mir flachlegen zu lassen. Ein Fick war schließlich ein Fick. Nicht mehr und nicht weniger.

Entschlossen trat ich durch die Tür ins Vorzimmer zu meinem Büro und stellte mit Erleichterung fest, dass Kelly noch arbeitete, denn immerhin war es bereits zwanzig nach sechs und ihr Feierabend hatte offiziell schon längst begonnen. Ich zwang mich zu einem unbeschwerten Gesichtsausdruck. »Kelly, Sie sind meine Rettung. Wie gut, dass ich Sie noch antreffe. Ich brauche Ihre Hilfe.«

Meine Sekretärin, die bereits beim Öffnen der Tür ihren Blick vom Bildschirm genommen hatte, um mich anzusehen, nickte mir mit einem warmherzigen Lächeln zu. »Sie haben Glück, Zachary. Ich möchte heute noch ein paar liegen gebliebene Überweisungen tätigen. Und in Ihrem Büro warten ein paar Dokumente zur Unterschrift. Außerdem bat Mrs Carter um Ihren Rückruf.«

Ich unterdrückte einen derben Fluch und legte mein Jackett über der Lehne einer der Stühle ab, die für Besucher vorgesehen waren. Mrs Carter, eine unserer etwas älteren, weiblichen Stammgäste, musste irgendwann beschlossen haben, mir das Leben schwer machen zu wollen. Sie war tiefreligiös und der Meinung, dem Namen unseres Hotels entsprechend, sollten wir

Moore-Brüder für die Gäste unbedingt eine kleine Kapelle oder einen Raum für stille Gebete zur Verfügung zu stellen. Sie hatte ja keine Ahnung, dass manche Aktivitäten, die in unserem Hause vor sich gingen, vielleicht eher einem Sündenpfuhl zuzuordnen waren als ausgerechnet dem Himmel. Normalerweise veranlasste mich ihre Bitte zum Schmunzeln, doch diesmal zog ich meine Brauen unheilvoll zusammen.

»Ich habe im Augenblick keine Zeit für Mrs Carter.« *Und keinen Nerv.* »Bitte rufen Sie die Dame doch zurück und sagen Sie ihr, dass ich mich bei ihr melden werde, sobald es meine Geschäfte zulassen.«

»Das mache ich. Und was kann ich für Sie tun?«

Ich schob meine Hände in die Seitentaschen meiner Hose und wippte auf den Fersen. »Lassen Sie Rico herkommen. Ebenso sagen Sie bitte meinem Bruder Nash, dass ich ihn sprechen möchte. Umgehend.«

Kelly runzelte alarmiert die Stirn. »Ist etwas nicht in Ordnung?«

Könnte man so sagen. »Nein, machen Sie sich keine Gedanken.« Es gab keinen Grund, meine Sekretärin in diese spezielle Problematik einzuweihen. Je weniger Leute darüber Bescheid wussten, desto besser. »Ach, seien Sie ein Schatz und organisieren Sie bitte drei doppelte *Dalmore Single Malt* mit Eis für uns, ja?« Ich hatte das Gefühl, jetzt einen ordentlichen Drink vertragen zu können.

»Gerne, Zach. Wird sofort erledigt.« Kelly nickte mir erneut freundlich zu und ich dankte dem Himmel nicht zum ersten Mal für meine eifrige sowie kompetente Sekretärin, die zudem auch noch ziemlich attraktiv war. Zur Hölle, Brooke war wirklich nicht die einzige hübsche Frau auf diesem Planeten!

Ich schnappte mir mein Jackett von der Stuhllehne. Verdammt, warum hatte ich es überhaupt abgelegt? Ich war ziemlich durcheinander, stellte ich kopfschüttelnd fest und trat durch die Milchglastür in mein Büro.

»Also, Bruderherz, was liegt an?« Nash hob sein Glas und stieß es klirrend an meins, bevor er genüsslich an seinem Drink nippte. Nash war noch nie ein Kostverächter gewesen. Weder beim Alkohol noch bei den Frauen. Diese Eigenschaft teilten wir. Nun ja, genauer gesagt, teilten wir drei Brüder alle diese Eigenschaft. Es gab üblere Vorlieben.

Aber zurück zum eigentlichen Kern der Sache. Mit meinem Glas in der Hand lehnte ich mich gegen die nachgebende Lehne meines Ledersessels zurück und setzte Nash ins Bild über die neueste Entwicklung im Fall Brooke van Deeks, während wir auf Ricos Erscheinen warteten. »Was hast du in dieser Sache bereits unternommen?«, wollte ich von Nash anschließend wissen.

In der für ihn typischen Geste krauste er seine Stirn und kniff sich in die Nasenwurzel. Wie immer, wenn er Mist gebaut hatte. »Also, um ehrlich zu sein, bin ich noch nicht ...«

»Verflucht, Nash. Ich hatte dich doch gebeten«, knurrte ich und platzierte meinen Tumbler sorgfältig auf dem Tisch. Predigte ich ihm nicht ständig, die Dinge gleich zu erledigen? Oh Fuck, ich musste wirklich schlecht drauf sein, denn so pingelig war ich in der Regel meistens, wenn mir jemand ans Bein gepisst hatte. »Wie dem auch sei, wir sollten dringend etwas unternehmen. Jetzt. Ich schlage vor, du setzt dich sofort mit Warren in Verbindung.« Warren Bentley war der Kopf unseres Anwaltsteams und ein gewiefter Fuchs, wenn es um das Umgehen oder Umsetzen, manchmal auch Interpretieren, von Gesetzen ging. Nicht umsonst hatte ich den fähigen Mann mit an Bord unserer Firma geholt.

»Verdammte Scheiße.« Nash schob ebenfalls sein Glas auf den Tisch. Seine türkisgrünen Augen blitzten verärgert auf. »Warum muss uns diese Kleine jetzt Ärger machen? Ich glaube, du hast deine Frauen nicht mehr gut im Griff, großer Bruder.«

Ich stieß ein trockenes Lachen aus. »Lass mal die Kirche im Dorf, Nash. Was hätte ich tun können? Sie fesseln und knebeln und irgendwo in einer Scheune einsperren, damit sie nichts ausplaudert?«

Nash zuckte mit den Schultern. »Wäre durchaus eine Möglichkeit gewesen. Warum hast du diese verdammte Kamera nicht einfach verschwinden lassen? Du hattest sie doch bereits in deiner Tasche.«

Dieser Punkt ging definitiv an ihn. Ja, warum hatte ich das Scheißding nicht vernichtet, als ich die Gelegenheit dazu gehabt hatte? Nachdenklich rieb ich mir über den Nacken. »Ich schätze, ich habe nach einem Grund gesucht, Brooke wiederzusehen. Ich wollte den Kontakt nicht abbrechen lassen.« Die Wahrheit war, dass ich von Anfang an scharf auf sie gewesen war.

»Du hast dich in die Kleine verknallt.« Das klang wie eine Feststellung, nicht wie eine Frage.

»Bullshit«, erwiderte ich schroff. Was für ein ausgemachter Schwachsinn. Ich verknallte mich nicht. Niemals. Es war meine Libido, die für kurze Zeit meinen Verstand außer Gefecht gesetzt und mich zum Opfer meines Verlangens gemacht hatte. »Scheiße, Nash, ich war heiß auf diese Frau. Ich wollte sie unbedingt vögeln, und ja, dabei habe ich einen Fehler gemacht. Aber es lässt sich nun mal nicht mehr rückgängig machen und wäre ich an Brookes Stelle, hätte ich vermutlich ganz genauso gehandelt wie sie.«

Nash betrachtete mich einen Moment nachdenklich, bevor seine Mundwinkel spöttisch zuckten. »Großer Bruder, ich schätze, du bist am Arsch. Du kapierst es womöglich wirklich nicht, aber diese Frau hat dir offensichtlich den Kopf verdreht.«

Ich richtete mich auf und ließ meine Faust auf die Glasplatte meines Tischs niedersausen. »Hör mit dieser Scheiße auf, Nash, hör augenblicklich auf damit. Deine hobbypsychologischen Analysen kann ich gerade echt nicht gebrauchen. Trink deinen Whiskey aus, dann schieb deinen Arsch aus meiner verdammten Tür und rufe Warren an.«

»Zachary?« Kellys Stimme meldete sich durch die Intercom. »Brent aus dem Wellnessbereich möchte Sie gern sprechen.«

Genervt runzelte ich die Stirn, während ich den Augenkontakt mit Nash hielt. »Sagen Sie ihm, er soll es später noch mal versuchen. Ich bin in einer Besprechung. Herrgott, das haben

Sie doch mitbekommen.« Der letzte Satz klang etwas unfreundlich, aber mal ehrlich, was zum Teufel war mit Kelly los? Sie pflegte doch sonst nicht, mich während irgendwelcher Meetings zu stören.

Ich lehnte mich zurück und starrte finster meinen Bruder an. »Verdammt, spielen denn auf einmal alle verrückt?«

Wieder knisterte die Intercom. »Zachary, Brent sagt, es sei wirklich wichtig und Sie würden dem zustimmen, wenn Sie wüssten, um was es gehe.«

Grundgütiger. Manchmal kam ich mir wie das sprichwörtliche Kindermädchen für meine Angestellten vor. Ich war angespannt und es fehlte wirklich nicht viel, dass ich austickte. Was ich selten tat, denn üblicherweise hatte ich mich gut im Griff und war für meine ruhige Besonnenheit bekannt. Doch im Augenblick hätte ich am liebsten etwas zerschlagen. Zu dumm, dass in meinem Büro nicht zufällig ein fetter Stapel Holzbretter herumlag. Meine Welt war aus den Fugen geraten. Dass die Tatsache, niemals mehr Sex mit Brooke haben zu können, schuld an meiner unterirdischen Laune war, verdrängte ich in den hintersten Winkel meines Bewusstseins.

Ich beugte mich vor und presste meinen Finger auf die Sprechanlage. »Sagen Sie Brent, ich erwarte ihn. Sofort.«

Ich konnte mir beim besten Willen nicht vorstellen, was es so Wichtiges gab, das Brent mir mitteilen wollte, dass er mich mitten in einer Besprechung störte. »Hör zu«, ich wandte mich wieder an Nash. »Bitte Warren und die Kollegen zu einer Teambesprechung «, ich warf einen Blick auf meine Designer-Armbanduhr, »gegen acht. Sag ihnen, es sei dringend und unumgänglich, dass sie erscheinen. Wir können unten im Restaurant zusammen einen Happen essen, ich lasse Kelly einen Tisch im Separee reservieren.« Ich plante, so rasch wie möglich zur Tat zu schreiten, da ich nicht warten wollte, bis Brooke ihre Neuigkeit verbreitet hatte und das Kind in den Brunnen gefallen war.

19. KAPITEL

Brooke

Nach dem Gespräch mit Zach verließ ich das *Seventh Heaven*, fuhr nach Hause und rief postwendend Lauren an, sobald ich meine Wohnung betreten hatte. Weil ich ihr meist unverständliche Worte ins Ohr schluchzte, stieg sie kurzerhand in ihr Cabrio, um mir beizustehen. Wir setzten uns in eine weiche Decke gekuschelt auf die Couch in meiner Den, ließen irgendeinen Schmachtfetzen auf *Netflix* laufen und hielten uns an einer Fünf-Liter-Box Blueberry-Cheesecake-Eiscreme fest, während ich ihr mein Herz ausschüttete. Als sie mich schließlich wieder verließ, fühlte ich mich nicht mehr ganz so schrecklich, denn Lauren besaß das wunderbare Talent, mich mit ihrer leisen, witzigen Art von meiner Misere abzulenken.

Trotzdem blieb eine traurige Leere in mir zurück, die mich jedes Mal wieder in die Tiefe zog, wenn ich daran dachte, dass ich vermutlich nie wieder heißen Sex mit dem aufregendsten, erotischsten Mann, den mir jemals über den Weg gelaufen war, haben würde. Dass ich ihm nie wieder in die whiskeyfarbenen Augen blicken, nie wieder mit ihm lachen würde. Niemals mehr würde er mich streicheln, mit mir sprechen, mich zärtlich berühren. Ich vermisste ihn wie verrückt, obwohl es noch gar nicht lang her war, dass er mich in seinen Armen gehalten hatte.

Am nächsten Morgen sah ich mir mit einem Knoten im Magen die Aufnahme an, wobei ich mich bemühte, jedes aufsteigende Gefühl, das Zach betraf, zu unterdrücken. Ich bearbeitete sie und löschte einige Sequenzen, die nicht für fremde Augen bestimmt waren. Danach steckte ich den USB-Stick, auf den ich die fertige Datei gezogen hatte, in meine Clutch und machte mich auf den Weg zu Dads Büro, um ihm mitzuteilen, dass er einen Termin mit Gouverneur Di Matteo zur Filmübergabe ausmachen sollte. Gemeinsam würden wir das schon hinbekommen. Ich nahm mir vor, ebenfalls das Gespräch mit Mom zu suchen. Vielleicht würde es mir irgendwie gelingen, zu ihr durchzudringen und ihr klarzumachen, dass ihre Ehe auf dem Spiel stand, wenn sie nicht endlich mit dem Trinken aufhörte.

Zu meiner Überraschung fand ich das Vorzimmer leer vor. Tiffanys Schreibtisch präsentierte sich penibel aufgeräumt, als ich den Raum entschlossenen Schrittes durchquerte und anschließend an die Bürotür meines Vaters klopfte und eintrat.

Dad saß hinter seinem wuchtigen Tisch vor dem Laptop und seine Miene erhellte sich, sobald er mich sah.

»Hi, Dad.« Ich begrüßte ihn mit einem Wangenkuss. »Geht es dir gut?« Noch immer steckte mir seine Enthüllung in den Knochen.

»Darling. Alles in Ordnung.« Er deutete auf den Sitzplatz ihm gegenüber. »Was kann ich für dich tun?«

Ich möchte etwas für dich tun, Dad. Lächelnd machte ich es mir auf dem Sessel bequem und knöpfte meine Clutch auf, aber dann hielt ich inne. Ich war viel zu neugierig und musste ihm zuerst diese eine Frage stellen, die mir im Kopf herumgeisterte. Und ich betete, er würde mir die Antwort geben, die ich mir insgeheim erhoffte. »Dad, wohin ist Tiffany verschwunden?« Stirnrunzelnd deutete ich mit dem Daumen meiner rechten Hand über die Schulter in Richtung der Tür.

Bedächtig klappte er seinen Laptop zu und lehnte sich zurück. »Es wird dich freuen, zu hören, dass ich ihr heute Morgen nahegelegt habe, sich eine neue Stelle zu suchen.«

Wow!

Dad hatte Tiffany gekündigt. Ich konnte es nicht fassen. Er hatte dieser Bitch Tiffany Myers wirklich und wahrhaftig gekündigt! Ich hatte zwar davon geträumt, dass er seine Assistentin feuern würde, jedoch nicht wirklich damit gerechnet. Schon gar nicht so schnell. »Und sie ist einfach so gegangen?« Das sah Tiffany gar nicht ähnlich.

»Nicht einfach so.« Dad füllte seine Lunge tief mit Luft und stieß sie mit einem Seufzen wieder aus. »Ich habe ihr eine

Abfindung versprochen, eine Art Bonuszahlung, mit der sie sich nach einigem Hin und Her einverstanden erklärt hat.«

Was zur Hölle? Diese Bitch hatte auch noch eine Abfindung erhalten? »Wie viel, Dad?« Oh mein Gott, das klang alles nach einem schrecklichen Albtraum, aus dem ich zu gern erwachen würde.

»Zehntausend.«

»Nicht dein Ernst, oder?« Ich beugte mich vor, weil ich glaubte, mich verhört zu haben. »Du hast dieser Person auch noch einen Batzen Geld hinterhergeworfen, nachdem sie dich so schamlos verführt hat?« Ich hatte das Gefühl, im falschen Film zu sein.

»Ach, Honey.« Um Dads Mundwinkel zuckte die Andeutung eines traurigen Lächelns. »Soweit mir bekannt ist, gehören da immer zwei Menschen dazu, oder nicht?«

Ich spürte, wie ich knallrot anlief. Als wüsste ich das nicht ganz genau. Schließlich hatte ich es ebenfalls zugelassen, dass mich ein gewisser Mann mit whiskeyfarbenen Augen verführte. Und das, obwohl mir bewusst gewesen war, wie falsch das Ganze gewesen war. »Trotzdem«, brummte ich. »Der Gedanke, dass wir diese Frau auch noch bezahlen, stößt mir einfach sauer auf.«

»Tiffany hat gedroht, mich wegen sexueller Belästigung anzuzeigen, und du weißt, wie schnell und bereitwillig sich die Presse auf eine derartige Behauptung stürzen würde. Die ganze Angelegenheit würde in den Medien breitgetreten und es würde auf ganz Long Island und darüber hinaus spekuliert werden. Kurz gesagt, ich wäre erledigt. Wir, das *Harbor Suites*, wären erledigt. Das konnte ich nicht zulassen.«

Grundgütiger. Diese unglaubliche Bitch. »Ich verstehe.« Und das tat ich wirklich. Dads Offenbarung bestärkte mich in meiner Entscheidung, ihm das Video zu übergeben, um es gegen unseren Konkurrenten einzusetzen. Auch wenn ich wusste, dass ich Zach damit einen derben Schlag versetzen würde und er viel mehr für mich geworden war, als nur irgendein Mann, der einen zweifelhaften Betrieb führte, der uns die Gäste abgrub. Energisch fegte ich den Gedanken an ihn beiseite. »Hör zu, Dad. Ich habe hier etwas für dich.« Ich legte meine Clutch auf den Tisch und fischte den USB-Stick heraus, um ihn meinem Vater in die Hand zu geben.

Stirnrunzelnd blickte er zuerst das Gerät, dann mich an. »Brooke, ist es etwa das, was ich denke?«

Ich nickte, zwang mich zu einem unbekümmerten Lächeln. »Du kannst Gouverneur Di Matteo anrufen und ihm sagen, wir haben jetzt endlich das Beweismaterial, um das *Seventh Heaven* und die Moore-Brüder in Schwierigkeiten zu bringen.« Gott, war mir schlecht.

Dad legte den Stick beiseite und seine Fingerspitzen aneinander, während er mich nachdenklich betrachtete. »Dass du das für uns getan hast, Honey, bedeutet mir sehr viel. Ich schätze, es war nicht einfach, hm?« In seinen Augen funkelten Wärme und Mitgefühl.

»Es war nicht einfach«, pflichtete ich ihm bei und setzte eine betont fröhliche Miene auf. »Aber jetzt haben wir, was wir wollten, nicht wahr?« Warum nur fühlte es sich dann so verdammt falsch an?

»Ich werde mich gleich mit dem Gouverneur höchstpersönlich in Verbindung setzen.« Mit einem zufriedenen Lächeln zückte er sein Smartphone, als just in diesem Moment ein Anruf bei ihm einging. Seine Miene verhärtete sich, als er aufs Display sah, das Telefon zum Ohr führte und mir dabei in die Augen schaute. »Zum Teufel, was willst du?« Um seinen Mund erschien ein harter Zug. »Glaubst du nicht, du hast mir schon genug aus der Tasche ...? Wie bitte?« Er brach den Blickkontakt und drehte sich zur Seite.

Unbehaglich rutschte ich auf meinem Sessel herum und fragte mich, wer am anderen Ende der Leitung war und Dinge zu ihm sagte, die ihn offensichtlich schockierten.

»Ich verstehe. Ich werde es mir überlegen. Herrgott, Tiffany! Ich sagte, ich denke darüber nach. Ja, bis dann.« Dad beendete das Gespräch und pfefferte das Handy auf den Tisch, bevor er seine Aufmerksamkeit erneut mir zuwandte.

»Tiffany«, kommentierte ich das Offensichtliche und fühlte

gleißende Wut in mir aufsteigen.

»Allerdings«, knurrte er. Seine dichten Brauen zogen sich unheilvoll zusammen, als er mich anstarrte.

»Dad, um Himmels willen, was ist los? Warum hat Tiffany angerufen, was will sie?«

»Ihr wurde von einer Bekannten die Information zugespielt, dass deine Mom ...« Kopfschüttelnd brach er ab und rieb sich über das Gesicht, als wollte er eine große Müdigkeit vertreiben.

»Dad«, bat ich leise. »Rede mit mir.«

In seinen Augen lag ein harter Ausdruck, als er den Blick auf mich richtete. »Deine Mutter hat sich anscheinend in reichlich angetrunkenem Zustand von einer Freundin ins *Seventh Heaven* abschleppen und überreden lassen, den Wellnessbereich für eine *ganz spezielle Massage*, wie sich Tiffany ausgedrückt hat, aufzusuchen. Laut Tiffany gibt es Zeugen innerhalb der Hotelbelegschaft, die diese Aussage bestätigen können.«

Ich sprang hoch und fuhr mir mit der Hand durchs Haar. »Das ist nicht wahr, oder?«

»Ich fürchte doch. Tiffany will für ihr Schweigen weitere zehntausend Dollar.«

»Nein!«

Er stützte die Ellenbogen auf den Tisch und vergrub sein Gesicht zwischen den Händen. »Selbst wenn ich ihr das Geld geben sollte, wer garantiert mir, dass die Hotelangestellten nicht plaudern?«

Mit pochendem Herzen fing ich an, durchs Zimmer zu laufen, während mein Verstand versuchte, das soeben Gehörte zu verarbeiten. Tiffany besaß die dreiste Unverfrorenheit, uns weiterhin zu erpressen. Und was Mom betraf ... »Dad, ich glaub das einfach nicht.« Mom hatte sich im *Seventh Heaven* verwöhnen lassen? Das war ungeheuerlich. Niemals hätte ich gedacht, dass meine Mutter sich zu so etwas hinreißen lassen könnte. Aber dann dachte ich daran, dass sie kurz davor erfahren hatte, dass Dad sich mit Tiffany vergnügt hatte. So gesehen war es eigentlich kein Wunder, dass sie es ihm mit gleicher Münze hatte heimzahlen wollen. Sie hatten gestritten. So, wie ich Mom einschätzte, war sie bestimmt sehr verletzt gewesen. Dad war ihre große Liebe, ihr erster und einziger Mann, den sie je gehabt hatte. Sie hatten sich während der Highschool kennengelernt und waren seitdem praktisch unzertrennlich gewesen. Glücklich. Bis Mom krank geworden war und diese Krankheit ihre eigentlich stabile Verbindung in ihren Grundfesten erschüttert hatte. Mit Sicherheit war sie verzweifelt gewesen. Enttäuscht. Und betrunken. Natürlich hatte dies auch eine Rolle gespielt. Dennoch, die Tatsache, dass Dad eine Affäre mit seiner Sekretärin gehabt hatte, hatte die Welt meiner Mom bestimmt noch ein Stückchen mehr ins Wanken gebracht. Möglicherweise war ihre Aktion auch so etwas wie ein versteckter Hilferuf gewesen. Ich blieb vor dem Fenster stehen und starrte hinaus in den begrünten Innenhof. Auch wenn ich Moms Verhalten keinesfalls guthieß, so konnte ich es doch in gewisser Weise nachvollziehen. »Du hast ihr wehgetan, Dad«, sagte ich leise, mehr zu mir selbst.

»Das ist mir bewusst, Honey. Und glaub mir, es gibt nichts, was ich in diesem Moment mehr bereue.«

Für ein paar Augenblicke herrschte bedrücktes, entsetztes Schweigen im Raum.

Dann hörte ich, wie Dad in meinem Rücken aufstöhnte. »Brooke, Darling. Wir sind geliefert.«

20. KAPITEL

Zachary

Vor dem wandhohen Spiegel in meinem Ankleidezimmer stehend, schob ich meine Arme durch die Ärmel des weißen Hemds, knöpfte es zu und band mir anschließend eine Krawatte um.

Das Essen gestern Abend in unserem hoteleigenen Restaurant mit Nash, Kyle – den ich dazu gebeten hatte, weil ich der Meinung gewesen war, dass er Bescheid wissen sollte – und unserem kompetenten Anwälte-Team war äußerst produktiv gewesen. Zwischen gegrilltem Thunfisch mit gebackenen Kartoffeln sowie Maisgemüse und Emilios selbst kreiertem Applepie zum Nachtisch hatte ich Warren und seine Mitstreiter ins Bild gesetzt. Wir waren die verschiedenen Optionen durchgegangen, die wir nutzen konnten, um die Familie van Deeks davon abzuhalten, das Filmmaterial gegen uns zu verwenden. Die Tatsache, dass Brooke mich ohne mein Einverständnis gefilmt hatte, spielte dabei eine nicht unerhebliche Rolle. Rein rechtlich würde sie große Probleme bekommen, sollte auch nur ein winziger Teil des Films je an die Öffentlichkeit gelangen. Was sie natürlich nicht davon abhalten konnte, den Namen des *Seventh Heaven* anderweitig in den Schmutz zu ziehen. Doch nach dem gestrigen Gespräch war ich guter Dinge, dass es Warren und seinen Leuten gelingen würde, das Ruder herumzureißen und diesen Punkt nach Hause zu holen. Zudem war da die äußerst pikante Information, die Brent mir gestern überraschend zugetragen hatte und uns direkt in die Hände spielte. Tja. Das war der leichte Part. Jetzt musste ich nur noch einen Weg finden, irgendeine effektive Methode, um Brooke aus meinem Organismus zu kicken. Und das, verflucht noch mal, war der schwere Teil.

Ich fuhr mir mit den Fingern durchs Haar, nickte meinem Spiegelbild abschließend zu. Ich hatte noch nie vor Herausforderungen kapituliert und würde es auch diesmal nicht tun. Brooke van Deeks würde bald lediglich ein Name auf der Liste der Frauen sein, mit denen mich ein kurzes und unbedeutendes sexuelles Abenteuer verband. Nicht mehr und nicht weniger. Entschlossen schnappte ich mir ein Jackett von einem Bügel und verließ mein Ankleidezimmer. Zeit, sich meinen Geschäften zu widmen.

Der Aufzug hielt in der zweiten Etage und eine blonde junge Frau stieg ein, die mich mit unverhohlenem Interesse musterte.

»Arbeiten Sie hier im Hotel?« Mit einem in Pink angemalten Zeigefingernagel deutete sie auf das *Seventh-Heaven*-Emblem auf meiner dunkelblauen Krawatte und warf mir einen neugierigen Blick unter dick getuschten Wimpern hervor zu.

Meine Mundwinkel zuckten, während ich mich bemühte, ernst zu bleiben. »Sie haben eine sehr gute Auffassungsgabe, junge Lady.«

Ihr Lächeln wurde breiter. »Ich schätze, Ihr Boss gestattet es Ihnen nicht, dass Sie sich während der Arbeitszeit mit Gästen treffen?«

Ich zog eine Augenbraue in die Höhe.

Sie errötete. »Entschuldigen Sie, ich dachte nur ...«

Gott, die Kleine war tatsächlich amüsant. Ein kleiner Flirt wäre womöglich genau das Richtige, um meine Gedanken endlich in eine Richtung zu lenken, die nicht mit Brooke van Deeks zu tun hatte. Ich neigte mich zu ihr hinab, um ihr ins Ohr zu raunen. »Schon gut. Sie haben den Nagel auf den Kopf getroffen, denn unter uns, der Kerl kann ein ganz schöner Bastard sein.« Innerlich grinsend richtete ich mich wieder auf und zwinkerte ihr zu. »Behalten Sie diese vertrauliche Information bitte für sich.«.

Ihre Augen wurden groß. »Sie Armer. Selbstverständlich können Sie sich auf meine Diskretion verlassen.«

Der Lift hielt im Erdgeschoss und die Türen glitten auseinander. Ich trat beiseite, um der schönen Blonden den Vortritt zu lassen und ihren Arsch in dem engen Lederrock begutachten zu können. Nicht übel. Vielleicht war ich ja doch noch nicht ganz verloren.

Sie drehte sich zu mir um und lächelte kokett. »Sagen Sie, gibt es eine Möglichkeit, dass wir uns nach Ihrer Schicht sehen können?«

Interessant. Sie war hartnäckig. Und sie verschwendete keine Zeit. Erneut ließ ich meinen Blick über sie wandern. Sie war wirklich hübsch, sexy dazu. »Warum treffen wir uns nicht gegen zwölf in der Hotellounge?«, schlug ich ebenfalls lächelnd vor. »Ich gebe Ihnen einen Drink aus.«

»Ich werde da sein. Ich bin übrigens Kimberly.«

Lächelnd ergriff ich ihre mit etlichen Silberringen geschmückte Hand, wobei ich ihr meinen Namen nicht verriet. Noch nicht.

»Und lassen Sie sich nicht von Ihrem Vorgesetzten ärgern«, ergänzte sie und warf mir noch mal einen bedeutungsvollen Blick zu, bevor sie den Weg zur Frühstücksbar einschlug.

Amüsiert grinsend steuerte ich den Empfang an, um Sandra zu begrüßen. Anschließend begab ich mich in mein Büro und bat Kelly, mir mein übliches Frühstück an den Tisch bringen zu lassen: Eier mit Schinken sowie Speck und einen großen Pott Kaffee. Schwarz.

Bis zur Mittagszeit arbeitete ich effizient und ohne Störung. Ich war gerade dabei, den Computer herunterfahren zu lassen, um meinen üblichen Rundgang im Außenbereich zu tätigen, bevor ich mich mit der heißen Blonden in der Lounge treffen würde, als sich Kellys Stimme durch die Intercom meldete.

»Zachary? Eine gewisse Miss Porter möchte Sie sprechen.«

Ungläubig schüttelte ich den Kopf. Warum zum Teufel rief Brooke mich an? Wir waren fertig miteinander. Hatte ich ihr das nicht deutlich genug vermittelt? Und warum benutzte sie wieder diesen Decknamen? Bisher hatte der Tag so gut begonnen. Ich plante nicht, mir die Laune verderben zu lassen.

»Sagen Sie Miss *Porter*, sie soll es ein anderes Mal probieren. Behaupten Sie, ich sei in einem Meeting, beim Blutspenden, ausgewandert oder Ähnliches – ist mir egal. Ihnen wird schon etwas einfallen, Kelly.« Ein wenig fester als beabsichtigt knallte ich den Deckel meines Laptops zu. Zum Henker aber auch! Jetzt war es mir mal halbwegs gelungen, ihren kleinen Arsch für ein paar Stunden aus meinem Kopf zu verbannen, und prompt drängte sie sich wieder in meinen Alltag.

Ich nahm meinen Finger von der Sprechanlage, erhob mich und kniff mir in die Nasenwurzel, um mich zu sammeln, als es erneut durch die Intercom knisterte.

»Ähm, Zachary. Es ist so, dass ... Also, Miss Porter steht neben mir. Und sie sagt, es sei dringend.«

Verfluchte Scheiße, das war ein schlechter Scherz, oder? Brooke befand sich direkt nebenan? In meinem verdammten Vorzimmer? Das würde bedeuten, sie hatte mitbekommen, dass ich Kelly angewiesen hatte, sie anzulügen. Zwar hatte ich beiläufig bemerkt, wie sich hinter der Milchglaswand Schatten bewegt hatten, doch ich hatte unterbewusst angenommen, dass es sich dabei um meine Sekretärin gehandelt hatte. Ehrlich gesagt, hatte ich mir keine Gedanken deswegen gemacht und schon gar nicht hätte ich jemals im Leben damit gerechnet, dass Brooke dieser Schatten hätte sein können. Ich presste die Kieferknochen aufeinander und stieß einen unterdrückten Fluch aus. Anscheinend fand das Schicksal es scheiß witzig, mich auf die Probe zu stellen.

Mein Verstand arbeitete auf Hochtouren, als ich innerhalb von Millisekunden meine Optionen abwog. Ich könnte jetzt hart bleiben und Brooke abweisen. Immerhin tauchte sie unangemeldet hier auf. Aber Brooke war nicht der Typ, der einfach verschwand. Diese Frau war hartnäckig und dickköpfig und verfolgte ein Ziel, wenn sie sich etwas in den Kopf gesetzt hatte – wer wüsste das nicht besser als ich? Sie würde garantiert wiederkommen. Immer und immer wieder, bis ich sie angehört hatte. Das war so sicher wie die Tatsache, dass jeden Morgen die Sonne über Long Island aufging. Voller Unbehagen rieb ich mir über den Nacken. Wenn ich plante, Brooke van Deeks aus meinem verdammten System zu bekommen, sollte ich lieber dafür sorgen, dass ich sie so wenig wie möglich zu Gesicht bekam. Sie war nun mal hier, also sollte ich das jetzt auch durchziehen – ob es mir gefiel oder nicht.

»Kelly? Sagen Sie Miss Porter, Sie kann hereinkommen.« *Komm schon, bring's hinter dich, Moore.* Ich atmete tief durch und erhob mich.

Brooke

»Sie können jetzt zu ihm hinein.« Mit einem entschuldigenden Lächeln machte die attraktive Schwarzhaarige eine kleine Geste hin zu der Tür, hinter der sich Zachs Büro befand. Ganz offensichtlich war es ihr peinlich, dass er sie so schamlos gebeten hatte, mich anzulügen. Und ganz offensichtlich liebte es Mr Moore, sich mit hübschen Frauen zu umgeben. Aber hatte ich etwas anderes erwartet?

»Danke.« Ich nickte ihr freundlich zu, um ihr zu zeigen, dass sie ja nichts dafürkonnte, dass ihr Boss manchmal ein Arsch war.

Mein Magen grummelte vor Wut, als ich meine Finger auf den Türknauf legte und ihn drehte, allerdings verpuffte dieses Gefühl, sobald mein Blick auf Zach traf. Obwohl seine ganze Haltung – die Art, wie er breitbeinig dastand, mit vor der Brust verschränkten Armen hinter seinem eleganten Schreibtisch aus Holz, Glas und Stahl thronte – von Ablehnung zeugte, überwältigte mich sein Anblick. Wie unfassbar gut er wieder aussah! Sündhaft erotisch. Das maßgeschneiderte schneeweiße Hemd, das seinen Sex-Appeal betonte, vermochte es nicht, die Konturen all der harten Muskeln zu verbergen, die sich unter dem Stoff abzeichneten, ebenso wenig wie die Andeutung seines Nippelrings. Vervollständigt wurde das Bild von einer eng geschnittenen Businesshose, die seine schmalen Hüften und den wohlgeformten Hintern vorteilhaft in Szene setzte. Mir lief das Wasser im Mund zusammen. Er sah zum Anbeißen aus. Dunkel und gefährlich. Wie ein Mann, mit dem man sich besser nicht anlegte. Und doch wünschte ich mir in diesem Augenblick nichts mehr, als mich in seine starken Arme zu werfen, an seine harte, unnachgiebige Brust, um mich von ihm nehmen zu lassen – notfalls auch gleich hier und jetzt. Mein Kopfkino startete und ich begann, zu fantasieren. Davon, wie er mich gegen die Wand drängen, meinen Rock hochschieben und seine Finger in mein Höschen gleiten lassen würde, während seine Zunge eine glühend heiße, feuchte Spur an meiner Kehle malen würde. Zwischen meinen Schenkeln explodierte heftiges Verlangen. Begehren überwältigte mich und die Sehnsucht, ihn anzufassen und zu streicheln. Meine Handflächen über die Wölbungen seines Sixpacks fahren zu lassen, bis hin zu seinen dunklen harten Brustwarzen, wo ich mit seinem Silberschmuck spielen würde. Am liebsten hätte ich mich in diesem Moment auf ihn gestürzt, ihn bei der Krawatte gepackt und an mich gerissen, um ihm einen Kuss zu stehlen. Er zog mich an wie ein Magnet.

»Fertig damit, mich anzustarren?«

Die emotionslos daher gesagten Worte rissen mich zurück in die Realität. Ich wurde knallrot, weil er mich dabei ertappte hatte, wie ich meinen Wunschfantasien nachgehangen hatte. »Ähm, ja. Ich meine, nein.« Ich wagte den Versuch eines Lächelns, das er nicht erwiderte. »Ich bin vorbeigekommen, um mit dir zu sprechen«, erklärte ich überflüssigerweise.

»Davon bin ich ausgegangen.«

Ein schmerzhafter Stich durchfuhr meine Brust. Ein arktischer Eisberg verströmte mehr Wärme als er es in diesem Augenblick tat.

»Also? Ich höre.« Ich begegnete seinem ungerührten Blick. Verdammt. Zu wissen, dass ich ihn nicht anfassen, nicht küssen durfte, war die reinste Hölle für mich. Als ob er meine Gedanken hätte lesen können, hob sich sein linker Mundwinkel und zeigte die Andeutung eines spöttischen Schmunzelns. »Oder hast du es dir anders überlegt? Dann entschuldige mich jetzt bitte. Ich weiß ja nicht, was du geplant hast, aber ich habe noch einige wichtige Dinge zu erledigen.«

Ich beschloss, nicht auf seinen Sarkasmus einzugehen. In gewisser Weise konnte ich ja verstehen, dass er nicht gerade

Freudensprünge angesichts meines unverhofften Auftauchens vollführte. Wenn ich wollte, dass dieses Gespräch freundlich und respektvoll ablief, musste ich mich zusammenreißen und diese Kröte schlucken. In Kauf nehmen, dass er mich so behandelte, wie er es gerade tat. Auch wenn mich seine kalte, ablehnende Haltung in der Seele schmerzte.

»Bitte, Zach, ich muss dich sprechen.« Ich machte einen Schritt auf ihn zu.

»Das sagtest du bereits.«

Ich schüttelte leicht den Kopf, weil ich es nicht glauben konnte, dass ihn mein Erscheinen so ungerührt ließ, wie er es vorgab.

»Du hast drei Minuten.« An seinem Kiefer zuckte ein Muskel.

Genauso gut hätte er gerade einen Eimer Eiswasser über mir ausschütten können. Er gab sich so verdammt unbeteiligt. Schien so gleichgültig. »Bitte, Zach, das ist doch lächerlich. Sei nicht so zu mir.«

Er antwortete nicht darauf, sondern starrte mich nur an, und ich fühlte mich fast nackt unter seiner intensiven Musterung. Dabei hatte ich mir besondere Mühe mit meinem Outfit gegeben, das aus einem engen hellen Leinenrock, einem körperbetonten Shirt mit Millefleur-Druck und rosafarbenen hochhackigen Sandaletten bestand. Ich hatte darauf abgezielt, gleichzeitig sexy und mädchenhaft zu wirken, weil ich hoffte, mein süßer Look würde vielleicht seinen Beschützerinstinkt wecken. Nun schämte ich mich ein wenig, weil ich mir in diesem Moment mehr als alles wünschte, ich würde Sehnsucht in diesen wunderschönen whiskeyfarbenen Augen entdecken. Sehnsucht. Anerkennung. Begehren.

Stattdessen senkte er seinen Blick zu seiner Uhr. »Du hast noch zweieinhalb Minuten.«

Ich blinzelte, denn obwohl ich dagegen ankämpfte, stiegen mir Tränen in die Augen. Kaum zu glauben, dass das hier derselbe Mann war, mit dem ich vor Kurzem noch wundervollen und verdorbenen Sex gehabt hatte. Der mitbekommen hatte, wie ich kleine Schreie ausgestoßen hatte, als ich gekommen war.

Wir waren uns nähergekommen, nicht nur in körperlicher Hinsicht. Viel näher als ich es jemals geplant hatte. Und deswegen tat es jetzt so verdammt weh, ihn so zu erleben. Weil ich mich in diesen verfluchten Mistkerl verliebt hatte. »Behandle mich nicht so«, flüsterte ich noch mal.

Zach kniff seine dunklen Brauen zusammen. »Wie soll ich mich deiner Meinung nach verhalten, Brooke?«

Verzweifelt suchte ich in seiner Miene nach einem Hinweis, der mir zeigte, dass ich ihm nicht gänzlich gleichgültig war. »Zachary«, sagte ich sanft seinen Namen und hoffte, er würde sich an das erinnern, was wir miteinander geteilt hatten.

»Ich denke, du hast deine Position deutlich gemacht, Brooke. Wir wissen beide, wo wir stehen. Und das ist nun mal nicht auf derselben Seite.«

»Aber das habe ich doch nur getan, weil ...« Ich ließ die Schultern sacken und machte noch einen Schritt auf ihn zu. »Versuch doch, mich zu verstehen.«

Er ging nicht darauf ein. Seine Augen wurden schmal. »Und jetzt tauchst du hier in meinem Büro auf, weil ...?«

»Wegen Mom. Du hast es doch sicher schon gehört, oder?«

»Klär mich auf. Du hast noch ganze zwei Minuten.«

»Oh verdammt, Zach!« Wütend funkelte ich ihn an. Er ließ mich auflaufen. Natürlich wusste er Bescheid. Er wusste ganz genau, weshalb ich jetzt vor ihm stand. Aber anscheinend liebte er es, mich zu foltern. Er genoss es, so zu tun, als wüsste er nicht, worum es ging. »Mom war in eurem Resort. Sie hat sich eine Massage im Wellnessbereich gegönnt und ...« Ich schloss kurz die Augen, um mich zu sammeln. »Jedenfalls möchte ich dich bitten, deine Angestellten anzuweisen, nichts von diesem Besuch in die Öffentlichkeit durchsickern zu lassen.« Dass er selbst die Angelegenheit nicht publik machen würde, lag auf der Hand, aber ich wusste nicht, wie gut er sein Team im Griff hatte.

Sein Gesicht zeigte keine Überraschung und mir wurde klar, dass er über die Sache bereits informiert gewesen war. Genau wie ich es mir gedacht hatte und was auch nicht weiter verwunderlich war, denn jeder, ich meinte wirklich jeder, auf der Insel kannte meine Mom, Mark van Deeks Frau. Bevor die Krankheit sie in ihre Klauen bekommen hatte, hatte sie etliche Wohltätigkeitsvereine unterstützt und teilweise auch Veranstaltungen geleitet. Ihre Auftritte waren immer wieder von der Presse dokumentiert und ausgestrahlt worden. Plötzlich fühlte ich Trotz in mir aufsteigen, vermischt mit Stolz. Ja, verdammt, ich war stolz auf meine wunderschöne und liebevolle Mom. Auch wenn es mir das Herz brach, dass sie ihre innere Schönheit derzeit vor allen, die sie liebten, versteckte. Aber ich würde wie eine Löwin kämpfen, um den Namen meiner Mutter zu schützen. Auch wenn ich mich dafür mit dem Mann anlegen musste, an den ich mein Herz verloren hatte.

»Zach.« *Antworte mir. Steh nicht einfach nur so da und sieh mich an, als würdest du mich nicht kennen.*

»Warum sollte ich das tun?«

»Die Reputation meiner Mutter steht auf dem Spiel. Der Ruf unseres Hotels – genau wie der eure. Wenn davon etwas zur Klatschpresse durchdringt, sind wir geliefert. Das weißt du ebenso gut wie ich.« Meine Wangen brannten und mein Herz klopfte heftig in meiner Brust. »Normalerweise würde Mom niemals ...« Wollte er es nicht verstehen? »Sie ist krank, Zach, das hatte ich dir doch erzählt.«

»Und das tut mir sehr leid.« Einen Moment lang wurden seine Stimme und sein Blick sanft, bevor sich seine Züge erneut verhärteten. »Wenn du vorhast, dieses unsägliche Video gegen mich zu verwenden, in welcher Weise auch immer, schädigst du damit ebenfalls den Ruf unseres Hauses. Ich gehe davon aus, dass dir das bewusst ist.«

Zur Hölle. Natürlich war mir das bewusst. Aber hatte ich eine Wahl? Wohl kaum, nachdem ich Dad zugesichert hatte, Gouverneur Di Matteo Beweismaterial für die Machenschaften des *Seventh Heaven* liefern zu können. Und schon gar nicht nach dem neuesten Schlamassel. Dennoch verstand ich die ungesagten Worte. Sollte ich den Film gegen Zach verwenden, würde er niemanden daran hindern, Details vom Besuch meiner Mom im

Seventh Heaven an die Presse weiterzugeben. »Schütze den Namen meiner Mutter, Zachary. Bitte.« Ich presste meine Fingernägel in die Gruben meiner Handflächen.

»Vernichte das Video.«

»Das kann ich nicht.« *Ich. Kann. Dad. Nicht. Im. Stich. Lassen.* »Es tut mir leid, Zach«, sagte ich leise und versuchte, all die vielen verwirrenden Gefühle, die ich für ihn empfand, in all diese Worte zu legen. »Ich wünschte, es gäbe einen anderen Weg.«

Er taxierte mich ein paar Sekunden, bevor er seine Haltung veränderte und seine Hände in die Hosentaschen schob. »Das wünschte ich auch. Deine Zeit ist um, Brooke.«

»Du wirfst mich raus?«

»In der Lounge wartet eine attraktive Blondine auf mich. Wenn du mich jetzt also entschuldigst?«

»Wie bitte?«

»Ich sagte ...«

»Oh, ich habe dich verstanden. Du hast also ein Date?« Er tröstete sich verdammt schnell. Aber was hatte ich erwartet? Dass er sich nach unserer kleinen Affäre in schwarze Trauerklamotten schmiss und mir nachweinte? Der begehrteste, heißeste Typ der ganzen Insel, Millionär und erfolgreicher Geschäftsmann, der an jedem Finger zehn Frauen haben konnte? *Ganz sicher nicht, Brooke.* Natürlich bedauerte er es kein bisschen, dass die Sache mit uns vorbei war. Wie naiv ich doch gewesen war, zu hoffen, dass unser Verhältnis ihm etwas mehr bedeutet haben könnte, als nur ein paar unbedeutende, schnelle Ficks.

»Stört es dich?«

Ich stieß ein Lachen aus, das selbst für mich ein wenig zu bitter klang. »Warum sollte es? Du bist ein freier Mann und kannst tun und lassen, was dir beliebt. Das mit dir und mir, das war doch ohnehin nur eine kleine unverfängliche Abwechslung, richtig?« *Scheiße, Brooke, du bist eine verdammte Masochistin, oder?*

Er nahm sich einen Moment Zeit, bis er antwortete. Seine Augen verdunkelten sich, während er mich nachdenklich betrachtete. »Richtig«, sagte er dann und der Ausdruck in seinem Gesicht ließ keine Regung erkennen.

Ebenso gut hätte er mir ein verfluchtes Messer mitten ins Herz rammen können. Entweder empfand er tatsächlich so oder er verstand es sehr gut, seine Gefühle zu verbergen. Wie dem auch sei, er hatte mir deutlich gemacht, dass er mit uns abgeschlossen hatte. Was auch immer dieses *Uns* gewesen war. »Fein«, schoss ich zurück und schluckte, um das beschissene Engegefühl in meiner Kehle zu bekämpfen. Wir lieferten uns ein seltsames Anstarrduell, aus dem er ganz klar als Sieger hervorging. Ich brach den Blickkontakt, wandte mich ab und ging mit geradem Rücken zur Tür, aber mit seiner ablehnenden Haltung hatte er mich derart aus der Fassung gebracht, dass ich auf dem Weg hinaus beinah umgeknickt wäre. Im letzten Augenblick gelang es mir, mich noch zu fangen. Ich schloss meine Finger um den Türknauf und stieß einen stummen Fluch aus.

»Bist du in Ordnung?« Zachs Stimme. Diese sanfte, zärtliche Stimme, die mich am ganzen Körper streichelte und deren dunkles Timbre zu hören, mir gleichzeitig das verdammte Herz brach. Weil ich mich daran erinnerte, wie es gewesen war, als ich seinen Schwanz tief in mir gespürt hatte. Seine nackte Haut auf meiner, sein Herz ganz nah an meinem.

»Warum sollte ich es nicht sein?«, entgegnete ich schroff und drehte mich um. »Ich nehme an, meinen Besuch hier hätte ich mir genauso gut ersparen können, richtig?« Ich hatte hier nur meine Zeit verschwendet.

Jetzt setzte er sich in Bewegung und kam mir ein paar Schritte entgegen. »Brooke, die Sache ist etwas komplizierter.«

»Was auch immer.« Scheinbar gleichgültig zuckte ich mit einer Schulter. »Lass besser deine Blondine nicht warten.« Mit diesen Worten wandte ich mich endgültig ab und schlug die Tür hinter mir zu. So heftig, dass seine schwarzhaarige Sekretärin mir einen erstaunten Blick zuwarf. Ich kümmerte mich nicht darum, sondern stürmte wie eine Besessene durch das Vorzimmer. Als wäre der sprichwörtliche Teufel hinter mir her.

Draußen in der Lobby angekommen, pausierte ich einen

Moment, um meinen jagenden Puls unter Kontrolle zu kriegen. Zwischen Zachary Moore und mir war alles gesagt. Die Fronten waren klar. Wie hatte ich nur denken können, er würde auf meine Bitte eingehen? Er würde Verständnis für unsere Situation haben? Aber konnte ich ihm seine Haltung wirklich vorwerfen? Warum sollte er Moms Integrität schützen, wenn sein Konkurrent plante, seinen geheimen Sexclub auffliegen zu lassen? Mir war, als würde ich keine Luft mehr bekommen. Warum tat sich nicht augenblicklich ein verdammtes Loch im Boden auf, in das ich hineinsinken konnte? Ich wollte sterben.

21. KAPITEL

Zachary

Hier war ich also nun. Schon merkwürdig, aber bisher hatte es mich in den drei Jahren, in denen ich bereits in der Gegend lebte, noch nie zu diesem speziellen Fleckchen der Insel verschlagen. Natürlich hatte ich bereits Bilder des auf Long Island alteingesessenen *Harbor Suites* in Prospekten und im Rahmen von Fernsehreportagen gesehen, aber nie zuvor hatte ich das weitläufige Gelände persönlich betreten. Schwungvoll parkte ich meinen *Jaguar* auf dem Kurzzeitparkplatz direkt neben dem Hoteleingang, stieg aus, schob mir meine Sonnenbrille über die Haare und schulterte mein Jackett. Anschließend nahm ich das beeindruckende Gebäude, dessen oberes Drittel mit Fachwerk abgesetzt war, in Augenschein. Das hier war ein kleines Schlösschen, ein Palast. Verfluchte Scheiße. Gar nicht mal übel, obwohl es nicht ganz meinem Geschmack entsprach. Ich liebte den modernen, hippen Ostküsten-Beach-Look des *Seventh Heaven*, doch das *Harbor Suites* besaß definitiv einen ganz eigenen Charme, der bei einem gewissen Klientel sicherlich gut ankam.

»Willkommen im *Harbor Suites*, Sir. Darf ich Ihr Gepäck entgegennehmen?« Ein junger Kerl in der Uniform eines Hotelpagen kam vom Eingang mit dienstfertiger Miene auf mich zugelaufen.

Amüsiert schüttelte ich den Kopf. Die van Deeks waren anscheinend Verfechter der alten Schule. »Danke, nein. Ich bin nicht gekommen, um einzuchecken. Aber vielleicht könnten Sie mich zu Mr van Deeks begleiten?«

»Haben Sie einen Termin? Soweit ich weiß, ist Mr van Deeks immer sehr beschäftigt.«

»Das glaube ich Ihnen. Aber ich bin sicher, er wird sich die Zeit nehmen, mich anzuhören«, erklärte ich dem Mann mit einem freundlichen Lächeln.

Interessiert musterte er mich, bevor sich seine Augen weiteten. »Sie sind Zachary Moore.«

Ich schob meine freie Hand in die Tasche meiner Businesshose und wippte auf den Fersen. »Live und in Farbe.«

»Kommen Sie, Mr Moore, ich bringe Sie zur Rezeption.«

Ich folgte dem jungen Mann durch die sich selbst öffnende Gleittüren in ein elegant aussehendes, in hellen Braun- und Goldtönen gehaltenes Foyer, in dessen Mitte ein steinerner Springbrunnen vor sich hin plätscherte. Dieser Anblick passte perfekt zum Äußeren des Hotels, stellte ich beiläufig fest. Dezente klassische Klaviermusik begleitete uns und unsere Schritte wurden von einem kostbar wirkenden, dicken Läufer verschluckt, als wir eine Sitzgruppe vor einem riesigen Kamin passierten und die Rezeption ansteuerten.

»Tamara?« Mein Begleiter sprach die hinter der Theke stehende, etwa vierzigjährige Brünette an, die gerade ihre Nase in irgendeine Liste steckte. »Mr Moore für Mr van Deeks. Zachary Moore«, präzisierte er mit einem Grinsen in meine Richtung, bevor er sich mit einem kleinen Nicken verabschiedete.

Tamaras Blick richtete sich durch stylische Brillengläser auf mich. »Willkommen im *Harbor Suites*, Mr Moore.« Sie errötete, was mich schmunzeln ließ. Offensichtlich war ich kein Unbekannter für sie.

»Herzlichen Dank, Tamara«, erwiderte ich liebenswürdig.

Ihre Wangenröte vertiefte sich. »Ich werde Janice, unsere Hausdame bitten, Sie zu Mr van Deeks' Büro zu bringen.« Sie telefonierte kurz und während ich wartete, ließ ich meinen Blick noch mal durch den Raum schweifen und versuchte, mir Brooke in dieser Umgebung vorzustellen. Bislang hatte ich sie nur im *Seventh Heaven* oder im *Icecube* getroffen. Prompt gingen meine Gedanken auf Wanderschaft. Verflucht, ja, es war eins der erregendsten Dinge gewesen, die ich je erlebt hatte, als die süße Brooke im Separee des Nachtclubs auf meinem Schoß gesessen und ich sie bespielt hatte. Meine Finger unter ihrem Kleid, in ihrem feuchten Höschen. Verdammt. Ich wurde hart. Es hatte mich extrem viel Überwindung gekostet, die Finger von ihr zu lassen, als sie gestern unverhofft in meinem Büro aufgetaucht war. Sie hatte so verflucht süß ausgesehen, süß und unglaublich sexy in den hellen, körperbetonten Klamotten, die ich ihr am liebsten auf der Stelle vom Leib gerissen hätte, um sie auf meinen Schreibtisch zu schubsen und sie dann hart und schnell zu nehmen. So hatte sich das zumindest mein Schwanz vorgestellt. Ein anderer Teil von mir hatte sie in die Arme schließen und halten wollen, weil mich das dringende Bedürfnis überkommen hatte, sie zu beschützen und alles Schlechte von ihr fernhalten zu wollen. Diese Regung hatte mich derart schockiert, denn diese Art von Gefühlen war neu für mich, dass ich schroffer als beabsichtigt auf ihre Äußerungen reagiert hatte. Doch auch wenn es mir gegen den Strich gegangen war, sie zu verletzen, hatte ich ihr Verhalten nicht einfach durchgehen lassen können. Schon gar nicht hatte ich so einfach ihrer Bitte entsprechen können. Immerhin hatte Brooke mich wissen lassen, dass sie dieses bescheuerte Video einsetzen würde, um den guten Namen unseres Resorts in den Schmutz zu ziehen. Trotzdem hatte ich mich zusammenreißen müssen, sie nicht an mich zu ziehen und meine Lippen auf ihre zu pressen, als sie mich bittend mit diesen wunderschönen braungrünen Augen angesehen hatte.

»Mr Moore?«

Die weibliche Stimme holte mich zurück in die Gegenwart. Vor mir stand eine füllige Dunkelhaarige mit einem hübschen Lächeln und hielt mir ihre Hand entgegen. »Ich bin Janice, die Hausdame des *Harbor Suites*. Wie können wir Ihnen behilflich sein?«

Ich ergriff ihre Hand, wobei ich ihr Lächeln erwiderte und die subtile Art bewunderte, mit der sie mich unauffällig abcheckte, um auszuloten, ob sie ihrem Boss tatsächlich wertvolle Zeit stehlen sollte. »Ich möchte Mr van Deeks eine wichtige Information überbringen«, erklärte ich. »Und da diese Information zudem ein wenig – sagen wir – brisant ist, möchte ich dies gern persönlich und unter vier Augen tun.«

Sie musterte mich einen Moment, dann nickte sie. »Selbstverständlich. Ich werde Sie zu seinem Büro bringen, Mr Moore. Wenn Sie mir bitte folgen würden?«

Brooke

Meinen letzten freien Tag vor meinem offiziellen Arbeitsbeginn verbrachte ich mit Lauren. Zuerst gingen wir in einer kürzlich eröffneten Mall ausgiebig shoppen, was meine angeschlagene Laune leider nur minimal verbesserte, denn ich konnte nicht aufhören, über das letzte Treffen mit Zachary nachzugrübeln. Es war einfach nicht zu fassen, dass er mich hatte auflaufen lassen. Weil Lauren bemerkte, dass ich trotz meiner fetten Beute in Gestalt von brandneuen *Valentino*-Rockstud-Pumps, zweier Sommerkleider und einer sexy *Saint-Laurent*-Skinny-Jeans, nicht wirklich bei der Sache war, lud sie mich anschließend auf einen Drink ins *Tiger Lily Café* ein.

Ich hatte beschlossen, Dad am nächsten Tag im Büro zu unterstützen, denn er konnte mich angesichts des ganzen Schlamassels, in dem wir steckten, sicher gut an seiner Seite gebrauchen. Zudem würde ich in den ersten Tagen Tiffanys Arbeit im Vorzimmer übernehmen – zumindest bis wir für Dad eine neue Sekretärin gefunden hatten. *Vorzugsweise eine behäbige, nicht allzu attraktive, aber kompetente Dame jenseits der fünfzig*, hatte ich Dad gegenüber geäußert und ihm damit immerhin ein winziges Lächeln abgerungen.

Wir mussten nun mal das Beste aus der Situation machen. Sollten delikate Einzelheiten von Moms Besuch im *Seventh Heaven* tatsächlich an die Öffentlichkeit dringen, wäre es fatal für unser Geschäft. Wir mussten den Schaden dann eben irgendwie beheben, so gut es ging. Allerdings würden die Gebrüder Moore in Kürze vermutlich auch keinen Grund mehr zum Lachen haben, denn Dad hatte verabredet, sich in zwei Tagen mit Gouverneur Di Matteo zum Lunch und zur Filmübergabe zu treffen. Die Tage der Massagen mit Happy End im *Seventh Heaven* waren angezählt. Und dann würden wir – hoffentlich – keine weiteren Gäste an das Wellnessresort verlieren. Trotz dieser Aussicht fühlte ich mich hundsmiserabel.

Lauren und ich machten es uns diesmal auf der Terrasse im Außenbereich des Cafés bequem, mit Blick auf den schaumgekrönten Atlantik, und bestellten bei Nat zwei Gläser Holundersekt und Mini-Blaubeer-Muffins.

Mit meinem Drink in der Hand legte ich den Kopf in den Nacken und ließ mein Gesicht von der Sonne wärmen. »Ah, tut das gut. Du glaubst nicht, wie gern ich den ganzen Scheiß momentan einfach vergessen würde, Lauren«, murmelte ich.

»Wie geht es denn deiner Mom?«, wollte sie wissen. Ich hatte ihr natürlich von Moms Besuch im *Seventh Heaven* erzählt, ebenso davon, dass Zach abgelehnt hatte, Stillschweigen darüber zu bewahren.

Ich zuckte mit den Schultern und betrachtete anschließend meine Füße in den neuen High Heels, die ich gleich anbehalten hatte. Anbehalten hatte *müssen.* »Sie hat sich in ihrem Schlafzimmer verbarrikadiert und lässt nur Camilla und ihren Arzt zu sich. Ehrlich gesagt, weiß ich es nicht, Lauren.« Dann stieß ich einen tiefen Seufzer aus. »Ich wünschte, sie würde endlich einsehen, dass sie ein echtes Problem hat, und sich in Behandlung begeben.«

»Das verstehe ich. Mensch, Süße, das alles tut mir schrecklich leid. Irgendwie läuft es aktuell wirklich nicht so toll für dich.« Sie schenkte mir einen mitfühlenden Blick.

»Das kannst du laut sagen.« Ich hob mein Glas an die Lippen und nippte daran. »Erzähl mir irgendwas Spannendes, lenk mich von dieser Misere ab, bitte.« Hoffnungsvoll wandte ich mich ihr zu.

Laurens Augen nahmen einen spitzbübischen Glanz an. »Okay, du hast es so gewollt. Also ... ich habe jemanden kennengelernt.«

»Wie, du hast jemanden kennengelernt?« Mit einem Ruck setzte ich mich aufrecht hin. »Was ist mit Alessandro passiert?«

Lauren rollte mit den Augen. »Ich weiß, eigentlich war ich ja in ihn verknallt und hatte gehofft ... Aber ich mag es nun mal, wenn Typen *mich* ansprechen, nicht umgekehrt. Da bin ich einfach absolut altmodisch. Irgendwie gefiel mir die Idee nicht, dass ich *ihm* hinterherlaufen sollte. Und dann kam da vorgestern dieser absolut süße Typ ins Büro meiner Eltern marschiert und wollte wissen, welche Strandhäuser wir aktuell im Angebot haben, weil er ein Domizil zum Üben für sich und seine Rockband suche, und ...« Sie grinste breit. »Auf einmal bat er mich um ein Date.«

»Ist nicht wahr!« Ich riss meine Augen auf und schnipste einen Krümel von meinem Jeans-Mini. »Erzähl, wie sieht er aus, wie alt ist er und hast du Ja gesagt? Wirst du mit ihm ausgehen?«

Angesichts meiner offensichtlichen Neugier lachte Lauren und sah in diesem Moment richtig glücklich aus. »Ich schätze ihn auf fünfundzwanzig, er hat braune Wuschelhaare, umwerfend schöne dunkelbraune Augen und ist dazu auch noch verflucht heiß. Eigentlich viel zu heiß, um wahr zu sein.«

»Heißer als Alessandro?«, neckte ich sie.

Lauren bedachte mich mit einem vielsagenden Blick. »Im Ernst, Brooke. Wir haben uns in die Augen gesehen und auf einmal flogen ungefähr eine Million Schmetterlinge in meinem Bauch herum. Und wenn ich es richtig interpretiert habe, ging es ihm ganz genauso. Und *er* besaß den Mumm, mich zu fragen, ob ich mit ihm ausgehen wolle.«

»Wow. Das hört sich wirklich vielversprechend an.« Ich freute mich für Lauren. Wenigstens bei einer von uns zwei Mädels schien Amor mit dem Pfeil nicht daneben gezielt zu habe. »Und? Ihr werdet euch also verabreden?«, hakte ich nach.

Sie leerte ihr Glas und nickte. »Stell dir vor, er hat einen Gig in Montauk im *Icecube* am nächsten Samstag und hat mich dazu eingeladen.«

»Im *Icecube*?« Mein Puls ging ein kleines bisschen schneller.

»Jepp.« Sie musterte mich nachdenklich. »Magst du vielleicht mitkommen? Wir könnten zusammen abhängen und ...«

»Nein.« Das kam wie aus der Pistole geschossen. Aber die Vorstellung, dort eventuell Zach über den Weg zu laufen, war einfach zu viel für mich. Vielleicht würde er ja sogar mit seinem neuen *Date* dort aufkreuzen. Das würde ich nicht überstehen. Ich sehnte mich nach diesem Mistkerl. Ich vermisste ihn. Jede

Zelle meines Körpers tat das. Und der Gedanke daran, dass er jemanden an seiner Seite haben könnte, verursachte mir einen bitteren Geschmack im Mund. Ich war eifersüchtig. Ich war verdammt noch mal eifersüchtig. »Ich werde da nicht hingehen«, sagte ich bestimmt, während ich die aufsteigenden Bilder von einer anderen auf seinem Schoß sitzend energisch von mir schob.

Lauren war gerade im Begriff, noch etwas zu sagen, als mein Handy in der Handtasche zu summen begann.

Ich fischte es heraus und sah aufs Display. »Mein Dad«, informierte ich Lauren, bevor ich das Gespräch annahm. »Hey, Dad, was gibt's?«

Wenige Augenblicke später beendete ich die Unterhaltung. »Sorry, Süße, aber ich muss unsere gemütliche Plauderstunde beenden. Dad möchte, dass ich umgehend ins Büro komme.«

Lauren hob ihre feinen Augenbrauen. »Alles in Ordnung?«

Ich steckte mein Smartphone zurück in meine Handtasche. »Das werde ich in Kürze herausfinden. Dad wollte mir nichts Konkretes am Telefon sagen, aber zumindest hörte er sich ganz okay an.« Ich signalisierte Natalie, die Rechnung zu bringen, und zwinkerte Lauren zu. »Diesmal bin ich dran – fühl dich eingeladen.«

Nachdem ich nach Hause gefahren war, meine Einkaufstüten in meine Wohnung gebracht und der Einfachheit halber in eine Ecke des Korridors geworfen hatte – wobei ich die neuen, heißen *Valentinos* an meinen Füßen gelassen hatte, weil sie sich einfach unglaublich anfühlten –, machte ich mich auf ins Haupthaus, um Dad in seinem Büro aufzusuchen. Ich hatte mir nicht die Mühe gemacht, mich umzuziehen, und hoffte, dass der legere Look, bestehend aus einem Mini-Jeansrock sowie einem ärmellosen Seidentop, genügen würde. Immerhin war ja erst morgen mein erster offizieller Arbeitstag in der Firma.

Als ich das Vorzimmer durchquerte und den leeren Schreibtisch sah, glitt ein befriedigtes Grinsen über mein Gesicht. Endlich, endlich war Tiffany Myers aus der Firma und unserem Leben verschwunden! Vielleicht hatten Mom und Dad jetzt auch eine Chance, wieder zueinanderzufinden. Falls Mom in eine Therapie einwilligte. Ich hoffte es von ganzem Herzen und nahm mir vor, noch mal mit ihr darüber zu sprechen, wenn ich sie in einem ihrer guten Momente erwischte.

Mein Grinsen erstarb allerdings rasch, als ich mich daran erinnerte, dass Tiffany uns noch immer in der Hand hatte. Dad hatte noch nicht entschieden, ob er auf ihre Forderung eingehen würde. Ich bezweifelte, dass es Sinn machte, Tiffany die Summe auszuzahlen, wenn Zach auf der anderen Seite nicht bereit war, seine Angestellten anzuweisen, die Angelegenheit unter Verschluss zu halten. Irgendjemand würde ohnehin plaudern. Vielleicht wollte Dad mit mir genau darüber sprechen und ich würde mit meiner Meinung nicht hinterm Berg halten. Tiffany hatte meiner Familie mehr als genug Kohle aus der Tasche gezogen. Es widerstrebte mir zutiefst, dieser Frau noch mehr hinterherzuwerfen. Sie sollte auf keinen Fall Kapital aus Moms Fehltritt schlagen.

Da ich davon ausging, dass sich Dad allein im Büro befand, klopfte ich kurz und trat dann ein, ohne auf seine Antwort zu warten.

Heilige Scheiße.

Damit hätte ich am allerwenigsten gerechnet. Zach und Dad zusammen in einem Zimmer? Und sie gingen sich nicht gegenseitig an die Gurgel? Im Gegenteil. Offensichtlich waren sie ins Gespräch vertieft gewesen, als ich hereingeschneit kam. Sie hatten Kaffee getrunken, denn vor ihnen auf dem Tisch stand ein Tablett mit Geschirr und einem kleinen Gebäckteller.

Zach, gekleidet in ein schickes, tailliertes Hemd, eine Hand lässig in die Hosentasche geschoben, war wie üblich Mr *Sexy-as-Hell* höchstpersönlich. Ich dachte in diesem Moment, dass ich nie zuvor einen hübscheren Mann gesehen hatte. Er saß Dad gegenüber im Sessel auf der anderen Seite des wuchtigen Schreibtischs, als wäre es das Selbstverständlichste auf der Welt, dass er sich hier in unserem Haus aufhielt. Er wirkte entspannt und selbstbewusst.

Ganz im Gegensatz zu mir. Ich spürte, wie brennende Hitze in meine Wangen kroch und mein Puls einige Etagen in die Höhe kletterte, als er seine Aufmerksamkeit auf mich lenkte und den Blick träge über meinen Körper wandern ließ. Dummerweise fühlten sich meine Brustwarzen davon angesprochen, denn sie richteten sich kribbelnd auf. Alarmiert verschränkte ich meine Arme vor der Brust und ignorierte Zachs demonstratives Augenbrauenheben. Dieser unmögliche Mistkerl! Hatte er vergessen, dass mein Dad sich mit uns im Zimmer befand? »Hey, Dad«, krächzte ich, denn nicht nur meine körperliche Reaktion auf Zach war mir oberpeinlich, sondern auch die Tatsache, dass der Mann, von dem Dad dank meines Videos erfahren hatte, dass dieser seine halb nackte Tochter *massiert* und an ziemlich intimen Stellen berührt hatte, ihm gegenübersaß.

»Brooke.« Dad lächelte unbefangen. »Honey, du kennst Zachary Moore ja bereits.«

Oh ja. Und wie ich diesen Kerl kannte. »Tue ich«, stieß ich zwischen zusammengepressten Zähnen hervor und bedachte Zach mit einem zuckersüßen Lächeln, während ich ihn in Gedanken verfluchte. Hoffentlich konnte er meinen Augen ablesen, wie verflucht wütend ich auf ihn war. Schade, dass ich kein Diplom in Telepathie besaß, denn ich hätte ihm sehr gern in diesem Moment so einiges an den hübschen Kopf geworfen.

Seltsamerweise schien mein innerer Aufruhr Dad nicht aufzufallen. Entgegen meiner Erwartung erschien er gelassen und gefasst, und ich fragte mich, was zum Teufel hier eigentlich vor sich ging.

»Brooke, setz dich doch bitte«, bat mein Vater und deutete auf den zweiten Sessel auf der anderen Seite seines Schreibtischs.

Ich ließ mich nieder und sah verstohlen in Zachs Richtung. Unsere Blicke trafen sich und er lächelte mich an, aber das Lächeln erreichte seine Augen nicht. Es war ein reines Höflichkeitslächeln, darin lag nichts Warmes oder Zärtliches. Mein Magen machte einen Satz. Warum sollte sich seine Haltung mir gegenüber seit unserer letzten Begegnung auch geändert haben?

Brooke, du bist hoffnungslos. Kapier es endlich. Zach ist nicht dein Ritter in glänzender Rüstung, der auf seinem weißen Schimmel ins Hotel geritten kam, um dir seine Liebe zu erklären.

Mit einem Räuspern schlug ich die Beine übereinander, mir bewusst, dass Zach seinen Blick auf meine nackten Fesseln in den brandneuen High Heels lenkte. Sehr gut. Hoffentlich machte ihn dieser Anblick heiß und er ärgerte sich grün und blau, weil er in Zukunft auf das hier würde verzichten müssen.

Grundgütiger, Brooke. Du denkst doch nicht ernsthaft, Zachary Moore hätte nicht schon längst sein Notizbuch mit den Nummern sämtlicher hübscher Mädchen Long Islands gezückt? Mädchen, die willig sind, jederzeit mit ihm ins Bett zu hüpfen – und die zudem atemberaubende, sexy Fußfesseln besitzen.

Shit. Diese dumme Stimme in meinem Kopf schaffte es doch immer wieder, mich in den Sumpf des Selbstmitleids zu ziehen.

Zeit, mich zusammenzureißen. Ich würde mich nicht unterkriegen lassen.

Ich reckte mein Kinn und verlagerte mein Gewicht, dabei spürte ich Zachs Präsenz mit jeder Faser meines Körpers. Unauffällig verschränkte ich die Finger in meinem Schoß und richtete meine Aufmerksamkeit auf Dad. »Was gibt es, Dad, du wolltest mich sprechen?«, hakte ich nach und schenkte meinem Vater ein betont lässiges Lächeln. Nicht, dass Zach noch auf den absurden Gedanken kam, sein unerwartetes Auftauchen hätte mich in irgendeiner Weise verunsichert.

Dad legte seine Fingerspitzen aneinander, während er mich fixierte. »Mr Moore ist vorbeigekommen, um uns wissen zu lassen, dass er uns anbietet, unter gewissen Bedingungen Stillschweigen über den Besuch deiner Mom im *Seventh Heaven* zu bewahren.«

Überrascht warf ich Zach einen flüchtigen Seitenblick zu, dann wandte ich mich wieder an Dad. »Ach ja? Und wer garantiert uns, dass nicht irgendwelche Angestellten plaudern?«

»Ich.« Zach neigte sich in meine Richtung, sodass ich einen Hauch seines Aftershaves wahrnahm. »Ich werde dafür sorgen, dass nichts davon an die Öffentlichkeit dringt.«

Ich bemühte mich, seinen betörenden Duft auszublenden, und bedachte ihn mit einem spöttischen Lächeln. »Und wo ist der Haken dabei?« Schwer zu glauben, dass er mich am Tag zuvor noch so eiskalt hatte abblitzen lassen und nun völlig selbstlos anbot, unseren Namen zu schützen.

»Der *Haken*, wie du es nennst«, schaltete Dad sich ein, »besteht darin, dass Mr Moore uns dieses Angebot macht, sozusagen als Gegenleistung dafür, dass wir das *Seventh Heaven* nicht anzeigen oder kompromittieren.«

»Wusste ich es doch«, brummte ich und warf Zach einen finsteren Blick zu.

»Ich denke, mein Angebot ist für alle Seiten fair«, kam es prompt aus seinem Mund zurück und mein Blick blieb an seinen Lippen hängen.

Mhm ... Wenn mich nur nicht immer der Wunsch überfallen würde, ihn küssen zu wollen. Denn er küsste fantastisch. Ich würde seine Küsse vermissen. Wie alles andere an ihm auch.

»Sind sich alle Beteiligten in dieser Hinsicht einig?« Zach sah mich noch immer an.

Prompt wurde ich knallrot. Bestimmt tat ich das, denn mein Gesicht glühte, als hätte es Feuer gefangen. »Alles bestens«, erwiderte ich ruhig, ungeachtet des Gefühlsansturms in meinem Inneren. Wie gut, dass er keine Gedanken lesen konnte.

»Ich habe Mr Moore zugesichert, dass wir uns an die Abmachung halten werden, Brooke.« Dad lehnte sich zurück. »Es scheint mir die beste Lösung für alle Betroffenen zu sein.«

»Ich werde meine Assistentin bitten, einen entsprechenden Vertrag aufsetzen zu lassen, der alles genau regelt.« Zach wandte Dad seine Aufmerksamkeit zu.

Mit Mühe riss ich mich von ihm los. »Was machen wir wegen Tiffany, Dad?«

Der schüttelte kaum merklich den Kopf, als Zeichen, dieses Thema nicht weiter zu verfolgen, aber Zach war bereits hellhörig geworden.

»Gibt es ein Problem?«

»Nein.«

»Ja.«

Dad und ich tauschten einen sekundenschnellen Blick und Zach sah uns beide irritiert an, dann lehnte er sich zurück und schlug ein Bein über das andere. Ich versuchte, nicht hinzusehen, wie seine Hose hochrutschte und einen Streifen Haut über seinem Knöchel entblößte.

Dad entschied wohl, sich ihm anzuvertrauen, denn er stieß einen schicksalsergebenen Seufzer aus. »Es ist folgendermaßen, Mr Moore ...«

»Zachary, bitte.« Er schenkte Dad ein Million-Dollar-Lächeln.

Ich rollte innerlich mit den Augen.

»Also, Zachary, Tiffany ist – *war*«, verbesserte Dad sich rasch, »meine Sekretärin. Ich habe sie entlassen, wobei ich nicht auf Details eingehen möchte, aber sie droht nun damit, Einzelheiten über den Besuch meiner Frau bei Ihnen im Haus der Presse zuzutragen, wenn wir ihr keine zehntausend Dollar zahlen.«

Zach hob eine dunkle Braue, während er das Gesagte sacken ließ. »Mark, ich verfüge über Mittel und Wege, um Ihre Sekretärin davon abzuhalten, etwas auszuplaudern«, erklärte er schließlich. Die Andeutung eines diabolischen Lächelns zuckte um seine Mundwinkel. »Wenn Sie mich lassen.«

Dad tauschte einen langen Blick mit mir. Dann nickte er und streckte Zach eine Hand entgegen, die dieser ergriff. »Sie hören mich nicht Nein sagen.«

»Perfekt. Sie können mir die nötigen Informationen gern per Mail zukommen lassen, Sie wissen schon, vollständiger Name, Adresse und so weiter.«

»Ich frage lieber nicht nach, wie genau Ihr Plan aussieht, sich dieser Sache anzunehmen?«

Zach rieb sich über den Nacken. »Machen Sie sich keine Gedanken. Ich habe einen sehr fähigen Mann, der sich darum kümmern wird. Für ihn sind solche Fälle bekanntes Terrain.« Unvermittelt schob er seinen Sessel zurück und erhob sich. »Ich lasse meine Assistentin die Papiere für unsere Vereinbarung aufsetzen. Danke für den Kaffee, Mark. Es war mir ein Vergnügen, Geschäfte mit Ihnen zu machen.«

»Ebenso. Danke für Ihren Besuch, Zachary.« Dad zwinkerte mir zu. Sprachlos sah ich zu, wie Zach mit großen, entschlossenen Schritten die Tür anstrebte und sie öffnete. Es dauerte ein paar Sekunden, bis ich aufsprang. »Entschuldigst du mich, Dad? Ich bin gleich zurück.«

Mit hämmerndem Puls eilte ich Zach hinterher und erwischte ihn gerade noch, bevor er das Vorzimmer verließ. »Zach, warte bitte!«

Er drehte sich um und der Blick, mit dem er mich maß, erwischte mich kalt. Wie schon zuvor taxierte er mich von Kopf bis Fuß, quälend langsam, als wollte er mich mit seinen Augen ausziehen. Doch da lag kein Funkeln in ihnen, nicht das Geringste. Kein anerkennendes Blitzen, keine Regung. Würde er mich jemals, jemals wieder so ansehen, wie er es getan hatte, bevor ich mich gegen ihn gestellt hatte?

»Danke«, sagte ich leise. »Danke, dass du darauf verzichtest, Mom ... du weißt schon.« In einer hilflosen Geste hob ich die Schultern.

»Diese Lösung ist in unser beiderseitigem Interesse.« Er hielt meinen Blick und einen Herzschlag lang bildete ich mir ein, so was wie Sehnsucht in seinen Augen lesen zu können. Bedauern.

»Du fehlst mir«, sagte ich leise mit einem aufblitzenden Fünkchen Hoffnung in mir.

Er studierte mein Gesicht, erwiderte jedoch nichts und meine aufkeimende Hoffnung löste sich wie Rauch auf, als er sich wortlos abwandte.

Ich wollte ihn festhalten, ihn mir schnappen und mit meinen Fäusten auf seine Brust eintrommeln. Damit ich ihm sagen konnte, dass ich ihn liebte. Stattdessen blickte ich ihm mit einem drückenden Gefühl in meiner Mitte hinterher, wie er mit langen Schritten das Foyer durchmaß und schließlich durch die Tür verschwand. In mir drin zerbrach etwas in Millionen kleine Splitter. Es fiel mir nicht leicht, mir ein zuversichtliches Lächeln abzuringen, als ich in Dads Büro zurückkehrte. In dem Raum schwebte noch der Duft von Zachs Aftershave und ich schluckte hart.

»Honey, komm zu mir.« Dad lächelte mich an und diese mitfühlende Geste brachte das Fass zum Überlaufen.

Mit brennenden Augen umrundete ich den Schreibtisch und ließ mich von ihm in den Arm nehmen. Genau wie früher. Er hielt mich fest und versicherte mir mit leisen Worten, dass alles wieder gut werden würde.

»Sieht man mir an, dass ich durcheinander bin?«, murmelte ich an seiner Brust und genoss, wie der raue Stoff seiner Wollweste an meiner Wange kratzte.

»Ich wäre nicht dein Dad, wenn ich das nicht bemerken würde. Immerhin kenne ich dich seit dreiundzwanzig Jahren, Liebling. Und ich denke, ich kenne auch den Grund für deine Verwirrung. Dieser Zachary Moore ist ein außergewöhnlicher junger Mann.«

Oh ja, das ist er. Der atemberaubendste, außergewöhnlichste Mann, den ich jemals kennengelernt hatte. Und er hasste mich.

»Ich hatte ihn offenbar völlig falsch eingeschätzt.« Dad klang nachdenklich. »Was natürlich nichts an der Tatsache ändert, dass diese speziellen *Dienste*, die er in seinem Resort anbietet, nicht gesetzeskonform sind.«

Ich löste mich von ihm, um mich erneut in meinen Sessel sinken zu lassen. »Zach ist gewieft, Dad. Er hat dafür gesorgt, dass sein Team aus Anwälten entsprechende Maßnahmen getroffen hat, dass die Behörden ihm in dieser Hinsicht nichts anhaben können.« Er setzte sich über Konventionen hinweg, hielt sich nicht an bestehende Gesetze und Vorschriften. Dieser Mann spielte nach seinen eigenen Regeln. Und seltsamerweise machte ihn diese Eigenschaft für mich nur noch attraktiver, weil ihm der Hauch eines dunklen Rebellen, eines Bad Boys anhaftete. »Er hat mir glaubhaft versichert, seine Geschäfte würden einer Prüfung standhalten«, erklärte ich Dad. »Seine Anwälte halten ihm den Rücken frei.«

»Wie auch immer, die Sache hat sich nun ohnehin erledigt.« Dad verschränkte die Arme vor der Brust. »Ehrlich gesagt, bin ich heilfroh, dass er angeboten hat, sich um das Problem mit Tiffany zu kümmern.«

»Es ist wirklich toll, dass er uns Tiffany vom Hals halten wird. Aber Dad ... Was ist mit uns? Mit unserem Geschäft? Mit den Gästen, die wir an das *Seventh Heaven* verlieren? Wir stehen nicht gerade besser da als vorher.« Dad schien sich diesbezüglich gar keine Sorgen zu machen, was mich wunderte. Dachte er, dass mit der Vereinbarung zwischen ihm und Zach das Thema aus der Welt geschafft worden wäre?

Dad runzelte seine Stirn. »Richtig. Und hier wird es nun etwas seltsam. Zachary hat mir angeboten, einen Teil der Einnahmen aus seinem *Spezialgeschäft*, wie er sich ausdrückte, an uns abzutreten, sollte das Ausbleiben der Gäste weiterhin ein Problem für uns darstellen.«

Wie bitte? »Was sagst du da?« Ich vergaß, meinen Mund zu schließen. Warum in aller Welt sollte Zach so etwas tun? Das Blut rauschte in meinen Ohren. Mir wurde heiß. Könnte es sein, dass ... Ich wagte es nicht, diesen Gedanken weiterzuspinnen. So viel sprach dagegen. So viel Offensichtliches. Und wie hatte Dad sich auf so einen Handel einlassen können? Hatte er nicht noch vor Kurzem erklärt, dass das, was die Moore-Brüder in ihrem Resort trieben, moralisch verwerflich wäre?

»Wir werden selbstverständlich nicht auf dieses Angebot eingehen. Das habe ich Mr Moore – Zachary – gegenüber auch deutlich geäußert. Möglicherweise wird es eine gemeinsame Werbekampagne oder Ähnliches geben. Wir werden uns, was diese Angelegenheit betrifft, sicher noch mal zusammensetzen. Aber für den Augenblick ...«

Das vibrierende Handy auf seinem Tisch unterbrach ihn. »Entschuldige mich, Brooke.« Er nahm das Telefon auf und warf einen Blick aufs Display, bevor er das Smartphone an sein Ohr legte. »Camilla. Was kann ich ...?« Er wurde sichtlich blass und ich fing seinen Blick auf. »Jetzt sofort? Ja, danke. Ja, Brooke ist hier bei mir. Wir sind unterwegs.«

Alarmiert erhob ich mich. »Was ist los?«

Dad stand ebenfalls auf. »Deine Mom möchte uns sprechen.«

22. KAPITEL

Brooke

Wie sich herausgestellt hatte, hatte Mom sich durchgerungen, eine Therapie zu machen. Dad war völlig aus dem Häuschen deswegen und ich extrem erleichtert. Vielleicht würde die Behandlung die Ehe meiner Eltern retten. Zumindest aber schien Mom endlich erkannt zu haben, dass sie tatsächlich ein Problem hatte, und Camilla hatte einen nicht unerheblichen Anteil an dieser Erkenntnis gehabt. Sie hatte nach Moms Besuch im *Seventh Heaven*, wofür meine Mutter sich übrigens im Nachhinein schämte, lange, intensive Gespräche mit ihr geführt. Dad und ich würden Mom Ende nächster Woche in eine Privatklinik nach New Haven bringen, wo sie dank guter Beziehungen und ihres bekannten Nachnamens überraschend schnell einen Platz bekommen hatte. Camilla hatte ihr anscheinend klargemacht, wie sehr ich unter der Situation litt, und wir uns ausgesprochen. Tränen waren geflossen und schließlich hatten wir uns in den Armen gelegen und eine scheinbare Ewigkeit lang einander festgehalten. Es würde mir schwerfallen, vier Wochen komplett auf Kontakt zu verzichten, aber ich wusste Mom in der Klinik in guten Händen, denn diese Einrichtung genoss einen exzellenten Ruf. Seit Dad von dieser Entscheidung erfahren hatte, war er ein neuer Mensch, er schritt mit Elan durchs Hotel und versprühte gute Laune, und ich war glücklich darüber.

Mein erster Arbeitstag im *Harbor Suites* begann vielversprechend. Ich hatte mich in ein schickes hellgraues Kostüm und schwarze Riemchen-High-Heels geworfen, fühlte mich kompetent sowie wichtig und versorgte Dad mit Kaffee, organisierte seine Termine und arbeitete mich in die Ablage ein. Zum Mittagessen lud er mich in unser hoteleigenes Restaurant ein, wo er zur Feier des Tages sogar ein Gläschen Sekt ausgab.

Was Zach betraf ... Er hatte gestern überraschend eine ganz

neue Seite von sich offenbart. Und leider gefiel sie mir ebenso gut wie der Rest. Meine Gedanken kreisten unaufhörlich um ihn und mir wurde klar, dass meine Gefühle für ihn nicht so einfach wieder verschwinden würden. Noch nie zuvor hatte ich so einen charismatischen, anziehenden Mann getroffen wie ihn. Noch nie jemanden, der mich bis in mein Innerstes berührt hatte. Abgesehen davon, war der Sex mit ihm einfach überirdisch gut. Wahrscheinlich würde ich niemals über ihn hinwegkommen. Er hatte mich für alle anderen Männer verdorben.

Nach dem Lunch saß ich deshalb äußerst unkonzentriert an meinem temporären Schreibtisch im Vorzimmer und wühlte mich halbherzig durch Bewerbungsunterlagen für die frei gewordene Position, da sich bereits etliche Kandidatinnen auf unsere Anzeige auf der Hotel-Homepage hin gemeldet hatten. Es wollte mir einfach nicht gelingen, die Gedanken an Zach abzustellen. Ich konnte ihn nicht gehen lassen. Nicht auf diese Art. Nicht nach allem, was wir miteinander geteilt hatten. Aber wie sollte ich zu ihm durchdringen? Er war fertig mit mir, mit uns, das hatte er deutlich durchblicken lassen. Ich grübelte und grübelte und kam zu keinem Ergebnis. Irgendwann legte ich seufzend die Arbeit nieder und klopfte an Dads Tür.

Er schenkte mir ein strahlendes Lächeln. Die Sorgenfalten der letzten Zeit schienen wie weggewischt. »Honey, was gibt es?« Erwartungsvoll blickte er mich an.

Es tat mir leid, ihn damit überfallen zu müssen, aber ich musste es tun. Unmöglich konnte ich weiter im Büro herumsitzen, während ich mich danach sehnte, eigentlich doch ganz woanders sein zu wollen.

»Hör zu, Dad, ich weiß, heute ist mein erster Arbeitstag, aber da gibt es noch was, das ich unbedingt erledigen muss. Könntest du eine Weile auf mich verzichten?«

»Nimm dir den Rest des Tages frei, Honey«, erwiderte er zu meiner Überraschung gut gelaunt. »Heute liegt ohnehin nichts Dringendes mehr an. Wenn du mir allerdings die Bewerbungen für die Sekretärinnen-Stelle noch hereingeben könntest, wäre ich dir dankbar.«

»Natürlich, Dad.« Ich tat, um was er mich gebeten hatte, und verließ anschließend das Büro, um in meine Wohnung zu gehen.

Ich würde Zach zurückbekommen. Egal, wie lang es dauerte. Egal, was ich dafür anstellen musste. Ich wollte diesen Mann. So einfach würde ich nicht aufgeben. Wenn ich mir mal was in den Kopf gesetzt hatte, hielt ich in der Regel daran fest, auch wenn alles dagegensprechen mochte. Mit meinem Dickkopf und meiner Hartnäckigkeit hatte ich Mom und Dad während meiner Kindheit und Jugend oftmals zur Verzweiflung gebracht.

Ich duschte, rasierte mir zum zweiten Mal an diesem Tag die Beine und rieb mich mit einer duftenden Bodylotion ein, um mir danach aus dem Kleiderschrank in meinem Schlafzimmer ein hübsches Outfit zusammenzustellen. Ich hatte das Bedürfnis, mich schön, weiblich und begehrenswert zu fühlen, wenn ich Zach gegenübertrat. Und ja, ganz sicher zielte ich auch darauf ab, ihn erkennen zu lassen, auf was er verzichtete, wenn er das mit uns endgültig aufgab. Da die Sonne schien und es relativ warm draußen war, entschied ich mich für ein weißes Sommerkleid mit Spaghettiträgern, das sich korsagenartig an meinen Oberkörper anschmiegte und dessen weit schwingender Rock etwa fünf Zentimeter oberhalb meiner Knie endete. Selbstredend passten meine neuen *Valentino*-Rockstud-High-Heels einfach perfekt dazu. Ich bildete mir ein, dass Zachs Augen aufgeblitzt hatten, als er meine Beine bei unserer gestrigen Begegnung taxiert hatte. Und mal ehrlich, welchem Kerl mit normalem Testosteronspiegel hätten solche hochhackigen Schuhe nicht gefallen? Meine Haare ließ ich offen auf die Schultern fallen und bürstete sie, bis sie glänzten. Vervollständigt wurde mein Outfit durch ein schmales Silberarmband, winzige Diamanten in den Ohrläppchen und einer Halskette mit einem silbern glitzernden *B* daran – ein Geschenk meiner Mom zu meinem achtzehnten Geburtstag. Auf diese Weise würde sie mich sozusagen irgendwie begleiten.

Gern hätte ich Lauren zur seelisch-moralischen Unterstützung mitgenommen, aber das wäre dann vermutlich doch etwas zu merkwürdig geworden. Ich zog eine Grimasse, als ich in mein

Cabrio stieg und den Motor anließ. Da ich nicht wusste, was mich erwartete, war mir ein wenig übel. Vielleicht würde Zach sich von meinem unvermuteten Auftauchen überrumpelt fühlen? Ich hoffte inständig, dass er mich anhören und nicht abweisen würde.

Mein Herz klopfte unregelmäßig. Es war ein merkwürdiges Gefühl, wieder im *Seventh Heaven* zu sein, und unwillkürlich erinnerte ich mich daran, wie Zach mich in seine luxuriöse Suite mitgenommen hatte. Was für ein Vertrauensbeweis! Das wurde mir in diesem Moment schmerzhaft bewusst. Und ich hatte ihm anschließend das Messer in den Rücken gestochen. Kein Wunder, dass er mir mit ablehnender Kälte begegnete. Ich passierte die Eingangstür der Lobby und steuerte den Empfangstresen an, wo mich diesmal kein vertrautes Gesicht begrüßte, sondern das freundliche Lächeln einer fremden Rothaarigen. »Hallo«, ich spähte auf das über der Brusttasche angebrachte Namensschildchen, »Melanie. Ich möchte gern zu Mr Moore, Zachary Moore.«

Die junge Frau musterte mich neugierig. »Sind Sie mit ihm verabredet?«

»Nein, das bin ich nicht«, erwiderte ich mit einem kleinen Lächeln. »Sagen Sie, ist er da?«

Melanie griff nach dem Telefon. »Ich frage bei seiner Sekretärin nach, einen Moment bitte.«

Während ich wartete, tippte ich mit den Fingernägeln auf die polierte Oberfläche der Theke. Meine Nervenenden vibrierten vor Anspannung. Wenn ich es jetzt nicht durchzog, würde ich vielleicht nie wieder die Courage aufbringen, ihn aufzusuchen. *Bitte lass ihn da sein, lass ihn …*

»Miss? Sie haben Glück. Mr Moore ist in seinem Büro. Sie können jetzt kurz zu ihm.«

Oh Gott. Er war da. Und er wollte mich sehen. Ich nickte, fuhr mir mit der Zunge über meine plötzlich trockenen Lippen.

»Danke.« Ich schluckte, setzte mich in Bewegung und wappnete mich innerlich für die Begegnung. Ich hatte keine Ahnung, was mich erwartete, ich rechnete mit allem. Inklusive einem hochkantigen Rausschmiss. *Komm schon, Brooke, lass dich nicht unterkriegen. Du schaffst das!*

Die Absätze meiner hochhackigen Schuhe klackerten auf dem Marmorboden, als ich den Gang entlanglief, und plötzlich verspürte ich vor lauter Nervosität den Drang, eine Toilette aufsuchen zu müssen.

23. KAPITEL

Zachary

Zur Hölle, darauf war ich nicht vorbereitet gewesen. Unauffällig ballte ich meine Rechte zur Faust, als Brooke durch die Tür hereinschneite. Hatte sie schon immer so unfassbar süß ausgesehen? So umwerfend sexy? Sie sah zum Anbeißen aus. Dieses leichte Kleid, das sie trug, vermochte es kaum, ihre exquisiten Kurven zu verhüllen. Der eng anliegende Stoff betonte ihre kleinen, festen Brüste und die schlanke Taille, und dann diese unfassbar erotischen High Heels, die ihre wohlgeformten Beine perfekt in Szene setzten.

Heilige Scheiße.

Sie war der fleischgewordene feuchte Traum meiner schlaflosen Nächte. Verflucht erotisch, dabei unschuldig und sehr jung. Was sie im Prinzip ja auch war. Aber verdammter Mist, was für eine verführerische Mischung! Mich überkam das dringende Bedürfnis, sie zu vögeln, jetzt und auf der Stelle. Meinen Schwanz in ihr zu versenken, sie zu nehmen und zu der meinen zu machen. Und gleichzeitig weckte ihr Bild den Beschützerinstinkt in mir. Ich wollte sie vor allem Bösen dieser Welt bewahren, sie in Sicherheit wissen. Vor allem vor mir. Hatte sie etwa darauf abgezielt, mich mit diesem Look in den Abgrund zu stoßen? Mein Magen verknotete sich, als ihr Blick mich traf. Ich sah in diese wunderschönen braungrünen Augen und hatte den Eindruck, sie könnte direkt in meine Seele sehen. In mein tiefstes Inneres, dorthin, wo all die dunklen Geheimnisse verborgen lagen. Sie war die erste Frau, bei der ich jemals so empfand. Keine andere zuvor hatte mich je so berührt, mich je so umgehauen.

Das kürzliche Date mit Kimberly in der Lounge hatte sich als totaler Flop herausgestellt. Früher, bevor Brooke in mein Leben getreten war, hätte ich vermutlich meinen Spaß mit der forschen und hübschen Blondine gehabt, die nur zu offen hatte durchblicken lassen, dass sie gern von mir genommen worden wäre. Doch in Wahrheit hatte mich ihre Gegenwart entsetzlich gelangweilt. Während sie mir ziemlich anschaulich von ihrem Job in einer Table-Dance-Bar erzählt hatte, war mir unablässig Brookes Gesicht durch den Kopf gegeistert. Egal, wie sehr ich mich bemüht hatte, meinen Blick auf Kimberlys üppige Titten in dem knallengen Top zu lenken, ich hatte nicht aufhören können, mir zu wünschen, mit Brooke statt ihrer zusammen zu sein. Kimberly hatte sich nach einer Stunde ziemlich kühl – und sichtlich enttäuscht von dem Ausgang unseres Treffens – von mir verabschiedet. Sie hatte ja nicht ahnen können, dass ich nicht ganz bei der Sache gewesen war, sondern mich etwas ganz anderes beschäftigt hatte.

Dass es eine Frau wie Brooke schaffte, mich derart zu fesseln, versetzte mich in Panik. Und genau aus diesem Grund, zusammen mit den gefühlt tausend anderen, durfte ich sie nicht zu nah an mich heranlassen. Jedenfalls nicht noch einmal. In Wahrheit war sie mir schon gefährlich nah gekommen und man sah ja nun, in welchen Schlammassel mich dies gebracht hatte. Es war besser, einen klaren Schlussstrich unter die ganze Sache zu ziehen und mir Brooke ein für alle Mal aus dem Kopf zu schlagen.

Während tief in mir drin ein dunkler Sturm tobte, erhob ich mich und blickte ihr äußerlich gefasst entgegen. Es gelang mir sogar, mir ein unverbindliches Lächeln abzuringen, wobei ich mich bemühte, das schmerzhafte Ziehen in meinen Lenden zu ignorieren, das ihr Anblick auslöste. »Brooke. Was für eine Überraschung. Was kann ich für dich tun?« Ich schob meine Hände in die Hosentaschen und wippte auf den Fersen, lud sie absichtlich nicht ein, sich zu setzen. Je schneller sie dieses Büro verlassen würde, umso besser.

Natürlich verfrachtete sie ihren niedlichen kleinen Arsch auf den Besuchersessel gegenüber meines Schreibtischs. Und natürlich entging mir nicht, wie der hauchzarte Stoff ihres Sommerkleids beim Hinsetzen nach oben über die zart gebräunte Haut ihrer schlanken Schenkel rutschte.

Ich stieß einen stummen Fluch aus, der Brooke mit Sicherheit rote Ohren beschert hätte, und verlagerte unauffällig mein Gewicht, da meine Hose im Schritt zu spannen begann.

»Du könntest mir eine Frage beantworten«, erklärte Brooke und sah unter ihren langen dunklen Wimpern zu mir auf.

»Und die wäre?« Ich spürte, wie an meinem Kiefer ein Nerv zuckte.

»Warum hast du das getan, Zach? Ich meine, warum hilfst du uns? Warum hast du Dad angeboten, einen Teil eurer Einnahmen aus diesem *Spezialgeschäft* an uns abzutreten. Was natürlich völlig absurd ...«

»Ich helfe nun mal gern.« Das Stückchen Stoff an ihrem Schenkel rutschte noch ein paar Zentimeter höher, als sie die Beine übereinanderschlug, und ich bemerkte etwas Sonnengelbes aufblitzen. Mit Spitze. Verdammte Scheiße.

»Das kaufe ich dir nicht ab.« Sie wedelte mit der Hand, als ob sie eine Fliege verscheuchen wollte.

Ich zuckte mit den Schultern. »Dann lass es. Du kannst davon halten, was du möchtest.«

Einen Moment taxierte sie mich nachdenklich. »Wie war eigentlich dein Date?«

»Welches Date?«, gab ich stirnrunzelnd zurück, während ich darüber nachdachte, was für eine Art Höschen das gelbe Teil zwischen ihren Schenkeln wohl war.

»Diese Blondine mit dem Wahnsinnsdekolleté.« Sie klang etwas verschnupft. Wäre ich nicht so stinksauer auf meinen verräterischen Körper, der mir mit seinem steinharten Schwanz unmissverständlich klar machte, wie scharf er diesen sexy Körper in dem Sessel vor mir fand, wäre mir in diesem Augenblick ein Grinsen über die Lippen gekommen.

»Vergiss die Frau«, entfuhr es mir eine Spur zu schroff.

Wieder studierte sie mich. Gründlich und viel zu lang für meinen Geschmack. »Du hast es getan, weil du etwas für mich empfindest. Habe ich recht?«

»Bullshit.« Ich lenkte meinen Blick auf ihre Lippen. Kleine Schweißperlen prickelten auf meiner Stirn und ich verfluchte die

Klimaanlage in diesem Büro, die wohl wieder mal nicht richtig funktionierte.

Sie sprang auf. »Zach, ich will dich.«

Zum Teufel, ich will so etwas nicht hören. Ich würde dich zerstören. Dich unglücklich machen. »Ich bin kein Mann für dich.« *Und jetzt halt die Klappe, Brooke. Halt einfach die Klappe, damit ich nicht immerzu auf diese schön geschwungenen, sinnlichen Lippen starren muss.*

»Weshalb?«

»Aus offensichtlichen Gründen«, knurrte ich. So langsam wurde dieses sinnlose Gespräch zur reinsten Tortur. Ich drehte mich um, wandte ihr den Rücken zu und marschierte zurück, um mich hinter meinem Schreibtisch zu vergraben. Um ein Zeichen zu setzen. Und um meinen schmerzhaft pochenden Ständer vor ihr zu verbergen.

»Warum bist du nicht ehrlich zu dir selbst?« Offensichtlich hatte Brooke meinen subtilen Hinweis, dass das Gespräch zu Ende war, nicht verstanden. Vielleicht ignorierte sie ihn auch einfach nur.

»Brooke, lass es gut sein. Das hier führt zu nichts.« Ich lehnte mich in meinem Sessel zurück und gab mir alle Mühe, nicht auf ihre aufgerichteten Brustspitzen zu starren, die sich gegen den dünnen Stoff ihres Kleids drängten. Offensichtlich funktionierte für *sie* die Klimaanlage prächtig. Ich räusperte mich. »Hör zu. Es wäre besser, wenn du jetzt gehst. Zwischen uns ist alles gesagt.«

»Ist es das?« Sie hielt meinen Blick fest und erhob sich, um auf mich zuzukommen. Sie blieb dicht vor mir stehen. So dicht, dass ich ihren ganz speziellen Geruch wahrnehmen konnte. Dieser verführerische Duft nach Orangenblüten mit einem Hauch Vanille ließ mich innerlich aufstöhnen.

»Brooke«, warnte ich sie.

Ungerührt sah sie mir in die Augen und kam noch ein Stückchen näher. Mit einem Knie zwängte sie meine Beine auseinander und ich zog scharf die Luft ein, als sie sich auf meine Erektion setzte. »Du begehrst mich. Ich kann es deinen Augen ablesen.« Ihre Mundwinkel hoben sich zu einem winzigen Lächeln. »Und ich kann es spüren.«

»Das sagt gar nichts aus. Es ist lediglich der Beweis dafür, dass ich auf die Gegenwart einer hübschen Frau reagiere.«

Ihr Lächeln vertiefte sich. »Du bekommst also bei jeder attraktiven Frau, mit der du sprichst, einen Ständer?«

»Womöglich.« Gott, ich hasste mich dafür.

In ihrem Blick flackerte etwas auf. Unsicherheit. »Zach ...«

»Brooke, ich schlafe mit Frauen. Mit vielen. Ich lege mich nicht fest.«

Sie schluckte hart, ließ sich aber nicht beirren, denn sie zerrte mein Hemd aus meiner Hose und schob ihre Hände auf meine gewölbten Bauchmuskeln. »Das mag so gewesen sein«, sagte sie und starrte mir in die Augen. »Bevor du mich getroffen hast. Aber ... zwischen uns da ist doch was. Du spürst es auch. Wir können die Hände nicht voneinander lassen. Jedes Mal, wenn wir uns sehen, überkommt uns das Bedürfnis, übereinander herzufallen. Aber es ist mehr als das. Mehr als Sex. Ich weiß es genau.« Sie streichelte über meine Konturen und ich erbebte unter ihrer Berührung. »Ich will dich, Zach«, fuhr sie fort. »Genauso sehr wie du mich willst. Hör auf, es zu leugnen. Sei ehrlich zu dir selbst.« Kühn öffnete sie meine Gürtelschnalle und ließ das Leder quälend langsam durch die Schlaufen gleiten.

»Brooke«, wies ich sie rau zurecht.

Ungerührt knöpfte sie meine Hose auf, schob ihre Finger unter den Bund und nahm mich in die Hand.

Erneut sog ich scharf die Luft ein und verengte meine Augen zu schmalen Schlitzen. Mein Schwanz lag heiß und schmerzhaft pulsierend in ihrem Griff. Wie ich mich nach dieser Frau verzehrte! Einen Herzschlag lang starrten wir einander an und ich hatte das Gefühl, in dem tiefen Braungrün ihrer Iriden zu ertrinken. Mein verfluchtes Herz klopfte so heftig gegen meine Rippen, dass ich jeden einzelnen Schlag davon spürte.

»Zach«, kam es ihr leise über die Lippen. »Sag doch was. Irgendwas.«

»Du bedeutest mir nichts.« Meine Kiefermuskeln verkrampften sich. *Du bist gut darin, sie mit Worten zu verletzen, Sohn.* Vehement fegte ich die mir sich aufdrängende Stimme meines Vaters beiseite. »Du bedeutest mir nichts. Verstehst du das, Brooke?«

Ich fühlte, wie sie erstarrte. Langsam, als wollte sie mir die Gelegenheit geben, mich zu korrigieren, zog sie ihre Hand aus meiner Hose, stand auf und trat einen Schritt zurück.

»Das glaube ich nicht«, flüsterte sie in meinem Gesicht forschend.

Ich erhob mich ebenfalls und stopfte mein Hemd zurück in die Hose, meine Züge in Stein gemeißelt. »Glaub es besser, denn es ist wahr.«

Sie schüttelte den Kopf.

»Wenn du mich jetzt entschuldigst, ich habe noch zu tun.« Ich deutete auf den Papierstapel neben meinem Laptop.

Wortlos schnappte sie sich ihre alberne kleine Handtasche vom Sessel und strebte die Tür an.

»Es tut mir leid«, erklärte ich ihrem Rücken und zuckte kurz darauf zusammen, als die Tür mit einem Krachen ins Schloss fiel. Gleichzeitig hatte ich das Gefühl, dass etwas in meinem Inneren zerbarst. Mit großen Schritten lief ich durchs Zimmer, unfähig, mich an meinen Schreibtisch zu setzen, und wünschte, es gäbe etwas, das ich in diesem Moment hätte kaputtschlagen können.

24. KAPITEL

Zachary

Ich hatte angenommen, dass es ein Leichtes wäre, sie fortzuschicken. Sie zu vergessen. Was für ein verfluchter Vollidiot ich doch gewesen war. Ich hatte gedacht, dass ich nach dem Deal, den ich mit Mark van Deeks geschlossen hatte, alles, was Brooke betraf, hinter mir lassen könnte. Die Wahrheit war jedoch, dass ich nicht damit zurechtkam, Brooke aufgegeben zu haben. Bisher hatte es tatsächlich noch nie eine Frau gegeben, die mich über die körperliche Anziehung hinaus derart hatte fesseln können. Bis ich Brooke Porter kennengelernt hatte. Sie würde immer Brooke Porter für mich sein. Das Mädchen, das mir mit ihrem süßen Knackarsch und den Wahnsinnsaugen den Atem geraubt hatte, als ich sie zum ersten Mal in der Hotellobby entdeckt hatte. Ehrlich gesagt, kam ich in keiner Weise damit klar, dass es Brooke nicht mehr in meinem Leben gab.

Ich hatte den Eindruck, durchzudrehen, ich war wie auf Entzug. Mein Körper verlangte nach ihr wie nach einer Droge. Mein Schwanz schmerzte vor unerfüllter Lust. Nicht mal die abendlichen Duschen, bei denen ich mir regelmäßig und ziemlich verzweifelt einen runterholte, als hinge mein Leben davon ab, konnten mir Erleichterung verschaffen. Nicht mal ansatzweise. Ich vermisste dieses Mädchen. Nicht nur den Sex mit ihr. Ich sehnte mich nach ihrem Lächeln, ihrer Warmherzigkeit. Nach ihrem Witz. Nach diesem Funkeln in ihren wunderschönen braungrünen Augen.

Es war jetzt zwei Wochen her, dass ich sie eiskalt aus meinem Büro geschickt hatte, und jeder Tag im *Seventh Heaven* war seitdem ein mieser Tag. Einer schlechter als der andere. Mit einer unterirdischen Laune, mit der ich es sogar fertigbrachte, meine Angestellten zu erschrecken, lief ich durch das Hotel und konnte an nichts anderes denken, als daran, wie es sich angefühlt hatte, mit Brooke zu schlafen. Ihren wundervollen, sexy, warmen und weichen Körper unter meinem zu spüren und meinen Schwanz in ihrer göttlich weiblichen Hitze zu versenken.

Am gestrigen Freitagabend hatte ich mich von Trevor nach Montauk ins *Icecube* bringen lassen, wild entschlossen, mich zu betrinken und eine hübsche Frau abzuschleppen. Irgendeine. Was kein Problem darstellen sollte, denn im Club wimmelte es nur so von attraktiven Mädchen, die mir eindeutige Blicke zuwarfen. Ich musste irgendwas tun, um Brooke zu vergessen, sonst würde ich wahnsinnig werden. Am Ende war ich vollgetankt bis zur Oberkante und sehr allein in meinem Kingsize-Bett gelandet. Zu meinem Erstaunen hatte ich es nicht über mich bringen können, die üppige Rothaarige, die den ganzen Abend an meinem Rockzipfel gehangen hatte, flachzulegen, obwohl sie sich alle Mühe gegeben hatte, mein sexuelles Interesse zu wecken. Mein Schwanz hatte zwar bei ihrem Anblick kurz erwartungsvoll gezuckt, sich dann aber zu meinem Horror abgewandt und schlafen gelegt. Was zur Hölle war los mit mir? Zachary Tyler Ethan Moore, der begehrteste Single und Playboy von Long Island, bekam in der Gegenwart einer sexy Frau keinen hoch?

Grübelnd saß ich nun am heutigen Morgen an der Kochinsel in meiner Küche und nippte an einer Bloody Mary, in der Hoffnung, irgendwie die höllischen Schmerzen zu vertreiben, die hinter meiner Stirn tobten. Würde ich jetzt immer Schwierigkeiten haben, eine ordentliche Erektion zu bekommen, wenn sich mir eine willige Frau näherte? Eiskalte Panik überfiel mich.

Als es an meiner Tür klopfte, zog ich eine Grimasse und beschloss, den Störenfried zu ignorieren. Ich hatte mich bei meinen Brüdern krankgemeldet und wollte nichts mehr, als in Ruhe gelassen zu werden.

Wieder klopfte es, diesmal energischer.

Ich stieß einen derben Fluch aus, glitt vom Hocker und schlich barfuß sowie lediglich mit Boxershorts bekleidet aus der Küche. Egal, wer jetzt dort draußen stand, er musste mit meinem Anblick klarkommen. Ich war so fertig, dass ich mir noch nicht mal eine Dusche gegönnt hatte. Jede Bewegung war eine zu viel, genau wie jetzt jeder einzelne Schritt auf dem dunklen Hartholzboden in meinem Schädel dröhnte. Zur Hölle, warum konnte man mich nicht einfach in Ruhe lassen?

Nash stand vor der Tür. Seine dunklen Brauen schossen in die Höhe, als er mich erblickte. »Gott, du siehst beschissen aus.«

»Ich freu mich auch, dich zu sehen«, gab ich finster zurück und wandte mich ab, um in der Küche weiter Trost in meinem Drink zu finden.

Nash folgte mir und ließ sich mir gegenüber auf der anderen Seite der Kochinsel auf einem Hocker nieder.

»Was willst du hier?«, knurrte ich und versenkte meine Nase im Glas. Ich liebte meinen Bruder. Ehrlich. Nur nicht gerade in diesem Moment.

Nash verschränkte seine Arme vor der Brust. Er sah aus wie das blühende Leben. Sein weißes Hemd strahlte genauso wie seine ebenmäßigen Zähne und ich hasste es. »Ich bin gekommen, um dir den Kopf zurechtzurücken, Bruderherz.«

Mir entfuhr ein trockenes Lachen, das sich eher wie der Schrei eines Alaskabären während der Brunftzeit anhörte. »Du mir?«

»Jepp. So ist es. Es wird langsam Zeit, dass du dir anhörst, was ich dir zu sagen habe.«

Ich hob mein Glas an die Lippen und nippte, während sich die beiden Messer in meinen Schläfen qualvoll einmal um die eigene Achse drehten. »Können wir das auf ein anderes Mal verschieben? Ehrlich gesagt, bin ich gerade beschäftigt.«

»Keine Chance. Du hörst mir jetzt zu. Ich werde erst gehen, wenn ich zu dir durchgedrungen bin.«

Misstrauisch verengte ich meine Augen. »Ich bekomme Angst.«

»Ist das dein Ding, hm? Immer alles ins Lächerliche zu ziehen, wenn es ernst wird? In die Belanglosigkeit abzutauchen?«

»Zur Hölle, Nash, sprich Klartext oder ich befördere deinen Arsch eigenhändig aus dieser Wohnung. Ich habe keine Lust auf Spielchen.« Ich unterdrückte den Drang, vom Hocker zu rutschen und mich ins Bad zu verziehen, um in Selbstmitleid zu baden. Vorzugsweise unter der Dusche. »Sag, was du zu sagen hast, und dann verschwinde.«

Nash beugte sich vor und legte seine Arme auf dem Tresen ab. »Also gut. Warum sperrst du dich gegen deine Gefühle?«

»Wie bitte?« Stirnrunzelnd starrte ich meinen jüngsten Bruder an. Er musste verrückt geworden sein. Komplett gaga. Nun ja, nicht das schlimmste Schicksal. In einem derartigen Zustand waren gewisse Dinge bestimmt leichter zu ertragen.

»Brooke van Deeks. Das Mädchen, das dir den Kopf verdreht hat.«

Ich schluckte. »Was soll mit ihr sein?«

»Seitdem sie aus deinem Leben verschwunden ist, bist du nicht mehr du selbst. Du schleichst durchs Hotel wie ein Untoter. Du hast miese Laune, so mies, dass jeder gern Reißaus nehmen würde, sobald du in seiner Nähe auftauchst.«

»Bullshit.«

»Du weißt, dass es so ist. Und offensichtlich hat Brooke mit deiner Stimmung zu tun. Du vermisst sie. Du brauchst diese Frau, Zach. Du bist nur zu stolz, um es dir einzugestehen.«

Ich schüttelte den Kopf, hob meine Bloody Mary an die Lippen und trank aus. Dann knallte ich das Glas auf den Küchentresen zurück, sodass die Eiswürfel klirrten. »Und wenn es so wäre. Für Brooke und mich gibt es keine Zukunft. Ende der Geschichte.«

»Du hast es ja nicht mal versucht, Zach. Vor was zum Teufel hast du Angst?«

»Angst«, stieß ich verächtlich aus. Keine Ahnung, warum mein Bruder auf so etwas Lächerliches kam. Anschließend lehnte ich mich ebenfalls vor und stützte meinen Kopf auf meine Fäuste. Und kapitulierte. »Ich bin wie Dad, Nash. Ich bin ein Schürzenjäger. Ein Frauenheld. Ich würde Brooke verletzen.«

»Hast du das nicht schon?«

»Ich will keine Gefühle für sie entwickeln.«

»Das ist doch schon längst geschehen. Und du weißt es auch.« Er bedachte mich mit einem fiesen Grinsen. »Würdest du ansonsten in diesem beschissenen Zustand an einem Samstagmorgen hier in deiner Küche sitzen und dich selbst bemitleiden?«

»Sie ist zu schön. Zu zerbrechlich. Zu einzigartig. Ich würde sie zerstören.«

Unvermittelt ließ Nash eine Faust niedersausen. »Bullshit. Ausgereifter Bullshit, Zach. Du glaubst nicht ernsthaft, sie sei zu gut für dich?«

»Weißt du nicht mehr, wie Dad unserer Mom wehgetan hat? Wie er sie gebrochen hat?« Bittere Galle stieg zusammen mit der Erinnerung in mir auf.

»Du bist nicht wie er, hörst du? Niemals! Zach, du warst mehr ein Vater für mich und Kyle als Dad es je für uns gewesen ist. *Du* hast mich großgezogen, nicht er. Wie kannst du auch nur ansatzweise denken, du wärst ihm ähnlich?«

Verfluchte Scheiße. Ich rieb mir mit der Faust über die Nasenwurzel, versuchte, das plötzlich einsetzende Brennen hinter meinen Lidern zu ignorieren. Sicher war ich nur furchtbar übermüdet, denn in dem Versuch, mich mit Alkohol und Sex zu betäuben, hatte ich letzte Nacht kaum ein Auge zugemacht.

»Zach«, sagte Nash sanft und lehnte sich vor, um mir freundschaftlich gegen den Oberarm zu boxen. »Komm schon.«

Auf einmal schienen sich die Rollen vertauscht zu haben und Nash war der große Bruder, bei dem ich mir Rat holte. Er stand auf, umrundete die Kücheninsel und zog mich hoch. Dann umfasste er grob meinen Nacken, um seine Stirn an meine zu legen. »Wenn du wirklich wie Dad wärst, würdest du dir dann jetzt deinen verdammten Dickschädel darüber zerbrechen, Brooke nicht wehtun zu wollen? Sieh es ein, Mann. Du hast dein Herz an diese Frau verloren. Du willst sie. Und sie will dich. Also geh schon los, verflucht noch mal, und schnapp sie dir.«

Meine Kehle fühlte sich eng und rau an, als ich mich von Nash löste. »Wann zur Hölle bist du erwachsen geworden, kleiner Bruder?«, wollte ich wissen und stieß ihm mit dem Ellenbogen in die Seite. Damit er den Schmerz spürte. Nur ein bisschen.

Um seine Mundwinkel spielte ein Grinsen. »Jetzt hau schon ins Bad ab. Stell dich unter die Dusche und dann schaff deinen Hintern hier raus, Mann«, knurrte er und drehte sich von mir weg, damit ich das verräterische Glitzern in seinen türkisgrünen Augen nicht bemerkte.

25. KAPITEL

Brooke

Inzwischen fühlte ich mich ausgesprochen wohl an meinem neuen Arbeitsplatz und liebte es, an Dads Seite in der Geschäftsleitung zu arbeiten. Dad hatte mir den Raum neben seinem Büro, der bislang als eine Art Mini-Bibliothek und Rückzugsort fungiert hatte, in einem hellen Pfirsichton neu streichen sowie einrichten lassen. Endlich besaß ich mein eigenes kleines Reich inklusive schickem weißem Designer-Schreibtisch sowie passender Ledersitzgarnitur für etwaige Besucher und ich war furchtbar stolz darauf und konnte es nicht erwarten, Mom das alles zu zeigen. Die neue Sekretärin Nina, eine freundliche, fleißige Frau in ihren frühen Vierzigern, arbeitete für Dad und mich gleichermaßen. Ich hatte Nina auf Anhieb ins Herz geschlossen. Trotz des Altersunterschieds lagen wir auf einer Wellenlänge und gingen deshalb nicht selten mittags zusammen auf einen Happen ins Hotelrestaurant. Nina hatte noch einen großen Pluspunkt: Die Gefahr, dass sie sich je an Dad heranmachen würde, ging gegen null. Nina mit den sanften braunen Augen und dem leisen Humor war glücklich mit einem Feuerwehrmann verheiratet.

Mom hatte sich inzwischen in der Klinik eingefunden und absolvierte tapfer ihre Sitzungen, wie man uns hatte wissen lassen, und Dad schien neue Hoffnung für seine Ehe geschöpft zu haben. Im Prinzip verliefen die Dinge fast wieder in halbwegs normalen Bahnen und ich müsste glücklich sein. Ich war es jedoch nicht.

Ich war alles andere als glücklich.

Und schuld daran war Zachary Moore.

Es verging kein Tag, keine Minute und keine Sekunde, in der ich nicht sehnsüchtig und voller Verlangen an ihn dachte. Und gleichzeitig war ich schrecklich wütend auf ihn, weil er mich bei unserer letzten Begegnung so eiskalt hatte auflaufen lassen. Ich hatte ihm meine Seele offenbart, ihm gestanden, dass ich Gefühle für ihn hatte. Und er hatte mich weggestoßen. Fortgeschickt. Immer wieder ließ ich diese Szene Revue passieren, rief mir jedes einzelne Wort und jede Geste in Erinnerung, analysierte und zerlegte jeden Satz von ihm bis ins kleinste Detail.

Es lief immer auf dasselbe hinaus.

Du bedeutest mir nichts.

Genau das hatte er zu mir gesagt.

Und genau damit musste ich klarkommen.

Lauren kam vorbei und berichtete mir strahlend von ihrem neuen Love Interest, dem *absolut heißen Gitarristen Nick* – O-Ton Lauren. Anscheinend hatte es zwischen den beiden so heftig gefunkt, dass sie sich täglich gegenseitig mit süßen Nachrichten bombardierten. In ihren blauen Augen glitzerten regelrecht kleine Herzchen. Ich gab mir alle Mühe, mich für sie zu freuen, das tat ich wirklich. Aber jedes Mal, wenn sie mir von Nick erzählte, fühlte ich diesen Stich in meiner Brust und eine überwältigende Traurigkeit, die ich irgendwann nicht mehr weglächeln konnte. Lauren, meine beste Freundin, die sie war, bemerkte, dass es mir nicht gut ging. Sie schlug vor, dass ich nochmals versuchen sollte, mit Zach zu reden, doch ich lehnte ihren Vorschlag vehement ab.

»Ich war bei ihm, schon vergessen? Und er wollte nichts davon wissen, hat mich weggeschickt. Hat mir deutlich gemacht, dass da nichts ist zwischen uns«, erklärte ich bitter. »Zumindest nicht, was ihn betrifft. Ich hab mich zum Idioten gemacht, Lauren. Wahrscheinlich lacht er über mich.« Ich ließ die Schultern sacken und schüttelte den Kopf. »Wie konnte ich nur so dumm sein? Warum habe ich mich nur dazu hinreißen lassen, ihn aufzusuchen?«

Lauren hatte ihren Arm um meine Schultern gelegt. »Weil du diesen Mann liebst. Und weil da sehr wohl etwas zwischen euch beiden läuft. Dein Zach scheint allerdings diesbezüglich ein Brett vor dem Kopf zu haben, ach was, eher einen riesigen Betonklotz!«

Ihre Aussage brachte mich kurz zum Kichern. Aber das

Fünkchen gute Laune war rasch verflogen. »Er empfindet nichts für mich«, stellte ich mit Grabesstimme fest.

»Bullshit.« Lauren zog ihre hellen Brauen zusammen. »Warum in aller Welt hätte er euch bitte schön sonst den Vorschlag machen sollen, einen Teil seiner Einkünfte aus seinem *Spezialgeschäft* an euch abzutreten? Oder lässt sich auf eine gemeinsame Werbekampagne ein?«

Es stimmte. Dad hatte mir kürzlich beiläufig berichtet, dass er und Zach einen Termin für ein diesbezügliches Gespräch vereinbart hatten. »Keine Ahnung.«

»Dafür gibt es nur eine einzige logische Erklärung.«

»Und die wäre?«

»Der Mann liebt dich, Brooke.«

Ich stieß ein Lachen aus. »Das ist absurd. Wenn dem so wäre, hätte er mich nicht von sich gestoßen. Warum hätte er das tun sollen?«

»Das musst du ihn schon selbst fragen, Süße.«

»Vergiss es.« Dennoch brachten mich Laurens Argumente zum Nachdenken. Ich konnte nicht aufhören, zu grübeln.

Als ich wieder an meinem Schreibtisch saß und, anstatt zu arbeiten, auf den Bildschirm starrte, weil Zachs Bild durch meinen Kopf geisterte, meldete sich mein Handy auf dem Tisch mit einem Vibrieren. Ich schnappte es mir, um aufs Display zu sehen und hielt unwillkürlich die Luft an.

Eine Textnachricht von Zach.

Prompt fing mein Herz an, wie verrückt zu schlagen. Meine Hände wurden feucht und ich hielt es auf meinem Stuhl nicht mehr aus, also schoss ich hoch und ging mit dem Handy zum Fenster, wo ich mich gegen den Sims lehnte. Ich hatte fast ein bisschen Angst, seine Nachricht aufzurufen. Solang ich sie nicht las, konnte ich mir einbilden, dass er mir schrieb, um sich zu entschuldigen. Dass er sich geirrt hatte und mir sagen wollte, dass er mich liebte. *Brooke van Deeks, du naives Dummerchen. Du hoffnungslose Romantikerin!* Energisch rief ich mich zur Ordnung. So etwas würde nie geschehen. Es war reines Wunschdenken. Ganz bestimmt wollte er mich in einer geschäftlichen Sache sprechen. Möglicherweise ging es um seinen Vorschlag, eine gemeinsame Kampagne zu fahren, und er wollte mich bei diesem Gespräch dabeihaben, da ich nun offiziell für das *Harbor Suites* arbeitete. Vermutlich war das der Grund, weshalb er mich kontaktierte. Sicher war es noch nicht zu ihm durchgedrungen, dass wir eine neue Sekretärin eingestellt hatten.

Vor lauter Anspannung biss ich mir auf die Unterlippe, als ich die Nachricht aufrief.

Brooke, wenn du es irgendwie einrichten kannst, würde ich dich gern heute Nachmittag im Seventh Heaven *sprechen. In meinem Büro – gegen fünf Uhr.*

Zachary.

Enttäuschung schlug mir entgegen wie eine steinharte, eiskalte Wand. Es handelte sich tatsächlich um einen Geschäftstermin. Anscheinend zwar nicht um dieses Gespräch mit Dad, aber definitiv um etwas Geschäftliches. Aber was hatte ich denn erwartet? Zach hatte bei unserem letzten Treffen seine Position allzu deutlich gemacht. Wie hatte ich je annehmen können, daran hätte sich etwas geändert? Ich löschte die Nachricht und lief zurück zu meinem Schreibtisch, wo ich das Smartphone unsanft ablegte. Am ganzen Körper bebend, ließ ich mich auf meinen Stuhl fallen und vergrub das Gesicht in den Händen.

Die hübsche Schwarzhaarige im Vorzimmer, Kelly hieß sie, wie ich mich erinnerte, begrüßte mich mit einem warmen Lächeln.

»Er erwartet Sie bereits, Brooke.«

Schön für ihn. Zumindest hätte ich diese Worte am liebsten entgegnet. Stattdessen erwiderte ich ihr Lächeln, obwohl mir eher zum Heulen zumute war, und bedankte mich. Diese Kelly, die das Glück hatte, jeden Tag an Zachs Seite zu arbeiten, schien nett zu sein. Vielleicht hatte er ja auch ein Auge auf sie geworfen. Sie war hübsch, kompetent und kurvenreich, und wenn sie schlau war, ließ sie sich nicht sofort von ihm verführen, sondern ihn zappeln. Bis er an nichts anderes mehr denken konnte, als daran, sie unbedingt besitzen zu müssen. Vielleicht hatte ich es Zach zu einfach gemacht. Vielleicht ...

Schluss damit, befahl ich mir energisch, als ich den Knauf zu seinem Büro drehte. Derartige Spekulationen führten zu nichts. Ich war hier, um ein geschäftliches Gespräch zu führen. Worum auch immer es ging. Also Schluss mit sinnlosen Tagträumereien und hoffnungslosen Wünschen. Seltsam war allerdings, dass er mich ohne Dads Beisein sprechen wollte. Aber ich würde in Kürze herausfinden, was es damit auf sich hatte. Ich straffte meine Schultern, fest entschlossen, mich auf das rein Geschäftliche zu konzentrieren. Auch wenn der Mann, auf den ich gleich treffen würde, mir das verdammte Herz gebrochen hatte.

»Brooke.« Zach erhob sich, sobald ich den Raum betrat. Er fixierte mich, betrachtete mich vom Scheitel bis zu den Füßen, jeden einzelnen Zentimeter, als würde er mich zum ersten Mal in seinem Leben sehen. Meine Haut ging unter seinem intensiven Blick in Flammen auf.

Ich war froh, dass ich mir besondere Mühe mit meinem Outfit gegeben hatte. Der dunkelblaue, leicht schwingende Rock ergänzte meine blau-weiß geblümte Tunika, deren Ausschnitt die Spitze meines weißen Push-ups hervorblitzen ließ perfekt. An den Füßen trug ich schwarze Riemchen-High-Heels mit mörderisch hohen Absätzen, damit ich größer als meine eins siebzig wirkte. Ich hatte geplant, businesslike und tough zu wirken. Zachary sollte mir nicht anmerken, wie weh es mir tat, ihn zu sehen und zu wissen, dass er nicht dasselbe für mich empfand wie ich für ihn. Doch das würde mein Geheimnis bleiben.

»Zachary.« Ich schenkte ihm ein höfliches Lächeln, auch wenn es mich innerlich zerriss. *Lass dich niemals unterkriegen, Brooke-Darling.* Fast meinte ich, Moms Stimme von früher zu hören. *Niemals, Mom*, erwiderte ich stumm. *Niemals.* »Du wolltest mich sprechen? Hier bin ich.«

Wie unfassbar attraktiv er aussah. Mein dunkler, sexy Held, mein hinreißender, sexy Held, den ich niemals würde haben können. Es brach mir das Herz.

Er erwiderte mein Lächeln, aber es erreichte seine Augen nicht. Mit langsamen, bedächtigen Schritten kam er auf mich zu.

Mein Körper war nur eine Handbreit von seinem entfernt, als er vor mir stehen blieb. Ich spürte die Hitze, die von ihm ausging. Mit jeder Pore nahm ich seinen Duft wahr. Seinen unverwechselbaren, erotischen Duft.

»Brooke«, sagte er erneut mit seiner tiefen Stimme und sah mich einfach nur an. Er schaute mir in die Augen und ich hielt die Luft an.

»Was willst du von mir?«, wisperte ich schließlich, weil er keine Anstalten machte, sich zu rühren.

Abrupt wandte er sich von mir ab und schritt zur Milchglaswand, um die Jalousie herunterzulassen. Danach drückte er den Sprechknopf der Intercom.

»Kelly?

»Ja, Zachary?«

»Ich möchte unter keinen Umständen gestört werden.«

»Verstanden. Sie können sich auf mich verlassen.«

Erneut schritt er auf mich zu und legte seine Hände an meine Taille. »Ist das okay für dich?«

Ob das *okay* für mich war? Verdammt, ich wollte ihn. Wollte ihn so sehr, dass es schmerzte. Alles von ihm. Aber er hatte mir wehgetan. Mich von sich gestoßen. »Lass mich los«, fuhr ich ihn an. Immerhin besaß ich auch noch meinen Stolz.

Die Andeutung eines winzigen Lächelns zerrte an seinen Mundwinkeln. »Weißt du, dass ich es liebe, wie deine Sommersprossen auf deiner Nase tanzen, wenn du sie krausziehst?«

»Lass. Mich. Los.«

Augenblicklich gab er mich frei. »Entschuldige, Brooke. Du bringst mich durcheinander.«

Ich brachte *ihn* durcheinander? Das war der Witz des Tages. Ach was, des Jahrhunderts! »Warum bin ich also hier? Was gibt es so Wichtiges zu besprechen, das sich nicht am Telefon oder per Mail klären lässt?«

Sein Blick verdunkelte sich. »Das, was ich dir zu sagen habe, ist nur persönlich möglich. Von Angesicht zu Angesicht. Ich weiß, dass ich dich verletzt habe, Brooke, und es tut mir unendlich leid.« Seine Stimme wurde weich. »Ich kann manchmal ein ganz schöner Idiot sein.«

»Da kann ich dir nicht widersprechen«, entschlüpfte es mir, bevor ich mich stoppen konnte.

So etwas wie Zärtlichkeit blitzte in seinen dunkelgoldenen Iriden auf. »Wirst du mir die Chance geben, mich zu erklären?« Er hob seine Hand, um mit der Daumenkuppe die Kontur meiner Lippen nachzumalen. »Ich bitte dich, mich anzuhören. Okay?«

Ich nickte, wagte es kaum, zu atmen. Und diesmal ließ ich ihn gewähren. Denn in Wahrheit genoss ich das Gefühl seines Fingers an meinem Mund viel zu sehr. Ich war süchtig nach seiner Berührung. Nach seiner Nähe. Fast hätte ich leise aufgeseufzt. Jede Zelle in mir, jedes Nervenende vibrierte vor Verlangen. Ich konnte nicht genug von ihm kriegen. Als er seine Hand sinken ließ, lehnte ich meine Stirn gegen seinen Oberkörper, schmiegte meine Wange an den feinen Stoff seines Hemds. Ich konnte sein Herz schlagen spüren. Es schlug regelmäßig und kräftig. Und viel zu schnell. Genau wie meins.

»Was machst du mit mir, Zach?«, flüsterte ich. Wie könnte ich es ertragen, mich jemals wieder von ihm zu lösen? Ich hatte mich in diesen Mann verliebt und er mich gebrochen. Ihm jetzt wieder so nah zu sein, war fast mehr, als ich ertragen konnte.

Er legte einen Finger unter mein Kinn und zwang mich, ihn anzusehen. »Ich schätze, dasselbe, was du mit mir machst, Brooke.«

Legte er es darauf an, mich zu quälen? Warum sagte er mir nicht endlich, worauf er hinauswollte? Ich verstand überhaupt nichts.

»Was soll das jetzt, Zach? Bin ich plötzlich wieder interessant, weil gerade keine andere verfügbar ist? Ist das ein Spiel für dich? «

»Kein Spiel, Brooke. «

Einen Wimpernschlag lang herrschte Stille zwischen uns, bis

ich sie brach.

»Warum ... Warum hast du meinem Vater angeboten, uns einen Teil eurer Einnahmen abzugeben? Warum dieser Vorschlag einer gemeinsamen Werbekampagne?«

Seine Lippen verzogen sich zu einem leisen Lächeln und wieder ließ er seine Hände zurück zu meinen Hüften wandern. Als *müsste* er mich berühren. Als könnte er nicht anders. »Ich habe mehr als genug Geld zur Verfügung, Brooke. Es tut mir nicht weh, einen Teil meiner Einkünfte aus dem Wellnessbereich mit euch zu teilen. Ich habe dieses Geschäft nicht aufgezogen, weil ich zusätzliche Einnahmen brauche, sondern weil es mir einen besonderen Kick gibt. Zu wissen, dass wir hier einen sicheren Ort für Frauen geschaffen haben, an dem sie sich ihren kühnsten, heimlichsten Wünschen und Träumen hingeben können, ist einfach verflucht erotisch. Ich habe schon immer davon geträumt, weibliche Fantasien zu erfüllen.«

Ich brauchte einen Moment, um seine Aussage zu verinnerlichen. Der Gedanke gefiel mir. Und auf einmal fing ich an, diese *Sache* in einem anderen Licht zu sehen. Es war ein unumstößlicher Fakt, dass wir Frauen gewisse Bedürfnisse und Wünsche hatten, was unser Sexualleben betraf. Und warum sollte es keinen Ort geben, an dem wir diesen in geschützter und sicherer Umgebung, so wie Zach es so treffend formulierte hatte, nachgehen konnten? Eigentlich war dieses *Geschäft*, das er heimlich und im Verborgenen aufgezogen hatte, gar nicht so furchtbar. Im Gegenteil. Es war perfekt. »Trotzdem«, wandte ich ein. »Es gibt keinen Grund dafür, deine Einnahmen mit deinem ärgsten Konkurrenten zu teilen.«

»Doch, den gibt es.«

»Ach ja?«

Er nickte und um seine Augenwinkel erschienen wieder diese sexy, winzigen Fältchen. »Wie könnte ich verdammt noch mal zusehen, wie die Firma des Mädchens, das ich liebe, vor die Hunde geht?«

Ich erstarrte. *Wie bitte? Was hat er gerade gesagt?* »Warum tust du das?«

»Was?«

»So etwas zu sagen.« *Liebe* war ein großes Wort. Ein verdammt großes. Das Blut rauschte in meinen Ohren.

»Weißt du das wirklich nicht?«

Ich versteifte mich und entwand mich seinem Griff. »Du hast mich fortgeschickt, Zach. Du hast mir mitgeteilt, dass ich dir nichts bedeute.« Noch immer war ich gekränkt.

»Wie gesagt, ich war ein Idiot. Und es hat eine Weile gedauert, mir diese Tatsache einzugestehen. In Wahrheit war es mein jüngerer Bruder Nash, der mir der Kopf gewaschen hat.«

»Du meinst ...« Mein Herz raste.

»... dass ich dich liebe«, vervollständigte er meinen angefangenen Satz und streckte eine Hand nach mir aus, um mich wieder an sich zu ziehen. Seine Finger glitten sacht über den Schwung meiner Hüfte und die Berührung sandte süße Schauer durch mich hindurch. Sein Blick brannte sich in meinen. »Das mit dir, das ist viel zu gut, um es aufzugeben. Und ich tue, was immer nötig ist, um dich zu halten. Ich will dich nicht verlieren. Du bist die erste Frau, mit der ich mir so was wie eine Zukunft vorstellen kann, Brooke.«

Oh mein Gott.

Ich musste träumen. Ganz bestimmt tat ich das. Das hier passierte nicht wirklich.

»Zach«, flüsterte ich. »Tu das nicht.« Ein winziger Teil von mir zweifelte noch immer.

»Glaub es ruhig«, raunte er, als hätte er meine Gedanken gelesen.

»Du willst mich?«, fragte ich überflüssigerweise.

Als Antwort umfasste er mein Gesicht und zog mich heran, um mich zu küssen. Seine Zunge drang in meinem Mund und forderte meine zu einem erotischen Spiel heraus. Die Muskeln in meinen Unterleib zogen sich vor Begehren zusammen und ich presste mich gegen ihn. Zach knurrte, drückte mich an sich und ließ sein Becken kreisen, um mich seine Erektion, die sich gegen den Stoff seiner Anzughose drängte, spüren zu lassen.

»Du Schuft«, keuchte ich, als er mir endlich wieder Gelegenheit zum Luftholen gab.

»Alles in Ordnung?« Er strich mir sanft eine Haarsträhne aus der Stirn.

»Ja. Es geht mir gut. Mehr als gut«, relativierte ich.

Seine Lippen verzogen sich zu einem Lächeln.

»Weißt du, Zach«, sagte ich und konnte mir ein winziges, boshaftes Grinsen ebenfalls nicht verkneifen. »Dem Namen deines Hotels nach müsstest du eigentlich einen Heiligenschein tragen, du bedienst dich jedoch an unseren Gästen und brichst reihenweise Frauenherzen. Ich schätze, du bist der fleischgewordene Teufel.«

»Immerhin bin ich deiner.« Lächelnd knabberte er an meinem Ohrläppchen. »Ich bin dir verfallen, Brooke Porter, wusstest du das?«

Ein unbeschreibliches Glücksgefühl erfasste mich. So ganz konnte ich es noch immer nicht glauben, dass Zachary Moore mich genauso sehr wollte wie ich ihn. »Küss mich, Zach«, forderte ich ihn auf, denn ich würde niemals genug von ihm bekommen.

Er tat mir den Gefallen.

»Daran könnte ich mich gewöhnen«, meinte ich eine kleine Weile später und ziemlich atemlos.

»Dann fang schon mal damit an«, erwiderte er und zwinkerte mir zu.

»Du meinst es wirklich ernst?«

»Du bringst mich zum Schweben. Wie könnte ich das jemals aufgeben wollen?«

Voll und ganz erfüllt von so viel Glück, dass ich es kaum fassen konnte, strich ich ihm zärtlich über seine Wangen und über diese Narbe, die seine rechte Augenbraue teilte. »Woher hast du die eigentlich?«

Das Lächeln in seinen Augen verschwand und seine Kinnpartie wandelte sich zu einer harten Linie. »Eine Erinnerung an eine Auseinandersetzung mit meinem Vater.«

»Entschuldige, ich hätte nicht ...« Betroffen brach ich ab.

»Nein, nein. Hör zu.« Er legte mir seine Hände auf die Schultern und starrte mir in die Augen. »Diese Sache hier – das mit dir und mir –, das ist neu für mich. Es wird ein bisschen Zeit brauchen, bis ich mich daran gewöhnt habe. Bis ich weiß, wie ich damit umzugehen habe. Aber, Brooke, ich habe mich in deinen wundervollen Körper verliebt. Und ja, er ist hinreißend und jedes verdammte Mal, wenn ich dich sehe, will ich dich vögeln. Das war von Anfang an so und das wird sich niemals ändern. Aber ich will auch *dich*, Brooke.« Er tippte mir sanft auf die Brust. »Ich will alles von dir. Alles, was dich ausmacht, was in dir steckt. Nicht nur deinen Körper. Ich will dich ganz. Mit Haut und Haaren. Du bist eine Frau, die mich interessiert. Du hast mich vom ersten Augenblick an gefesselt und ich möchte, dass du bei mir bleibst. Deswegen werde ich lernen, Dinge zu teilen. Dinge, die ich bisher mit mir allein ausgemacht habe. Dinge, die ich für mich behalten habe.« Seine Züge wurden weich. »Hab ein bisschen Geduld mit mir.«

Wow.

Ich nickte, suchte nach Worten und fand keine. Meine Gefühle für diesen Mann waren so überwältigend, so stark, dass es mir nicht gelang, das, was ich fühlte, vernünftig zu artikulieren. Stattdessen schlang ich meine Arme um seine Taille, vergrub meine Nase an seiner Brust und hielt ihn einfach nur fest.

Zach legte sein Kinn auf meinen Scheitel. Seine beiden Hände fanden wie selbstverständlich ihren Platz auf meinem Hintern und ich musste lächeln, denn dieser Part meiner Anatomie schien ihn außerordentlich anzuziehen. Ein paar Sekunden verharrten wir völlig still, als könnten wir beide nicht ganz fassen, was mit uns geschehen war. Doch dann spürte ich, wie er sein Gewicht verlagerte und seinen harten Schwanz an meinen Unterleib presste. Schließlich zog er wortlos die Rückseite meines Rocks hoch und schob seine Finger unter das elastische Band meines Höschens, um die empfindliche Haut meines Pos zu streicheln und zu liebkosen, während er mein Becken immer wieder an seine Erektion presste, bis ich schließlich vor Verlangen leise aufseufzte.

Er löste sich von mir und in seinen Augen glitzerte unverhohlene Lust, als er mich anblickte. »Was hältst du davon, wenn wir nach oben in meine Suite gehen und dich von deinen Kleidern befreien, Brooke?«, schlug er vor und brachte mich damit zum Kichern.

Ich zog meine Unterlippe zwischen die Zähne und warf ihm unter meinen Wimpern hervor einen lasziven Blick zu, während ich mit spitzen Fingern den Saum meines Rocks anhob und ihn ein paar Zentimeter hochzog. »Ich würde sagen, ich halte ziemlich viel davon, Zach.«

»Zur Hölle, das ist so was von heiß«, knurrte er.

Lachend streckte ich die Hand nach ihm aus. »Worauf wartest du dann noch, mein hinreißender, sexy Teufel?«

SILVER LANE
Nur einen Sommer lang
von Jennifer Jancke

ISBN-Paperback: 978-3-903130-70-8
ISBN-EPUB: 978-3-903130-71-5

Daria Evans kann es kaum erwarten, das hektische Großstadtleben von Los Angeles hinter sich zu lassen, um in ihrer Heimatstadt Silver Lane neue Energie zu tanken. Der schwere Unfall ihrer Mutter wirft ihre Pläne jedoch über den Haufen und ihr bleibt nichts anderes übrig, als während des Sommers die Leitung des Gestütes zu übernehmen. Keine besondere Hilfe, sondern eher ein besonderes Übel ist Tyler Wyatt, der viel zu attraktive Vorarbeiter ihrer Mutter, der ihr mit seiner arroganten Art gehörig zusetzt. Und dann ist da noch ihr Ex, der sie zu einer Wette provoziert, die sie nur gewinnen kann, wenn sie über ihren Schatten springt und Tyler um Hilfe bittet. Eine fatale Entscheidung, die den täglichen Katastrophen die sprichwörtliche Kirsche auf den Sahneberg setzt ...

175 TAGE MIT DIR
von Tina Köpke

ISBN-Paperback: 978-3-903130-64-7
ISBN-EPUB: 978-3-903130-65-4

Welch bessere Motivation für einen Neuanfang gibt es, als vom College zu fliegen?

Amelia ist nach dem Rauswurf auf der Suche nach einem Zimmer, in dem sie bis zum Sommer wohnen kann. Sie will ihr Leben auf eigene Faust auf die Reihe bekommen und die Situation vor ihren Vätern verheimlichen. Da kommt ihr das Aufeinandertreffen mit Riley gerade recht, der ihr nicht nur ein Zimmer in der WG anbietet, sondern auch eine ziemliche stabile Schulter zum Anlehnen. Dass Amelia mit ihrem verrückten, abenteuerlustigen Gemüt sein Leben gehörig auf den Kopf stellt, wirft jedoch eine ganz neue Art von Problemen auf, denen man erst mal gewachsen sein muss ...